W0244811

mare

Alban Nikolai Herbst

TRAUMSCHIFF

Roman

1.10.23

mare

Die Deutsche Nationalbibliothek verzeichnet
diese Publikation in der Deutschen Nationalbiblio-
grafie; detaillierte bibliografische Daten sind im
Internet unter http://dnb.ddb.de abrufbar.

1. Auflage 2015
© 2015 by mareverlag, Hamburg

Lektorat Elvira M. Gross, Wien
Typografie Farnschläder & Mahlstedt, Hamburg
Schrift Stempel Garamond LT Pro
Druck und Bindung CPI Clausen & Bosse, Leck
Printed in Germany
ISBN 978-3-86648-215-9

www.mare.de

Und nun das dörre Röhricht
lassen, das zu ruhen scheint,
und auf die Formen achten
des sich verwitternden Lebens.

Montale, Ossi di seppia, No 3.

Lange habe ich gedacht, dass wir einander erkennen. Aber das stimmt nicht. Wir verstehen uns nur. Dennoch lehne ich stets an der Reling des Promenadendecks, wenn die Reisegäste das Traumschiff verlassen. Und wenn die neuen eingeschifft werden, sehe ich mir jeden Menschen sehr genau an. Wie er seine Füße auf die Gangway setzt, zum Beispiel, ob fest, ob unsicher. Ob er sich am Geländer festhält.

Viele sind krank. Andere können nicht mehr richtig gehen und stützen sich auf rollbare Hilfen.

Ich möchte wissen, ob jemand das Bewusstsein schon mitbringt.

Ich habe es seit Barcelona. Das liegt lange zurück.

Einhundertvierundvierzig Passagiere von vierhundert, fünfhundert. Das ist ein Drittel, zumindest ein Viertel. Wie kann man sich da nicht erkennen?

»Vergangenheit«. Was für ein weiches Wort. »Gegenwart«. Was für ein hartes. Es bezeichnet doch alles, was ist. – Nicht aber alles auch, was war? Wissen das, frage ich mich, diese Menschen? Woran erkenne ich die, die es wissen? Erkennen sie mich?

Geht von den Neuen zufällig ein Blick zu mir hoch, schweift er meistens weiter. Als wäre ich nicht da oder niemand, der einem auffällt. Was auch stimmt. Auffällig bin ich wohl nicht. – Der einzige, der mich sofort bemerkte, und schneller als ich ihn, war Monsieur Bayoun. Dann war er abermals schneller, indem er mir vorausging.

Mein Rücken. Die Schulter. Das Bein. Von Frau Seiferts

Gehstock sind unter meinen rechten Fingerwurzeln die schmalen Ballen zu Schwielen geworden. Sogar der Ring drückt. Wobei ich gar nicht weiß, wozu ich ihn noch trage. Von wem habe ich ihn? Schön ist er aber schon, mit diesem Mittwochs-Topas.

Obwohl er mir lieb ist, mag ich den Gehstock nicht.

An Monsieur Bayoun habe ich ein Gebrechen nie bemerkt. So etwas war zwischen uns kein Thema. Ich kam bei ihm auf gar nicht die Idee. So sehr hat seine Haut geglänzt, wie polierte Kaffeebohnen. Und wenn er lachte, musste man einfach mitlachen. Dann blitzten seine etwas schiefen, trotz der Cigarillos perlweißen Zähne. Er habe lange in Marseille gelebt, hat er mir erzählt. So leidenschaftlich sei sein Vater an den Unruhen beteiligt gewesen, dass seine Mutter mit ihm bis ganz nach dort habe fliehen müssen. Schieße deine Strahlen und schrecke sie! habe er oft ausgerufen.

Immer schwang ein Stolz mit, wenn Monsieur Bayoun seinen Vater erwähnte. Der meine, den ich nicht kenne, hat mich lebenslang beklemmt.

Ich habe darüber nachdenken müssen, ob es vielleicht die Diskretion so schwierig macht, dass wir einander erkennen. Darüber denke ich sogar ständig nach. Denn andererseits ist sie nötig. Das hat weniger mit dem eigenen Stolz zu tun als mit der Rücksichtnahme aufeinander. Für sich alleine klagt man ja auch nicht. Da wäre es stillos, seine Gebrechen vor anderen auszustellen. Das Bewusstsein ist, fürchte ich, nur bei jenen, die sich ein Leiden nicht anmerken lassen.

Aber vielleicht gibt es Blicke. Vielleicht gibt es Gesten. Einen bestimmten Lidschlag. Mit wie viel Bedacht jemand isst. Genau auf so etwas achte ich, wenn ich mir die neuen Passagiere ansehe. Vom Bootsdeck zur Gangway hinab.

Trotzdem mag ich diese Tage der Einschiffung nicht. Sie sind mir zu unruhig. Das fängt schon mit dem Tag der Ausschiffung an. Mindestens drei Tage vergehen, bis wir wieder ablegen. Das Schiff wird da komplett auf den Kopf gestellt. So gründlich wird geputzt, repariert und gewartet. Keine stille Ecke findet sich mehr. Dauernd wird man vertrieben.

Die nicht von Bord gehen, müssen zu denen mit dem Bewusstsein gehören – habe ich einmal *zu uns* gedacht? Dahinter steckte noch immer ein Wunsch. Ich bin noch nicht bereit gewesen. Vielleicht merkt man es d a ran. Als sich Monsieur Bayoun wieder von mir zurückzog, hätte ich aufmerken müssen. Dann wäre ich vorbereitet gewesen. So hat mich sein Fortgang fast ein bisschen schockiert.

Aber mir geht es um die Neuen. Ob auch irgend einer von denen.

Monsieur Bayoun wurde als letzter von Bord gebracht. Das war in Nizza. Wobei es falsch ist, »als letzter« zu schreiben, mit »r«. Was sie die Gangway hinuntertrugen, war nur noch sein Körper. Ich habe mir nie Illusionen gemacht.

Die Bahre war selbstverständlich abgedeckt. Sie wurde in ein Totenauto geschoben. Es stand schon einige Zeit lang an der Pier. Auch das sehr diskret. Die Passagiere wollen vom Sterben nichts wissen. Man möchte leben und muss sein Geld verdienen. Da zeigt man den Tod auch nicht dann, wenn alle längst fort sind. Die Reiseleitung hat mein Verständnis. Das Gebot gilt auch für sie. Dass sie verschweigt.

Je länger ich hier bin, desto rätselhafter wird mir, weshalb sie uns zulässt. Wir belegen Kabinen, die sie ohne uns vermieten könnte. Zum Beispiel habe ich selbst nur einmal gebucht. Ich habe auch nur für eine Reise bezahlt. Dennoch habe ich seither das Traumschiff nicht mehr verlassen. Doch niemand verlangt neues Geld. Stillschweigend sind wir geduldet. Wie zum Beispiel die Luft oder dass es heute zu heiß ist.

Wobei es für diese Meeresgegend ziemlich kühl ist.

So dass ich mich entschlossen habe, ebenfalls zu schweigen. Wäre Monsieur Bayoun nicht gewesen, ich hätte große Zweifel, von einem »wir« zu sprechen. Aber er hat mir bewiesen, dass es außer mir noch andere gibt, die das Bewusstsein haben. Gelegentlich hat er in ihre Richtung genickt, in seltenen Fällen auf sie gezeigt. Eben, um mir das Zweifeln zu nehmen. Denn es ist nicht nur von persönlich großer Bedeutung, dass man sich sicher ist. Solange das nicht erreicht ist, bleibt man auf dem Traumschiff.

Einhundertvierundvierzig Ziegel.

In gewissem Maß sind die Aus- und Einschiffungstage wiederum interessant. Zum Beispiel, nachdem das Totenauto fortgefahren war. Da wurde auf der Pier ein flaches, geräumiges Zelt errichtet. Das wird so in kleineren Häfen wie Nizza gemacht, die keine Kreuzfahrt-Terminals haben. In solchen Zelten werden die neuen Passagiere empfangen. Da melden sie sich an, da werden die Kabinennummern vergeben oder bestätigt. Auch das Gepäck wird erst dort deponiert. Oft drängt und stapelt es sich bis nach draußen. Bis die Burmesen kommen, um es vor die zugeordneten Kabinen zu tragen. Es sind meistens Burmesen. Manchmal sind es Filipinos, die tief im Schiffsbauch leben.

Wenn die Passagiere eingecheckt haben, versammeln sie sich in der Lounge. Dort wird ihnen ein Cocktail gereicht. Der Kapitän hält eine kleine Begrüßungsansprache. Danach wird die Crew vorgestellt. Dazu spielt die Showband. Sie ist mir zu einem Greuel geworden. Das liegt aber nicht an den Musikern. Sondern es liegt an den Songs.

Früher habe ich die leichte Muse gemocht. Sogar nach Barcelona bin ich noch jeden Abend in die Shows gegangen. Doch sie stört das Bewusstsein. Wozu sie auch da ist, anders als der

Wind und die Wellen und als das behutsame Stampfen der Motoren. Als ich das begriff, wurde sie mir unerträglich. Sie blieb es über Monate, vielleicht sogar Jahre. Genau kann ich das heute nicht sagen. Der Moment war ohne Konturen. Doch irgendwann fand ich meinen Frieden damit. Ohne ihre Banalität sind die Menschen nicht zu verstehen. Die das Bewusstsein haben, gehören zu denen gar nicht mehr richtig.

Wobei ich selbstverständlich nicht ohne Bekanntschaften bin. Zu Anfang habe ich sogar ständig neue gemacht, jedenfalls bis ich Monsieur Bayoun kennengelernt habe. Einen Fühsommermenschen hat er mich genannt, schon bei unserer ersten Begegnung. Frühsommermenschen sind niemals allein. Immer liegt, sagte er, vor uns der Sommer, der Winter aber hinter uns.

Deshalb werde ich jetzt, wo er weg ist, erneut Bekanntschaften machen. Trotz meines Schweigens. Manche Passagiere sprechen mich ja an, wenn wir zum Beispiel beim Essen sitzen. Ich esse aber nur noch selten. Vielleicht suche ich auch dort nur nach einem Hinweis auf Monsieur Bayoun. Ob von ihm etwas auf sie übergegangen ist. Ich weiß, dass das ungerecht ist. Es beschwert neue Bekanntschaften. Sowieso sind Gespräche aus dem Bewusstsein mit normalen Menschen kaum zu führen. Deshalb ziehen sie sich immer schnell von mir zurück. Ich meinerseits bin von ihnen genauso schnell enttäuscht. Mir fehlt für sie die Geduld. Nur zwischen Monsieur Bayoun und mir war ein Verständnis sofort da. Das blieb so bis zum Schluss. Bis auch er sich zurückgezogen hat.

Das ist wieder so ein Wort, »Schluss«. Wie wenn das Ende plötzlich wäre. Als flösse nicht alles sehr langsam aus. Selbst wenn nicht nur das Bewusstsein zunimmt, werden wir alle zunehmend leichter. Am Ende sind wir ein Rinnsal ins Meer. Niemand kann mir erzählen, von Monsieur Bayoun sei darin noch etwas erhalten. Es gibt in der See keine Seele. Sondern sie ist sie.

In dem Totenauto fuhr etwas weg, das es vorher so nicht gegeben.

Viele Passagiere sind ungefähr meines Jahrgangs, manche sogar älter. Schon wie sie in der Lounge ihren Cocktail trinken, zeigt ihren Willen, sich in den folgenden Tagen und Wochen auf jeden Fall zu amüsieren. Derweil stehen die silbernen Mädchen dabei. Sie halten auf silbernen Tabletts die immer schon nächsten Gläser. Nur hat mir Monsieur Bayoun das bestritten. Also, dass sie für alle da sind. Nämlich sagte er, die hätte nur ich gesehen. Sie nicht? habe ich gefragt, weil ich da noch gesprochen habe. Ich sehe sie nicht mehr, hat er geantwortet und das »mehr« betont. Sie begrüßen uns bloß mit ihren verborgenen Perlen. Bei welcher Formulierung er auflachen musste mit seinem Cigarillo zwischen den Zähnen. Diese Augen, fragte er, sind Ihnen nicht aufgefallen?

Wenn er das nicht gesagt hätte, hätte ich die Mädchen schließlich für eine Halluzination gehalten. Tatsächlich habe auch ich sie kein zweites Mal gesehen. Als ich eines von ihnen ansprach, schwieg es. Doch lächelte es mich ungezwungen an. Mit diesen herrlichen großen Augen.

Manchmal entdecke ich ein etwas jüngeres Paar. Dann denke ich, ihm sind Kinder versagt geblieben. Kreuzfahrten sind teuer, jedenfalls für jeden, der schließlich wieder geht.

»Schließlich«, »Schluss«. »Schließliche Menschen«. Durch unsere gewissesten Ausdrücke huschen die flüchtigsten Schatten. Für Übergänge haben wir überhaupt keine Sprache. Das liegt natürlich auch daran, dass man nach ein paar Wochen auf See Übergänge kaum noch merkt. Geht nicht gerade, wer bleibt? Ich bleibe lediglich an Bord. Um schließlich wirklich zu gehen. Hatte ich selbst Kinder? Ich habe einen Sohn.

Trotzdem bin ich mir sicher, gesund an Bord gekommen zu sein. Anders als die meisten anderen. Das mit der Schulter, wegen des Herzens, ist erst hier losgegangen, besonders das Bein. Darum hat mir Frau Seifert den Gehstock geschenkt. Ich entsinne mich aber nicht mehr der Botschaft, mit der sie ihn versehen hatte. Bestimmt liegt das Billet noch in meiner Kabine. Vielleicht, dass ich es gelegentlich suche.

Besser, ich tue es gleich. Eh ich es wieder vergesse.

Dieses Licht heute!

Dass ich an Frau Seifert so lange nicht mehr denken musste.

Sie war eine witzige, dralle, ein bisschen anzügliche Person. Fast so breit wie hoch, war sie aber *klein* hoch. Dabei erstaunlich beweglich. – Was fällt mir noch von ihr ein? Meine Großmutter hätte sie *liederlich* genannt.

Stets glühten ihre Wangen. Sie verließ das Achterdeck fast nur zum Schlafen. Selbst wenn es kalt war, blieb sie dort bis in die späte Nacht sitzen.

Sie rauchte.

Wir alle haben sie gemocht. Seit wann sie davonist, weiß ich nicht mehr.

Was vorher war und was noch kommt, versinkt in dem Bewusstsein. Doch alles geht nur langsam unter. Wir sehen ihnen zu, den Dingen, und denken, wie gut sie doch schwimmen. Dafür gibt es ein Wort, wenn man etwas gegen die See abdichtet. »Kalfatern«. Wir denken, uns kalfatert zu haben. Auch ich dachte es. Bis ich zu bleiben beschloss.

Hat mir Monsieur Bayoun erzählt, dass wir einhundertvierundvierzig sind? Die müssen sich doch erkennen lassen, wenn die alle nicht von Bord gehen!

Dass zu denen, zu *uns*, auch Frau Seifert gehört hat, habe ich erst später verstanden. Da war sie schon fort. Hätte sie das Schiff über die Gangway verlassen, ich hätte es bemerkt.

Auch deshalb beobachte ich immer alles. Auch jeden Aufbruch zu den Landausflügen.

Wenn ein Hafen für das Traumschiff zu flach ist, klettern die Passagiere in Tenderboote. Oder weil es gar keinen gibt, sondern nur eine Mole. Wie in Mossel Bay neulich oder auf sehr kleinen Inseln. Wann haben wir vor San Félix gelegen? Die andere Seite der Welt. Fast alles von ihr hab ich gesehen. Aber selbst bin ich nie mehr vom Schiff.

32° 30′ S / 7° 30′ O

Das war überraschend. Eben setzte sich jemand zu mir, nahm meine Hand und gab vor, mich zu kennen. Das Meer ist heute völlig glatt, obwohl der Himmel bedeckt ist. Er leuchtet aber. Trotz des böigen Windes und obwohl wir ziemlich rollen. Nicht eine einzige Schaumkrone aber glänzt auf der See.

Ich habe meine Sonnenbrille in der Kabine vergessen. Meine normale muss reichen.

Aber dass sie doch meine Frau ist, sagte diese Person.

Was sollte ich tun? Ich wollte nicht abweisend wirken. Nur deshalb zog ich meine Hand nicht weg. Für ein Gespräch ist so etwas natürlich keine Grundlage. Darum reagierte ich auch dann nicht, als mein Besuch zu weinen anfing. Was ja ein Zeichen dafür ist, dass er das Bewusstsein nicht hat. Schon deshalb hätten wir uns nicht verständigen können. Darum hätte ich der Frau am liebsten gesagt, sie möchte bitte still sein. Hören Sie dem Wind zu, hätte ich ihr sagen wollen. Und dass es doch eigentümlich ist, so viel Wind und gar keine Wellen. So vieles Reden und gar kein Bewusstsein.

Dass man darüber dann weint, ist allerdings verständlich.

Bei Monsieur Bayoun hingegen hatte ich immer das Gefühl, ihn schon seit langem zu kennen. So, wie man jemandem nach Jahrzehnten wiederbegegnet. Wie man sich aus seiner Jugend an jemanden erinnert. Das war natürlich schon deshalb nicht möglich, weil er aus Marokko stammt. Er ist auch in Tanger an Bord gekommen. Wir hatten dort einen herrlichen Liegeplatz. Bis zur Kasbah konnte ich hinaufschauen und zugleich unten die Passagiere beobachten. Wie sie von der Stadt zurückkamen. Da guckte Monsieur Bayoun zu mir hoch.

Ein neuer Passagier, dachte ich nur. Aber sein Blick ließ nicht los.

Ich verspürte den Drang, ihm entgegenzugehen. Aber ich fürchtete, mir etwas einzubilden. Deshalb war er es, der mich ansprach. Es waren zwei Wörter, *Vous aussi.* Sie hätten eine Frage sein können. Es war aber eine Feststellung. Ich versuchte, mich an mein altes Französisch zu erinnern. Ich erinnere mich auch immer sofort, aber nur so, dass ich alles verstehe. Das Sprechen ist ein Problem. Man versteht, aber kann nicht antworten, jedenfalls nicht gleich. Zumal ich wusste, meine Antwort wird kompliziert. Trotzdem versuchte ich es, brach aber mittendrin ab. Ich weiß noch genau, wie ich die Antwort einfach auf deutsch gab.

Es war ein ziemliches Gedränge. Wenn wir einen Hafen verlassen, wird auf dem Achterdeck immer gefeiert. Goodbye-Party nennen sie das. Das gesamte Entertainment rückt für sie an. Es wird gesungen und getanzt, der immer kleiner werdenden Stadt zu- und den Passagieren vorgesungen. Nachgetanzt wird und vorgehampelt, weil die Passagiere mitmachen sollen. Die klatschen im Takt in die Hände. Nicht aber die silbernen Mädchen, sondern livrierte Kellnerinnen und Kellner laufen mit Tabletts herum.

Meist stammen sie aus Osteuropa, oft aus der Ukraine und aus Moldawien, wo man auch kleinen Lohn nimmt und trotzdem dankbar ist, Arbeit zu haben. Jedenfalls dröhnten und blechten aus allen Boxen die Evergreens und Tanzmusik, während wir uns zurück in die Meerenge schoben. Damals ging es Richtung Ägypten, wenn ich mich richtig erinnre.

Ich habe befürchtet, dass ich allein bin, sagte ich. Was nämlich hieß »befürchtet« auf französisch? Avoir peur, sagte er. Ich entsinne mich genau. Vous aviez peur que vous soyez seul.

Aber das sind Sie keineswegs. Dennoch, den letzten Schritt tun wir ohne einander. Wir treten über die Schwelle ein jedes für sich. Woran mir sofort diese Formulierung auffiel, »ein jedes«. Das lag natürlich an seinem Deutsch. Aber, sagte er weiter, uns verbindet, dass wir es wissen und wollen. Auch das sagte er auf deutsch. Dabei war die Situation absonderlich genug. Er sagte aber noch etwas, eine Ergänzung. Zumal Sie wie ich, sagte er, ein Frühsommermensch sind.

Damit begann unsere Freundschaft.

Darf ich so nennen, was zwischen uns war?

In die Strukturen der Wogen versinken. Dass ich Fingernägel habe. Dass Monsieur Bayoun ein Berber war, hat er erst später erzählt, nicht schon bei unserm ersten Gespräch, ein aber, sagte er, *Amazigh*. Und dass das Meer wie die Wüste ist und sein Vater alleine hineinritt, um den Allerbarmer aufzusuchen. Weil seine Zeit gekommen war, kam er nicht wieder.

Ich weiß nicht mehr, ob Monsieur Bayoun das auf deutsch erzählte oder abermals auf französisch. Oder in einer anderen Sprache, die nur wir beide und die einhundertzweiundvierzig anderen verstehen. Sollte mein Freund recht gehabt haben, hätte auch in Nizza jemand Neues zusteigen müssen. Damit die Zahl stabil bleibt. Wenn einer von uns geht, kommt ein neuer Bewusster dazu.

Für die meisten stellt sich das Bewusstsein überhaupt erst auf dem Schiff ein. Mir geschah es in Barcelona, auf meiner ersten Reise. Nizza. Von Nizza aus ging sie los. Ausgerechnet.

Ich muss nachdenken.

Wie war die Tour?

Von Nizza aus nach Calvi, von dort nach Olbia und weiter bis Neapel. Kann das sein? Von Neapel aber zum Stromboli. Richtig. Es war nicht möglich auszubooten, der Scirocco zu heftig. Die See ging so hoch, dass die Außentüren zugesperrt wurden. Ich hätte ohnedies nicht hinausgekonnt. Mir war derart elend, dass ich mich kaum rühren konnte. Damals bin ich zum ersten Mal seekrank geworden, aber danach niemals wieder. Auch vorher nicht, wenn mich, wie hieß er noch gleich?, zum Segeln mitgenommen hat. Das habe ich immer geliebt. Meinen Schein habe ich trotzdem nie gemacht. Dafür war ich zu eingebunden in die Halbleiter. Für Sehnsucht ist keine Zeit gewesen.

Dann fuhren wir nach Palermo weiter und quer übers Meer bis Barcelona. Palermo habe ich aber noch gesehen. Ich hatte zwar auch in Barcelona herumspazieren wollen, mich sogar schon bereit gemacht. Auf dem Bootsdeck stand ich nur noch, weil ich mich nicht in die Schlange drängeln wollte. Vom Promenaden- bis zum Atlantikdeck waren die Treppen mit den Leuten verstopft.

Da begriff ich und blieb. So dass ich mich zum ersten Mal fragte, ob ich der einzige bin. Als wir wieder ablegten, um nach Ibiza weiterzufahren.

Auch in Valencia blieb ich an Bord, auch in Tanger, das in vollem Dienstag strahlte. Wo Monsieur Bayoun auf das Schiff kam, der das Bewusstsein aber schon mitgebracht hat. Deshalb habe ich manchmal das Gefühl, er ist eigens für mich hergeschickt worden. Obwohl er, erinnere ich mich, nicht allein war.

Die Frau war mir wegen ihres weitkrempigen Huts aufgefallen und wegen des hellrot gelockten Haars. So stellte ich mir eine Keltin vor. Mächtig wie eine Walküre. Wirklich habe ich erst gedacht, die singt in der Oper Tragödien. – Manchmal sehe ich sie noch. Wie sie die Relings entlangschreitet, immer mit diesem Hut, immer in Begleitung. Oft hört man sie auflachen. Aber ihr Gesicht kann ich wegen des Schleiers nicht erkennen. Den zieht sie immer herunter, wenn sie aus dem Überseeclub tritt.

Damals, mit Monsieur Bayoun, spazierte sie gern morgens. Was ein bisschen grotesk aussah, dieser grazile Mann und die enorme Frau. Von mir hat sie sich ferngehalten, auch nach Nizza. Wobei Monsieur Bayoun über sie nie mit mir gesprochen hat. Ich hatte den Eindruck, er wollte sie für sich alleine behalten. Das habe ich respektiert. Denn das Bewusstsein hatte ich schon ohne ihn.

Woher hat er das mit den einhundertvierundvierzig gewusst? »Spatzen«, seltsam. Monsieur Bayouns Chinesisches Domino. Was aber ein falsches Wort für das Mah-Jongg ist. Mit Domino hat es gar nichts zu tun. Doch werden auch da die Spielsteine »Ziegel« genannt. Schauen Sie, sagte Monsieur Bayoun und hielt eines der Plättchen hoch. Aus echten Walknochen. Es gibt so etwas, sagte er, auch aus Menschenknochen.

Was wird aus unseren Fingernägeln? fragte ich mich da.

Es ist nicht leicht, einen Körper wirklich zu erfassen, nicht einmal den eigenen. Das ist sogar viel schwieriger, als die Seele zu verstehen. Wie eng sie mit ihm verwandt ist, merken wir aber, wenn er ermüdet. Wie vernäht unsere Augen mit ihm sind. Wie dicht die Seele in jeden Muskel geknöpft ist.

Bei mir ist es das Bein und ein bisschen vom Herzen der Arm. Bei anderen sind es die Augen oder die Zähne, oder es ist alles zusammen. So bilden sich in der See blasse Flecken. Die verblassen aber immer noch weiter. Bis sie zu Löchern geworden sind. Durch die sieht das Bewusstsein aufs Meer und sieht der eigenen Auslöschung zu. Ein fester Ort nach dem anderen wird aus uns gelöscht. Wir hören schlechter, unser Geschmackssinn verkümmert. Nur die Fingernägel, sagt man, wachsen lange noch weiter.

Gewiss möchte keiner sich lächerlich machen. Manchmal denke ich, es ist eine Frage der Bescheidenheit. Anders als die übrigen Passagiere kennen wir unsere Ankunft nicht, weder die Zeit noch den Ort. Und möchten niemandes Schamgefühl verletzen. Schon dass ich von »Ankunft« schreibe, ist ein Ausdruck dieser Scham. Und von unserer Angst. Es stimmt nämlich nicht, dass die Zeit »fließt«. Sondern sie steht, und das Schiff bewegt sich durch sie hindurch.

Wir haben sehr viel gelacht, Monsieur Bayoun und ich, weil keiner das bemerkte. Woran wir uns dann d o c h erkennen könnten. Es ist ja nicht so, dass man nicht erschreckt, wenn das Bewusstsein sich erstmalig einstellt. Wenn einem plötzlich klar wird, was geschieht.

Ich entsinne mich der dämmervollsten Melancholie. Sie hielt von Barcelona bis Tanger an. Davor bin ich ein fröhlicher Mensch gewesen. Schon aus beruflichen Gründen hatte ich für Grübeleien überhaupt nicht die Zeit. Was den Raum dafür meint. Mit den Halbleitern habe ich schon jung begonnen. Sie haben mich Jahrzehnte ernährt. Bis die Chinesen kamen und ich die Firma verkaufen musste. Einfach, weil sie die ... – es gibt dafür einen Begriff. Ich hatte für Deutschland die Strukturen. Wobei natürlich auch Siemens den Vertrag wollte. War es Siemens? Aber wegen Gisela hat Petra dann die Scheidung eingereicht. A u c h wegen ihr.

Alles das ist nicht mehr wichtig.

Manpower, richtig. Weil sie die Manpower hatten. So dass ich wahrscheinlich kein guter Mensch gewesen bin.

Manneskraft. Ganz vieles ist witzig, aber nicht komisch.

Was hat das alles mit dem Mah-Jongg zu tun? Seit Monsieur Bayoun wieder weg ist, steht das Spiel unangerührt in meiner Kabine. Die einhundertvierundvierzig Steine liegen in den herausziehbaren Laden einer Kiste aus, so nannte er es,

Hühnerfedernholz. Eine schwere Kiste, nachtschwarz lackiert und mit nachtblauem Samt ausgeschlagen. Ein Mittwochabendblau ist das. Mit einem kleinen Schloss kann man die zwei Türen vor den Laden verschließen.

Manchmal denke ich, dass ich der allerälteste Mann auf dem Schiff bin. Dabei feiere ich im kommenden Jahr erst meinen Siebzigsten. Natürlich werde ich nicht feiern.

Wem geb ich das Sperlingsspiel weiter?

Ich habe nämlich verstanden, dass dies meine Aufgabe ist. Wegzugehen wird wundervoll sein, wenn ich sie erfüllt haben werde. Ich werde, umgeben von Wasser, schwimmen, ohne dass ich es merke.

Vorhin sah ich lange die riesigen Ohren eines alten Mannes an, verwundert, erschrocken. Ich sah sie von hinten, so dass sie rot waren, dienstagsrot. So schien durch sie das Licht hindurch. Da dachte ich, ich verstehe sie nicht. Es kommt aber genau darauf an. Zum Beispiel kommt es darauf an, diese Ohren zu verstehen.

Was verstehe ich schon?

Was ist wahr? Was ist falsch?

Ein blinder Passagier ist auf dem Oberdeck gelandet, erschöpft von einem langen Flug. Ein Spatz. So fern vom Land zitterte er an der stählernen Bordwand. Er drückte sich gegen sie und breitete seine Flügelchen aus, um sie zu trocknen. Die kleine Lunge ging und ging.

Einer der Inder vom Service bückte sich zu ihm hinab und strich ihm mit zwei Fingern über das Gefieder. Dann ging er wieder, kehrte aber mit einer Serviette zurück. Darin nahm er den Vogel auf und barg ihn an seiner Brust. Eine Hand über Serviette und Spatz, trug er das Tierchen hinein. Nahe dem nächsten Land wird er es wieder fliegen lassen.

Wenn die Zeit in Wirklichkeit stillsteht und wir uns durch sie hindurchbewegen, verliert man natürlich manches aus den Augen. Das ist im Raum genauso. Eine Stadt zum Beispiel sieht man nach hundert Kilometern nicht mehr, sogar schon nach dreißig. Menschen erkennt man bereits nach achthundert Metern nicht. Es merkt auch keiner, dass sich die Erde dreht und wir mindestens einmal am Tag auf dem Kopf stehen. Das ist natürlich gut so. Wir hätten sonst Angst, für immer ins Weltall hinunterzufallen.

Zum Beispiel könnte man sagen, dass die Seelen in Wirklichkeit hinabpurzeln, statt zum Himmel aufzusteigen. Das wäre sehr viel logischer. Vielleicht ist d a s damit gemeint, dass wir uns fallenlassen können.

Wenn ich also hin und wieder etwas vergesse, dann liegt das schlicht daran, dass sich mein Raum davon entfernt hat. Außerdem bewege ich selbst mich im Raum, nämlich als sehr kleiner Teil von ihm, der insgesamt durch die Zeit zieht. Weshalb ich an ein Buch aus meiner Jugend denken muss, das einem unkompliziert die Relativitätstheorie erklärt. Zum Beispiel sieht man einen Zug fahren. In dem geht ein Mensch in die fahrtgleiche Richtung. Vielleicht muss er aufs Klo. Oder er hat Hunger und will ins Bistro. Aber obwohl er sich überhaupt nicht beeilt, ist er schneller als der Zug. Das aber nur, wenn man ihm von draußen zusieht. Im Zug selbst geht er normal.

Genau so ist es mit dem Bewusstsein. Wer es hat, der sieht sich von draußen, obwohl er gleichzeitig drinnen ist. So dass er wirklich versteht, was passiert. Aber so komme ich mir dauernd beobachtet vor. Weil ich nicht nur die anderen beobachte, sondern genauso mich selbst.

Morgen werden wir vor Sankt Helena liegen. Wieder werde ich an der Reling stehen und zuschauen, wie die Tenderboote genommen werden. Wenn dann die Touristen an Land sind, beginnt für uns die Stille. In den Gängen hört man auf den Teppichen zwar sowieso keine Schritte. Doch auch auf dem Achterdeck wird es schlagartig ruhig, die auf dem Schiff Gebliebenen bewegen sich kaum noch. Es wird auch keine Musik gespielt. Alle sehen nur, ganz wie ich selbst, auf das Meer und das Land. So sind wir zusammen ein einziges Blicken.

Das Traumschiff ist selber die Zeit.

Über uns schreien die Möwen, unter denen die Kellner huschen. Auch das fast geräuschlos. Unser ruhiges Schaukeln hat sie am Ellbogen genommen und um die Taille gefasst. Sogar jeder Gedanke ist nur ein flüchtiges Wirbeln von Sand. Er ist Sand nämlich selbst. Wie ein Unssein, wie Wasser. So steigen wir fast schon gemeinsam, indem wir fallen, auf.

Das sind lange Momente einer letzten Vorbereitung. Doch ist es nicht wahr, dass noch einmal das ganze Leben an dem inneren Auge vorbeizieht. Das tut es selbst dann nicht, wenn wir die Lider, obwohl wir weiter aufs Meer schauen, schließen. Sie sind keine Leinwand, die Lider. Und keine Pupille ist ein Projektor. Sondern wie draußen Stille, so drinnen Dunkel.

Weil die Kellnerinnen aber den Eindruck haben, dass wir nun schlafen, fragen sie uns nicht, ob wir noch etwas haben möchten. Das tun sie sonst auf den Achterdecks dauernd. Oder sie laufen herbei und zupfen an einem herum. Dann soll man sich hinlegen, obwohl ich viel lieber sitze. Oder Tatiana meint, dass mir die Sonne nicht guttut. Deshalb setzt sie mir oft etwas auf den Kopf, wenn ich die Kabine verlasse.

Ich könnte mich dagegen wehren. Aber wenn ich ihr besser mit Mütze gefalle, dann tu ich ihr die Freude. Oder wenn sie es schöner findet, dass ich mir am Abend einen Schal um den Hals lege. So lasse ich mir die Mütze eben aufsetzen und bekomme um die Schultern den Schal.

Außerdem hat Tatiana oft Angst, dass ich zu wenig esse. Dabei habe ich meistens nur keinen Hunger. Alleine deshalb esse ich wenig. Eine Kleinigkeit morgens und erst am Abend etwas Warmes. Was auch daran liegt, dass mich das Essen anstrengt und ich nicht dauernd schlafen möchte. Mit Appetitlosigkeit hat das gar nichts zu tun. Im Gegenteil weiß ich heute ein gutes Gericht sehr viel mehr zu schätzen als früher.

Gerade an Bord will ich nicht wahllos sein, wo es täglich sechs, sieben Mahlzeiten gibt. Ich staune immer wieder darüber, was Menschen alles essen können. Schon das ist ein Grund für mein Befremden. Maßlos stopfen sie in sich hinein. Ich habe derart vollgetürmte Teller gesehen, dass mir fast schlecht geworden ist.

Zu den Essenszeiten meide ich deshalb den Überseeclub und das Waldorf.

Aber wenn wir unter uns sind, kommt sowas nicht vor, dass man mir zu essen aufzwingt.

Während die anderen auf ihren Exkursionen sind, kann man auf Deck friedlich liegenbleiben. So dass ich mir nun die Zurückgebliebenen ansehen könnte. Denn nur wer das Schiff nie verlässt, kann zu uns gehören. Hab ich das schon notiert?

Aber nicht alle einhundertvierundvierzig haben das Bewusstsein bereits. Das ist ein Problem. Es stellt sich bei manchen erst irgendwann ein. Weil es andere aber schon haben, wäre es sinnlos, zum Beispiel die Verbliebenen durchzuzählen. Dennoch kann der Tag einmal kommen, an dem wirklich nur die einhundertvierundvierzig nicht an Land gehen. Dann wäre auf einen Schlag klar, zu wem ich gehöre. So dass ich

Kontakte knüpfen könnte, ohne in meinem ständigen Zweifeln zu sein. Denn jeder von ihnen wüsste sofort, wovon ich spreche. Da bekäme zu sprechen wieder einen Sinn, weil auch ich die anderen verstünde. Dann müsste ich nicht meine Selbstgespräche halten. Die schreibe ich nur deshalb nieder, weil es mir das Gefühl gibt, dass ich mich an jemanden wende. Zum Beispiel an einen alten Freund oder an eine Bekannte von früher. Da nimmt sie den Umschlag aus ihrem Briefkasten und ist ganz gerührt, weil ich sogar in meiner Ferne an sie gedacht habe. Weil sie das nie vermutet hätte.

Erst einmal bereitet sie sich in ihrer Wohnung zweiter Stock links einen Kaffee. Bevor sie den tiefschwarzen Brieföffner nimmt, den wir aus Kenia mitgebracht haben. Handarbeit aus Ebenholz. Nur dass Gisela keinen Kaffee, sondern immer Tee getrunken hat, Earl Grey. Ständig hat sie nach Bergamotte gerochen. Wirklich alles an ihr, sogar noch in der Badewanne.

Wenn sie nicht nach Hund gerochen hat wie schließlich insgesamt die Wohnung.

Also deshalb wartet sie, bis der Kessel pfeift.

Aber weil ich sie verlassen habe, schreibe ich bestimmt an jemand anderen. Trotzdem ist durchzuzählen eine gute Idee.

Nur reicht das nicht.

Wenn ich ein Klebeband hätte, würde ich Nummern auf die Abschnipsel kritzeln und jedem Erkannten eine hinten dranpappen. Das haben wir als Jungs so mit Zetteln gemacht, auf denen »Ich bin blöde« stand. Was wir uns schiefgelacht haben, wenn es Herr Grundmann nicht gemerkt hat! »Bullerbacke«, richtig, Bullerbacke ist sein Spitzname gewesen. Wir mussten das Wort nur flüstern, schon wurde er knallrot vor Wut. Lehrer haben damals noch gebrüllt. Uns schlagen haben sie aber schon nicht mehr gedurft. Bullerbacke trägt 'ne Jacke, die Hose is' voll Lehrerkacke.

Selbstverständlich würde ich ebenfalls eine Nummer tragen. Denn zweidrei Menschen wiederzuerkennen, ist keine große Sache. Aber einhundertvierundvierzig, das kriegt man nicht hin.

Oder ich gehe umgekehrt vor. Ich besorge mir den Decksplan, weil da die Unterkünfte mit eingezeichnet sind. Dann streiche ich, immer wenn jemand das Schiff verlässt, seine Kabinennummer durch. Dafür habe ich Zeit von der ersten Einbis zur letzten Ausschiffung jeder neuen Reisegruppe. Sogar jetzt gleich, wo wir noch ganze drei Wochen vor uns haben, kann ich damit anfangen. Am Ende bleiben nur die Kabinen der einhundertvierundvierzig übrig. Das wäre auch weniger albern als das mit den Nummern. Wir müssten uns nur die Hänger an den Kabinenschlüsseln zeigen und wüssten gleich Bescheid.

Oje, schon wieder diese Heulsuse. Das nimmt allmählich überhand. Vor allem, weil auch sie die schwere Tür immer zuschlagen lässt, die zum Bootsdeck hinausführt. Das geht den ganzen Tag über so. Niemand achtet darauf, den Griff festzuhalten, um der Stahltür ihren Schwung zu nehmen. Weil sie obendrein mit Holzplanken beschlagen ist, knallt sie ihr Gewicht gleich doppelt heftig zu.

Jedesmal zucke ich zusammen und sehe auch jedesmal hin.

Was aber jetzt ganz gut ist, dass ich es tat. So war ich vorbereitet. Denn das hat sich herausgestellt, dass es das beste ist, nicht nur zu schweigen. Sondern insgesamt muss man den Eindruck vermitteln, dass man nicht da ist. *Seelisch* nicht da ist, meine ich. Wenn man durch die Leute einfach nur durchguckt, ist es ihnen viel unangenehmer, als wenn man schimpft oder sich wehrt. Tut man das nämlich, werden sie erst recht tätig. Dann kommt man aus der Aufregung gar nicht mehr raus. Das kann richtiggehend missbräuchlich werden. Schweigt man aber stur, geben sie ziemlich schnell auf.

Trotzdem verschwinde ich mal besser. Noch hat sie mich nicht gesehen.

Ich besorge mir jetzt den Decksplan.

Ist das zu fassen? Erst einmal drängte sich da eine lange Menschentraube vor der Rezeption. Das hängt natürlich mit dem Ausflug zusammen, weil sie zu Napoleon wollen. Nur haben sie vorher vergessen, die Exkursion auch zu buchen. Was sie jetzt nachholen müssen. Andererseits ist man in so einer Schlange geschützt, weil man nicht so schnell erkannt wird.

Deshalb habe ich immer lieber in Städten gewohnt. Auf dem Land fällt man als schlechter Mensch viel zu schnell auf. In Städten dagegen wird eine gewisse Gerissenheit vorausgesetzt. Man hat da viel mehr Möglichkeiten. Zum Beispiel hat es mir wirklich Spaß gemacht, Gisela sitzenzulassen, die sich nach den drei Jahren an die große Wohnung ja gewöhnt hatte. Oder waren es vier? Ohne mich hätte sie die Miete nie bezahlen können. So dass sie dann endlich freiwillig ging, quasi. Das war meine Rache dafür, dass ich nach meiner Trennung für Petra weiterzahlen musste. Als Ehefrau, hat der Anwalt gesagt, habe sie darauf ein Recht. Da habe ich nur drauf gewartet, mir dafür Satisfaktion zu holen. Wobei es egal war, bei wem. Sagt man das, »Satisfaktion«? Es hat auch absolut geklappt. Im Kempinski gab es richtig eine Szene mit Schreien, Gläserschmeißen und allem. Trotzdem bekam ich zwar den Decksplan, aber man wollte mir die Liste mit den Passagieren nicht geben. Dabei war ich zu der jungen dunkelhaarigen Russin wirklich freundlich.

Bitte gehen Sie jetzt wieder auf Ihr Zimmer, sagte sie, womit sie meine Kabine meinte. Man kann es den jungen Dingern nicht übelnehmen, wenn ihnen manchmal eine Vokabel fehlt. Sie haben in der Schule kein Englisch gehabt und schon gar nicht Deutsch gelernt und müssen jetzt alles auf einmal nachholen. In Bremerhaven wird sowieso die Crew wechseln. Dann kommen wieder nur deutsche Passagiere an Bord. Die Engländer und Australier steigen schon in Harwich aus. Jedenfalls weiß ich jetzt, dass es 547 Kabinen sind. Die Suiten aber mitgezählt.

So viele Leute sind diesmal gar nicht an Bord. Also muss ich jetzt auch noch jeden Raum herausbekommen, der auf dieser Reise nicht belegt ist. Gäbe man mir die Passagierliste, wäre das nicht nötig.

Das alles schoss mir an der Rezeption durch den Kopf. Wovon mich eine solche Erschöpfung überkam, dass ich zu weiterer Überzeugungsarbeit unfähig war.

Ich werde mich wegen der Liste später an den Hoteldirektor wenden. Früher hat man so jemanden einen Quartiermeister genannt. Wenn einer einen Doktor vor seinem Namen stehen hat, geht das natürlich nicht mehr.

Natürlich habe auch ich so etwas einmal haben wollen. Einen Doktor, meine ich. Dann war mir das aber zu teuer. Es hat diese Investition auch gar nicht gebraucht, weil bei den Chinesen viel mehr mein Alter gezählt hat. Dass ich über fünfzig war. Einen Dreißigjährigen hätten die als Verhandlungspartner überhaupt nicht ernstgenommen. Egal, ob mit oder ohne Doktor. Wobei ich natürlich Glück gehabt habe, dass die Gegenseite nicht noch älter, sondern sogar viel jünger war als ich, und zwar die gesamte Schlitzaugenriege. Ich seh sie noch vor mir da in München. Ein falsches Gucken neben dem andern. In Wirklichkeit hätte die Schlitzaugen aber ich haben müssen. Also wenn es stimmt, dass man einem die Gerissenheit ansieht.

Mir hat man sie n i e angesehen. Ich war stets gepflegt, aber unauffällig in dunkelblauem Anzug, im Sommer ein bisschen heller im Blau. Auch schon mal grau. Krawatte, Lederschuh,

Ende. Und natürlich die Brille. Das hat die Chinesen vertraulich gestimmt. Ich habe von allem Anfang an gewusst, dass sie mir eines Tages das Messer an die Kehle setzen würden.

In einer solchen Situation hat man für eine Familie keine Zeit.

In einer solchen Situation muss man auf dem Kiwief sein. Monatelang. Was heißt das, »Kiwief«? Oder schreibt man »Kiewief«, mit beide Male »e«? – Jedenfalls habe ich sowen wie Gisela einfach gebraucht. Geld spielte sowieso keine Rolle. Nach den Chinesen war ich entweder reich oder absolut pleite. Da konnte es mir schnuppe sein, ob ich nun zweitausend oder zehntausend für Gisela ausgab. Oder für Koks. Als der Coup dann aufging, war es erst recht egal.

Wobei ich mich an Frau Seiferts Gehstock allerdings gewöhnt habe. Das muss ich wiederholen, dass er mir lieb ist. Es ist kein besonders schönes, schon gar nicht wertvolles Stück, sondern ein einfacher Holzstock mit einem dünnen schwarzen Griff. Fast wie von einem Regenschirm.

Natürlich war mir das erst peinlich, weil es sichtlich ein Damenstock ist. Andererseits merkt man so kein Gewicht. Monsieur Bayouns Klarheit habe ich aber immer noch nicht. Ich stelle sie mir als eine weite Klarheit vor, als eine Klarstheit. Sie wird mir gar keinen Raum mehr für Gedanken an Gisela lassen oder an die Chinesen und Petra. Weil das alles ganz unwichtig wird.

Immerhin kann ich jetzt schon hinschreiben, dass ich kein guter Mensch gewesen bin. Es kommt darauf wirklich nicht länger an. Es stört mich auch nicht mehr, was in den Zeitungen stand. Dass ich ein Verbrecher war und so weiter. Ich bin vielleicht ein Gauner gewesen, ein Verbrecher aber bestimmt nicht. Die Chinesen übers Ohr zu hauen hatte insofern etwas Gerechtes. Das hat die Staatsanwaltschaft später genauso ge-

sehen, na, nicht ganz. Aber die Untersuchung wurde eingestellt, Punkt. Woraufhin Petra die Klage einreichen konnte,
von wegen, dass wir die Firma schließlich jahrelang gemeinsam geleitet hätten. Dabei war sie für Sven ständig zuhause
gewesen und hatte alles für sich. Den Pool und das Heim-
kino. Während ich immer nur im Büro gehockt habe, um den
Chinesen die Halbleiter zu verticken. Die hatte ich aus China
vorher importiert, aber ein bisschen verändert. Weil sie dann
deutsche Wertarbeit waren. Was mich sowieso immer amüsiert hat, dieser Begriff. Jedenfalls hat sie ihnen dann die Re-
gierung wieder abgekauft unter noch mal einer anderen Be-
zeichnung. Die hatten aber die Chinesen gefälscht. Irgendeine
Firma in Detroit.

Darum durfte ich einfach nicht zögern, als sie mit dem
Kaufangebot kamen. Die Triaden lassen nicht mit sich spaßen.
So dass ich Rentier geworden bin, wie das heißt. Also nachdem die Staatsanwaltschaft damit aufgehört hatte, weiter in
dem Schlamm rumzuwühlen. Denn je tiefer sie grub, desto
übler hat es gemüffelt. Bis es schließlich nach sämtlichen Klos
der Hardthöhe stank.

Außerdem habe ich eine ganze Menge der Kirche gespen-
det. Erstens weiß man nicht, ob es nicht doch einen Gott gibt,
oder sogar eine Hölle. Und zweitens vermittelt es einem ein
großes Gefühl. So dass man zum Beispiel zu Essen eingeladen
wird, bei denen es um nichts anderes geht, als dass man dabei
ist. Denn man ist nun eine respektable Person, die sich sogar
als Vorbild eignet. Detailliert kriege ich die ganze Geschichte
grad nicht mehr zusammen.

Dass ich keine Ahnung mehr habe, wie Gisela ausgesehen
hat, wundert mich allerdings nicht. Nur, dass ich sie immer
Bergamottchen genannt habe. Was sie überhaupt nicht gemocht hat. Es war überhaupt immer leicht, sie aufzuziehen.
Jetzt ist ihr Gesicht ebenso weg wie Petras, die immerhin

meine Frau war. Also wenn die Erinnerung stimmt. Ich weiß nicht mal mehr ihr Alter. Alles wird nebensächlich, wenn plötzlich der Himmel ein einziger Regenbogen ist.

Über dem Nebel der Gischt, die der Wind von den Wogen bläst, schießen seltsame Funken auf.

Wenn ich nachdenke, dann kann Monsieur Bayoun nicht schon auf meiner ersten Reise an Bord gekommen sein. Oder war es so, dass wir von Tanger nicht nach Osten, sondern nach Lissabon weiterfuhren? Da wäre meine erste Seefahrt dann zuende gewesen. Nur dass ich eben schon wusste, ich gehe nie mehr von Bord.

Also habe ich dort, in Lissabon, zum ersten Mal eine komplette Ausschiffung erlebt. Dann das Reinschiff, dann meine zweite Einschiffung. Ist das so? Woraufhin wir nach Osten gefahren sind und nach dem Suezkanal über den Indischen Ozean bis nach Bali. Dann bin ich da also schon zweimal gewesen, das erste Mal mit Monsieur Bayoun. Der natürlich, ganz wie ich, nicht dort ausstieg. Sondern er brachte mir das Sperlingsspiel bei, das wir von nun an oft gespielt haben, Hunderte Partien. Beim zweiten Mal war ich allein, weil er schon für immer gegangen war.

Wo hat dieses Totenauto gestanden?

Schwarzer, glänzender Kastenwagen mit ultrablauen Faltengardinen hinter den schmalen Scheiben. Hoher langer Dachrücken, vorne die wulstige Stoßstange. Ich sehe noch, wie sie unter dem aufgewölbten Kühlergrill zu leuchtendem Silber poliert war. Wie in einem alten Film, hatte ich denken müssen und an die Dächer von Nizza gedacht. Wie hieß sie nochmal, die dann gleich nebenan eine Königin wurde?

Erschreckend war dieses Auto aber deshalb, weil das Blau der Gardinen genau das Blau von dem Samtfutter in dem Mah-Jongg war.

31

Die Insel schob sich uns unter den schweren Wolken der vergangenen Nacht entgegen. Es war früher Vormittag. Der dauernde Regen hatte das Licht in ein fiebernd helles Gelb zersetzt, das treibende Löcher in die noch immer tiefen Ballungen riss.

Da wir von Südosten kamen, schwammen wir einmal halb um das felsige Land herum. Anfangs wirkte es roh und zerspalten. Doch überall, wo durch die Löcher warme Strahlen hinunterfassten, nahm es ein basaltiges Rot an. Das wurde erst gegen Mittag zu dem grauen Braun in Fladen erstarrter Auswürfe.

Dann kam die Hitze.

Dennoch, obwohl die Sonne lange hoch stand, gab es einen Wolkensturz. Der war derart massiv, dass sich das Felsgestein zu einer vollkommenen Schwärze vollsog, überall. Wo es trotz des neuen Sonnenprallens nass blieb, schimmert es nun wie mattiertes Satin bis ganz auf die Gipfel.

Aber das ist es nicht, was mich seit Stunden auf meinem Liegestuhl festhält.

Während des Gusses hatte ich mich unter das kurze stählerne Vordach in die Raucherecke geflüchtet. Da hatten aber nur die beiden Sängerinnen und der junge Mann gesessen. Ein »Trainee«, sagt man. Den schwärmten sie unentwegt an. So *schnieke*, hätte meine Großmutter gesagt, sah er mit seinen hellblauen Augen in der weißen Uniform aus. Dazu die leuchtenden Zähne, als es so dunkel geworden war. Im Nu hatte uns das Wasser bis zu den Knöcheln gestanden. Die Millionen fetter Tropfen, wenn sie auf die Planken klatschten, waren ein jeder meterweit gespritzt.

Dann hatte sich das Unwetter erschöpft, und die Sonne war wieder durchgekommen. So dass erneut die Luft von reinen weißen Paaren durchjagt ist. Es sind zwanzig, dreißig, vielleicht vierzig wie Schwalben kleiner und so auch segelnder Vögel. Wahrscheinlich sind es Möwen. Sie kapriolen nicht nur ihre Flugkunst, kann man das sagen: »Sie kapriolen ihre Flugkunst«?, sondern sie umsegeln sich immer auch selbst, jedes Paar einander. Das ist wie ein niemals endendes Liebesspiel. Dabei stoßen sie glückhafte Schreie aus, als wenn sie sich allen verkünden wollten, jedem Geschöpf auf der Welt.

Zu der sie bestimmt aber gar nicht gehören. Sondern es sind die Seelen von Feen, dachte ich, Kunstfliegerfeen. Die sind aus den Eiern einer helleren und freieren Zwischenwelt geschlüpft, als unser Diesseits, dachte ich, ist. Sogar als das Jenseits. So dass ich plötzlich denken musste, das ist doch nicht möglich, dass du dich plötzlich verliebt hast. Ich bin in kleine weiße Schwalben verliebt. Und dass ich sowas niemals vorher gefühlt habe.

Vor allem, weil sie überall sind, über dem Meer und über dem Land und unter dem ganzen irdischen Himmel.

Aber ich verstehe natürlich, dass es damals von hier kein Entkommen gab. Hätte Napoleon das Bewusstsein gehabt, er wäre natürlich froh drum gewesen. Und jetzt sind die Leute zu seinem Grab unterwegs. Da werden sie sich drängen, um es zu fotografieren. Allein wir an Bord Gebliebenen schweigen, oder es wird nur gedämpft gesprochen.

Als aber dann doch jemand rief, dass wir nach Backbord kommen sollten. Schnell! Schnell! Die Arme zum Wasser ausgestreckt, waren es hingerissene Zeigearme. Die wirbelten zu uns her und wehten fast. Natürlich wurde auch wieder gerufen. So dass ich mich ebenfalls erhob. Langsam schritt ich zur Reling und sah die Delphine nun auch. Kleine Leiber, vierzig, vielleicht fünfzig Zentimeter lang, die erst, flitzigen Torpedos ähnlich, knapp unter dem glatten Wasserspiegel sausten. Dann sprangen sie, als würden sie sich uns vorführen wollen. Sie hörten damit gar nicht mehr auf.

Ich habe das Hunderte Male gesehen, doch immer ist es neu. So nah dem kleinen Hafen. Nur eine Mole, quasi, ist er. Über sie hinweg drangen das Durcheinanderrufen vieler Kinder und ihr Lachen zu uns herüber. Dazu wehte eine Lautsprecherstimme über das letzte Stückchen Meer. Ich vernahm sogar den Knall einer Pistole. Ein Sportplatz, dachte ich erst, aber es war ein Schwimmbad. So dass ich mich zu erinnern versuchte, wann denn ich zuletzt in einem war. Ich weiß es nicht mehr, doch ich roch noch das Chlor auf der Haut. Ich hörte den dumpfen Klang unter Wasser, wenn ich nach den Ringen tauchte, und wie ich als Junge immer gehofft habe, dass den Mädchen beim Schwimmen etwas zwischen den Beinen verrutscht. Das ist aber nie vorgekommen. Nur manchmal konnte man die Spalte erahnen. Und dass ich das alles vergessen hatte. Was für ein Mysterium sie war.

Jetzt flutete es mich. Es flutete mich wieder.

So sprangen die Delphine drunten, und sausten. So jagten droben die Feen und umschwärmten einander in ihren Ellipsen. Dabei riefen sie und riefen, als wenn sie ein Echo der Kinder wären. Das warf rechts der Vulkanfels zurück, den ganz die Jakobsleiter hinaufführt. Dass sie so heißt, hat mir vorhin Mister Gilburn erzählt. Zweidrei Gestaltchen sah ich sie emporklimmen. Sicher war es niemand vom Traumschiff, kein Passagier jedenfalls. Sie ist viel zu steil.

Aber vielleicht waren es welche von der Crew. Sonst kommt ja kaum jemand her von der Welt. Aber wie ich so in die Sonne sah über dem Meer, sah ich mich selbst da kraxeln. Das fiel mir sehr leicht, weil auch diese Schwalben an ihr bis in den Himmel hinaufflogen und wieder von ihm herab. Sie taten es, um mich anzuspornen. Es waren aber nur wieder die Kinder, die im Schwimmbad auf den Bänken saßen. Sie riefen und klatschten, damit ihre Freunde schneller schwammen und noch immer schneller. Wer dann als erster ankam, den empfing ein solches Jubeln, dass mir kurz etwas schwindelig wurde. Obwohl die Entfernung alles so dämpfte. Als lauschte ich in eine Muschel hinein.

Ich habe mich sogar festhalten müssen. Dabei legte ich meine linke Hand auf die rechte des Mannes, der neben mir stand. Das bemerkte ich erst aber gar nicht, sondern nur, weil er mich fragte, ob alles in Ordnung mit mir ist. Ich glaube, dass er sogar zweimal fragen musste, ehe ich begriff.

Jaja, sagte er, indem er meinem Blick folgte und den Vögeln ebenfalls zusah, *Gygis alba*. Da kann einem schon leicht schwindelig werden. Aber Sie setzen sich vielleicht besser mal hin.

Seltsamerweise war mir die Situation nicht peinlich. Ich ließ sogar meine Hand, wo sie war. Dabei machte ich mir langsam klar, dass dies seit Monaten der erste Mensch war, mit dem ich wieder Kontakt hatte. Natürlich abgesehen von den Zimmermädchen.

Ich ließ mich von ihm sogar zu einem der Tische führen. Er half mir, Platz zu nehmen. Sofort eilte eine der Kellnerinnen herbei. Vielleicht war ich wirklich ein bisschen blass. Dass ich besser auf mein Zimmer gehe, sagte sie, um mich hinzulegen. Ich werde noch verrückt mit diesem »Zimmer«. Aber natürlich war auch sie eine Russin, oder sie kommt aus der Ukraine oder aus Moldawien. Deshalb hat sie dieselben Probleme mit den richtigen Wörtern wie an der Rezeption die Frau.

Das ist bestimmt auch schon wieder einen Monat her.

Wo habe ich eigentlich den Decksplan gelassen?

Es ist wie verhext. Denn ich habe ja keine große Kabine, auch wenn ich sie trotz der zwei Betten alleine bewohne. Aber ich lege etwas ab und finde es einfach nicht wieder. Nur wollte ich jetzt natürlich nicht suchen, schon gar nicht hineingehen und dann bis zu meinem Baltikdeck hinunter. In der Kabine rauscht sowieso nichts als die ewige Klimaanlage. Sondern ich wollte an der freien Luft bleiben, unter den fliegenden Feen. Auch das Rufen wollte ich weiter hören, ihres und das vom Schwimmbad.

Sowieso ging es mir wieder besser. Deshalb hatte ich wirklich Glück, dass die Kellnerin woandershin gerufen wurde. Das wird hier mit ständigem Elektronikpiepen gemacht. Sie gab nur einem Kollegen einen, merkte ich sofort, heimlichen Wink. Woraufhin er mir ein Glas Wasser holte. Indessen der Mann sich neben mich setzte. Dann stellte er sich vor. Sogar das empfand ich als Glück. Ganz wie die fliegenden Feen und die Kinder. Auch wenn ich nichts davon sagte.

Er heißt Mister Gilburn und hat das Bewusstsein wie ich. Auch er hat einen engen Freund verloren. Und wie der meine, Monsieur Bayoun, ist auch er mit Frau Seifert befreundet gewesen.

Ihm hat sie ebenfalls etwas nachgelassen, aber ein Halstuch. Das legt er, sagte er, nur zum Schlafen ab. Außerdem hat er mir von der Jakobsleiter die Geschichte erzählt. Er hat sie eine Legende genannt. Das habe ich mir gemerkt, weil das auch Guf ist, die Halle der, hat er gesagt, ungeborenen Seelen. Von der mir Monsieur Bayoun erzählt hat.

An Mister Gilburns engen Freund konnte ich mich unscharf erinnern, wie wir so auf dem sich wiegenden Achterdeck saßen. Mister Gilburn bestellte sich einen Gin Tonic. Ich nippte immer mal wieder von meinem Wasserglas. Derweil rann mir im Nacken der Schweiß.

Angenehm ist an Mister Gilburn, dass er raucht. Selbstgedrehte aber. Jedesmal, wenn er sich eine ansteckt, murmelt er ironisch einen Dank. Zum Beispiel, was ist der Mensch, dass du dich seiner so annimmst? Wobei er mir zuzwinkert. So dass ich sofort denken musste, wie schön, jetzt kannst du deine letzten Zigarren in Gesellschaft genießen. Die bewahre ich mir, obwohl ich ja aufgehört habe. Doch eines Tages, an meinem letzten vielleicht, will ich sie anzünden in ganz dem Bewusstsein. Dann kommt es auf mein Herz nicht mehr an. Und auch ein Name tut nichts mehr zur Sache.

Es ist ja schon gut, dass überhaupt noch geraucht werden darf. Dafür gibt es die ausgewiesenen Zonen, die Mister Gilburn allerdings ein bisschen, so nennt er es, grenzüberschreitend interpretiert. Er hat überhaupt viel Humor, dieser drahtige, ein wenig vorgebeugte Mann, der mir grad bis zur Stirn reicht. Dabei bin ich selber nicht groß.

Ein bisschen älter als ich mag er sein, mit seinem grauen Haarkranz. Den sah ich aber erst, als er die beige Schirmmütze abgelegt hatte. Er hält ihn sehr kurz. Einen Bürstenschnitt hat meine Großmutter zu sowas gesagt. Nur dass auch sein Bart ein Bürstenschnitt ist. Über den Wangen scharf ausgeschnitten. Wäre seine Haut nicht so hell, er hätte etwas Arabisches oder auch Jüdisches. Das darf man natürlich nicht sagen und schon gar nicht zusammen. Trotzdem ist diese Nase beeindruckend groß, wie ich den Mann auch insgesamt beeindruckend finde. Da ist nichts Kindisches an ihm, nur die gleiche, bei ihm aber spöttische Klarheit, die ich von Monsieur Bayoun liebevoller kenne. Doch trotz seiner Witze und der Adlernase bleibt er mir gegenüber unüberheblich. Zum Beispiel gibt er mir keine gutgemeinten Ratschläge. Er will auch nicht dauernd, dass ich aus der Sonne gehe oder mir etwas auf den Kopf setze. Und wenn ich nichts essen, mich aber auch nicht ins Bett legen will, sondern draußen bleiben, akzeptiert er es sofort. Man muss das achten, hat er gesagt, dass ein Mensch frei ist. Als sich sein Freund verabschiedet hat, habe das genauso gegolten.

Es ist jetzt soweit, habe der gesagt. Er wolle sich für die gemeinsamen Stunden bedanken. Da haben sie sich eine Sekunde länger in den Arm genommen als sonst. Als der Freund dann weggegangen sei, habe er ihm nicht hinterhergesehen. Statt dessen lange von der Reling ins Meer geschaut und vor sich hinlachen müssen. Darum, sagte er, bitte ich Sie, dass auch Sie mir nicht hinterhersehn.

Das werde ich versuchen. Ob ich aber dann lachen kann, weiß ich heute natürlich noch nicht. Aber wenn wir uns das richtig vorstellen, sagte Mister Gilburn, dass gar nichts von einem zurückbleibt, wirklich keine Spur, während es doch immer noch dieselbe Luft ist, die wir heute atmen, die vor zweitausend Jahren Cäsar, zum Beispiel, geatmet hat, ganz dieselben Luftmoleküle, kommen wir, sagte er, gar nicht umhin, das in einem umfassenden Sinn für komisch zu halten. Es könne nämlich durchaus sein, dass er soeben, in diesem Moment, einen Luftzug nehme, den vor noch nicht einem einzigen Jahr sein Freund ganz genauso genommen hat.

Der Gedanke beschäftigt mich. Selbst jetzt noch, wo die Passagiere zurück von ihren Ausflügen sind und ich vor der unvermeidlichen Ablegeparty auf das Bootsdeck hinuntergeflüchtet bin, backbords aber diesmal.

Kaum fahren wir auf das Meer hinaus, wird es kühl im aufgefrischten Wind. Weil ich daran gewöhnt bin, habe ich eine Decke mitgenommen und über meine Knie gelegt. Aber ich mochte es immer sehr, wenn die Füße frei bleiben, auch keine Socken darübergestreift sind.

Noch heute gehe ich sehr gerne barfuß. Doch bekomme ich ständig gesagt, dass ich das nicht tun soll. Vor allem von

Tatiana. Deshalb versuche ich, ihr möglichst oft aus dem Weg zu gehen. Zum Beispiel öffne ich, bevor ich meine Kabine verlasse, nur einen Spalt weit die Tür. Dann gucke ich erst, ob sie zu sehen ist und zum Beispiel in dem Abstellräumchen herumwerkt. Dummerweise befindet es sich gleich schräg gegenüber. Die Gänge sind ja nur schmal. Man kann mit den Händen über beide Wände gleichzeitig fahren. Wenn man da barfuß geht, ist es natürlich nicht gefährlich. Weil alles mit Teppichen ausgelegt ist. Nur auf den Außendecks muss man aufpassen, sich nicht den Zeh an einem stählernen Kant zu stoßen.

Um hinauszukommen, muss man dort die Füße ziemlich hoch anheben. Denn die Türen schlagen nicht nur oben und an der Seite gegen den Rahmen, sondern auch am Boden gegen eine Blende. Die soll bei hoher See verhindern, dass Wasser unten hindurchläuft. Und wenn ich in meine Kabine zurückgeh, gucke ich ebenfalls erstmal links und rechts den Gang lang. Damit sie mich eben nicht merkt und dann wieder will, dass ich was esse.

Ich weiß zum Beispiel nicht, ob es in Russland so Sitte ist, sich als Zimmermädchen auch um die Kleidung der Gäste zu kümmern, oder in der Ukraine. Das halte ich einfach nie auseinander. Deshalb habe ich in dem Handatlas nachgeguckt und nach ihr gesucht. Nach der Ukraine. Weil so ein Handatlas in wirklich jedem Zimmer liegt.

Vielleicht sollte ich Tatiana einmal fragen, ob sie mir von ihrem Zuhause etwas erzählt. Aber erstens will ich ihr nun meinerseits nicht zu nahe treten. Zweitens würde sie wahrscheinlich ausweichen, weil es ihr unangenehm ist. Dann geht ihr dasselbe Zucken durch die linke Wange wie damals der Kellnerin. Die kam ebenfalls aus der Ukraine, oder aus Moldawien. Da bin ich noch zu den Shows gegangen, in die Lounge. Weil ich damals die Musik noch mochte. Da hat sie mir erzählt, jetzt habe sie ihren Jungen schon über anderthalb Jahre nicht mehr gesehen. So lange sei sie nicht mehr daheim gewesen.

Aber dass sie weinte, lag nicht an mir, sondern daran, dass das Kind noch so klein war, nicht einmal drei. Bestimmt habe es sie, seine Mutter, einfach aus Sehnsucht vergessen. Ihr Weinen kam aber von dem Schlager, den die Band da gespielt hat. Monsieur Bayoun hat deshalb gesagt, wenn die wahren Gefühle von so etwas Falschem ausgelöst werden, während die Leute sie im richtigen Leben verstecken, ist das doch wohl besonders komisch. Nein, Mister Gilburn hat das gesagt. Und *tragikomisch* hinzugesetzt.

Denn zum Beispiel in den Captain's Club gehen nur wenige Leute, wenn da ernste Musik gespielt wird. Obwohl die Promenaden der Galerie die zentralen inneren Schiffsgänge sind, und mittendrin der Club. Vor dem Bewusstsein hatte ich zwar schon mal den Namen gehört, aber überhaupt nicht gewusst, wer das gewesen ist, Bach. Aber wahrscheinlich ist das gar nicht die richtige Frage. Sondern *was* muss man fragen: *was* es gewesen ist.

Darum bleibe ich heute auch sehr lange auf.

Umso wichtiger ist es, dass mich Tatiana nicht erwischt. Zum Nachtkonzert will ich unbedingt hin, weil Mister Gilburn mich gefragt hat. Aber Tatiana sagt immer, Sie brauchen Ihren Schlaf. Sie mag es überhaupt nicht, wenn ich noch so spät durch das Schiff geh. Aber höchstens sechs oder sieben Leute sind bei den Konzerten dabei, erzählte Mister Gilburn. Und wenn es mehr sind, dann hören sie nicht zu, sondern reden und reden und lachen laut. Manche keckern sogar in die Musik hinein, vor allem die Frauen.

Schon deshalb ist es wichtig, dass wir hingehen. Die Musikerinnen sollen merken, sie sind nicht allein. Wie weh es tut, wenn man allein ist, das habe ich erst gemerkt, als Monsieur Bayoun nicht mehr da war. Damals habe ich mit dem Schweigen angefangen. Vorher aber, auch noch nach Barcelona, jedenfalls Tanger, habe ich mich oft unterhalten. Früher im Leben sowieso. Ich war eine richtige Stimmungskanone, hat mal gesagt, ich weiß nicht mehr, wer. Das habe ich überhaupt nicht gemocht, wenn es zu still war. Statt dessen bin ich, sowie ich aus dem Büro kam, erst einmal in die Kneipe oder gern auch in Clubs. So dass mich Petra nicht nur ungestraft einen Säufer nennen konnte. Sondern sie hat auch insgesamt vor Gericht recht bekommen, und ich musste ihr obendrein die Abfindung zahlen.

Die hätte ich nun lieber Tatiana gegeben. Zwar passt sie auf wie ein Schoßhund, dass ich nach zehn nicht mehr rumgeh, nein, wie ein Schlosshund. Auf der anderen Seite ist sie wirklich bemüht. Sie mag mich, das spüre ich, trotz alledem wirklich. Außerdem haben Zimmermädchen ein ganz besonders schwieriges Leben, weil sie fast immer an Bord bleiben müssen. Denn die Crew darf dann erst das Traumschiff verlassen, wenn die Passagiere hinaus sind. Das kann besonders lange bei den Ausflügen dauern, zu denen die Tenderboote genommen werden. Nicht nur ich bin etwas langsam zu Fuß. Es gibt so viele Alte hier. Allein der Umstieg zieht sich manchmal Ewigkeiten hin. Aber auch bei den Gangways zuweilen.

Zum Beispiel waren in Durban die Shuttlebusse nicht da. Deshalb musste man im Terminal bleiben. Denn der Fußweg führte durch Industrieanlagen, an Hunderten, hörte ich später, Containern vorbei. Die sollen sich da zu Türmen stapeln. Eine andere Anlegestelle wäre für das Traumschiff zu teuer gewesen. Durch einen Industriehafen darf man aber ohne Ausweis nicht gehen. Also kamen die Passagiere wieder zurück. Das war natürlich nicht ohne Witz, wie sie zurückkamen und es dann wieder versuchten und abermals hilflos zurückkommen mussten. Stundenlang ging das so.

Da hat eine Crew dann gar keine Chance, erst recht ein Zimmermädchen nicht, das ganz bis zum Schluss warten muss. So dass zum Beispiel Tatiana, die dreimal schon um die Welt gefahren ist, in ihrem Leben weniger von ihr gesehen hat als jemand mit, sagen wir, drei Wochen jährlichem Urlaub.

Monsieur Bayoun hat deshalb immer versucht, denen ohne das Bewusstsein von seinem Bewusstsein etwas abzugeben. Weil man dann davon ausgehen konnte, dass sie von ihrem Landausflug nicht nur sich und ihren Lieben etwas mitbrachten, sondern auch den Zimmermädchen. Wir selbst würden es natürlich tun. Aber wir gehen ja nicht von Bord. Wegen der Länder und fremden Städte sind wir nicht hier.

Das fiel mir jetzt wieder ein, backbords auf dem Bootsdeck. Als ich mir kurz die Decke von den Beinen nahm und aufstand. Über mir hingen die ab Wasserlinie orangeroten Rettungsboote vertäut an ihren Davits. Unter ihnen hindurch sah ich Sankt Helena im Meer wieder verschwinden.

Nur noch die Lichter von Jamestown waren zu erkennen und an den Kliffen zwei Leuchtturmlampen. Scheinwerfer sind das. Ich zählte ihre Blinksekunden, an denen die Brücke erkennt, wo wir sind. Während es auch Menschen an Bord gibt, die überhaupt nie an Land gehen können, sondern erst, wenn die Reise vorüber ist. Zum Beispiel sehen die in der Küche so gut wie nie das Tageslicht.

Das nun sowieso weg ist. Wovon in den stählernen Streben und in den Seilen, an denen die Boote hängen, der Wind sein Lied beginnt. Von dem, was die Welt und wirklicher als Bach ist. So dass ich erneut die Einsamkeit spüre, die mich nach Monsieur Bayouns Davongang erfasst hat und derethalben ich gar nicht mehr spreche. Das ging so über mein zweites Bali hinaus.

Ganz um Australien herum ging das so und quer durch den Indischen Ozean. Da sprach ich nicht einmal mehr mit mir selbst. Vor Île Maurice und der anderen Insel, La Réunion, wuselten kleine Hammerhaie um den Schiffsbug, nervösen Nagetieren gleich, was ich überhaupt jetzt erst begreife. Weil es auch dauernd regnete, vor Durban sogar. Dann der Nebel am Kap von Agulhas, furchtbar einsam die Wale vor Kapstadt, ein Tuten von Schiffen, die keiner sah in der Milch, das aber ebenso klagte. Da habe ich es nicht länger ausgehalten, schon gar nicht, wenn jemand mich besuchte.

Es wurde immer schlimmer. Zum Beispiel kam Tatiana auf die nun völlig abwegige Idee, mich waschen zu müssen. Ja, es kann sein, dass man in der Ukraine seine Gäste auch anzieht, meinetwegen. Aber das mit dem Waschen geht zu weit. Mit einer anderen Kultur lässt sich das nicht mehr erklären. Es gibt dafür keine Entschuldigung. Auch darum fing ich die Kladden an.

Es gibt Wogen, die Buckeln von Walen gleichen.

Zwei Seetage haben wir wieder.

Seit dem Morgen heftiger Regen und abermals ein Westwind, der nachts bereits blies. Oft auch die Tage zuvor. Aber nach dem Konzert war es noch trocken. Deshalb saßen Mister Gilburn und ich noch einige Zeit auf dem Achterdeck. Schweigend teilten wir unsere Ergriffenheit. Anders lässt sich das nicht sagen. Er drehte sich aber dauernd Zigaretten. Was ist des Menschen Kind, dass du ihn so achtest? spottete er und nahm einen tiefen Zug. Das ärgerte mich. Alles muss er komisch sehen. So dass ich mit meiner Ergriffenheit alleinbleiben wollte.

Er brachte mich zu meiner Kabine.

Aber daran war gar nicht zu denken, dass ich schlafen konnte! Trotzdem nickte ich Mister Gilburn mein Gutenacht zu.

Nachdem ich die Tür geschlossen hatte, legte ich deshalb mein Ohr an sie. Wie lange er noch zu hören war. Nicht seine Schritte natürlich, das geht wegen der Teppiche nicht, aber sein Räuspern. Weil er so viel raucht. Aber auch das ließ sich schon nicht mehr vernehmen.

Trotzdem zählte ich sicherheitshalber einmal bis fünfzig. Dann öffnete ich die Tür. Erst nur einen Spalt.

Der lange schmale Gang lag blass beleuchtet im Schweigen. Selbst die ewige Reihe der Türen schien zu schlafen. Nur das raunende Stampfen der Maschine war zu hören. So dass ich begriff, was Vergeblichkeit ist.

Gespürt hatte ich sie bereits im Captain's Club. Dabei habe ich jede, erinner ich mich, Frau gekriegt, die ich in meinem Leben wollte. Wobei ich schon denke, dass ich mir vielleicht nur solche Frauen auch ausgesucht habe. Sie mussten etwas hermachen, aber sollten mir nicht dreinreden wollen. Dafür habe ich sie bezahlt. Ich habe auch Petra bezahlt. Darum hatte sie dieses Leben. Das hat sie sehr genau gewusst. Deshalb ist die Scheidung auch so ein Witz gewesen, aber kein komischer, wie Mister Gilburn vielleicht meint.

Natürlich habe ich bekommen, was ich verdiene. Ich beklage mich nicht. Seit Barcelona beklage ich mich nicht mehr, und besonders nicht seit Tanger. Aber mir fällt auf, dass die Zimmermädchen und Kellner erst seit Tanger übergriffig geworden sind. Da auch ist zum ersten Mal mein Besuch aufgetaucht. Und sitzt dann da und fängt am Ende an zu heulen. Ein jedes Mal ist das so.

Deshalb muss auch er in Tanger an Bord gekommen sein. Monsieur Bayoun habe ich davon natürlich nichts erzählt. Ich dachte, wenn er mir die Keltin verschweigt, will er vielleicht generell über Frauen nicht sprechen. Außerdem dränge ich meinen Besuch, sowie der wieder weg ist, möglichst schnell aus meinen Gedanken. Schon erinnere ich mich wirklich nicht mehr. Das ist die reine Notwehr. Sowieso sind für das Bewusstsein ganz andere Dinge und Phänomene interessant. Auf die haben Monsieur Bayoun und ich uns konzentriert. Zum Beispiel auf die Farbe des Meeres, die ja jedesmal wechselt.

Woran ich mich nämlich viel mehr als an meinen Besuch erinnere, ist, dass es zum Beispiel das Dienstagsmeer gibt. Während ich mich an meinen Besuch eigentlich g a r nicht erinnere, sondern immer nur dann, wenn er da ist. Alleweil ist es ein Erschrecken.

Es gibt tatsächlich eine Dienstagsfarbe des Meeres. Sie ist

deshalb bemerkenswert, weil sie nicht etwa nur dienstags auftritt. Das Meer kann diese Dienstagsfarbe auch an einem Mittwoch annehmen oder an einem Donnerstag oder sonstwann in der Woche. Genauso kann es mittwochsfarben an einem Dienstag sein. Dass es solche Tagesfarben gibt, ist für das Bewusstsein von Bedeutung. Angesichts solch eines Mysteriums, wie hätten Monsieur Bayoun und ich da noch über Keltinnen sprechen können, oder Besuche? Dass etwas nicht nur rot sein kann, etwas anderes gelb und ein Drittes mattviolett, sondern ein Viertes leuchtend dienstag, und pastellen mittwoch ein Fünftes.

Das hat ihn und mich bis in unsere Träume beschäftigt. Darüber habe ich nachgesonnen, indem ich auf das Meer schaute, als dieser Besuch zum ersten Mal in mein ruhiges Bordleben trat. Dass ich mich aber gerade jetzt seiner wieder entsann, nachts vor meinem letzten Rundgang, konnte zwar nichts mit der Geigerin zu tun haben. Trotzdem hatte ich plötzlich das Bild vor Augen, wie rechts am Hals über ihrer Schlagader die Sehnen hervortreten, wenn sie sich zur Seite wendet. Als sie den Bogen mit besonderem Nachdruck auf die Saiten setzte, wirkten sie fast wie ein Wellenstrang. Sondern es hat mit der Pianistin zu tun, mit Kateryna Werschevskaja. Ich habe eigens im Programm ihren Namen nachgelesen.

Zu dem Bewusstsein gehört, keine Angst mehr zu haben. Auch nicht vor der Sinnlosigkeit. Doch wenn das Bewusstsein zum ersten Mal einsetzt, spürt man die Angst besonders. Dann darf man nicht fliehen, sondern muss sich ihr stellen.

Was anfangs fürchterlich ist. Normalerweise spüren wir sie ja nicht. Jedenfalls mir ging das in meinem Leben so. Aber wir spüren sie trotzdem, weil Angst nichts nur im Kopf ist. Vielmehr ist Angst etwas Körperliches wie der Tastsinn. Sie ist ein Organ des Empfindens. Es ist wie mit meinen Tabletten, wenn ich sie zu spät eingenommen habe. Der Schmerz ist dann weg, das stimmt, aber spüren tu ich ihn dennoch. Nur quält er nicht mehr so sehr. Was aber täuscht. Er quält nämlich weiter, vielleicht sogar schlimmer. Wie wenn ein Einbrecher eindringt und wir tun so, aus Furcht, dass wir nichts hören. Bleiben einfach sitzen, als wär nichts, und er schlägt uns von hinten mit einer Eisenstange nieder, oder mit einer Vase.

So ist das mit der Angst.

Wenn wir sie nicht wahrnehmen wollen, sondern uns mit wer weiß was betäuben. Genauso mit den Tabletten. Deshalb nehme ich sie auch nicht mehr, obwohl Tatiana sehr aufpasst. Ich nehme also die Pillen zwar in den Mund, aber spucke sie hinterher aus. Das ist nicht immer leicht, weil ich ja gleich etwas trinken soll, um sie hinunterzuspülen. Eigentlich muss es *her*unter heißen, weil es in einen hineingeht, also viel näher an einen heran. Sonst wäre man außerhalb von sich selbst. Aber ich habe mit TicTacs geübt. Denn vom Zahnarzt weiß ich, dass ich eine Tasche, hat er gesagt, hinten im Zahnfleisch habe. Wegen der soll ich besonders sorgfältig mit der Zahnseide sein.

Nach Barcelona hat sich herausgestellt, wie praktisch diese Tasche aber ist. Sie rettet mich vor der Betäubung.

Wobei ich immer noch durch den Türspalt spähte. Mister Gilburn war schon längst weg.

Nein, auch Tatiana war nicht in der Nähe. Selbst Zimmermädchen müssen mal schlafen, wenn sie von morgens bis abends im Einsatz sind. Dauernd müssen sie Betten machen und einem frisches Obst hinstellen und den Spiegel im Badezimmer putzen. Sie sind es auch, die einem jeden Tag das Programm für den nächsten auf den Tisch legen. Welche Show es heute in der Lounge gibt. Wann wieder im Captain's Club Kateryna Werschevskaja spielt. Ihre Geigenfreundin ist auch eine Russin. Ich glaube, sie heißt Olga. Wann das Sunshine Duo spielt. Wo morgen nachmittag das Ratespiel anfängt.

Aber trotz ihrer Hingabe sind die Zimmermädchen sehr schlecht bezahlt. Imgrunde leben sie von dem Trinkgeld, das man ihnen nach jeder Reise dalässt. Während sich Mister Gilburn darüber beklagt hat, dass es kein Roulette auf dem Schiff gibt. Ihn ärgert das. Offensichtlich kann man das Bewusstsein auch als ein Spieler haben. Momentlang war ich fassungslos. Dass solch ein fabelhafter Mann Schwächen haben konnte! Er merkte aber nichts, sondern erzählte weiter. Von Monaco, zum Beispiel, und von Baden-Baden. Dabei kratzte er auf dem Teller herum, obwohl das Spiegelei schon ganz zerzupft war. So dass ich gar nicht mitbekam, dass sogar ich etwas aß. Das war mir lange nicht mehr passiert.

Doch das muss schon der nächste Morgen gewesen sein. Oder noch der Morgen danach. So ineinander verwachsen auf langen Fahrten die Tage. Natürlich hing mein neuer Hunger mit meiner Anima zusammen. Mister Gilburn hat diesen Begriff verwendet. Anima und Sukkubus, hat er gesagt. Wovon das letzte Petra ist. Zu Spieler sagt er »Gambler«.

Monsieur Bayouns Bewusstsein ist natürlich schon reifer gewesen als das von Mister Gilburn. Wegen des Spiegeleis war ich mir momentan nicht einmal sicher, ob nicht sogar meines das reifere ist.

Ich denke mir, dass Monsieur Bayoun gegangen ist, als sein Bewusstsein vollkommen war. Das ist unser beides noch nicht. Eben dieses macht uns zu Freunden. Denn wenn ich es mir richtig überlege, ist Monsieur Bayoun viel mehr als ein Freund mein Lehrer gewesen. Dem zwar, das stimmt, auch ich nicht hinterhergesehen habe, aber aus Nachlässigkeit, nicht aus Bewusstsein. Nur dann, wäre dem anders gewesen, hätten wir Freunde sein können.

Dort vorne sieht die Meeresoberfläche aus wie eine Haut von Vulkanen. Andere Wellen sind Ketten aus Hügeln, auf deren Rücken das Wasser wie ein Sand auf glasglatten Flächen zurückrutscht. Da drüber leuchtet in hellem Weiß die Gischt.

In der Ferne ein Boot. Das kann gar nicht sein so mitten auf dem Atlantik. Ein anderes Schiff ist es aber nicht, sondern vielleicht einfach Treibgut.

Dahinter der heute wieder freitagsfarbene Horizont. An dessen schmalem Band sich das Meer wie eine Mauer erhebt. Genau so sieht es aus, ein endloses Kliff, das von Norden bis ganz nach Afrika reicht. Von ihm hat sich vor Nizza Monsieur Bayoun herabgestürzt.

Kann das sein, vor Einsamkeit? War er nicht in Begleitung gewesen? Von wem? Und wenn es auch auf die Einsamkeit nicht mehr ankommt?

Dass der Schmerz aber weiter wirkt, das bleibt mir bewusst. Dass etwas in mir ist, das mich zerfällt. Wogegen ich nichts tun kann, aber auch nichts mehr tun möchte. *Es zerfällt mich.* Darum schreibe ich über ihn nicht.

Er geschieht, das ist alles.

Also stieg ich, immer gut auf Frau Seiferts Gehstock gestützt, die Treppe zum Promenadendeck der Galerie hoch und, weiterhin innen im Schiff, noch eine höher. Es heißt nicht nur deshalb Galerie, weil dort Bilder hängen. Sondern die Seite zum Rumpf besteht aus einem Panoramafenster neben dem anderen. Davor stehen Sessel und Tischchen. Jetzt in der Nacht saß natürlich niemand mehr dort.

Endlich drückte ich backbords die Tür auf, die auf das äußere Bootsdeck führt. Wo ich jetzt wieder sitze. Aber die Böen pressten so sehr dagegen, dass es nicht leicht war, sie aufzubekommen. Ich musste zweifach nachdrücken, was wegen des Gehstocks ziemliche Umstände machte. Das dritte Mal nahm ich die Schulter. Da fuhr er mir schon in den Bademantel, der Schmerz, und ließ ihn an mir flattern. Was ich nicht verstehe, denn ich war doch vom Konzert noch bekleidet. Aber trug nicht einmal Schuhe, hatte auch keine Socken an.

Ich habe vielleicht nicht gewollt, dass jemand mein Auftreten hörte. Anders lässt sich das nicht erklären. Trotzdem ist das Tappen des Gehstocks natürlich nicht zu überhören. Also wo es keine Teppichböden gibt.

In diesem Moment vergaß ich ihn. Da ging es nur noch darum, den Bademantel schnell wieder um mich herumzubekommen, als ich so flatternd im Freien stand. Mehr als diese stürmische Kälte empfand ich plötzlich die kalte Nachteinsamkeit. Obwohl es doch hätte warm sein müssen so nahe dem Äquator. Das war es aber nicht so nahe meinem Herzen.

Woran ich deshalb besser nicht dachte. Erst recht nicht an die Schmerzen. Das Spiel wird nämlich anders gespielt. Dazu muss man aber zu viert sein. Wir waren immer nur zwei, Monsieur Bayoun und ich. Doch imgrunde jeder nur einer, so dass wir es spielten, wie man Patience spielt, aber gegeneinander. Damit die Zahl stabil bleibt.

Darum fiel mir die Insel Mauritius ein, Île Maurice hat Monsieur Bayoun sie genannt. Wann haben wir vor ihr gelegen?

Jetzt lag sie unter dem Schwanz des Ungeheuers.

Denn obwohl es so blies, war der Himmel vollkommen klar. Ich erkannte sofort Deneb und Vega, und schräg entspross dem Horizont aus kurz vor ein Uhr die Milchstraße. Sie blühte, legte ich meinen Kopf in den Nacken, hoch über mir links im Zenit. Erloschen jedoch der Stab des Orion, der uns so lange begleitet hatte. Dafür war die Stute zu sehen, ich erkannte sogar ihren Nabel.

Sie bäumte sich auf.

Der Wind war ihr Wiehern, verstand ich. Da hatte ich auch

noch den eisernen Niedergang zum Sonnendeck erstiegen, das nun ein Sternendeck war. Fast waagrecht gegen das Wiehern gebeugt, wollte ich weiter bis zum Bug. Über das letzte Fünftel des Joggingpfads, der hinterm Sportbereich schmal das Radar umrundet. Auf der anderen Seite läuft er um den Aufbau der Schlote zurück. Und über die ganze hohe Länge des Traumschiffs heulte in den Verspannungen das Wiehern. Hoch und höher bis zum Altair.

Was es einklagen wollte, fing ich zu begreifen aber erst an. Denn noch lag der Polarstern unter der Welt. Er überstiege erst jenseits des Äquators die Kimm.

Damit die Zahl stabil bleibt. Die Ziegel würden ja weniger sonst. Sonst müsste es Momente geben, in denen plötzlich einer der Spielsteine fehlt. Wobei es wahrscheinlich egal ist, ob Bambus, ob Kreis. Oder ob Drache.

Mittendrin, während man spielt.

Vielleicht ist das Mah-Jongg auch deshalb manchmal nicht aufgegangen. Es gab dann das zweite Paarstück nicht mehr. Darauf komme ich aber erst jetzt. Und plötzlich gibt es das wieder. Erst ab dem nächsten Hafen aber, klar. Wo sich das Spiel ergänzt.

Aber nicht in jedem steigen Passagiere neu zu.

Darum hätten wir ein solches Fehlen ganz sicher bemerkt. Überhaupt hätte Monsieur Bayoun, in seinem vollendeten Bewusstsein, davon gewusst und hat es vielleicht auch. Ein solcher Satz wäre sonst vollkommen sinnlos gewesen. Jedenfalls war es hinter Mauritius derartig heiß geworden, dass ich auch da schon nicht einschlafen konnte. Das Rauschen der Klimaanlage hat mich so verrückt gemacht, dass ich sie seitdem immer ausschalte. Aber dadurch wird es in der Kabine erst richtig heiß. So dass man auch ohne das Bewusstsein nicht einschlafen kann. Außerdem stellt Tatiana sie immer wieder an.

Sie hat natürlich recht, dass man die Fenster auf einem Schiff nicht öffnen darf, schon gar nicht tief unten im Rumpf. Aber dann wird die Luft schlecht und riecht zum Beispiel nach Schlaf. Wenn man dann schwitzt, ist an ein Schlafen erst recht nicht zu denken. Davon schwitzt man dann aber n o c h mehr.

Deshalb war mir gar keine andere Wahl geblieben, als aufzustehen. So dass es nur logisch ist, wenn ich nichts als über dem Schlafanzug den Bademantel getragen habe. Schuhe braucht in der Hitze sowieso kein Mensch, aber natürlich den Gehstock.

Erst war ich backbords oberhalb der Metalltreppe stehengeblieben. Ich hatte auf keinen Fall bemerkt werden wollen, schon wegen des Schlafanzugs und nur mit dem Bademantel drüber. Von der Insel war schon nichts mehr zu sehen gewesen. Allein Tintenbläue war, und ganz wie gestern ein Firmament aus Millionen Brillanten auf Nachtsamt, der uns wiegte. Was ich noch immer nicht wirklich begreife. Unter mir auf der Brückennock hatte die Bordwache gestanden und eine Zigarette geraucht.

Wahrscheinlich hatte die Tür zum Ruderhaus offengestanden, denn der Mann hatte sich mit jemandem unterhalten, mit dem Rudergänger vielleicht. Weil beide russisch gesprochen hatten, war auf die Entfernung nicht mitzubekommen, was sie sagten. Statt dessen hatte ich plötzlich von noch vor dem Aufbau ein Flüstern vernommen. Turnschuhe hatten gequietscht. Da hatte ich dann doch um die Ecke gelugt.

Die Geräusche waren von dreivier jungen Leuten gekommen. Sie stiegen über die Leiter zum Oberdeck, dem alleroberssten unter dem Himmel. Wie weiße Äffchen flink, huschten sie hoch zum Radar. Sie wollten wohl ebensowenig bemerkt werden wie ich. Als Passagier ist mir diese Leiter sowieso nicht erlaubt. Zudem ist sie mit einer Kette gesichert. Über die kommt natürlich hinweg, wer sich nicht auf einen Stock stützen muss.

Trotzdem war einer der Passagiere dabeigewesen, nicht nur Besatzung. Der war nicht mehr so jung wie die anderen. Er war mir schon einige Male aufgefallen. Abends trägt er fast immer einen hellen Anzug und Krawatte. Das tut man an Bord sonst nur zu Anlässen, um sich mit dem Kapitän fotografieren zu lassen. Was oft Stunden dauert. Da steht man dann vor der Lounge dafür an. Auch Petra hätte das von mir verlangt. Darauf hat sie gestanden, dass man im Leben etwas hermacht und für jemanden Wichtiges gilt.

Das lassen sich die Passagiere an solchen Tagen vom Kapitän bestätigen. Besiegeln mit seinem persönlichen Handschlag. Damit sie es nicht vergessen, werden dabei alle fotografiert, Paar für Paar und er dazwischen. Manchmal fasst er der Frau um die Taille. Ich meine den Kapitän.

Aber schon vor der Lounge werden sie abgelichtet, mit dem Traumschiff auf Pappe im Hintergrund. Mister Gilburn hat spöttisch erzählt, dass sie für drei kleine Bilder ganze vierundzwanzig Dollar, so sein Wort, *berappten*. Gott, stieß er aus, ich will dir ein neues Lied singen! Und grinste.

Ich aber habe gedacht, dass man mit den Steinen vielleicht den Tod auch aufhalten könne. Man muss ihn nur im Blick haben, indem man sie dauernd mit sich herumträgt. Nur ist es ein großer Kasten und schwer. Während Monsieur Bayoun ganz im Gegenteil befürchtet hat, man führt ihn mit ihnen zu schnell herbei. Deshalb ist er vor meinem ersten Bali so erschrocken, als ich, den einen Blumenziegel in der Hand, an die Reling getreten war. Da schon hatte uns jemand wegen der Delphine gerufen, allerdings vom Sonnendeck herunter. Es wird ja niemand müde, ihnen zuzusehen, ob mit dem Bewusstsein oder ohne. Plötzlich sprang Monsieur Bayoun zu mir her. Ich hätte mir nie vorstellen können, dass er noch so schnell war. Denn er sprang wirklich. Halt! rief er. Passen Sie auf! Und riss meine Hand von der Reling weg.

Gottseidank, sagte er, als er mir den Stein aus den Fingern nahm. Und wie wenn er noch einmal riefe, ermahnte er mich. So etwas dürfen Sie niemals tun! Wenn Sie ihn versehentlich fallen lassen, wird jemand sterben, der vielleicht noch gar nicht so weit ist. Woraufhin er mir die Legende von Guf erzählt hat und dass die Spatzen auf einer Liste für bedrohte Tierarten stehen. Es gibt in den meisten Städten nicht mehr genug, hat er gesagt, Nistplätze. Wer soll dann den neugeborenen Kindern die Seele bringen?

Möglicherweise, so habe ich später gedacht, gehört das dazu. Nicht das mit den Kindern, sondern dass es dann doch so weit ist. Nur dann eben durch mich. So dass ich mir vorstellte, wie einer dieser Delphine den Ziegel aufgefangen hätte. Er hätte ihn aus dem Versinken gefischt. Dann trüge er ihn sanft zwischen den Zähnen, ganz sanft, an einen Ort, an den er auch wirklich gehört. Wir hätten dann außerdem erfahren, wer das gewesen ist, der da gestorben war. Ein Todesfall spricht sich an Bord schnell herum. Außer vielleicht, wenn ein Kranker im Hospital entschläft, ganz unten überm Maschinenraum. Wo es auch diese Oase gibt, Wellnessoase, mit Friseur und Kosmetik und einer Sauna hinter dem Schwimmbad. Für die Toten an Bord gibt es aber Kühlzellen, vier.

Doch auch mir, barfuß und im Bademantel, wurde immer kälter so weit vorne am Bug, und von dem erneuten Wiehern. Derart die Vorderhufe hatte der Wind gehoben. Besser, ich geh wieder rein, dachte ich. Es hielt mich aber fest.

Ich sah zum Radar hoch, als säßen sie, die jungen Leute, immer noch oben. Als es noch so warm und Mauritius war. Einer von ihnen, stellte ich mir vor, hatte beim Landgang Haschisch ergattert. Auch ich habe früher gerne gekifft. Und welch ein Ort eignet sich besser als eine schwebende Höhe über dem Meer? Wirklich schwang sie unter dem glitzernden Himmel des Südens, schaukelte vor und wieder zurück. Das ganze Universum, eine einzige Welle, hob sich in ruhigem Wiegen an. Senkte sich neu, an und nieder, an und nieder. Ich hätte so gerne bei ihnen gesessen, während der Joint von einer Hand in die nächste herumging. Ich hätte auch gar nichts gesagt. Schon weil Kateryna Werschevskaja bei uns saß. Sie einfach nur ansehen. Und ihnen zuhören, diesen jungen Leuten. Sie flüsterten freilich, der Rattenwache wegen.

Außerdem machte bestimmt eine Flasche die Runde.

Ich habe aber nicht nur das Rauchen aufgegeben, sondern trinke auch nicht mehr. Dabei hatte ich bis Barcelona mein *all inclusive package* genutzt, wie es nur ging. Doch wenn man dann auf die Stadt schaut und weiß, man geht von nun an nie mehr von Bord, mag man auch nie mehr betrunken sein. So dass man aber nicht einschlafen kann. Sondern man wälzt sich auf dem Laken.

Trotzdem schien ich d o c h zu Bett gegangen zu sein, nachdem mich Mister Gilburn bis vor die Tür gebracht hatte. Als wäre er von Tatiana beauftragt gewesen. Die ja nicht will, dass ich nachts durch die Decks, sagt sie, *geistre*.

Ich habe aber wohl nicht einschlafen können, sondern mich wieder und wieder gedreht. Es war so stickig in der Kabine, erinnere ich mich, dass sich das ganze Schiff in mir bäumte. Nicht nur, dass es schaukelte, nein, es revoltierte. Es warf seinen Bug meterweit über die Wogen und krachte hart auf sie zurück. Jeder Sparren ächzte. Die Schubladen rollten aus den Kommoden. Das Wasserglas rutschte vom Nachttisch und zersprang. So dass ich mich erhob, um die Scherben aufzusammeln. Das würde Schererein geben morgen.

Wo war der Gehstock, wo meine Brille? Erst einmal Licht machen. Ich musste höllisch aufpassen, mir keine Splitter in die Füße zu treten. Aber das Bücken fällt mir schwer. Nein, hinaus! Ich brauche Luft! So dass ich den Bademantel irgendwie wieder zubekommen musste, als ich ganz vorne an der obersten Reling in diesem geradezu Sturm stand. Mir im Rükken der lange dächerne einsame Aufbau, worauf das Radar und hinten die Schlote. Vor mir, zwei Decks tiefer, die fahl von wenigen Schiffslaternen erleuchteten Terrassen der drei Luxussuiten. Darunter noch das Mooringdeck, das sich wie ein Alligatorkopf bis zur Glocke verengte. Kupfern hängt sie direkt vor dem eckigen Bugkorb. Mittags pünktlich um zwölf wird sie geschlagen. Und vor jedem Hafen poliert.

Auf solch einer Glocke ist auf den Schiffen vergangener Zeiten, so hat Monsieur Bayoun das genannt, *geglast* worden. Jede halbe Stunde ein Schlag und jede volle Stunde zwei, höchstens aber acht, weil dann die Wache vorüber war.

Auf das Mooringdeck darf nur die Mannschaft. Denn zwischen den Ankerwinden und den aufgeschossenen Seilen sowie den länglichen, eng zueinander gelegten Schlaufen der Vorspring kann es wirklich gefährlich sein. Zwischen all den Tauen und Trossen und Pollern und dem, dazwischen, stählernen Rohr aus der Tiefe. Decksschräg ragt daraus ein Kranarm.

Dort stünden wir den Leuten einfach im Weg.

Unter den Sternen dachte ich aber, vielleicht schlägt sie öfter. Ich meine die Glocke. Nur hören wir sie nicht, solange das Bewusstsein noch nicht völlig durchsichtig ist. Ist es das aber, dann klingt sie und ruft uns. Denn obwohl es so stürmte, war der Sternenhimmel in seinem ganzen Allsein zu erkennen. In seinem Alleinsein, dachte ich. So dass ich mich fragte, woher dieser Wind denn eigentlich kam, wenn über mir nirgendwo Wolken waren. Aber trotzdem, der Mond war auch nicht zu sehen.

Es geschieht. Weil das Mah-Jongg ein Sperlingsspiel heißt.

Manchmal ist mir, als würde ich die letzten Spatzen bewahren. Weil sie doch aussterben. Wobei ich das gar nicht glauben kann. Man muss doch nur in einen Park gehen, wo ein Café ist. Sofort sind Hunderte um einen herum. Tauben natürlich noch mehr. Aber schon deshalb werde ich auf das Mah-Jongg aufpassen. Es am besten niemandem zeigen.

Nie zuvor war ich derart konzentriert. Das, denke ich manchmal, hat erst die Angst möglich gemacht. Sozusagen ist das Mah-Jongg ein Reservat für die Spatzen.

Umso schlimmer, was passierte, als ich in meine Kabine zurückkehren wollte.

Denn weil ich vor Kälte so zitterte, habe ich mich in den Gängen des Schiffes verlaufen. Und wegen der dauernden Bilder in mir, aber auch vor Sehnsucht. Ich habe wirklich gesucht in den Gängen, Blicke gesucht und eine Stimme, die doch nirgendwo war. So spät in der Nacht hätte sie es auch nicht sein können. Aber der Aufblick, mit dem Kateryna die Geigerin jedesmal ansieht! Schräghoch vom Klavier. Wenn sie entscheiden müssen, welches Stück sie als nächstes spielen.

Wobei ich keinen der Lifts nehmen wollte. Denn die sind wie Gefängnisse eng. Da würde ihre Stimme nicht hineindringen. Außerdem gibt es dort Kameras. Dann hätte man mich, nichts als den Bademantel an, entdeckt. Weswegen ich auch nicht an der Rezeption nach ihr fragen konnte, wo immer jemand Nachtdienst hat. Die hätte ich ganz sicher gefunden. Jeder Innentreppe gegenüber, damit man sich orientieren kann, hängt ein Aufriss des Schiffs an der Wand.

Sowieso wusste ich grad meine Kabinennummer nicht mehr. Das zuzugeben wäre peinlich gewesen. Und dann auch noch wieder die falsche Vokabel! Denn auch die anderen Nachtdienste sind Russinnen und beherrschen unsere Sprache nicht wirklich, oder Ukrainerinnen. Also habe ich die Re-

zeption vermieden. Das bedeutete allerdings, in den Schiffsrumpf weiter abzusteigen. Von oben kam ich ja. Auch meine
Kabine befindet sich in einem tieferen Stockwerk. Das immerhin wusste ich noch.

Einmal tappte ich ein ganzes Deck ab. Ich tappte alle zwei,
steuerbords und backbords, furchtbar endlosen Gänge entlang von vorne bis ganz hinten. Dann kehrte ich um und
tappte wieder von hinten nach vorn. Vor jeder Tür blieb ich
stehen. Fünfzig, sechzig Türen zum Meer, ungefähr dreißig
nach innen. Das sollte ich nachprüfen nachher. Nur muss ich
erst den Decksplan wiederfinden, auf dem sie mit ihren Nummern verzeichnet sind.

Vor allem traute ich mich nicht, den Schlüssel auszuprobieren. Ich wollte um Gotteswillen niemanden aufwecken, der
mich zum Beispiel für einen Einbrecher hielt. Der hätte sich
morgens bei Tatiana beschwert. Dass ich seine Nachtruhe gestört habe.

Sie würde wegen der Splitter schon genug mit mir schimpfen. Weil doch das Glas jetzt kaputt war.

Darum holte ich auch gar nicht erst meinen Schlüssel aus
der Tasche. Ich dachte, ich tu das erst dann, wenn ich mir völlig sicher bin und nicht mehr erst probieren muss. Wobei ich
aber doch tastete, links erst, dann rechts, ob ich ihn überhaupt eingesteckt hatte. Das wurde nun erst recht ein Problem. Nämlich das hatte ich nicht. Oder ich hatte ihn verloren, als mir der Sturm fast den Bademantel weggerissen hatte.
Da war er mir einfach herausgeweht worden, das konnte sehr
gut sein. Es war ja außer dem Wind nichts zu hören gewesen,
schon gar nicht ein Schlüssel. Der klimpert höchstens, wenn
er aufkommt. Höchstens ist es ein Klirren. Das geht in so einem Wind einfach unter. Wenn aber nicht, wäre meine Kabine
für jeden anderen zugänglich. Und da stand doch von Monsieur Bayoun das Mah-Jongg mit alleden Spatzen. Auf die soll

ich doch aufpassen! Damit nicht wer stirbt, der noch gar nicht an der Reihe ist.

Jetzt machte es mich völlig kirre, dass ich in meinem Leben nie zuverlässig war. Und nun, da ich es sein wollte, konnte ich es nicht mehr. Auf mich hat nie jemand zählen können. Wie ein Verhängnis kam das über mich. Aber überhaupt nicht aus Desinteresse. Sondern ich war unaufmerksam gewesen. Dabei hatte ich sie angenommen, diese Pflicht. Sie ist mir seit Nizza als Erbe geblieben, für das ich mich nun als zu schwach erwies. Da in der Nacht. Ich hatte doch nur nicht schlafen können. Und war nun allein wie Sven, als er noch klein war und ich zu beschäftigt, um mit ihm zu spielen. Denn das habe ich immer lästig gefunden, wenn er an mir herumhing. Wenn er sich festklammerte, zum Beispiel am Bein, und nicht losließ, weil er irgendwas wollte. Oder er versuchte, auf einem meiner Füße zu reiten. Konnte man in diesem Haus nicht *ein*mal seine Ruhe haben? So kam das jetzt alles zurück.

So stand ich vor der Wellnessoase. Um diese Zeit war sie natürlich geschlossen. Jedenfalls schien ich ein weiteres Deck tiefer gestiegen zu sein. Aber sowieso hatte ich nicht vor, in die Sauna zu gehen. Das soll ich schon wegen des Herzens nicht mehr. Wäre dem anders, ich würde noch rauchen. Weil ich so gerne barfuß herumlaufe, wäre eine Fußpflege aber geraten. Wäre offen gewesen, ich hätte gefragt. Immerhin gab es gegenüber noch eine Tür, aber für *Staff only*. Nur sah ich keinen anderen Ausweg mehr, und diese Tür ging auch auf.

Mir war das alles, unterm Strich, unsäglich peinlich. Trotz des Bewusstseins nur noch erbärmlich. Das mich verlassen hatte. So hart hat die Stute zugetreten.

Dabei hat mich Patrick beruhigt, jedenfalls anfangs. Hat locker gescherzt: Das kann jedem passieren. Dass Leute sogar oft über die unteren Stahlsimse stolpern und stürzen. Das sei man gewohnt, das kennten sie schon. Womit er das Schiffshospital meinte. Das Schiff muss sich nur mal hart zur Seite neigen, wenn man nicht damit rechnet.

Aber vor allem geht mir das mit seinem Bewusstsein nach. Dass auch so junge Leute betroffen sein können. Wobei er natürlich schon fünfzig ist, beinah.

Jedenfalls habe ich mich nach dem späten Frühstück mit Mister Gilburn wieder zurückgezogen. Ich will alleine über das Geschehene nachdenken, frei von meiner nächtlichen Panik. Das donnerstagsfarbene Meer hilft mir dabei. Denn heute haben wir böiges, tief verhangenes Wetter. Darin einsam und dünn ein westliches Blau.

Von Ascension trennt uns nur noch ein Tag. Man spricht das aber englisch aus. Bis gestern habe ich es spanisch gesprochen. Darum verstand Mister Gilburn erst nicht, was ich meinte. Endlich lachte er auf, als er daran die Komik entdeckte. Das war nach seinem Spiegelei. Von Ascension aus, erklärte er mir, hat England den Falklandkrieg geführt. Dort sind die Kampfflugzeuge zwischengelandet. Auch die NASA habe dort eine Station. Weshalb ich sofort begriff, warum es hier diesen Himmel gibt nachts. Während am Morgen alles bedeckt ist und es dann regnet. All das nur, damit die wieder folgende Nacht klar bleiben kann für die Observatorien. Auf dem Atlantik haben sie keine richtigen Berge wie den Mount Palomar zum Beispiel, um sie über den Wolken zu bauen. Wo ein Regnen gar nicht mehr hinkommt.

Ich habe die Stummheit durchstoßen, als ich mein Schweigen nicht mehr aushielt. Nach meinem zweiten Bali und einmal um Australien herum. Nach dem Nebel von Kapstadt und den einsamen Walen, die wie suchende Schiffshörner klangen. Nach dem dauernden Heulen meines Besuchs. Weil ich aber dennoch nicht sprechen wollte, hat mir der Steward in einer der beiden Galerieboutiquen die Kladde gekauft. Mitten auf dem Südatlantik.

Denn wenn man spricht, macht man sich schwach. Man begibt sich der letzten Wehrhaftigkeit. Das durfte ich auf keinen Fall tun. Ich habe über die Spatzen zu wachen.

Erst hatte ich freilich befürchtet, bis zum nächsten Land mit der Kladde warten und einen Fahrtgast bitten zu müssen. Aber der schmale Mann in seiner weißen Uniform war sehr hilfsbereit gewesen. So hatte ich sprechen überhaupt nicht müssen. Er ist auf den Gedanken von selber gekommen, als er ein bisschen mit Tatiana vor meiner Kabine geflirtet hat. Es störte sie nicht, dass meine Tür offenstand. Das ist so traurig mit meinem Herrn Lanmeister, hat Tatiana gesagt. Man weiß nie, was er will. Da ist der Steward, als hätte er meine Gedanken gehört, auf die Idee mit der Kladde gekommen. Vielleicht kann er es aufschreiben, hat er gesagt. Worauf Tatiana gesagt hat, sie hätten das alles schon ausprobiert, zum Beispiel mit Zetteln. Aber wahrscheinlich verlegt er sie immer. Oder er vergisst sie einfach.

Da habe ich noch gar nicht gewusst, wer Du bist. Das weiß ich erst seit vorgestern. Seit jetzt erst weiß ich aber, dass Du die Kladden nie lesen wirst. Denn Du kommst ja eben aus Russland, oder aus der Ukraine. Deshalb wirst Du meine Wörter wie die an der Rezeption nicht verstehen.

Vielleicht war ich darum in der Nacht so verzweifelt und habe Dich deshalb gesucht. Ich wollte Dir alles mit den Augen erklären, und mit den Händen. Es tat mir so furchtbar leid, dass zu Euren Konzerten immer nur so wenige Zuhörer kommen. Wirklich nur sechs an dem Abend. Dabei zähle ich Mister Gilburn schon mit. So dass ich da hoffte, Du sähest nicht her, als nur so spärlich geklatscht wurde. Oder würdest es nicht sehen, weil Du vielleicht eine Brille brauchst. Die trägst Du aus rührender Eitelkeit nicht. Dabei hast Du sie für die Noten nötig. Natürlich kannst Du die Stücke längst auswendig. Du gibst nur aus Bescheidenheit vor, dass Du vom Blatt spielst. Heißt das so, *vom Blatt*?

Es hat mich gerührt, dass Du die Noten alle kopiert hast. Wie Du sie immer zusammennimmst, Kant auf Kant in den Plastikhüllen. Wie sorgsam Du die Stöße in der Aktentasche verstaust. Die für nichts anderes da ist.

Es war vor allem aber ein Blick, dieser, habe ich darüber nicht schon geschrieben?, Aufblick. Der fuhr in mich hinein. Dabei galt er gar nicht mir, sondern Olga, Deiner Geigenfreundin. Wie suchend reicht er von unten herauf. Er langt von den Tasten zu den Saiten, sieht da die Hand der Freundin an. Erst zögernd ihre Augen. Dabei lächelt Dir der Schmerz auf den Lippen. Denn s i e ist es, die bestimmt. Doch diesmal kam Bach.

An der Theke nämlich saß dieser Mensch in dem hellen Anzug, diesmal mit Weste sogar. Als ich ihn bemerkte, erschrak ich ein bisschen. Nicht weil es eben der war, den ich auch vor Mauritius gesehen hatte. Der mit den anderen unter das Radar gestiegen war. Sondern weil ich das gar nicht benennen kann, was mich so abstößt.

Und der hübsche Trainee stand plötzlich im Raum. Den Ihr Frauen wegen seiner Zähne umschwärmt. Da wart Ihr fast fertig mit Eurem Programm.

Er sah zu Dir hin, wie wir Deine Feengestalt bewunderten. Du warst da völlig Schwalbe. Niemand wäre verwundert, wenn Du draußen an der Luft einfach abheben würdest. Wenn Du in den Äther aufsteigen würdest, um ihn jubelnd in immer weiteren Kurven zu durchschnellen. Höher und höher in zunehmend engen Ellipsen. Auch deshalb bin ich verzweifelt gewesen. Ich spürte, ich könnte das nicht mehr, nie mehr die andere Schwalbe sein. Aber dennoch höre ich die Schreie, die *Traue dich!* rufen und dass ich keine Angst haben soll.

Vielleicht hätte ich es früher auch hinbekommen. Aber da wollte ich nicht. Genau in dem Moment, in dem ich begriff, was zu spät ist, sagte der Anzugmensch an der Theke: *Please play a piece by Bach.* Da hattest Du diesen Aufblick zu Olga schon getan.

Dein Blick strich zu ihm hinüber, als würdest Du nicht verstehen. Wie konnte um so etwas hier jemand bitten? Schon gar nicht begriffst Du, warum. Aber ich, hinterher, begriff es. Alles geschah meinetwegen. Und auch das war plötzlich klar, dass dieser Mann mich schon seit Wochen beobachtet hat. Er tat und tut es freilich diskret, fast kühl interessiert. Doch ist das eine Verstellung, mit der er von sich selber ablenkt. Denn auch er eignet sich nicht zur Schwalbe.

Es kann aber sein, dass er das noch nicht weiß, sondern nur spürt, wie man ein Wetter vorausahnt. Denn er bewunderte Dich ganz wie wir andren. Nur sind seine Züge derartig hart, als hätte er die Ungeheuerlichkeiten der Welt nicht nur alle gesehen, sondern an ihnen teilgehabt. Davon hat er auf dem Kopf nicht ein einziges Haar mehr. Während Du noch nicht einmal dreißig bist, so dass nur Körper die Brücken sein können aus einer anderen Sprache zu Deiner. Zu Dir lässt es sich anders als über Jugend nicht schreiten, nicht über Reife. Die würde Dich im Fliegen zu sehr beschweren. Und schon gar nicht über den morschen Steg der Erfahrung.

Auch deshalb hast Du bei Bach gezögert, und wieder war es Deine Freundin, die entschied. So dass Dir über die Lippen abermals Schmerz ging. Dann fingt Ihr das Air an. Was für eine Schwalbe aber ein viel zu langsamer Flug ist.

Mister Gilburn hat sein Spiegelei nur zerrupft, es zu essen aber vergessen. Kann es sein, dass er ein bisschen verwirrt ist und alt wird? Außerdem hat er sich bei mir beklagt, dass mittags die Suppe nie richtig heiß ist.

Versagt sein Sinn für die Komik bei ausgerechnet so etwas Nebensächlichem? Ganz im Gegenteil hat nämlich Frau Seifert immer Angst gehabt, sich an der Suppe die Zunge zu verbrennen. Darum hat sie immer übertrieben auf ihren Löffel gepustet. Allerdings hat sie auch nichts als die Suppe gegessen, täglich, und trocken Brot. Wieso sie da so drall sein konnte, habe ich mich gefragt. Übrigens hat sie noch mehr als Mister Gilburn geraucht. Weshalb er behauptet, meistens habe er mit ihr draußen zusammengesessen. Zwar hat auch sie ihre Zigaretten gedreht. Trotzdem habe ich ihn bei ihr nie gesehen.

Ihren Gehstock hat sie in Wahrheit nicht gebraucht. Eigentlich ging sie nämlich nicht, sondern hüpfte. Nach jeder Suppe hüpfte sie sofort hinaus zu den Rauchern und hüpfte sich da an den Tisch.

Sie ist witzig gewesen, diese Frau Seifert. Immer im Gespräch, mit ihren gelben Zeigefingern. Die Nägel waren sogar beinah orange. Stundenlang hat sie aus ihrem Leben erzählt, zum Beispiel auch Monsieur Bayoun und mir. Dann war sie weg, von einer Nacht auf den Morgen. Jetzt sitzt an ihrem Platz der Clochard und wie sie bis in den frühen Morgen hinein. Wenn neben dem Swimmingpool das Deck gewaschen wird. Dafür muss er seinen Stuhl räumen.

Hat er überhaupt eine Kabine? Das kann ich mir nicht vorstellen. Nur muss er doch irgendwo Zähne putzen. Jedenfalls habe ich vor Australien nicht gewusst, dass es Clochards auch auf See gibt. Weil aber Rauchertische Orte der Begegnung sind, sitzt auch der Clochard selten allein. Natürlich sind Raucherecken das auch, zum Beispiel ein Deck höher steuerbords neben der Hansebar. Da sitzt man vor den Sonnenterrassen in eckigen gepolsterten Sesseln aus Korb und hat den Cocktail auf einem Glastisch vor sich. Ich natürlich nicht, weil ich nicht mehr trinke. Mein Wasser bekomme ich trotzdem, oder einen Früchtetee.

Jedenfalls kann der Clochard so viele Kreuzworträtsel lösen, wie er nur will, er ist ständig im Gespräch. Immer setzt sich jemand zu ihm und fragt was. Im Nu gibt es nicht einen freien Stuhl an dem Rauchertisch mehr. Aber mit Frau Seifert hätte er sich am besten verstanden. Vielleicht, dass ihm Mister Gilburn ein bisschen was von ihr erzählt.

Weshalb tu ich es nicht selber? Es wäre ganz leicht, zu ihm hinüberzugehen, vielleicht in der Nacht, wenn auch die Raucher in ihren Kabinen sind. So dass er, wie damals Frau Seifert, für sich alleine sitzen bleibt, nur die Flasche Rotwein vor sich und das nächste Kreuzworträtsel. Weil ich ja auch nie schlafen kann. Dann frage ich ihn, ob er etwas dagegen hat, wenn ich mich zu ihm setze. Da wird er bestimmt nicht nein sagen.

Dann werde ich ihm den Gehstock zeigen und erzählen, wie komisch es ist, dass ihn Frau Seifert mir zwar geschenkt, ihn selbst aber niemals benutzt hat. Doch sie drohte gerne mit ihm, im Scherz. Den Kellnerinnen zum Beispiel, aber auch einmal dem Hotelchef. Der kam gerade schräg übers hintere Achterdeck, und jeder konnte es hören, wie er sie eine Oma Venus rief. Na, Oma Venus, wie gehn die Geschäfte?

Das hatte mir Monsieur Bayoun schon erzählt, aber als ein Gerücht, dass sie sich für Zigaretten, weil die an Bord so teuer sind, hin und wieder anfassen lässt. Was offenbar auch Doktor Björnson gehört, aber ernst genommen hatte. Jetzt wollte er sich einen Spaß daraus machen. Doch Frau Seifert parierte vollkommen, so nannte Monsieur Bayoun das, *souverän*. Schon weil alle hersahen, die in der Sonne draußensaßen. Das war vor Sardinien, glaube ich. Oder im Suezkanal? – Das hätte er ihr gar nicht zugetraut, sagte Monsieur Bayoun.

Sie hob also ihren Stock und drohte zu Doktor Björnson scherzhaft hinüber. Dann hüpfte sie auf und rief, jeder weiß, wer ich bin, sieht man nur nach mir hin! Wonach sie sich erneut zu den Rauchern herumdrehte und aus dem Gehstock einen Dirigierstab machte. Doch hob und senkte sie ihn nur wie für eine Blaskapelle zum Takt, wenn man vor ihr herläuft. So dass bei der zweiten Strophe alle mitsangen. Obwohl sie natürlich saßen. Sogar Monsieur Bayoun sang mit, mir gegenüber beim Sperlingsspiel. Freilich brummselte er nur. Trotzdem war mir das unangenehm. Es passte nicht zu dem kleinen, drahtigen Mann. Weder zu seiner braunen, verwitterten Haut noch zu dem Cigarillo. Ich kann also gar nicht sagen, weshalb ich den Gehstock später angenommen habe.

Ich bin die fesche Lola,
der Liebling der Saison!
Ich hab ein Pianola
zu Haus in mein' Salon.

Ich bin die fesche Lola,
mich liebt ein jeder Mann!
Doch an mein Pianola,
da lass ich keinen ran!

An diesem Tag war Mister Gilburn auf keinen Fall dabei, sonst wäre er mir früher aufgefallen als erst gestern bei den Schwalben. Das ist ja fast ein Jahr nachher. Während sich allerdings Doktor Björnson spätestens bei der letzten Strophe natürlich geschlagen geben musste, weil das mit dem In-die-Seiten-Treten auch schon mehr gegrölt als gesungen wurde. Vor allem wegen des Pedals.

Und will mich wer begleiten
da unten aus dem Saal,
dem hau ich in die Seiten
und tret' ihm auf's Pedal!

Doch ist das für ihn noch gar nicht die richtige Niederlage gewesen.

Sondern oben auf der Sonnenterrasse hatten ein paar vom Entertainment gesessen. Genau dort in dem überdeckten kleinen Raucherbereich vor den Glastischen. Während wir ein Deck tiefer auf dem Achterdeck saßen. Die waren von dem Gesinge nun angelockt worden und ans Geländer getreten, um runterzugucken. Was war da los bei uns? Weshalb Carolin genau dieses Lied dann in der Abendshow sang. Ich meine, in der großen Lounge. So dass schließlich von allen dreihundert, vierhundert Plätzen ein furchtbares Gelächter losbrach, das minutenlang bis zur Decke stand.

Da bin ich aufgestanden und weggegangen, weil mir meine Großmutter einfiel. Russenkind, Russenkind. Aber das muss ich sagen, dass Doktor Björnson das richtig generös, sagt man das so? *generös*?, aufgenommen hat. Denn am nächsten Mittag nach wieder der Suppe trat er mit einem dicken Strauß Blumen an Frau Seifert heran und stellte ihn auf dem Rauchertisch direkt vor sie hin. Dann hat er sich entschuldigt.

Wo er die aber herbekommen hat auf so hoher See, will mir

nicht in den Kopf. Aber dass mir das jetzt wieder einfällt und dass es dem Clochard ganz sicher Spaß macht, wenn er die Geschichte erfährt.

Andererseits hat er für jeden Abend eine Flasche Wein doch eigentlich kein Geld. Sofern das nicht irgendein Fusel ist, den man an Bord aber gar nicht bekommt. Das Traumschiff will auch Gewinn mit den Reisen machen. Schließlich muss irgendwie die Besatzung bezahlt werden. Die Reederei natürlich auch und die ganze Werbung, von der ich auf die Kreuzfahrt überhaupt erst aufmerksam geworden bin. Auf einem richtigen Passagierdampfer war ich da noch gar nie gefahren, nur auf der Fähre. Doch, mit Petra einmal. War das nicht auch eine Kreuzfahrt gewesen? Und manchmal auf von, wie heißt er noch gleich?, der Yacht.

Was ich immer geliebt habe, weil das früher meine Art war, zu den Sternen zu reisen. Als Junge wäre ich gern Astronaut geworden, Saturn 1, Saturn 2 und Apollo. Das wäre ein großer Schritt für mich gewesen. Immerhin kam mir das später zugute, weil der Kieler Geschäftspartner eines der Chinesen ebenfalls ein Boot hatte. Da hätte ich mich sowieso nicht drücken können. Es wäre unklug gewesen, als das noch mit den Halbleitern lief.

Andererseits ist mir das Meer immer ein bisschen unheimlich gewesen. Seltsam, dass einen das Unheimliche so anzieht. Denn woher ich das mit der Astronomie gehabt habe, weiß ich nicht mehr. So dass ich den letzten Törn, zu dem ich eingeladen wurde, absagen musste, weil das mit dem Herzen dazwischenkam. Ich hatte mich viel zu sehr aufgeregt. Weil die Staatsanwaltschaft bohrte und bohrte. Dann gleich die Scheidung. Es war völlig klar gewesen, wie das ausgehen würde. Auf dieses Elend kam oben noch drauf, dass Sven natürlich auf seiten seiner Mutter stand. So aufgehetzt hatte sie ihn gegen mich, und Gisela auch. Und er hat das über mich sogar vor

Gericht gesagt. Dann hat er sich geweigert, überhaupt noch mit mir zu sprechen. Und es durchgehalten bis heute. Also Charakter hat er, hätte meine Großmutter gesagt. Weshalb der Arzt der Ansicht war, dass ich dringend Abstand brauche, möglichst weit weg von dem allen, sonst kippen Sie um.

Ich denke manchmal, Sven könnte heute auf das Schiff kommen, morgen zum Beispiel, und ich würde ihn gar nicht wiedererkennen. Unsinn. Was soll er auf Ascension, wo nur die Kampfflugzeuge sind und von der NASA Observatorien? Also das ist eher nicht zu befürchten. – Aber wer ist da eigentlich noch bei den Rauchern?

Der Clochard jedenfalls ist erst nach der Australienumrundung auf das Schiff gekommen. Als in Fremantle die alten Gäste gingen und die neuen kamen.

Dort braucht man dazu kein Zelt. Es gibt einen riesigen Terminal und hinter dem gleich einen, so sah es aus, verschlafenen Bahnhof.

Da muss auch der Glatzkopf an Bord gekommen sein, der immer den hellen Anzug trägt. Trotzdem glaube ich nicht, dass sie sich kennen. Aber deshalb hat der Clochard Frau Seifert verpasst und kann sich von ihr nur erzählen lassen.

Sie ist die allererste gewesen, von deren Weggehn ich Zeuge wurde. Damit meine ich das Gehen, das ein Bleiben ist, und das Bleiben, das geht. Bis schließlich gar nichts mehr ist, wenn man schon den eigenen Sohn nicht erkennt. Aber ob das mit den Zigaretten nicht vielleicht doch stimmt, habe ich nie herausbekommen. Es kann durchaus sein, dass mir Monsieur Bayoun es nur nicht zugeben wollte, weil er Frau Seifert gerngehabt hat. Für ihn selbst wäre es, da er nur Cigarillos rauchte, sowieso egal gewesen.

Meine drei Zigarren hebe ich aber auf bis zum Schluss.

Wenn einer keine Erinnerung teilt, wie kann er sich mit anderen verständigen?

Jetzt hat mich Tatiana doch noch erwischt, aber keinen Ton hat sie wegen der Scherben am Boden gesagt. Du weißt schon. Denn sie sind weg gewesen, und nur Tatiana macht bei mir sauber. Nein, sie war richtiggehend herzlich, nahm mich bei der Schulter, aber natürlich vorsichtig. Sie müssen etwas essen, Herr Lanmeister, sagte sie wieder einmal. Obwohl ich gefrühstückt doch schon hatte. Natürlich sagte ich ihr das nicht, weil ich dazu hätte mit ihr sprechen müssen. Das will ich nach wie vor nicht. Lasse ich mich darauf erst einmal ein, Kateryna, darf ich Dich beim Vornamen nennen?, dann bin ich verloren. Ich bin so verloren. Weil sie dann argumentieren will. Passiert das, müsste auch ich argumentieren. Dazu habe ich nicht mehr die Kraft. So dass es sehr viel klüger war, sich besser erst gar nicht zur Wehr zu setzen. Sondern einfach alles geschehen zu lassen, aber ohne wirklich Stellung zu nehmen. Die man sonst halten können muss.

Nun war ich allerdings müde. Das bin ich mittags sowieso immer, wenn ich nachts nicht schlafen kann. Sie hat das diesmal ganz von sich aus eingesehen. Also hat sie darauf verzichtet, mich in den Überseeclub zum Essen zu bringen. Was sowieso schon komisch ist, wenn ein Zimmermädchen so etwas tut.

»Zimmermädchen«. Sie ist gar kein Mädchen, sondern eine erwachsene Frau, bestimmt über vierzig. Außerdem einen Kopf größer als ich. Deshalb sagt man auf dem Schiff auch »housekeeper«. Das ist für ein Zimmermädchen von vierzig sehr viel angemessener.

Trotzdem sollte ich wenigstens den Apfel essen. Schon schälte sie ihn mir. Erst aber nahm sie mir Frau Seiferts Stock aus der Hand. Dann half sie mir auf das Bett, setzte mir die

Brille ab und legte sie auf den Nachttisch. Dann erst nahm sie den Apfel aus der Obstschale und legte ihn auf den Pappteller. Der steht für Reste eigens bereit. Nun schnitt sie den Apfel in Schnetze, setzte sich vor mir auf den Stuhl und sah mich unentwegt an. Dabei reichte sie mir ein Stück nach dem anderen und sagte wirklich *brav*, weil ich kaute. Was soll ich mit Ihnen nur machen, sagte sie. Sie hätten sich den Tod holen können. Sie wissen doch genau, dass es Bereiche gibt, die für Sie tabu sind.

Staff only, musste ich denken. Schon deshalb hätte es keinen Sinn gehabt, ihr zu widersprechen, nicht einmal faktisch. Deshalb verzichtete ich darauf, zum Beispiel zu seufzen, sondern kaute nur und kaute. Und als ich aufgekaut hatte, ließ ich mir aus den Schuhen helfen, die ich sowieso hasse, und aus der Jacke. Und die Hose ziehen wir auch aus, sagte Tatiana. Das wissen Sie doch, dass man mit Straßenhosen nicht ins Bett geht.

Das Traumschiff ist manchmal ein Albtraum.

Aber Du hast recht, ich übertreibe. Übertreibung macht anschaulich, hat meine Großmutter immer gesagt und eine Kunst daraus gemacht. Es war ja eigentlich sie, die mich aufgezogen hat. Mutter war damals viel zu jung. Außerdem hat sie mich verabscheut. Aber für meine Geschäfte war mir das später hilfreich. Wenn man so früh trainiert worden ist, aus zum Beispiel einem Pferd gleich drei zu machen und aus einem einzigen Auto ein Parkhaus. Das glaubt einem dann jeder. Mittlerweile bin ich fast schon so alt wie sie.

Fünfundsiebzig ist meine Großmutter geworden und vierundsiebzig, als sie gesund war. Dann kam der Krebs, und auch den hat sie übertrieben. Darum brauchte er keine sechs Wochen. Aber ich habe von ihr keine Klage gehört, auch nie vorher. Nur dass sie mich immer Russenkind genannt hat. Also es gibt, Kateryna, vielleicht doch eine Chance für uns. Aber natürlich hat mich niemand die Sprache gelehrt, weil Mutter über meinen Vater nicht sprach. Wenn es doch einmal sein musste, hat sie ihn nur den Russen genannt. Meine Großmutter nannte mich Russenkind noch, da bin ich längst erwachsen gewesen. Komm her, Russenkind, oder auch *mein Russenkind*, und früher, wenn sie ihre Ruhe wollte, Russenkind, halt die Klappe.

Wir haben noch ihren Geburtstag gefeiert, sie und Petra und Mutter. Die war da auch schon über fünfzig. Und ich natürlich und Sven, der noch ganz klein war, fünf oder sechs. Dem kniff sie gern in die Wange und zog ihn an der Fleischfalte hoch. Das kannte ich gut von mir selbst. Wenn er dann weinte, sagte sie *Haltung*. Ihr seid schlechte Eltern, wenn ihr ihn zu weich werden lasst. So dass ich ein halber Russe bin, weil es darauf damals nicht ankam. Meine Großmutter musste uns sowieso durchbringen, als mein Opa ohne Beine zurückkam. Ein kleines Maul mehr, ist doch nur ein Russenschnabel. Den stopfen wir schon mit. Denn meinen Onkel gab es da schon, aber der kam auf dem Motorrad schnell um. Und weil ich sowieso schon von Russen gemacht worden war. Damals, bevor sie aus Pommern weg sind.

Darüber wurde nicht geredet. Aber ich glaube, dass das mit Mutter in Magdeburg war. Oder in Möser. Was weiß ich denn schon? Jedenfalls hat meine Großmutter es organisiert. So sind sie an die Papiere gekommen und konnten weiter nach Westen.

Vielleicht hat Mutter deshalb nie geheiratet und hat mich nicht bei sich haben wollen. Während meine Großmutter alles großzügig nahm und viere, wie sie sagte, für fünf. Russenkind, vergiss nie, was du bist. Sowas wie du muss *lavieren*. Das war ein Lieblingswort von ihr, sich durchlavieren. Das hab ich dann getan.

Vielleicht ist mir das mit Frau Seifert deshalb unangenehm gewesen. So dass ich nur zum Schein mitgelacht habe. Bis ich es nicht mehr aushielt und ging. Dabei hatte ich Monsieur Bayoun in die Show begleitet. Vielleicht trage ich jetzt ihren Stock, weil ich das Gefühl habe, so meinen Frieden zu machen. Mit meiner Großmutter, meine ich. Denn es stimmt schon, es hat mich verletzt, immer so genannt zu werden. Aber dass Mutter mich einmal umarmt hätte, daran kann ich mich nicht erinnern. Erst der Stock von Frau Seifert hat mich mit allem versöhnt.

Vielleicht hat Monsieur Bayouns Bewusstsein das gemerkt. Es kann aber sein, dass ich ihm von meiner Großmutter erzählt habe. Irgendwann wahrscheinlich, als wir mit den Spatzen spielten. Weil einen das Meer so unbeschwert macht, hat man vor ihm die Angst mal verloren. Dann lässt man selbst so etwas hinaus. Denn wahrscheinlich hat Mutter darunter gelitten, dass ich von sowem das Kind war. Und was meine Großmutter deshalb von ihr verlangt hat. Sie war doch erst siebzehn oder achtzehn und eine wirklich hübsche Person. Die wollten auch die Offiziere. Die waren zwar ebenfalls Russen, aber bezahlten mit Essen und sogar den Papieren. Man muss sich, sagte meine Großmutter oft, nach der Decke strecken. Dabei kann es nicht schaden, wenn man sie höher macht, als sie ist. Dann wird selbst eine Dienststube, Kind, zu einem ganzen Königssaal. In dem lässt man doch gerne ein bisschen was mit sich anstellen. Das gibt einem gleich ein andres Gefühl.

Deshalb habe ich lange gedacht, dass eigentlich meine Mutter meine Großmutter ist, und die wiederum ist meine Mutter. Sie hat sie auch fast überlebt. Denn ein Leben lässt sich kaum nennen, wie es mit Mutter zuendeging. Sie wusste allein einfach nicht mehr, was tun. Und ich war von dem Russen das Kind. Da hat ihr von mir schon der Anblick gereicht.

Sie hat mich nie gewollt, auch nicht später. So dass Mutter, als sie mit neunundfünfzig starb, mir vollkommen fremd geblieben war. Sie sollte schnell weg, das genügte. Petra übernahm das, die Formalitäten und alles.

Plötzlich ergibt das einen höheren Sinn. Das wusste ich während des Konzertes natürlich noch nicht. Sondern dazu musste erst diese Nacht mit ihrem erbärmlichen Ende kommen. So dass ich imgrunde das ganze Geld lieber Dir gegeben hätte als Petra nach dem Prozess. Auch Sven hat davon nichts verdient, aber Tatiana. Denn auf eine übergeordnete Weise seid eigentlich Ihr meine Familie. Sogar viel mehr als mein eigener Sohn. So dass ich auf das Schiff also heimgekehrt bin zu all den anderen Russen, die ganz genau so alleine wie ich und von ihrer Heimat getrennt sind. Egal, ob Moldawien oder Ukraine.

Was heißen Schwalben auf russisch? »Lastotschki«, hat das Bewusstsein gesagt. Aber »Lastivki«, mit mittendrin *ief*, auf ukrainisch. Das war nach dem Mittagsschlaf.

Es ist eine zärtliche Sprache.

Als ich dann rauskam, waren sie alle zurück.

Ich hatte schlecht geträumt. Aber da umströmte mich auf dem Achterdeck solch eine Freiheit unter der prallen Sonne. Der Wind blies mir die Beklommenheit einfach hinweg. Allerdings wurde wegen des hohen Seegangs der geplante Ausflug abgesagt. Bei solch einer Dünung lasse man uns nicht in die Boote.

Mister Gilburn sagte, das ist nur, weil wir zur alt sind. Als ich an der Reling zum Land hinübersah, kam er sofort zu mir rüber und war von den Schwalben genauso entzückt wie ich. Denn mehr als nach Ascension sah ich vor allem hoch in die Luft. Da sausten die Lastotschkis wieder. Jubelpaare, dachte ich. Das sind solche Jubelpaare! Was ich gegenüber Mister Gilburn gar nicht auszudrücken brauchte. Er sah und fühlte es selbst, wie sie mir alle zuriefen. Während er zu Ascension erklärte, dass es dort aber gar keinen richtigen Anleger gebe. Mister Defries, sagte er, hat mir das erzählt, der hier mal stationiert war. Soll ich Sie ihm vorstellen? Freilich spricht er nur Englisch, aber das ist ja für uns kein Problem. Er sagte wirklich *uns*.

Doch ich wollte an meiner Reling stehenbleiben und nur immer den weißen Lastotschkis zusehen, oder den Lastivkis. Mister Defries, sagte Mister Gilburn, habe von Anfang an

Zweifel gehabt, ob es zu dem Ausflug überhaupt kommen werde. Haben Sie die Beschreibung gelesen? Er meinte das Blatt in dem Tagesprogramm, worin erklärt wird, was es auf der Insel zu sehen gibt und was man tun kann. Vor allem aber stand da, was man alles nicht darf. Zum Beispiel soll man dort nicht fotografieren und baden schon gar nicht. Natürlich hätte es bei so einem Seegang auch keiner gewagt.

Aber auf die Mole muss man sich Mister Defries zufolge sogar an einem Tau hinaufziehen. Das hätte ich mit meinem Gehstock sowieso nicht gekonnt. Auch Mister Gilburn nicht und eigentlich überhaupt keiner von den älteren Passagieren, ob nun mit oder ohne Bewusstsein. Deshalb war von Anfang an klar, dass niemand die Seeschildkröten sehen würde. Sofern sie zu dieser Jahreszeit überhaupt da waren, um in den Sand ihre Eier zu legen.

Aber die Lastotschkis waren da, zu Hunderten. Das genügte.

Mister Gilburn sprach immer weiter auf mich ein, der ich dazu nur lächelte. Aber ich wies mit Frau Seiferts Gehstock in die Höhe. Dann wandte ich mich ab, um über den schmalen Niedergang auf das Sonnendeck zu steigen. Dort wollte ich, ganz wie in der furchtbaren Nacht, aber steuerbords diesmal, am Aufbau des Sportbereiches entlang bis nach vorne spazieren. Um an der stählernen Brustwehr des Bugs für mich allein zu sein mit der Sicht.

Nur geht das nicht, wenn man irgendwo neu ankommt.

Dann sind alle anderen Passagiere nämlich ebenfalls draußen und verstellen einem drängelnd die Sicht. So hat man seine Ruhe wieder nur auf dem Bootsdeck. Wo ich mich in den Liegestuhl legte. Allerdings zog ich ihn ganz nach vorn unter die Rettungsboote. Zwischen je zwei Rümpfen kann man frei in den Himmel blicken. Um jeden der unteren mit weißen Planen abgedeckten Züge für die Gangway läuft die Reling immer eckig herum. Das ergibt einen je dreiseitigen Mäander, sagt man, glaube ich, dazu. Tritt man in eine der Buchten, geht es den Rumpf steil hinab. Aber man sieht eben auch frei hinauf.

Auf dem Bootsdeck gibt es niemals Musik. Wenn man sich außerdem so weit vorne plaziert, hat man die anderen Leute im Rücken. Denn die Liegestühle sind alle an der Wand des Aufbaus gereiht. So dass man niemanden sieht. Nur dass vorne und hinten die schweren Türen dauernd knallen, wenn jemand herauskommt oder wieder hineingeht. Es hält sie einfach nie einer fest. Jeder lässt sie gleich immer los. Weil die äußeren Bootsdecks vor allem als Durchgang benutzt werden, knallt es andauernd. So nah an der Reling ist es aber auszuhalten.

Wie bei jeder Insel, auf die wir nicht dürfen oder nicht können, fuhren wir einmal um sie herum. So dass mir das Militär dort schließlich unheimlich wurde, die Hangars zum Beispiel. Wozu dienten die vielen weißen Kuppeln, die über die Flächen bis auf die Hügel verstreut sind? Ascension scheint ein Krieg zu sein, der auf dem Meer darauf lauert, endlich wieder zuzuschlagen.

Oder aber es waren von der NASA die Observatorien, und von der ESA. Auch davon hat Mister Defries Mister Gilburn erzählt. – Es gab auch Berge, meistens aber nur Hügel. Ein grüner Belag zog sich darüber. In ihm erkannte ich grauschwarze Wege, wahrscheinlich gegen Spione vermint. Der höchste der Gipfel war ein blankestes Grau. Fast etwas Donnerstag.

Nicht eine Wolke stand am Himmel über dem nahezu türkisen Meer. An tiefen Stellen war es sogar violett. Schaute ich drüber, war der hohe Seegang allerdings gar nicht zu merken. Doch spürt man nach einer wochenlangen Fahrt die Wellen sowieso kaum noch, außer bei richtigen Stürmen. Nur dass an der Küste, über die lange Linie der Felsen, meterhoch Gischtbrecher sprühten. Da musste ich an den Paradiesgarten denken, der uns verboten ist.

Das habe ich zum ersten Mal in Barcelona gefühlt. Als ich wusste, dass ich das Schiff nie mehr verlasse, sondern erst mit dem Tod. Den konnte ich mir hier ziemlich genau ansehen. Etwa die Hunderte Pickelkegel, grau, bisweilen braun. Das waren kleine, sicherlich erloschene Nebenvulkane. Andernfalls hätte es Georgetown gar nicht gegeben. So dass ich Georgetown schon in Barcelona gesehen habe. Da bereits sind die Lastotschkis gewesen und haben gerufen. Nur hörte ich sie damals noch nicht. Aber das Bewusstsein kam, kann man das sagen, dass es *über mich kam*? Denn es stimmt zwar, wir werden gelöscht, Flecken um Flecken, so dass wir vergessen. Doch das Bewusstsein füllt sich. Das Bewusstsein ersetzt das Bewusstsein. Dafür braucht es Zeit. Deswegen reisen wir, reise ich. Von jedem Ort, den wir erreichen, nimmt es sich etwas mit. So dass ich Mister Gilburn noch einmal besser verstand, weil es tatsächlich voll Komik ist, wenn sich das Bewusstsein wie Touristen benimmt, die auf Souvenirsuche sind.

Heißt es überhaupt *Georgetown*?

Ich wollte nicht in meine Kabine zurück, um das Tagesprogramm zu holen. In dem ist alles immer erklärt. Sondern ich begriff etwas, das wichtiger war.

Das Paradies war nicht die Insel. Das Paradies lag unter uns, war in seiner Tiefe das Meer. Die Unzugänglichkeit der Insel schützte es, bewahrte seinen Reichtum. Deshalb jubelten so die Lastivkis. Natürlich auch, weil sie ihr Leben lang verliebt sind. Das können sie indessen nur sein, weil niemand auf die Insel hinaufdarf, *Staff only*. Weil sie militärisches Sperrgebiet ist. Weil sie selber der Tod ist. Der alles, außer uns Menschen, genau so leben lässt, wie es eben mag. Nicht ein einzelner Mensch, so wurde mir bewusst, und auch nicht eine Garnison von Menschen, zerstört uns die Welt, egal, ob bis an die Zähne bewaffnet und auf nichts aus als Mord. Sondern Tausende, Hunderttausende Menschen, die über Strände trampeln und aus dem Meer ernährt werden müssen.

Die Engländer, dachte ich, wussten gar nicht, dass sie hier nicht ihr England bewachten oder die westliche Welt. Sie bewachen in Wahrheit Natur. Dabei spielt keine Rolle, ob sie Engländer sind oder Deutsche oder Iraker. Dass sie hier waren mit ihren Bomben, genügte. Das hielt die anderen ab, auch herzukommen. Darum war es gerecht, war es richtig, dass man uns nicht an Land ließ. Dass auch keine Flotte sich nähern darf, um das Meer leerzufischen. Denn jedes Schiff ist verdächtig, das stimmt. Aber in einem anderen Sinn, als die Engländer meinen.

Und dann sprangen sie wieder, Delphine, aber diesmal ganz nur für mich. Ich habe vor dem Tod immer Angst gehabt, mein Leben lang, wenn ich ehrlich bin. Das ging jetzt nicht mehr, wenn man ihnen zusah. Ihnen im Meer und da oben den Lastivkis im Himmel. Nicht einmal mehr vor dem Sterben habe ich Angst. Denn das wusste ich nun ganz genau, dass ich starb. Ich habe es seit Barcelona gewusst. Das Bewusstsein ist gar nichts anderes.

Nur dass es hier zu Licht wird.

Ich stand erleuchtet auf. Denn Senhora Gailint hat erzählt, dass Ascension Himmelfahrt heißt. Da musste ich an die Jakobsleiter zurückdenken und dass ich das alles längst wusste. Denn zwar versteht, wer das Bewusstsein hat, jede Sprache. Aber es fällt uns schwer, ihre Wörter auch auszusprechen. Unsere Zungen sind noch nicht richtig an sie gewöhnt. Sie hängen an den Bewegungen, die sie im Leben einstudiert haben. Ebenso kann eines jeden Finger, Kateryna, genau so Klavier spielen wie Du. Aber man muss das erst üben, und zwar viele Jahre. Halb eine Ewigkeit vielleicht.

Da dämmerte es, und Ascension war nicht mehr zu sehen, nicht einmal der schimmernde Punkt irgendeiner Lampe. Sosehr ich auch starrte. – Nie käme ich hier wieder hin. Weil ich das wusste, stieg Wehmut in mir hoch.

Trotzdem muss ich gelächelt haben. Ich konnte zu lächeln gar nicht mehr aufhören. Es war aber ein Lächeln ohne eigenen Willen. So fühlte sich das an. Jedoch nicht *wider* Willen. Wille spielt für diese Art Lächeln gar keine Rolle.

So dass Mister Gilburn ebenfalls lächelte, als ich im Waldorf zum Abendessen erschien. Ich hatte aufs Bedientwerden Lust. Wahrscheinlich deshalb rief Mister Gilburn aus, das ist ja mal was ganz Neues, Sie derart gut gelaunt zu sehen! Geradezu vergnügt sehen Sie aus, um nicht zu sagen, jung!

Wie eigens für mich war an dem großen runden Tisch ein Stuhl reserviert geblieben.

Darf ich Ihnen die Lady Porto vorstellen? fragte Mister Gilburn dann. Sie hat mir eben erzählt, Ihren alten Freund gekannt zu haben, Sie wissen schon, und zwar noch aus seinem, er zögerte, früheren Leben.

Aus seinem L e b e n, betonte die enorme Frau. Enorm schon wegen des Flammenhaars. Ich ahnte, sie schon einmal gesehen zu haben. Nur wann?

Sie reichte mir die Hand. Dabei schaute sie mich wissend an. Anders kann ich es nicht nennen. Respektabel flammend, musste ich denken. Denn, sagte sie, es ist wahr. Monsieur Bayoun und ich haben zusammen gewohnt. In seinen letzten Tagen in Tanger. Beide waren wir Frühsommermenschen.

Wovon ich bis ins Innerste erschrak. Weil sie nämlich außerdem sagte, sie habe ihn in den Tod begleitet.

7° 33′ S / 15° 7′ W

Nacht.

Und die Stutennacht. So will ich sie fortan nennen. Du weißt schon, wegen des Sternbilds. Noch immer habe ich Dir nicht erzählt, wie sie ausgegangen ist, nachdem ich derart herumgeirrt war. Als sich das Südenssternbild so aufgebäumt hatte, dass ich vor seinen Hufen bis hinunter zu der Wellnessoase geirrt war. Geflohen bis hinter die Tür von *Staff only*.

So kam ich in Eure Quartiere, in die wir Fahrtgäste nicht dürfen, auch nicht wir einhundertvierundvierzig. Obwohl wir doch fast schon jenseits sind. Das half mir aber nicht, nicht nur wegen des Bademantels und meiner nackten Füße. Sondern ich war wirklich nicht mehr der Herr meiner Sinne und schon gar nicht meines Geistes. Der konnte nicht einen einzigen klaren Gedanken mehr fassen. Sowieso war es im Vergleich zu den hellen Passagierbereichen im Kimmgang geradezu dunkel. Selbst wenn die Wege dort unten bedimmt sind. So dass sich meine Augen nach dem *Staff only* erst eingewöhnen mussten.

Endlich sah ich dann doch ein paar Lämpchen über den ständig nächsten Metalltüren glimmen.

Sie dienten vielleicht dem Brandschutz. Nichts ist schlimmer auf einem Schiff als ein offenes Feuer. Schon deshalb habe ich keine Ahnung, wie ich in Richtung Heck geraten bin. An der Wand von der Wellness führte der geduckte Weg am Hospital vorbei, das mir als eine furchtbare Drohung erschien. Sie huschte, diese Drohung, gleich einem Schatten über mir, der immer schon da war, ob vor den Lampen hinter mir, ob hinter ihnen vor mir. Aber nicht am Boden, sondern an der Decke. Alles war dort umgekehrt.

So dass ich fast aufatmete, als ich nach der nächsten Brandschutztür erst ein Murmeln, dann schon Rufen und Lachen hörte. Tatsächlich stand der Gang in scharfem Zigarettenrauch. Wovon ich plötzlich husten musste und mich verschluckte und deshalb dann erst richtig hustete. Ich bölkte, bis mir der Saft aus dem Magen hochkam. Schon konnte ich mich nicht mehr richtig auf den Beinen halten, erst recht nicht auf den Stock stützen. Der knickte einfach weg und fiel hin. Da hatte ich mir instinktiv, glaube ich, an die Brust gefasst.

Ich versuchte irgendwie stehenzubleiben, musste mich aber doch nach dem Stock bücken. Dabei rutschte ich aus, konnte mich aber noch an dem Handlauf halten. Was alles natürlich auch von dem Sturm kam, der das Schiff so auf und nieder schwanken ließ, dass es sowieso schon schwierig mit dem Gleichgewicht war. Dazu das Stampfen der Maschinen, das unten aus dem Stahlleib tölt. Und es gab keinen sonstigen Halt. Weil sich nämlich die Stute noch einmal erhoben hatte, wirklich drohend aber jetzt, das riesige wütende kosmische Pferd. Die Augen sprühten wie Feuerbälle, Kometen. Wenn sie erglühten, stiegen Rauchpilze auf, und aus den Nüstern schossen, jeder ein einziger flammender Pfeil, Meteoriten zum Traumschiff hinunter.

Selbstverständlich war durch die Wände, Decken und Böden nichts davon zu sehen. Aber ich spürte es. Dann ließ sich die Stute mit aller Wucht fallen, um mit den Vorderhufen das Deck zu zerschlagen. Der Ruck war derart massiv, dass ich endgültig kippte. Ich knallte mit dem Kopf auf. Dennoch fühlte ich nichts, keinen Schmerz, nicht mal vom Aufprall, war vielleicht tot, dachte ich, lieber Gott, lass mich tot sein. Denn ich spürte die Nässe, ein klebriges Sintern über der

Stirn. Vielleicht war meine Brille entzweigesprungen. Aber ein warmes furchtbares Rinnen an meinen Beinen. Und wie monströse, kolossale Hände an mir rüttelten. Man rief nach mir, aber aus der Ferne, durch einen Schalltrichter, dachte ich, um mich hierzubehalten. So dass ich immer noch zu kriechen versuchte, wegzukriechen, und das auch schaffte, irgendwie, über den Bodenrahmen einer nächsten Tür hinweg, die offenstand, ich weiß nicht, warum. Dort kam es kalt heraus. Eine Luft nur aus Eis. Während man weiter an mir zerrte, mich mit diesen titanischen Händen zurückzerren wollte. Wo doch alles in mir dachte: Weg!

Bitte, bitte weg.

Wie elend meine Großmutter starb. Alles musste sie übertreiben. Nur deshalb hat sie das Morphium abgelehnt. Damit sie sich krümmte, diese harte Frau, und jetzt noch immer, im Krepieren, die Übertreibung genoss. Denn sie weinte nicht. Keinen Mucks gab sie von sich. Auch das, *kein Mucks*, ist eines ihrer Worte.

Und wie Mutter starb, die ebenfalls nicht schrie. Sie starrte nur an die Wand. Doch einmal, in einem letzten wachen Moment, sagte sie etwas zu mir. Ich saß im Hospiz mit dabei, was ich aber nicht wollte, Sterbebegleitung. Was hatte denn ich Russenkind mit dieser Frau zu tun? Wie sie da aufsah und wisperte und zum ersten Mal, glaube ich, zum allererstеn Mal eine meiner Hände nahm. An der zog sie mich, so schwach sie auch war, bis fast an ihre Lippen herunter. Um diese Lüge zu wispern: »Dich habe ich immer geliebt. Niemanden sonst, nur immer dich.«

Das war derart widerlich, dass ich mich sofort losriss und das Zimmer verließ. Es war das letzte Mal, dass ich sie sah. Sollte Petra sich darum kümmern, um die Leiche und das ganze Papierzeug. Ich ging auch zu ihrer Beerdigung nicht, habe sogar das Jahr vergessen, 1988, 89. Es ist völlig egal. Aber eines habe ich immer gedacht, das hatte ich für mich mitgenommen: So sterben wie diese beiden? Eher nehme ich Gift. Eher werfe ich mich vor einen Zug. Und erwachte nun im Schiffshospital, wo man bereits eine der Kammern vorkühlen ließ, in die man mich täte, wenn es vorbei war.

Es sind vier Kammern, weil das Mah-Jongg vier Spieler braucht. Ohne sie ist das Sperlingsspiel nichts als eine Patience aus einhundertvierundvierzig Steinen. Aber Spatzen sind das auch. Darauf ist keiner vorbereitet, und dass aus dem Missbrauch nur Lügen kommen, immer und immer nur Lügen. Uns Folgenden bleibt gar nichts übrig, als sie aus Notwehr weiterzulügen. Und weiter noch über unser Leben hinaus in die kommenden Leben hinein.

So in alle Ewigkeit.

Hühnerfedernholz. Das ist ein Name wie Käfighaltung. Wenn Hühner Federn gar nicht mehr haben.

Sperlingsfedernholz, Spatzenfedernholz.

Feenseeschwalbenfedernholz.

Es gibt Jahreszeiten, die sich fürs Sterben nicht eignen. Der Herbst zum Beispiel. Obwohl ich gehört habe, dass es da sehr viele Menschen versuchen.

Nein, Du verstehst mich nicht richtig.

Wohingegen im Frühsommer fortzugehen etwas von einer rechten Hand hat, die einen noch ein Weilchen auf der Fläche wiegt. Um einen zu beruhigen vielleicht und mit den Fingerspitzen der Linken ein wenig zu streicheln. So dass man fast schon davon einschläft und alles gar nicht mehr schlimm finden kann. Sondern man *möchte* es, loslassen, schließlich. Wenn man dafür gemacht ist, sagte Senhora Gailint, ist man das, was Monsieur Bayoun einen Frühsommermenschen genannt hat. Das muss Ihnen nicht peinlich sein, wenn er das Wort auch auf Sie angewendet hat. Übrigens, setzte sie hinzu, heiße ich Gailint. »Lady Porto« ist lediglich der Spitz- und, dachte ich, Achtungsname, den Mister Gilburn ihr gegeben hat. Ein, eigentlich, Verehrungsname.

Dem war tatsächlich so, erinnere ich mich. Also dass ganz am Beginn unserer Freundschaft Monsieur Bayoun das zu mir gesagt hat. Das war es auch, was das Schiffshospital jetzt gefährlich für mich machte. Nicht etwa, wie Doktor Björnson meinte, dass ich einen dritten Herzanfall nicht überleben würde. Ich verstand sowieso schon nicht, was ein Hotelchef in einem Hospital zu suchen hat, selbst wenn es das eines Schiffs ist. Wie wichtig er sich tat! Er mag für meine Kabine zuständig sein und kann über Tatiana bestimmen und alle ihre Kolleginnen, aber ganz sicher nicht über die Kranken. Schon von den Geräten hat er überhaupt keine Ahnung.

Aber nicht nur deshalb dachte ich, hier sterbe ich auf keinen Fall. Nicht in einem künstlich beleuchteten Dunkel. Sondern vorher habe ich eine meiner Zigarren zu rauchen. Das ist eine Verpflichtung. Und dass man das Meer dabei ansieht. Denn man muss sterben, wie Monsieur Bayoun es gesagt hat, *wollen*. Dann ist es auch Unsinn, noch weiter auf die Gesundheit zu achten. Aber, sagte Mister Gilburn, das genau ist die Komik daran. Sie wringen, die Menschen, aus Angst einen längst ausgetrockneten Schlauch aus. Ach, rief er leise aus, erlöse mich von der Hand, welcher Lehre keinem nutzt!

Aber nicht er, Mister Gilburn, sondern Monsieur Bayoun, der doch schon lange nicht mehr da war, stippte meinen rechten Unterarm mit zwei Fingern seiner Linken an. Er schien zu glauben, dass ich eingeschlummert war. Wobei er mich nicht eigentlich aufwecken wollte, aber doch musste. Denn er sagte, ich soll aufstehen. Sie dürfen hier nicht liegenbleiben. Die andren warten doch auf Sie.

Von welchen anderen sprach er? Senhora Gailint, die erzählt hat, wie sie Mister Gilburn erzählt hat, dass sie aus Portugal stammt, hatte ich da noch nicht kennengelernt, nur eben ihn. Erst später, in ihrem Beisein, hat er mich darüber aufgeklärt, dass die Gygis alba keine Schwalbenart ist. Was ich mir, als ich sie zum ersten Mal sah, schon selbst gedacht hatte. Da habe ich Dir, Kateryna, nun einen Namen gegeben, der völlig falsch ist. Die Lügen, immer noch weiter die Lügen.

Trotzdem will ich Dich weiter so nennen, Lastotschka.

In Wirklichkeit sind es nämlich Möwen. Aber sie fliegen derart gewandt. Außerdem ist es eine zärtliche Lüge, zärtlich, Kateryna Lastivka, wie Deine Sprache. Wenigstens doch das.

Aber dass es auch Leute gibt, erklärte Mister Gilburn weiter, die diese Feen für eine völlig eigene Vogelart halten. Das kommt der Wahrheit nun nahe. Nur müsstest Du dann Kratschka heißen und Kryatschok auf ukrainisch, was beides wirklich nicht zu Dir passt. Indessen Senhora Gailint gefragt hat, ob es darauf eigentlich ankommt. Merken Sie nicht, wie Wahrheit und Lüge uns langsam verschmelzen? Nein, Wahrheit und Märchen, hat sie gesagt. Es ist unser größtes Vermögen, sagte sie, jede Lüge in Wahrheit zu verwandeln. Wenn wir nur erst das Bewusstsein haben, dachte ich. Worauf sie, wie um meinem Gedanken zu entgegnen, fragte, ob ich mir unseres Traumschiffes sicher bin, überhaupt sicher? Und, fragte sie, Ihrer selbst, Herr Lanmeister? Denn welch eine Rolle spielt es noch, wo einer überhaupt ist. Sie selbst jedenfalls kehre täglich in die Kasbah zurück zu ihrem kleinen, sagte sie, Berber. Da mache sie sich keine Gedanken darum, ob jemand sie für versponnen hält. Sie hat er doch a u c h einen Frühsommermenschen genannt.

Der nun nicht wollte, dass ich falsch sterbe.

Sie wollten doch in den Captain's Club, sagte er, heute abend. Wenn Sie hier liegenbleiben, geht das nicht. – Das flüsterte er freilich nur, mir so nahe am Ohr, dass kein anderer es hörte, schon gar nicht ein Hotelchef oder einer der Pfleger. Doch ich spürte den rauchigen Hauch seines Atems. Da wartet schließlich ein Schwälbchen auf Sie, um Ihnen etwas vorzuspielen. Nur vergessen Sie nicht, Senhora Gailint von mir zu grüßen.

Das hat mich aber schon gewundert, dass man mich einfach gehen ließ. Vielleicht hat man gedacht, es kommt darauf sowieso nicht mehr an.

Allerdings waren meine Werte am frühen Morgen wieder stabil. Zudem hat ein Schiffshospital kaum Betten, so dass ich mir die Kanülen nicht einmal selbst ziehen musste. Sondern der Ire tat das, Patrick, der manchmal mit draußen bei dem Clochard sitzt. Er hat nicht nur meine Brille wieder zusammengeflickt, sondern gehört auch sonst zum Ungewöhnlichsten auf dieser Reise.

Zum einen ist er noch jung, eben fünfzig geworden. Vor allem aber ist er im Schwarzwald Holzfäller gewesen. Das sieht man seinem kurzen schwarzen, doch grau gesträhnten Knebelbart immer noch an.

Natürlich ist er damals sehr viel jünger gewesen. Aber dass jemand, der ganze Bäume umgesägt hat, später Krankenpfleger wird, wo gesägt werden gar nicht mehr muss, hat genau den Humor, den Mister Gilburn meint. Denn alles, solange es sowieso nicht schon liegt, fällt hier von allein. Das ist die Komik und nicht etwa, dass etwas nur Spaß ist. Andernfalls wäre es leicht. Deswegen ist Komik ohne das Bewusstsein nicht unbedingt gut auszuhalten. Man braucht eine gewisse Entfernung, die Patrick natürlich schon hat.

Bereits so jung zu den einhundertvierundvierzig zu gehören, wäre normalerweise mit einer, denke ich mir, zumindest leichten Bitterkeit verbunden. Doch davon ist bei ihm nichts zu merken. Er ist ohne jeden Vorbehalt und hat auch noch Sehnsucht. Zum Beispiel wünscht er sich von ganzem Herzen Lissabon. Womit er meint, dass er da noch einmal an Land gehen will. Seit seiner frühesten Jugend sei das seine Wunschstadt gewesen. Wo er sich als allererstes ein paar Pastéis de Nata kaufen will, denn davon werde man glücklich. Er erklärte mir gleich, was das ist. Was ich nun auch wieder komisch fand, dass Küchlein mit Pudding glücklich machen.

Offenbart hat sich mir Patrick an diesem Morgen aber noch nicht. Nur deshalb, Lastotschka, ist mir die Nachtkatastrophe so peinlich vor ihm gewesen. Ich möchte einfach nicht, dass man mich hilflos sieht. Dass ausgerechnet Doktor Björnson von meinem zweiten Schlaganfall sprach, macht die Sache nicht besser. Oder er sprach von meinem zweiten Gehirnschlag, woran man sieht, wie wenig er sich auskennt. Denn ein richtiger Arzt war in der Nacht gar nicht da. Deshalb konnte mir auch keiner erklären, wieso ich zwar von dem ersten das lahmende Bein und die Schulter zurückbehalten habe. Wochenlang bin ich damals im Krankenhaus gelegen. Aber nicht, warum der nun angeblich zweite überhaupt keine Spur hinterließ. Ein medizinischer Laie wie Doktor Björnson war da überfordert. Wahrscheinlich hat man mich deshalb auf meine Kabine entlassen. Ich selbst aber bestand nicht auf weitere Untersuchungen. Denn Monsieur Bayoun hatte mir da schon in die Seele gesprochen. Es gehört zu dem Bewusstsein dazu, dass man die ganze Neige austrinkt. Und zwar mit leisem, ich möchte es einen ausführlichen nennen, Genuss.

Deshalb dachte ich sowieso schon, es hätte schlimmer kommen können. Zumal sich auch hier ein Sinn dahinter zeigte. Ohne nämlich diesen Zusammenbruch wäre mir Patrick wahrscheinlich gar nie begegnet. Schon gar nicht hätte er zugegeben, dass er mich ein wenig beneidet. Und zwar könne ich, so drückte er es später beim Konzert aus, die Musik der

Engel vernehmen. Dass ich diese Äußerung sofort für übertrieben hielt, muss ich Dir nicht schreiben.

Nachdem an dem Rauchertisch seine Zigarette geraucht war,
hatte er uns in den Captain's Club begleitet. Seine Pfleger-
schicht war vorüber gewesen. Mister Gilburn und Senhora
Gailint kamen ebenfalls mit, während der Clochard natürlich
draußen blieb.

Es war Euer tägliches Spätnachmittagskonzert. Da schien
er Dich für einen Engel wirklich zu halten. Nur bin ich le-
benserfahren genug, um zu wissen, dass Du das ebensowenig
bist wie eine Schwalbe. Du bist eine junge Frau mit allen ihren Bedürfnissen und einmal im Monat dem Blut. So muss
das bei Menschen auch sein, dass sie nicht rein, sondern,
nannte es Monsieur Bayoun, *ambivalent* sind. Wozu auch
Trotz und Ungerechtigkeiten gehören, und sogar Gier. Aber
auch Träume, und Irrtümer sowieso. Bevor man sich mit den
Jahren und Jahrzehnten, wenn es gutgeht, klärt.

Weil Reinheit nur für Alte ist.

Da ist es eigentlich traurig, wenn jemand so früh das Bewusstsein erlangt. Patrick widerfuhr es. Man muss das wirklich so nennen. Nur darum, weil es so unverhältnismäßig ist,
konnte er von einer Musik der Engel sprechen und mir sogar
ihre Wahrnehmung neiden.

Ich sah ein wenig hilflos herum.

Neben mir links saß Mister Gilburn, rechts Senhora Gailint und gegenüber er. An der Theke saß halb der helle Anzug
mit Glatze. Halb auf dem Barhocker fläzte er. Neben seinem
Glas lag ein silbernes Gerätchen mit einer rotspitz glimmen-
den Diode. Offenbar nahm er Euch auf.

Ihr hattet schon das nächste Stück begonnen.

Von dem ich dachte, dass es einerseits gut ist, wenn Ihr von
Bach das wirkliche Schweben noch gar nicht erreicht habt.

Andererseits störte es mich, dass Ihr für uns gespielt habt, nicht für Euch selbst. Darum fehlte die Intensität. Ihr führtet etwas vor. Ich habe überhaupt keine Ahnung von Bach, aber Musik, dachte ich, spielt ein Instrument nur für sich. Das hat mit einer Engelsmusik nun gar nichts zu tun. Außerdem gibt es nicht nur das Sanfte und Gute. Auch das Böse muss irgendwo hin. Findet in der Musik wie im Leben das keinen Platz, wird alles nur bitterer, böser.

Ihr wolltet aber Rücksicht nehmen, Deine Geigenfreundin und Du. Weil alte Leute nicht unnötig aufgeregt werden dürfen. Deshalb sollte die ernste Musik wirklich ernst gar nicht sein. Sondern Ihr überlegtet Euch, was man uns zumuten kann. Als wenn wir nicht erwachsene, durch, glaub mir, einige Höllen gereifte Personen wären, sondern Kinder wieder, die man bei der Hand nehmen muss, weil sie das Leben noch nicht kennen. So dass man mit ihnen Topfschlagen spielt und wieder Blindekuh. Ihr aber denkt, wir merken das nicht.

Doch, Lastotschka, das tun wir. Wir haben nur nicht mehr die Kraft, uns zu wehren, aber vor allem nicht den Ehrgeiz. Uns, anders als Euch, kommt er müßig vor. Darum schauen wir durch die Dinge hindurch, durch den Topf und den Holzlöffel und die Binde vor den Augen. Wir durchschauen die Dinge und Euch. Aber wir lassen es Euch nicht merken, damit nicht Ihr wie kleine Kinder dasteht. Sondern wir leiten es um auf uns. Dies ist unsere Weise der Rücksichtnahme, weil Ihr wie Patrick noch nicht hindurchschauen dürftet. Eigentlich. Deshalb kämen wir auf gar nicht die Idee, von einer Musik der Engel zu sprechen. Daran kannst Du natürlich sehen, wie jung Patrick trotz des Bewusstseins noch ist. Und dass er auf dem Traumschiff noch einige Meere Fahrt vor sich hat.

Selbstverständlich habe ich ihm das nicht gesagt. Denn das ist wohl wahr, von Bord gehen wird auch er nie wieder. Auch wenn er es sich für Lissabon wünscht. Indessen der junge

Steward oder Trainee, der, Du weißt schon, mit diesen Augen, diesmal nicht in den Captain's Club kam. Darüber war ich ein bisschen erleichtert.

Was wirklich albern war.

Das samstagsfarbene Schimmern eines Stücks Meer. Wenn sich wieder einmal eine Woge wie Seide seltsam geglättet hat. Die ist über einen höchst seltenen Samt gestrafft. Wie man in das Furnier des Nachtschränkchens absteigen kann. Wenn wieder einmal mein Besuch an mir herumzupft. Meine Großmutter hat das *betüdeln* genannt und sich auch schon immer dagegen gewehrt. Da steigt man tief in das Holz. Wo man sich in einer Höhle mit dem ganzen Schiff wiegt.

Das geht nicht nur in dieser einen Ablagefläche, sondern zum Beispiel auch in dem Tisch in der Mitte meiner Kabine. Es geht in irgendwelchen Sesseln und in den, wo auch immer, Gläsern. Selbstverständlich geht es genauso in Pappetellern und im Obst. Sogar in Fensterscheiben geht es. Auch darin kann man sich wiegen, nicht nur in dem Augenblinzel, den Du, Lastotschka, vielleicht für mich hast. Sondern sogar in dem eigenen Blicken, von dem man doch annehmen müsste, dass wir selbst es nicht sehen. Es ist ja selbst das, was sieht. Jedenfalls geht es auch in Zahnputzbechern und Waschbecken und in dem komischen Handschuhlappen.

Zum Beispiel habe ich Stunden damit zugebracht, in die dünnen Gummihandschuhe abzusteigen, die Tatiana sich zum Putzen überstreift. Bisweilen gelingt ihr das nicht gleich, weil sie so eng sind. Meist pustet sie deshalb erst noch hinein, derweilen ich schon darin bin.

Die aber auch Patrick angehabt hat, selbstverständlich andere, als er mir aus dem Schiffshospital zurück in meine Kabine half. Das war diesmal tatsächlich nötig. Denn obwohl an mir alles wieder in Ordnung war, konnte ich nun auch das rechte Bein nicht mehr richtig bewegen. Eigentlich gar nicht. Was ich aber keinem erzählte. Außerdem fand sich Frau Seiferts Gehstock nicht gleich, sondern erst später am Tag. Als man mich ins Hospitalbett getragen hatte, hatte ihn jemand beiseitegestellt, so dass sich niemand erinnerte.

Die See war abermals schwer. Ich hätte mich den ganzen Weg über an der Wand abstützen müssen oder wäre nur auf den Knien bis in meine Kabine gekommen. Statt dessen ging mir Patrick zur Hand. Was ich wörtlich meine.

Weil Tatiana natürlich informiert worden war, hatte sie alles vorbereitet. Deshalb waren die Scherben und Splitter sämtlichst aufgelesen und weggesaugt worden. Sie nahm mich sogar in den Arm und bestand darauf, dass ich mich unbedingt hinlegte. Was aber ich nicht wollte, sondern ich wollte zum Frühstück. Nicht, um wirklich etwas zu essen, sondern weil ich Menschen um mich brauchte. Nach einer Stutennacht ist so etwas dringend.

Weil ich aber nicht spreche, gab ich zum Schein erstmal nach. Das merkte Patrick und zwinkerte mir zu. Gehen Sie nur, sagte er zu Tatiana, ich bleibe noch etwas bei ihm. Sie haben bestimmt noch viel andres zu tun. Woraufhin sie sich, erleichtert, schien mir, bedankte und davonbegab. Dabei rauschte ihr Zimmermädchenkittel. Es ist schon närrisch genug, dass sie so etwas trägt. Während Patrick, wieder mir zugewendet, sagte, ich weiß, wie peinlich Ihnen alles ist. Das muss es nicht sein. Außerdem halte ich es für falsch, wenn Sie hier alleine liegen. Nur lassen Sie uns noch eine halbe Stunde vergehen, damit Tatiana keinen Ärger bekommt.

Das war mir wegen meines Beines recht, also wegen nun beider Beine. Denn auch den linken Arm konnte ich nur unter Schwierigkeiten bewegen. Vielleicht möchten Sie mir etwas aus Ihrem Leben erzählen. Mein Leben, dachte ich. Aber er, als hätte er meinen inneren Seufzer gehört, sagte, er meine das nicht banal. Sondern ich wüsste gern, seit wann Sie es wissen. Wann hat das Bewusstsein Sie erfasst? Ich selbst bin noch völlig hilflos damit.

Weshalb ich da schon dachte, meine Güte, so jung, viel zu jung. So dass eben er zu erzählen begann und notgedrungenermaßen gar nicht anders konnte, als von seiner Krankheit zu sprechen. Denn das Bewusstsein bei Alten kann eigentlich vorausgesetzt werden, aber bei Jungen ist es tragisch. Da braucht es eine Erklärung.

Allerdings ist mir heute ein Gedanke gekommen, der, wenn er stimmt, auch Dich betreffen würde. Denn während ich mich umschaute, kam mir jeder Griff, jede Planke, jedes Bullauge in den Außentüren auf eine Weise vertraut vor, die weiter in meine Vergangenheit reicht als eigentlich möglich. Bei allem war das so. Selbst die schmalen Stahltreppen und die hängenden, oben orangenen Tenderboote und sogar die bunten Glühbirnen waren mir tiefergehend vertraut, als wenn ich sie nur jeden Tag sehe. Ich meine die ständige Lichtergirlande, deren Kabel über die ganze Schiffslänge gespannt ist, vom vordersten Bug hoch übers Radar und die Schornsteine bis wieder hinunter zum hintersten Heck. Jeden einzelnen Rettungsring kannte ich von früher und jedes einzelne Tau und besonders die Gesichter der Besatzung. Denn wenn es stimmt, dass ich schon vor diesem Leben auf dem Traumschiff gewesen bin, dann sehr wahrscheinlich als ein Mitglied der Crew. Nur haben wir Crew noch gar nicht gesagt, sondern Mannschaft.

Ich war, erkannte ich bestürzt, Matrose gewesen. Oder eher noch ein Schiffszimmermann. Jedenfalls habe ich etwas mit meinen Händen zu tun gehabt. Etwas, das mit den Kapverden zusammenhängt, auf die wir jetzt zustoßen. Das war damals unser Stützpunkt. Möglicherweise ist es so, dachte ich, dass alles Früher verdunstet, sobald man sein nächstes Leben anfängt und darin zum Beispiel zum Russenkind wird. Wie von einem undurchsichtigen Tischtuch wird es von einem Vergessen bedeckt, das erst wieder das Bewusstsein von der Tafel hinwegzieht.

Als ich nämlich nach dem Frühstück und meinem Nachdenken über die vorvergangene Nacht die Galeriepromenade entlangschritt, kam mir Tolstoi entgegen, mit seiner plietschen Frau. Da hatte ich Frau Seiferts Gehstock schon wieder. Ohne den wäre es natürlich nicht gegangen. Doktor Björnson selbst hat ihn mir, das war noch gestern beim Frühstück, gebracht. So dass ich es auf mein Bootsdeck auch ohne Patrick schaffe.

Noch war ich aber auf dem Galeriegang.

Mein Rücken tat weh, und meine Schulter zog mich zum Boden. In solchen Momenten hilft es, einfach nicht drauf zu achten. Allerdings braucht man einen ausgeprägten Willen dazu. Den Tolstoi, wie es aussah, auf alle Zeit verloren hat.

Nein, mit dem russischen Dichter hat er gar nichts zu tun. Aber wegen dem gleichweißen Bart ähnelt er ihm. Außerdem hängt sein Gemälde an der kurzen hinteren Seitenwand, die vor der Boutique die Sitzgruppen trennt. Ich meine natürlich den Dichter.

Genau auf der Höhe waren die beiden angelangt. Anders aber als der vom Bild ist der heutige Tolstoi mager und eingefallen. Jeden Schritt tut er nur halb nach dem nächsten. Ich würde das ein Trippeln nennen, wäre es nicht so langsam. Dazu muss er sich auf die Gehhilfe stützen. Die schiebt er in Zeitlupe vor sich her. Normalerweise fährt ihn seine Frau im Rollstuhl herum.

Imgrunde fiel er mir nur ihretwegen auf.

Sie ist sehr, sehr viel jünger als er. Dreißig, vierzig Jahre bestimmt. Trotzdem ist auch sie fast schon alt. Doch anders als er ist sie noch völlig agil, wobei sie ihn trotzdem immer begleitet und auf ihn aufpasst, ihn hinsetzt, ihm Tee bringt, ihm das Haar streichelt. Nur an den Bart lässt er sie nicht, jedenfalls in der Öffentlichkeit. Wobei sie für meinen Geschmack sogar viel zu agil ist.

Das entbehrt nicht der Lächerlichkeit.

Nicht nur trägt sie jeden Tag eine Blüte im Haar und Blütenkleider mit riesigen bunten, nennt man das so?, Applikationen? Sondern bei jeder Party ist sie dabei. Wo sie beim Tanzen dauernd die Arme hochstreckt, um mit den Händen hin und her zu fuchteln. Außerdem lacht sie sehr laut, aber natürlich nicht so wie die andere Frau, die immer in den Captain's Club kommt, wenn Du Klavier spielst. Du weißt schon, die in Dein Vorspielen keckert und ihre Gespräche außerdem brüllt. Sie hat wohl insgesamt kein Gefühl, für andere aber schon gar nicht. Auf den Partys tanzt sie aber nicht ganz so mädchenhaft wie Frau Tolstoi, sondern eher wie eine wirkliche Frau. Auch über solche Menschen sollte man etwas Gutes sagen, wenigstens von Zeit zu Zeit. Sie lassen einen erkennen, wie lächerlich sich macht, wer partout nicht ans Ende denken will. Das ist von Partys nämlich der ausschließliche Zweck.

Wiederum das Gute an Frau Tolstoi ist, dass sie mich an meine, ich sag einmal, *unpersönliche Vergangenheit* erinnerte, über die ich gerade nachgesonnen hatte. Sie hat nämlich schon damals nur Kleider mit solchen, ja, Applikationen getragen. Auch bereits da fette Blüten und rote. Wenn sie tanzte, war sie ausgelassen wie heute. Sie hat sich überhaupt nicht verändert. Wobei man zu der Zeit noch sagte, dass jemand kein Kind von Traurigkeit ist. Das weiß ich von meiner Großmutter. Die hat auch nie was anbrennen lassen. Ich meine, auf den Kapverden. Erst Tolstoi hat damit Schluss gemacht und ihr links und rechts eine gescheppert. Das konnte man bis hinauf auf den Picoagipfel hören. Dann hat er sie geheiratet.

Deshalb ist es andererseits kein Wunder, wenn sie sich heute an ihm rächt. Zwar fährt sie ihn eigenhändig herum. Nur darf er nicht bestimmen, wohin. Manchmal stellt sie ihn einfach vor dem Tisch ab, wo er hilflos in seinem Rollstuhl sitzen bleiben muss. Das amüsiert sie besonders. Sie macht sich sogar, und nicht nur auf den Partys, an andere Männer heran. Direkt vor seinen Augen. Genau so ist sie schon auf Fogo gewesen. Sie blutjung, er bereits in den Sechzigern. Nur war er von seiner Fazenda so reich, dass er sich nehmen konnte, was er wollte.

Ich hätte das Mädchen selbst gern gehabt. Doch was ist schon ein einfacher Zimmermann? In meinem letzten Leben war das mit den Halbleitern besser. Trotzdem habe ich es damals versucht. Sie war auch gar nicht abgeneigt. Ich war ein Frauentyp, das bin ich immer gewesen. Da muss ich nur an Gisela denken. Doch um Versorgung ging es ihr nicht, weil Tolstoi die beste Partie war, die sich ein kreolisches Halbblut wünschen konnte. Ohne ihn wäre sie völliges Freiwild gewesen, weil das noch alles Sklaven waren. Aber er hat sie nicht nur beschützt, sondern vor allem auf sie aufpassen lassen wie ein Schoßhund, nein Schlosshund. So sah die Fazenda nämlich aus, wie ein Schloss, aber flacher. Weshalb ich auch ganz schnell türmen musste, zurück auf mein Schiff und weit in die Ferne.

Aus meiner Erinnerung geriet ich in fast eine neue Panik. Dass er mich wiedererkannte oder sie mich. Dann hätte sie von mir vielleicht was gewollt, wieder oder noch immer. Während man gar nicht sagen konnte, ob er nicht vielleicht noch heute paar Mestizen hatte, ihm die Probleme aus der Welt zu schaffen. Vielleicht tat er ihr gegenüber nur so, als wäre er nicht ganz auf der Höhe. Ich weiß ja genau, wie leicht das geht. Da muss ich nur an Tatiana denken und meinen heulenden Besuch. Man muss gar nichts tun als zu schweigen, einfach nur schweigen. Schon glauben sie, man ist nicht mehr helle. Wenn man dann noch durch sie hindurchsieht, fühlen sie sich bestätigt. Mit dem Tolstoi von damals war jedenfalls schlecht Kirschen essen. Oder heißt es »Kuchen«?

Schon waren die beiden keine zwei Meter mehr von mir weg. Rechts war durch die hohen Scheiben nichts als der Atlantik zu sehen, der ewige Atlantik in seiner fast immer noch genauen Mitte. So dass ich den Anlass für solch eine Panik plötzlich selber lächerlich fand und vor dem Entdecktwerden keine Angst mehr hatte. Nämlich auch durch mich sah Tolstoi hindurch. Das war dafür das Zeichen, dass er auch dann, wenn er sprechen hätte noch können, es auf keinen Fall wollte. Es ist auch möglich, dass er in seiner Verstellung längst festsitzt, weil sie sich chronifiziert. Weil die Maske, die sie ist, auf Dauer mit der Haut verwächst. Das war bei Tolstoi wahrscheinlich geschehen. So dass ich sogar fast drauf und dran war, die beiden von mir aus anzusprechen.

Man kann von Mutwillen richtiggehend geflutet werden. Wobei dies natürlich riskant ist. Trotzdem hatte ich eine, hätte meine Großmutter gesagt, *kiebige* Lust, auf beide hemmungslos draufloszuplaudern. O wie schön, dass wir uns hier begegnen! Sie sind mir schon einige Male aufgefallen. Da müssen wir uns unbedingt kennenlernen! Doch wäre das wirklich ein Leichtsinn gewesen, für den ich noch zu schwach war.

Besser, ich ließ das bizarre Paar wortlos passieren.

Da blieb die Frau stehen, um Bekannte zu begrüßen, die in den Sesseln saßen. Sie tat es mir lautem Juchhe und hielt dabei ihren Mann am Kragen fest. Der starrte vor sich hin auf die Ablage zwischen den Griffen. Während das Juchhe von der Frau und ihren, sagen wir, Freunden zum regelrechten Anfall eines tumulthaften Gemeingaudis wurde. Da hätte ich auf keinen Fall mitmachen wollen.

Sondern, um nicht aufzufallen, drehte ich mich der Schmuckboutique zu. In der hockt auf einem Barhockerstuhl fast immer eine ganz anders schöne Frau, als Du es bist, hinter ihrem Stehthekchen. Während sie hofft, unsere erbeuteten Schätze verkaufen zu können, tippt sie auf ihrem Handy herum. Ich habe drinnen einen Kunden noch nie gesehen. Wahrscheinlich sind die Passagiere mit Hehlerware vorsichtig, wenn sie von Kaperfahrten stammt. Sie haben einfach Angst, dass mit ihren Sachen dasselbe passiert.

Es war natürlich in einem wieder anderen Jahrhundert, dass ich beim Freibeutern mitgemacht habe. Zum Beispiel fiel mir die starke Ähnlichkeit von Mister Gilburn mit Barbecue auf. So haben wir immer den Schiffskoch genannt. Arschloch und Bart. Die meisten Piraten waren nicht wirklich gebildete Leute. Darum kümmerten sie sich nicht um den feinen, schon gar nicht einen vornehmen, ja nicht einmal den richtigen Ausdruck. Wovon an der Rezeption die für eine Kabine völlig falsche Vokabel zurückgeblieben ist. Alles, was war, hinterlässt eine Spur.

Wir müssen nur genau hinschauen, am besten mehrfach. Dann sehen wir, dass alles in seinem Ursprung genau so erhalten bleibt, wie auf der Zeit das Traumschiff über sie hinwegschwimmt. Von einem Kontinent unseres Ichs zu dem nächsten. Sie selbst bewegt sich ja nicht. Nur die Länder treiben durch sie und wir an ihnen vorbei, an den Inseln vielleicht ein bisschen schneller. Und jede ist ein Gesicht, das man wiedererkennt, weil man da schon einmal vor Anker lag. Natürlich sind immer mal wieder ein paar Leute ausgesetzt worden. Die nahmen wir neu an Bord. Andere hatten sich von sich aus ansiedeln wollen. Aber wurden von den Wikingern überfallen. Während noch andere all ihre Güter in einem Tsunami verloren hatten, so dass auch sie neu anheuern mussten. Doch von ihnen wussten und wissen nur wenige, dass es immer und immer das gleiche Schiff ist und sogar nämlich dasselbe.

Dem sieht die Zeit aus ihrem Kinosessel zu, und mir, wie

ich auf der Galerie vor den blinkenden Preziosen stand. Mit meinem schmerzenden Rücken und dieser blöden Schulter und in den Beinen beinahe steif.

Die Tolstois hatte ich da schon vergessen.

Vielmehr wollte ich mir durch die Scheibe das blasse, unter ihrem Schneewittchenhaar schrecklich blasse Antlitz der jungen Verkäuferin betrachten. Wie vergeblich sie hinter dem Stehthekchen hockte und sich die Zeit mit dem Handy vertrieb! Aber einmal hob sie den Kopf. Da blickten ihre springbachblassen Augen zurück und lächelten mich dankbar für die kleine Ablenkung an.

Das hätte sie vor fünfzig Jahren tun sollen! Auweia. Da wär ich zu ihr hineingegangen und hätte einen Kuss gefordert, aber mit der Zunge und tief und ohne jemals aufzuhören.

Doch wenn das mit den Vergangenheiten stimmte, hätte ich eben auch Dich schon einmal gesehen. In einem früheren Leben. Wenn wir seit je schon an Bord sind und manche von uns schon mehrere Male. Beziehungsweise immer und immer wieder. Und nicht nur Du würdest, nein ich selber würde irgendwann erneut auf unser Traumschiff kommen. Nachdem ich längst gegangen war. Und habe mich erst mit dem Bewusstsein wiedererinnert.

Ohne es wäre alles für immer verloren.

Das erkannt zu haben, war das Geheimnis von der Weisheit Monsieur Bayouns. Jetzt wurde sie auf mich übertragen. Denn er hat mir das Sperlingsspiel vererbt. Wenn alles das aber wahr ist, Lastotschka, wird es vielleicht ein Schwalbenspiel werden, das ich dann wirklich mit Dir spielen werde. Ohne dass wir es wissen vielleicht. Du indessen, Lastivka, hast es noch niemals gewusst.

In dem Schleier aus Licht wellen sich die Flossen der Mantas, wie sich in Brisen Säume bewegen. Sie schwimmen aber nicht unten im Wasser. Nein, sie schwimmen in Augenhöhe gleich vor der langgezogenen Reling. Dennoch fliegen sie nicht. Aber schwimmen so hoch, dass selbst der von den Wellenkämmen wehende Schaum sie nicht mehr erreicht.

Davon bin ich seit einer Stunde restlos berückt. Darum merke ich den Besuch kaum mehr, den ich heute wieder habe. Schon die ganze Zeit über hält er meine rechte Hand. Offenbar versteht er nicht, dass von mir in ihr gar nichts drin ist.

Auch das kann man trainieren, sich aus dem eigenen Körper zurückzuziehen. Man muss sich nur zum Beispiel auf diese wundervollen Mantas konzentrieren. Die haben es gleichfalls geschafft, sich zurückzuziehen. Wenn auch aus dem Wasser und nicht ihrem Körper. Für sie ist das eigentlich die nötige Luft.

Immerhin hat mein Besuch bis jetzt nicht geheult. Dafür bin ich dankbar. So muss ich mich nicht auch noch aus meinen Ohren zurückziehen, sondern kann weiter dem Wind zuhören. Wie er geht und geht.

Was mich aber an der Seelenwanderung immer so skeptisch gestimmt hat, ist, dass die Leute fast immer Kleopatra waren. Oder Alexander der Große oder Muhammad Ali, der noch Cassius Clay war, als meine Großmutter jede Nacht aufstand. Daran hatte sie einen riesigen Spaß, wenn jemand blutig auf die Nase bekam. Sie klopfte die Nachbarn aus den Betten und alle versammelten sich bei ihr vor dem Fernseher. Wo sie hingerissen Aua! riefen, wenn die Augenbraue platzte. Dazu tranken sie Faberkristall.

Zumindest in der Nähe Kleopatras haben sich die Leute aufgehalten. Damit waren sie wenigstens ein bisschen bedeutend. Nie war einer von ihnen wie früher ich ein einfacher Zimmermann, geschweige Sargschreiner in irgendwo einem Walddorf. Oder ein, die es bei Euch früher gab, leibeigner Bauer, der nicht mal das Brot hatte, um sich und die Seinen sattzubekommen. Sondern meistens waren sie mindestens die Dietrich.

Dass niemand Hitler, zum Beispiel, gewesen sein will, lässt die Seelenwanderung ein für alle Mal hochgehn. Trotzdem weiß ich jetzt, dass es kein Trick ist von den Fakiren, wenn sie jahrelang einen Arm in den Himmel halten, so dass alles Blut hinausläuft, und sie werden trotzdem nicht krank.

Nur wird der Arm nach einiger Zeit natürlich sehr dürr. So dass ich eigentlich hoffe, dass der Besuch meine Hand wieder loslässt. Ich brauche sie noch für Frau Seiferts Gehstock. Und um weiter diesen Brief zu schreiben, weil ich für Dich alles festhalten möchte, was mir bemerkens-, vor allem aber bedenkenswert vorkommt.

Obwohl Du ihn nicht lesen kannst, habe ich mich entschlossen, Dir die Kladden nach meinem Weggang auszuhändigen zu lassen. Weil er der Jüngste von denen mit dem Bewusstsein ist, werde ich Patrick bitten. Denn um selber schon zu gehen, ist er von uns, die das Bewusstsein haben, noch am wenigsten weit. Das macht ihn als Überbringer geeignet.

Ich selbst möchte sie Dir nicht überreichen. Zwar habe ich ein paar Tage lang gehofft, wir kämen uns näher. Doch das ist ebenso lächerlich wie die juchheende tanzende Frau. Außerdem bist Du jetzt ja gebunden. Das habe ich mir gleich schon gedacht, dass der hübsche Trainee zu Dir passt. So dass ich gestern abend kein bisschen überrascht gewesen bin.

Du weißt schon, als Ihr mich nach der wieder mal Party zu Euch gebeten habt. Nicht nur mich, nein, auch Mister Gilburn. Vielleicht hat Patrick, der mit Euch schon dasaß, von uns erzählt. Da wolltet Ihr uns kennenlernen. Wozu sich schließlich auch der junge Mann mit den hellen Augen hinzusetzte und seinen Zähnen in dem Weiß der Schiffsuniform.

Die Evergreens wummerten in die Nacht. Aber Sterne waren nicht zu sehen. Statt dessen lag immer noch auf den warmen Planken Tag. Auch wenn er dunkel geworden war, nur von der Lightshow erhellt und rosa von den Säulen zwischen Achter- und hinterem Brückendeck. Auf dem immer Minicricket gespielt wird.

Ich habe wirklich nur ganz ein kleines bisschen gezuckt, als Du aufstandst und Deinem schönen Freund, bevor Du gingst, kurz am Ohr entlangstrichst. Wie wenn eine Strähne seines blonden Haares darübergerutscht wäre. Das war sie aber nicht. Und er hielt Deine Finger sekundenbruchteilslang fest.

So hat er von allen, die Dich bewundern, den Zuschlag bekommen.

Du trugst noch das Kleid von dem Konzert und diese hohen Pumps, die ich an Frauen immer gerne sah. Ihre schmalen Fesseln haben mich mehr berührt als jemals eine Seele.

Wahrscheinlich denkst du jetzt, solch ein Lustgreis, aber Du irrst Dich. Denn sie haben mich _wie_ eine Seele berührt, _als_ die Seele sogar. Sexuell ist das niemals gewesen, das war was andres. Aber wenn man nicht wirklich fühlen kann, dann bleibt einem nur noch der Körper, und zwar, _um_ zu fühlen.

Das werden aber viele Unterstreichungen jetzt.

Es sind, Lastotschka, Betonungen.

Woher weiß ich eigentlich die Einzahl? Die russische Mehrzahl war jedenfalls falsch. Man sagt nicht Lastotschkis, sondern ohne »s« einfach Lastotschki, wenn es so viele davon gibt. Trotzdem habe ich in diesem Moment gemerkt, dass ich mich nicht in die Feen, sondern in Dich verliebt habe. Die Feen haben mich auf Dich nur vorbereiten sollen.

Schon darum will ich Dir, solang ich noch lebe, meinen Brief nicht geben. Wenn ich indessen davonbin, wirst Du über mein, ich weiß, kindliches Fühlen wahrscheinlich lächeln, vielleicht Dich sogar freuen können. Es tut Dir dann sogar gut, weil er gar nichts von Dir fordert. Er hofft auch nichts, auch nicht heimlich. Deshalb kannst Du es annehmen. Sogar von einem wie mir. Aber wenn ich noch da bin, wird sowas zur Last und schließlich, notwendigerweise, zu Aufdringlichkeit.

Nichts liegt mir ferner als sie.

Ich liebe Dich, Schwalbe, doch uneigennützig. Ich liebe Dich ganz ohne mich.

Schon deshalb kann mich mein Besuch nicht berühren, der immer noch die dörren Knoten meiner Hand hält. Weshalb er die wallenden Flossen der Mantas nicht sieht, obwohl sie so nahe der Reling schwimmen. Sie sind wie riesige Möwen, denen das vom Bug zerschnittene Meer den Fang bequemer macht. Denn es kommt vor, dass Möwen nicht nur im Heck über dem Fahrwasser kreischen. Sie stehen manchmal auch seitwärts und einige Zeit lang in der Luft, wenn auch nicht so endlos weit von jedem Land entfernt. Oder das nur selten. Wie heute nachmittag wieder die Tauben, die, erschöpft wie neulich der Spatz, bei uns notgelandet sind.

Tauben. Richtige Tauben.

Ich weiß überhaupt nicht, was aus dem Spatz geworden ist. Hoffentlich hat niemand vergessen, ihn wieder fliegen zu lassen, spätestens bei Ascension. Wo von den Mantas zum ersten Mal gesprochen wurde, aber von denen natürlich im Meer.

Ich bekam das Gespräch zufällig mit. Zu lauschen liegt mir nicht. Aber der Anzugmensch sprach derart exaltiert, dass es sich nicht vermeiden ließ. Es sei denn, ich wäre weggegangen. Doch saß ich so gut bei Mister Gilburn, und die Senhora

Gailint war ebenfalls da, die er verehrungsvoll weiter Lady Porto nennt. Bevor er ihr einen Handkuss gibt.

Ihretwegen bin ich besonders froh, dass ich nicht spreche. Ich spüre genau, wie sie sonst gar nicht aufhören könnte, sich noch und noch von meiner Wiederbegegnung mit Monsieur Bayoun erzählen zu lassen. Wie sah er aus? War er traurig? Bekommt er genügend zu essen?

Was natürlich viel zu absurd gewesen wäre, um darauf Antwort zu geben. Selbstverständlich habe ich ihn mir in dem Hospitalbett nur eingebildet. Kann man das sagen, dass etwas eine Notbildung ist?

Auf einem Traumschiff ist das Essen freilich allgegenwärtig und besonders während der langen Seetage das einzig kontrastreiche Thema. Zugleich gibt es den Rhythmus vor, lässt die Tage verlässlich beginnen, ordnet sie und schließt sie verlässlich dann wieder ab. Nur darum hätte Senhora Gailint gefragt, ob Monsieur Bayoun genügend zu essen bekommt.

In ihrer Sehnsucht nach ihm hat sie offenbar das Bewusstsein verloren. So dass ihr Herz auf die Verlässlichkeit hereinfällt. Denn gerade sie vergisst den Tod. Dabei ist, dass er kommen wird, das Verlässlichste, das wir überhaupt kennen. Wir kennen zwar nicht den genauen Zeitpunkt, aber genau die Mahlzeitenfolge. Noch nachts um halb elf werden an Bord kleine Bissen gereicht. Manchmal sind es Frühlingsröllchen, manchmal Fleischbällchen, dann wieder Wantans. Es kommen auch Fischstäbchen vor, die aber, weil sie vorgebacken wurden, gar nicht mehr kross sind.

Trotzdem bedient sich fast jeder daran. Damit man die Leere im Mund nicht bemerkt. Sie könnte uns erinnern. Jedenfalls würde Senhora Gailint nicht wahrhaben wollen, dass ich mir Monsieur Bayoun nur eingebildet habe, um mich, und dieses Mal sinnvoll, zusammenzureißen. Dass er aber, und zwar schon lange, tot ist.

So sehr liebt sie ihn weiter.

Ich möchte ihr diesen Glauben nicht nehmen. Während Mister Gilburn jedesmal die Augen verdreht, wenn sie nicht hinsieht. Außerdem hat er einmal kurz die Backen gebläht, dann den Kopf geschüttelt, aber so, als würde nur sein Kinn erzittern. Dabei hat er leise gelacht. Er kann die Komik einfach nie ignorieren. Um nun nicht doch laut aufzulachen, sondern sein Glucksen hinunterzuschlucken, nippt er übertrieben rücksichtsvoll an seinem Gin Tonic.

Vielleicht ist es aber umgekehrt, und er zieht die Komik erst an. So dass Senhora Gailint gar nichts anderes übrigbleibt, als schon wieder nach Monsieur Bayoun zu fragen. Weil die Komik jemanden braucht, um in ihm in Erscheinung zu treten. Dabei ist sehr gut möglich, dass es nicht zu ihren Stärken gehört, besonders wählerisch zu sein. Wahrscheinlich kann es jeden treffen.

Deshalb war ich für die, wie ich sofort dachte, Angebereien des Anzugmenschen nun sogar dankbar. Er erzählte ein bisschen hysterisch, dass man am Hafen von Ascension auf ihn warte. Er habe den Open-Water-Schein. Und fast nirgendwo sonst auf der Welt gebe es noch einen solchen Reichtum an Arten wie hier. Man müsse auch gar nicht weit hinunter. Vom Mittelmeer sei er ganz andere Tiefen gewohnt. Dreißig Meter, sagte er, nein, fünfzig!

Zwar war diese Art Aufschneiderei ziemlich unerträglich, andererseits sprach er aber dann von den Mantas. So dass ich sie heute morgen, als ich die Vorhänge vor meinem Fenster beiseitezog, zum ersten Mal über den Wellen sah. Bislang kannte ich Mantas nur aus dem Fernsehen und, aber selten, dem Kino. Damit meine ich ihre schwebende, an den Rändern unstete Art der Bewegung.

Erst waren sie aber nur riesige Schatten, die sich vom Heck her näherten, um sich vor die noch tiefstehende Sonne zu schieben. Davon wurde es in meiner Kabine fast wieder dunkler als mit den Gardinen. Dann aber schwammen sie hinter den Scheiben vorüber, schneller als das Schiff. Trotzdem waren sie so ungeheuer langsam und stiegen noch viel langsamer hinauf, dass ich ihre, quer über der Halsbrust, Kiemen sich aufklappen sah. Und nicht nur ihre weißgrauen, sondern spätkarfreitagsfarbenen Bäuche erblickte und ihre kurzen peitschendünnen Schwänze.

Was weiß ich von Monsieur Bayoun eigentlich noch?

Ich hätte Senhora Gailint auch deswegen nur ungern weiter von ihm erzählt, weil er mir allmählich insgesamt wie eine Erfindung vorkommt. Nicht nur da am Hospitalbett. Das ist vielleicht bei Vonunsgegangenen normal. Dann helfen natürlich Fotografien. Das wiederum verstehe ich. Also wenn sich die Passagiere auch deshalb dauernd knipsen lassen und selber dauernd knipsen.

Ich muss an die Walknochen denken, aus denen die Spatzen geschnitzt sind.

Zum Beispiel wollte Monsieur Bayoun immer über die neuesten Baseballergebnisse informiert werden. Dafür ist er täglich ans Internet, wo er oft geschimpft hat, weil die Verbindung so langsam war oder überhaupt nicht zustande kam. Also in der Galerie hinter den halbhohen Milchglasscheiben, auf denen als mattiertes Gekrissel der Schriftzug des Traumschiffes steht. Zwischen Bali und Sumba, erinnere ich mich, hat dieses Internet tagelang nicht funktioniert. Wo diese spitzen Strohdächer sind, von denen die, so, glaube ich, heißt das, Pagoden abgebaut wurden. Sogar geflucht hat er dann. Während ich von Baseball doch gar nichts verstehe.

Monsieur Bayoun war ohnedies ein sportlicher Mensch, auch darin anders als ich. Sogar für Fußball hat er sich begeistert. Das hat mir Senhora Gailint bestätigt, so dass ich mir

Monsieur Bayouns fast schon wieder sicher bin. – Den Baseball hat er mir tatsächlich ein wenig nähergebracht. Das heißt aber nicht, dass ich jetzt mehr davon verstehe.

Ich selbst hatte so etwas nie, ein Hobby. Außer natürlich den Frauen. Die waren wohl sowas. Weswegen ich diesen Prozess auf zugegeben ganzer Linie verlieren musste. Petra ist es schon immer nur ums Geld gegangen. Gisela sowieso. Vor allem, nachdem sie aus der Wohnung musste und sich mit Petra verbündet hat. Da haben die beiden Krähen die Gelegenheit sofort ergriffen, mir die Augen auszuhacken. So dass sie mir noch Jahre später erst schwarz, dann leer geworden sind vor Wut und ich die Autobahn nicht mehr sah. Erst sah ich nur die Fahrtspur nicht mehr, aber auch schon links die Leitplanke nicht. Und plötzlich war alles weg, die buschigen Bäume wie der Hügel und das Feld und dann die Welt insgesamt. So dass man die Beifahrertür aufschweißen musste, weil die andere Seite nur noch ein längsgefalzter Blechrumpf war. Nachher konnte niemand begreifen, wie ich den Unfall überlebt hatte mit meinem hohen Blutdruck.

Ich sehe noch die Uniformierten herumwuseln und höre sie rufen, sehe ein fuchtelndes Durcheinandersprechen. Wie man die Liege hertragen ließ und mich auf ihr wegtrug. Dabei bekam ich, obwohl ich völlig wach war, kein Wort heraus. Bewegen konnte ich mich sowieso nicht. So dass mir sofort klar war, dass ich tot war. Aber das sah ich im Kino, wo ich wirklich auf mich und das viele Blut hinunterblickte, das von mir an der Unfallstelle zurückblieb.

Wenn einem so etwas passiert ist, ist es nicht schwierig, nicht mehr zu rauchen. So dass ich meine Zigarren erst wieder bei Monsieur Bayoun vermisst habe, wegen seiner dünnen Cigarillos. Sogar wenn er sprach, hielt er eine zwischen den Lippen.

Daran erinnere ich mich.

Im Blitzen seiner kleinen Schneidezähne hielt er sie fest, die ein bisschen schiefstanden. Dabei erklärte er mir die Regeln von dem Mah-Jongg. Manches verstand ich aber deshalb schon nicht, weil er so nuschelte. Wenn er einmal nicht rauchte, kaute er auf einem der dünnen dunklen Stäbe herum. Nur ist das Sperlingsspiel auch wirklich kompliziert.

Dennoch hätte er den Cigarillo einfach mal aus dem Mund nehmen können. So dass ich, als ich mich daran erinnerte, auflachen musste. Hatte ich also die Zigarren, meine Zigarren, rein aus Trotz mit an Bord gebracht? Vielleicht ahnte ich schon Nizza voraus, wo meine erste Reise losging. Wenn ich mich richtig erinnere. Wo Monsieur Bayoun vom Schiff getragen wurde, bestimmt ein Jahr danach. Nur ist das komisch, weil wir vor Tanger, wo er an Bord gekommen ist, am Stromboli waren. Wieso sind wir dann nach Südosten gefahren? Ich glaube, wir waren dazwischen noch in Palermo. Oder sind wir von Nizza aus gleich nach Barcelona hinüber? Kam das Bewusstsein so schnell?

Immerhin habe ich keinen Zweifel an Möser, wo ich geboren wurde. Nämlich das ist dafür das Gute. Um sicherzugehen, muss ich nur in meinem Reisepass nachsehen. Denn tatsächlich habe ich gestern nacht die drei Zigarren vorgeholt und eine aus dem Futteral gezogen. Bevor ich noch einmal rund um das Schiff gegangen bin, aber nun, um der Stute die Stirn zu bieten. Ich habe die Zigarre zwischen Daumen und Zeigefinger ein wenig an meinem Ohr gerollt, um zu fühlen und zu hören, ob sie schon zu trocken ist. Dann habe ich über ihre ganze Länge hin geschnuppert, bevor ich wirklich das Ende abgeknipst habe. Doch habe ich sie ins Futteral zurückgesteckt. Es war und ist noch zu früh. Denn heute scheute das Sternenpferd nicht, sondern graste, ohne auch nur aufzusehen, ruhig in seiner unendlichen Koppel.

An Senhora Gailint fällt neben ihrem enormen Leib zuerst der riesige Strohhut auf. *Über* ihrem enormen Leib, muss man natürlich sagen. Denn sie verträgt die Sonne nicht. Obwohl sie sie, sagt sie, liebt. Dafür zieht sie auch den Schleier von der Krempe, wenn sie scheint. Das macht sie als Portugiesin ganz automatisch. Die Geste wirkt kein bisschen affektiert. Aber deshalb nennt Mister Gilburn sie so. Ich meine, Lady Porto. Trotz ihres roten Haars.

Während natürlich Du Dein Klavier liebst. Nur dass Deine Freundin gestern abend gesagt hat, sie tue ihrer Geige weh, wenn überhaupt niemand zuhört dreimal am Tag. Und wie sie sich nach Moldawien sehnt, Transnistrien, sagte sie, was ein ziemlicher Zungenbrecher ist, aber gleich bei Dir nebenan. Darum habt Ihr Euch sofort gut verstanden. Obwohl sie eher ein saftiger Typ ist, wie damals Tolstois Frau war, auf Fogo. Aber sie ist nicht ganz so derb. Trotzdem hat sie kräftige Knochen. Die Deinen dagegen können schnell einmal brechen, damit sie leicht genug für den Äther sind. Feen und Schwalben dürfen nicht schwer sein. Sonst fallen sie runter und bleiben da liegen.

Seltsam dörr aber heute. Ich meine Tolstois Frau.

Während Senhora Gailint nach wie vor imposant ist. Dabei geht sie bestimmt auf die sechzig zu. Viel älter ist sie aber nicht. Trotzdem kann ich sie mir mit dem zarten Monsieur Bayoun gar nicht richtig vorstellen. Ihre Liebe allerdings sieht man nirgendwo so deutlich wie an dem Hut. Zum Beispiel, wenn sie ihn festhalten muss, weil es an der Reling so weht.

Für eine Portugiesin ist das natürlich eigenwillig, dass sie etwas derart Englisches hat, oder Keltisches. Der ganze Atlantik wird zum Kanal, wenn man aus ihren Augen guckt und ihre Rüschen um den Hals hat. Ihr Haar hat genau die Farbe der Fingerspitzen von Frau Seifert, die weder dienstag noch freitag waren. Es gab für sie gar keinen Tag.

Das kommt nämlich vor, dass zu einer Beschreibung die Tagesfarben nicht genügen, sondern man noch zum Beispiel Töne hinzunehmen muss. Nur dass ich von Musik nicht wirklich etwas verstehe und deshalb, obwohl ich glaube, dass es das gibt, nicht sagen kann, ob zum Beispiel die riesigen Ohren, die ich an dem Fahrtgast gesehen habe, moll gewesen sind oder Dur.

Habe ich Dir von den Ohren geschrieben?

Du allerdings müsstest es wissen, also das mit den Tönen. Sofern auch Du eines Tages das Bewusstsein bekommst. Aber bitte noch nicht gleich! Es wäre sonst zu früh wie bei Patrick. Sondern erst, wenn Du wirklich schon alt bist. Dann stelle ich mir vor, dass Dein Bewusstsein sich unvermittelt einfärbt und Du auf Deine Tochter guckst, die da plötzlich wieder ein kleines Mädchen von drei oder vier ist. Und Dein Sohn, jetzt erneut ein Junge von sechs, sitzt dabei. Dein Mann wahrscheinlich aber schon nicht mehr. Was für schöne Zähne er hatte! So dass Du Dich seiner hellen Augen entsinnst, seines Blondhaars und plötzlich auch wieder der Strähne über dem Ohr, die Du wegstreichst. Nun streichst Du sie in Dir noch einmal weg, weil Du Dich an gestern abend erinnerst.

Vielleicht, indem unter dem Vordach Dein langsamer Blick durch die ganze Raucherrunde kreist, erkennst Du sogar mich noch einmal. Natürlich interessiere ich Dich nicht oder am Rand nur. Aber Du findest mich einen netten alten Herrn, der, obwohl er nicht spricht, Dir ein bisschen wunderlich vorkommt. Darum bemüht man sich, zu ihm nett zu sein, und hilft ihm beim Setzen und Aufstehn.

Wobei er natürlich sehr genau zuhört. Wie sich Dein Bewusstsein jetzt in E-Dur einfärbt, zum Beispiel. Denn wir denken bei Dur an das Licht, oder eine Wiese. Sie allein als grün zu beschreiben, sagt uns nichts. Senhora Gailints Liebe ist aber ganz bestimmt Dur. Vor allem auf ihrem Hut.

Die Keltin und der Berber. Die sind, wie sie noch in Tanger lebten, gewiss ein herrliches Paar gewesen. Bestimmt hat er ihr dort diesen Strohhut geschenkt. Weil doch die Sonne Marokkos für ihren blassen Teint viel zu hart war. Überhaupt hat er sie gerne beschützt und vor lauter Liebe sie ihm, dass er das tut, die Illusion auch gelassen. Und nun vermisst sie ihn und wäre dankbar, würde ich ihr Märchen erzählen.

Aber das mit der Hand, dass mein Besuch sie einfach nicht loslässt, war keine Minute länger zu ertragen. Deshalb habe ich sie ihm auch auf die Gefahr hin entzogen, dass er dann wieder heult. Und bin auf meine Kabine hinunter. Ich wollte wegen Transnistrien in dem kleinen Atlas nachgucken. Patrick, als ich mich erheben wollte, stand sowieso hinter mir. So dass er mir bei alldem half.

Natürlich hat mein Besuch dann doch noch geheult. Er versteht wahrscheinlich nicht, was ich in meinem Leben alles verpasst habe. Dass ich wenigstens ein bisschen davon nachholen möchte. Dafür bin ich auf dem Schiff und habe nicht etwa nur einen Schrebergarten, um darin herumzuwerkeln. Andere mieten sich in einer Seniorenresidenz ein. Das hätte ich ebenfalls tun können. Aber dann säße ich dauernd draußen im Park oder auf dem Platz, statt über die Ozeane zu fahren. Vor allem hätte ich in einer solchen Residenz nie von dem Sperlingsspiel Kenntnis erlangt und vor allem die Feenseeschwalben nicht fliegen gesehen.

Denn das ist tief erstaunlich. Dass es zum Beispiel Transnistrien gibt. Wie reich wir, hätten wir es nur gewollt, gewesen wären. Da geht man von der Welt, ohne sie wirklich gekannt zu haben. Wenn Mister Gilburn auch daran eine Komik findet, nenne ich das zynisch.

Trotzdem benutzt die Komik natürlich auch mich. Denn andererseits komme ich zwar nun, im Alter, tatsächlich weit herum. Aber stehe eben in den Häfen nur immer an der Reling des Brücken- oder Bootsdecks, als wollte ich mir, wie man die Welt verpasst, noch einmal richtig vor Augen führen. Mir direkt vor die Nase halte ich sie, um ganz bewusst nicht hinzufassen.

Statt dessen dauernd der Besuch. Übrigens hat mir Tatiana ein Papier gebracht, das ich unterschreiben soll, *möchte*, sagte sie. Im Briefkopf steht das Traumschiff.

Wenn Sie das bitte unterschreiben möchten.

Ich habe dazu nichts gesagt. Doch wenn es ihr Frieden bringt, bitte.

Wenn ich die Augen schließe, sehe ich mich immer wieder die Vorhänge beiseiteziehen. Ich öffne die Fenster. Dahinter treiben die Mantas über das Meer. Dabei geht gar kein Wind.

Wie ungeschlachte Lampions sehen sie aus, chinesischen Drachen ähnlich, wenn man sie aufsteigen lässt. Denn mein Besuch war weg, so dass ich wieder rauskonnte, weil Mittagszeit ist. Dann sind alle im Waldorf zum Essen. Oder sie sind im Überseeclub, wo man fast dasselbe bekommt, aber als Buffet. In diesen Zeiten habe ich das Bootsdeck für mich alleine. Dann knallen auch nicht so oft die Stahltüren.

Die Kellner haben es ohnedies mit mir aufgegeben. Und Tatiana hat so viele andere Kabinen zu putzen, dass sie es, hat sie gesagt, langsam leid mit mir wird. Diese ewige, hat sie gerufen, Hinterherrennerei. So hat es nun zwar lange gedauert, man braucht auf dem Traumschiff eine unendliche Geduld, aber ich habe gewonnen und meine Ruhe.

Zumindest mittags.

Natürlich profitiere nicht nur ich davon. Die Mantas würden sonst dauernd fotografiert werden. Das würde ihre schwebende Gegenwart stören. Da würden sie wahrscheinlich lieber wieder ins Meer tauchen, so dass sie vom Schiff aus keiner mehr sieht. Mich hingegen akzeptieren sie. Ich bin auch wirklich keine Bedrohung, schaue ihnen ja nur zu. Deshalb lassen sie sich weiter in der Luft dahintreiben. Aber manchmal sieht es so aus, als winkten mir ihre wallenden Seitenflossen.

Seltsam ist nur, wie weit ihre Mäuler offenstehen. Denn anders als im Meer gibt es in der Luft kein Plankton. Es fliegen so weit draußen auch keine Insekten, die einen als Manta sattmachen könnten. Obwohl die viel größer sind als Plankton. Also das ginge schon. – Aber vielleicht treibt ihnen der Wind die Nahrung aus der Luft zu. Die fächeln sie sich mit den Mundflossen rein, so dass sie sich in den, haben Mantas sowas?, Barten? verfängt. Das kann ich nämlich sehen, wie aus den Kiemen die Luft wieder herauskommt. Wahrscheinlich sieben die Mantas die Luft. Oder wie zum Beispiel Pflanzen aus Sonnenstrahlen Zucker gewinnen, so diese Mantas aus Wind. Oder heißt es »Mantras«, mit »r«?

Der Clochard füllt ein Kreuzworträtselheft nach dem anderen, ich beschreibe eine Kladde nach der anderen. Was schreiben Sie da eigentlich auf? hat Mister Gilburn eben gefragt. So dass ich mich plötzlich geniere.

Denn was ich hier tue, hat schon ein bisschen mit dem Fotografieren der Passagiere zu tun. Nur dass sie es übertreiben. Man kann fast sagen, sie sind von den Fotos besessen. Da ist mir schon der Vergleich unangenehm. Außerdem wollte ich Mister Gilburn auf keinen Fall von Dir erzählen, wegen dieser Lächerlichkeit. Alter Mann und junges Mädchen, Du weißt schon.

Überhaupt weiß ich gar nicht genau, wie ich wieder aufs Achterdeck kam. Es ist mir nicht recht, jetzt immer die Fahrstühle nehmen zu müssen. Nur ist das besser, als dauernd wen um Hilfe zu bitten. Obendrein scherzte Senhora Gailint, ich könne ruhig zugeben, dass ich in Wirklichkeit Schriftsteller bin. Oder sie sagte, *war*. Dass ich ein Schriftsteller war. Wobei sie hinzusetzte, in einem früheren Leben. Da kommen Sie jetzt, sagte sie, von der Gewohnheit nicht los.

Ebensowenig mochte ich erzählen, wie ich, nachdem ich in Kapstadt die Wale vernommen hatte, mein Schweigen fast nicht mehr aushielt. Da hätten sie doch beide gedacht, jetzt ist er, kein Zweifel, verkalkt. Wenn er seine Selbstgespräche schon schriftlich festhalten muss, um sie nicht zu vergessen. – Denn das sind meine Aufzeichnungen, Selbstgespräche. Ich weiß doch. Auch, dass am Vergessen was dran ist. Deshalb habe ich das Gefühl, dass in den Kladden wenigstens die Rinne erhalten bleiben wird, durch die ich mich ins Meer fließen lasse. Eine andere Spur wird es von mir nicht geben. Der Mensch ist doch gleichwie nichts.

Das wäre nun die sogar vierte Lächerlichkeit an diesen Kladden gewesen, die ich hätte zugeben und mir auch selber eingestehen müssen. Aber selbst diese, die Spur, bleibt nur dann erhalten, wenn ich es über mich bringe, Patrick tatsächlich um den Gefallen zu bitten. Nur mein Vornahme reicht nicht. Trotzdem habe ich mir den Ruck immer noch nicht geben können, ihn zu fragen. Es ist einfach nur eine Ausrede, wenn ich mir sage, dass noch keine Gelegenheit war.

Da, als hätte mich nun sogar mein Schicksal überführen wollen, erschien er. Ja, Patrick. Mit den Tolstois allerdings. Und zwar in genau dem Moment, als wir uns achtern, aber noch vor den Liegestühlen, hingesetzt hatten.

Senhora Gailint saß noch nicht, sondern sie stand genau dort oben und sah unter ihrer breiten Sonnenhutkrempe auf uns herunter, allerdings auch ein wenig auf uns herab. Das spürte ich, weil sie durch ihren Schleier nur mich fixierte.

Das machte mich unruhig. Deshalb schwieg ich besonders.

Ihr Blick ließ nicht los. So dass von meiner rechten Hand das Papier der Kladde dunkel wurde, die aufgeschlagen auf meinem Schoß lag. So nervös war ich, dass ich schwitzte! Also konnte ich auch von den fliegenden Rochen nichts erzählen.

Wer keine Kamera hat, muss so etwas aufschreiben. Wobei Tatiana sagen würde, dass das von der Hitze kommt. Bestimmt haben Sie sich wieder nicht die Mütze auf den Kopf gesetzt. Dummerweise hätte sie damit recht gehabt. Es war heute ein wirklich heißer Tag, so nahe dem Äquator. Überdies war es so vollkommen windstill wie damals, als in den Fässern das Wasser faulte. Da ist Tolstois Frau noch dieses plietsche Dirnchen gewesen. Das eben direkt hinter Patrick gleichfalls herauskam und schäkernd sogar einen Arm um ihn legte. Der er Tolstoi vor sich herschob.

Es ging darum, den Rollstuhl über das Brett zu bekommen, das den hochgeschweißten Bodensims zu einer genau für einen solchen Zweck befahrbaren Rampe macht. Für jemanden, der sich zum Beispiel auf eine rollbare Gehhilfe stützt, ist das fast unmöglich. Mit einem Rollstuhl geht es ganz gut. Nur, dass auch diese Tür ständig zuschlägt. Aber gegen den Lärm hat man in Höhe der Klinke ein Polster aus Leder zwischen zwei Haken gehängt.

Warum tut man das nicht bei den Türen zum Bootsdeck?

Es scheint niemandem einzufallen. Weder der Besatzung, die von der ständigen Türknallerei aber wahrscheinlich gar nicht gestört wird, noch den Passagieren.

Worüber ich nachsann, indem ich Patrick beim Schieben zusah. Er hatte meine Mütze dabei, erstaunlicherweise aber meine Sonnenbrille genauso. Also entweder hatte er sich heimlich Einlass in meine Kabine verschafft, oder Tatiana steckte dahinter, deren Esleidsein dann genauso eine Tarnung gewesen wäre wie mein Schweigen.

Aber vielleicht hat sie heute morgen lediglich einen, und nur auf sehr wenig Zeit, Waffenstillstand mit mir schließen wollen. So dass ich Patrick von den Kladden erst recht nichts erzählen konnte, wenn er jetzt als gegnerischer Kundschafter auftrat, oder meinetwegen vermittelnder Parlamentär. Und zwar auch dann nicht, wenn er, wie ich beobachtete, Tolstois, hätte ich jetzt fast geschrieben, *Weib* von seiner Taille ablöste. Womit ich ihren Arm und die Hand meine. Er zupfte jenen wie einen Batzen Kletten von sich weg und verband diese mit dem einen der Führungsgriffe am Rollstuhl, damit sie seine Führung zurückübernähme. Dafür warf sie Patrick aber mit der anderen Hand einen Kuss ihrer zum Lutschen vorgestülpten Schnute zu. Das tat sie direkt vor Tolstois Gesicht.

Nun wurden auch Senhora Gailint, die langsam heruntergekommen war, und Mister Gilburn aufmerksam. Vielleicht aber nur, weil ich so starrte. Denn das tat ich wohl. Frau Tolstois Schnute war von der schamlosen Röte einer glühendweichen Bordellampe. Also wenn um die herum alles dämmert.

Natürlich dämmerte nichts. Heller als in diesem Moment konnte es auch nicht in einem Hochofen sein, in den aber das tolstoische Weib ihren Lot jetzt mitten hineinschob. Es war unfassbar. Anstatt den greisen Mann im Schatten abzustellen. Kein Zweifel, dass sie ihn für einen wie Patrick nur zu gerne hätte erstarren lassen. Ihrer Rache wegen sowieso. Schon jetzt war Tolstois weißer Bart ein einziger salziger Marmor. Der arme Mann! dachte ich. Und diese, dachte ich, biegsame Schlange hatte sich zu dem Kuss auch noch über ihn gebeugt. Einmal halb rum um den Rollstuhl und dann zwischen seinem Schoß und halb seiner Brust durch. Einfach nur furchtbar. Während Patrick aber nur lachte.

Dann verbeugte er sich kurz vor den beiden. Vor Tolstoi salutierte er sogar.

Zurückgedreht erblickte er sofort mich und slalomte zwischen den vor ihrem Eis und den Bieren Sitzenden hindurch. Hier Ihre Mütze.

Aber die Sonnenbrille gehörte ihm selbst.

Darf ich Ihnen eine Zigarette drehen? fragte Mister Gilburn und hob sein Tabakpäckchen. Nicht hier, das wissen Sie doch, erwiderte Patrick. Denn weil er auf dem Traumschiff angestellt ist, darf er die Vorschriften nicht wie Mister Gilburn nur interpretieren. Zum Rauchen, sagte er, bin ich aber tatsächlich hier. Zigarettenpause, sagte er. Und natürlich auch, um nach meinem Patienten zu schauen. Womit er mich meinte. Schon spürte er den Übergriff selbst. Deshalb, um von ihm abzulenken, setzte er hinzu: Wenn Sie Lust haben, dann begleiten Sie mich einfach. Wobei er auf den Rauchertisch zeigte.

So dass es zu meinem ersten Gespräch mit dem Clochard kam.

Natürlich ist, es ein Gespräch zu nennen, ein bisschen übertrieben. Allerdings hatte der Clochard, um sich auf morgen vorzubereiten, eine Piratenmütze auf. Da wird es nämlich ein Fest geben für das, wie es heißt, *Crossing the Line*. Unter dem ganzen Himmel werden das Achter- und hintere Brückendeck der Freisaal des Palastes sein, in dem uns Poseidon empfängt.

Habe ich das schon zweimal mitgemacht oder dreimal?

Ich erinnere mich nicht, so dass ich damit anfangen sollte, auch die Daten aufzuschreiben, nicht nur die Koordinaten, vielleicht sogar die Uhrzeiten. Um die Übersicht zu behalten. Wenn ich mich richtig erinnere, habe ich das mein Lebtag versucht, beziehungsweise eine solche überhaupt erst zu gewinnen. Hin und wieder gelang es mir, manchmal nicht so. Eigentlich eher nicht so. Vielleicht kommt es gerade darauf an, die Übersicht zu verlieren. Dass man das nicht nur zulässt, sondern erstrebt und sich wie Salz in Wasser in Zeit auflöst, die keine Ränder hat. Denn sie hört nie auf und hat auch niemals begonnen. Schon deswegen verstehen wir von alledem nichts. Da muss es mich nicht wundern, wenn mir nicht einfallen will, wie oft ich schon am Äquator war.

Beim ersten Mal war der Äquator witzig, freilich nur in Maßen. Wohingegen der Clochard deutlich vorhatte, seinen Spaß zu haben, und zwar möglichst schon jetzt. Wahrscheinlich ging er davon aus, für den Äquator eine Sonderflasche zu bekommen, vielleicht sogar zwei, wenn er schon gleich mit dem Karneval anfing. Denn seine Flasche Rotwein kauft gar nicht er selbst. Sondern die Fahrtgäste stellen sie ihm Abend für Abend hin.

Die Piratenmütze ist für den Äquator, im Gegensatz zum mittwochsfarbenen Wollschal, den er sowieso dauernd trägt. Australische Flagge mit knallegrünen und gelben Streifen. Das kenne ich sonst nur von Fußballfans, wenn sie Luft in Tröten stoßen. Während Monsieur Bayoun viel zu fein gewesen ist, um bei sowas mitzumachen. Zum Beispiel hat er nie mit Wimpeln gefuchtelt. Sondern wurde von der Äquatorzeremonie melancholisch. Wozu Mister Gilburn bemerkte, dass sich die Menschen halt wahnsinnig gerne betrügen lassen. Dazu hob er die Augen zum Himmel, kicherte und sagte, sende deine Hand von der Höhe und erlöse mich! Was ungeheuer schadenfroh wirkte.

Es ist nämlich nicht wahr, dass wir erst morgen den Nullmeridian überfahren. Da ist die Erde aber wirklich am dicksten. Und genauso stimmt es nicht, dass es den Äquator nicht gibt, auch wenn wir uns angewöhnt haben, ihn für eine geographische Konstruktion zu halten.

Nun saß bei dem Clochard jemand völlig Neues. Keine Ahnung, wo der an Bord gekommen ist. Seit Sankt Helena hat es gar kein Land gegeben, von dem aus es sich zu uns stoßen ließ. Und einem Hubschrauber würde es nicht gelingen, unbemerkt auf dem Schiff zu landen. Jeder hätte das mitgekriegt. Außerdem, wo? Zwischen Radar und Schloten auf dem Schiffsdach vielleicht. Da bin ich ja nie hochgekommen. Trotzdem war es unwahrscheinlich. – Also, wie kam dieser Mann hierher?

Solche Fragen habe ich wegen meines Besuches immer vermieden. Dafür geht man nicht auf See, um dann dauernd besucht zu werden. Man macht es sogar aus dem Gegenteil. Der Besuch kommt vielleicht bis zur Pier mit und winkt dort noch lange dem Schiff hinterher. Das kann ich mir vorstellen, aber nicht, dass er mitten auf dem Zentralatlantik aufkreuzt, und dann auch noch so oft. – Nicht einmal nachts kann so ein Hubschrauber unbemerkt landen, weil da immer jemand herumschlurft oder, wie Tatiana sagt, -geistert wie ich. Weil er in der Hitze nicht einschlafen kann. Oder die Klimaanlage rauscht so, wovon es viel zu kühl wird. Weshalb außerdem nicht nur die Bordwache wach ist. Sondern die sowieso schon überforderten Zimmermädchen haben Nachtdienst. Die Rezeption reicht nämlich nicht, um zu verhindern, dass zum Beispiel jemand über Bord geht. Sowas kann bei alten Menschen passieren, die nicht mehr auf der Höhe sind. Ich muss nur an Tolstoi denken, weil seine Frau es genau darauf anlegt.

Deshalb steht sie, hoffe ich, nachts unter besonderer Beobachtung. Auf jeden Fall sollte man die Zimmermädchen warnen und auch Doktor Björnson informieren, damit er sie anweisen kann. Nur dass ich halt nicht spreche. Aber ich bin gewiss nicht der einzige, dem das aufstößt. Freilich könnte ich eine Warnung auf ein Blatt von dem Notizblock schreiben. Wozu liegt er sonst in meiner Kabine? Für eine Kladde ist dieses Postkartenformat zu klein. Für eine Nachricht aber reicht es. Die lege ich dann auf den Rezeptionstresen hin. »Frau Tolstoi will ihren Mann ermorden«, zum Beispiel. Da versteht auch eine Russin jede Vokabel. Oder härter, »Frau Tolstoi ist eine Mörderin«.

Nein, das wäre zu dick aufgetragen. Außerdem ist sie es noch gar nicht, sondern will das erst werden. Und wer einmal lügt, dem glaubt man nicht. Obwohl Lügen in Wahrheit furchtbar lange Beine haben. Mit einem einzigen Schritt kommen die über die Wahrheit hinweg. Der muss nicht einmal groß sein.

Manchmal sind kleine Schritte besser, weil sowieso immer irgend etwas hängenbleibt. Gerade den Chinesen wurde es dann zu unsicher, mit Großhaus weiterzumachen. Dabei war ihm gar nichts zu beweisen. Er hätte eben nicht versuchen sollen, sich zwischen uns zu drängen. Sogar rausdrängen wollte er mich aus dem Geschäft. Da habe ich reagieren müssen. Im Preis runterzugehen, hätte freilich nicht mehr gereicht. Es musste etwas Persönliches sein, das seine Verlässlichkeit infrage stellte. Die Andeutung mit Korea hat dann auch völlig genügt. Den Triaden reicht ein Verdacht, um zu schießen. Besser trifft es einen, der gar nichts getan hat, als dass ein Schuldiger davonkommt. Die Schuld erstmal zu überprüfen, bindet Kapazitäten, die sich gewinnbringender nutzen lassen. Das hatte ich einkalkuliert.

Außerdem geht es jetzt nur darum, auf Tolstois Frau ein besonderes Auge zu haben. Damit ihrem Mann nichts geschieht. Warum sollte ich mich nun nicht für das Gute verwenden? Schlechter Mensch hin oder her. So dass wir, Lastotschka, schließlich auch Grundfragen stellen, zum Beispiel, ob es überhaupt geht, mit bösen Mitteln etwas Gutes zu erreichen. Da musst Du nur an den Krieg denken, der zuhause bei Dir ja immer noch ist und sich vielleicht sogar ausweiten wird. Oder wenn Doktor Samir den Dschihad, den er aber ablehnt, irgendwie doch rechtfertigt. Denn er sagt, dass der Weltmarkt seinen ganzen Glauben bedroht, so dass er sich eigentlich, so seine Worte, nur verteidigt. Woraufhin Senhora Gailint gesagt hat, aber die Frauen verteidigen sich auch nur, oder wir müssen sie verteidigen. Sie entflammte richtig davon. Dieses leuchtende Haar! Damit sie nicht gesteinigt werden! zischte sie. So dass wiederum Patrick, dem der so unversehens aufgetauchte Doktor Samir deutlich unheimlich war,

von den Engländern sprach. Von denen wolle sich sein Volk
endlich befreien. Ohne Gewalt, sagte er, gebe es dafür doch
gar keinen Weg.

Ich meinerseits habe geschwiegen, schon weil ich von allem
zu wenig verstehe. Außerdem waren die Mantas wieder da.
Wieder habe wahrscheinlich nur ich sie gesehen. Und, kann
sein, der Clochard.

Also Doktor Samir.

Wenn auch nicht mehr herauszubekommen ist, wie er auf
das Schiff gelangt war, bestätigte er mich quasi von Anfang an
in dem Bewusstsein. Wobei er mich auch ganz ohne das Quasi
bestätigte, von dem ich auch gar nicht weiß, woher es stammt.
Ich meine, aus welcher Sprache. So dass ich jetzt bereits das
dritte Mal unbedingt etwas nachsehen wollte.

Was ich noch alles nachzuholen habe! Als wenn es ein Ziel
gäbe! Aber vielleicht sind es verschiedene Ziele, für jeden
Menschen ein anderes, oder sogar mehrere. Manche, habe ich
den Eindruck, kennen es bereits vor dem Bewusstsein, haben
es im Blut. Ich stelle mir das vor wie bei Tieren den Instinkt.
Andere Menschen haben ihn nicht und erfahren sonstwie davon. Ist das von Religionen vielleicht der tiefere Sinn?

Und es gibt Menschen wie mich. Denen wird das Ziel fast
bis zum Ende nicht offenbar. Weil sie sich zum Beispiel mit
den Partys ablenken oder wie ich mit den Halbleitern. Doch
noch ganz andere, kann ich »Instrumente« dazu sagen?, dienen dieser Ablenkung. Manchmal sind es sehr feine wie zum
Beispiel die französische Küche und so grobe wie der Deutschen Reichstag oder in Amerika Hollywood. Wobei sich
schnelle Autos ebenso eignen, jedenfalls teure, und bei dem
Anzugträger das Tauchen. So dass Barcelona ein Glück war.

Da hat mich, verdient oder nicht, das Bewusstsein einfach
ausgesucht. Aus einer Laune heraus, sozusagen. So dass wir

das Ziel ganz unabhängig davon vor die Augen bekommen, was wir im Leben getan haben. Ich meine, ob wir gute Menschen waren. Vielleicht ist das auch der Sinn von dem Christentum, dass es mit dem Verzeihen genau das meint und uns die Schuld von den Schultern nimmt. Mir ist sie seit Barcelona von den Schultern genommen.

An denen mich auf der einen Seite Mister Gilburn, auf der anderen Patrick zu dem Clochard und Doktor Samir hinübergeführt hatten, während Senhora Gailint uns gefolgt war. Mitten auf dem Atlantik unter der prallenden Sonne. Auf dem offenen unteren Achterdeck, keine zwei Breitengrade mehr vom Äquator entfernt. Zwischen mal wieder der Hammondorgel und Schlagersongs von oben und neben uns im Pool zwei behäbig schwimmenden Frauen. Und überall auf den Tischen den vollen und schon leeren Biergläsern und den klimpernden Kaffeetassen, vor denen man sich kleine Stücke Kuchen in den Mund schob.

Das begleiteten jenseits der Reling die schwebenden Mantas.

Aber nicht deretwegen begriff ich nun alles. Sie hätten mich eher abgelenkt. Sondern ich begriff es wegen Doktor Samir. Deshalb spielt es auch gar keine Rolle, wie er an Bord kam.

Eine Rolle spielt nur, dass er jetzt bei uns saß. Anfangs hatte ich ihn neben der Piratenmütze des Clochards für ebenfalls verkleidet gehalten, so ganz in Weiß. Nicht nur, dass er Pluderhosen trug. Sondern sein weites Hemd reichte bis unter die Knie, und auf dem Kopf trug er ein weißes gehäkeltes Käppi. Das er, habe ich den Eindruck, niemals absetzt.

Dass das mit der Verkleidung aber ein falscher Eindruck war, machte mir sofort sein Lächeln klar. Man nimmt es nach jeder Begegnung von ihm mit. Es hält sich noch stundenlang in einem. Dabei hat er es gar nicht auf den Lippen. Die sind viel zu ernst und zu schmal, zumal für einen so schwarzen

Menschen. Auch in den Augen, wie in zum Beispiel Mister Gilburns, steht es ihm nicht, jedenfalls nicht mehr als diesem. Weshalb er von einem Jesus genauso ein Gegenteil ist wie zum Beispiel ein Buddha, von dem Doktor Björnson fast schon den Bauch hat. Nur eben, dass ein Buddha mit den Lippen lächelt, wenn man ihn sich ins Wohnzimmer auf die Kommode stellt. Dann hört der mit seinem Lächeln einfach nicht auf. Das kann einen rasend machen. Bis man es nicht länger erträgt und ihn zwar nicht gleich in den Mülleimer schmeißt. Aber man gibt das Ding Sven, damit er es zum Beispiel auf dem Flohmarkt verhökert. Connys Esoterikquatsch war sowieso geistesgestört, und zwar komplett.

Trotzdem ist sie hinterher sauer gewesen. Es hätte mit uns ohnedies nicht länger gehalten. Weshalb sie endlich zur Abtreibung ging. Wenn ich nur daran denke, wie Petra mir zuhause die Hölle heißgemacht hat! Klar, sie hatte alles längst mitgekriegt. Was aber ich nicht mitgekriegt hatte. Von wegen, dass ich sie wegen Aids in Gefahr bringe, sogar in, hat sie geschrien, Lebensgefahr, wenn ich mich ohne Gummi durch die Weltgeschichte vögle. Wobei sie ein anderes, härteres Wort gesagt hat, das ich hier nur nicht hinschreiben will. Es hat auch mit Doktor Samir gar nichts zu tun.

Denn er lächelt mit seinem Körper. Damit will ich sagen, dass sein Körper an sich lächelt, nicht er mit ihm. Sein Körper *ist* dieses Lächeln, und das von den Sohlen seiner weißen Stoffschuhe herauf bis über die weißen Hosenbeine, die unter dem weißen Gewand hervorlugen. Dann die ganze Knopfleiste hoch zu dem weißen geschlossenen Stehkragen bis noch über dem Käppi, das weiß auf seinem kurzen weißen Krisselhaar sitzt. Dazwischen glänzt das sonntags-, wirklich sonntags- und aber auch sonnentagsfarbene Schwarz seiner Haut. Ob es aus den mit weißen Mustern bestickten Ärmeln herausschaut, ob über dem mit ebensolchen Mustern bestickten

Stehkragen. Und sogar unten, zwischen den nicht so bestickten Enden der Hosenbeine und seinen Espadrilles.

Das alles lächelt.

Nicht einmal Du hast so feingeränderte Ohren mit solchen feinen Spiralen darin, nicht einmal Du solch einen schmalen hohen Hals. Und dass er mich dann ansah! Dass er mich erkannte.

Auch deshalb, als sie politisch diskutierten, schwieg ich. Zum einen habe ich mir die Politik zwar immer nutzbar gemacht, zum anderen hat sie mich nie wirklich interessiert. Leute, die die Welt ändern wollen, habe ich töricht gefunden, wenn nicht grotesk. Die Welt war die Welt. Man streckt sich nach ihrer Decke, wie meine Großmutter gesagt hat. Wie sie habe auch ich die Decke immer höher gemalt, als sie ist. Dass sie tatsächlich noch viel höher hängt, sehr viel höher, als jede Übertreibung sich vorstellt, das weiß ich erst jetzt.

Denn das ist das daran Gemeine. Dass wir uns das Bewusstsein nicht verdienen können. Dass wir es überhaupt nicht in der Hand haben, sondern sogar ein schlechter Mensch gewesen sein können. Darum schert das Bewusstsein sich nicht und auch nicht darum, ob wir im Gegenteil ein guter Mensch gewesen sind. Ob wir zum Beispiel anderen Menschen geholfen haben oder sogar unser Leben für sie gaben. Oder ob wir auf die, wie das heißt, Ökologie achten, womit ich in Brasilien zum Beispiel den Regenwald meine, und auf den, was fällt mir noch ein?, *fairen Handel*. Oder nur keine Eier von Hühnern aus Fabriken kaufen und insgesamt für den Tierschutz sind. Aber eben auch nicht persönlich, weil wir zum Beispiel ein Russenkind sind und sowieso keine schöne Kindheit hatten. Oder ob eine wirklich gute, wo man sofort ein Motobecane kriegte, wenn man sich das wünschte. Oder ein richtiges Reitpferd und vorher die Astronauten aus Plastik, die richtiggehend schweben konnten.

Und später dann die Armanijacke und einfach jede Frau, die man will.

Weil man eben Geld oder Macht hat, was zum Beispiel für Petra etwas war, dem sie sich nie entziehen konnte. Ob sie es wollte oder nicht. Unterdessen halte ich es für wahrscheinlich, dass sie es nicht wollte. Weil eben der Wille eine viel nebensächlichere Rolle spielt, als uns recht ist. Vielleicht spielt er sogar insgesamt keine. All das kann so oder das Gegenteil gewesen sein, wir können mies gewesen sein oder, lässt sich das so sagen?, *edel*, ja, *edel und gut* heißt es, also mies und bis ins Mark verdorben. Das Bewusstsein interessiert das nicht, und zwar einfach, weil es vorbei ist. Das ist schon wieder das Christliche dran.

Doktor Samir ist aber Moslem und bekennt das auch. So dass ich glaube, dass es um das Religiöse geht als solches. Das sich nicht darum schert, ob man an einen Gott glaubt, und an welchen, oder an das, sagen wir, Meer. Und wie Monsieur Bayoun der Cigarillo einfach von den Lippen fiel. Da sind wir noch auf See gewesen. Aber ich war nicht bei ihm.

Zwei Tage darauf, als wir Nizza wieder verlassen hatten, folgte Signor Bastini und musste in eine der Kühlzellen. Wie konnte ich den bloß vergessen? Ich bin sofort in meine Kabine hinunter und habe das Sperlingsspiel aufgeklappt, das mir noch im Hafen gebracht worden war. Da war Monsieur Bayoun schon in das Totenauto getragen worden. So dass ich aus lauter Hilflosigkeit die Spielsteine zählte. Aber ich verzählte mich dauernd. Immer wieder verzählte ich mich. Bis ich sie jeweils zu zehnt als kleine Türme vor mir aufbaute, vierzehnmal nebeneinander, so dass vier Spatzen übrigblieben, die, stellte ich mir vor, um sie herumgeflogen sind.

Denn von den Ziegeln fehlte keiner.

Auch der Anzugträger ist auf Doktor Samir aufmerksam geworden und sieht her.

Nur dass er mich dabei ansieht.

Tagsüber, übrigens, trägt er keinen Anzug. Den hat er immer erst zum Abend an. Vielmehr ist er in kurze Jeans und in ein Hemd gekleidet, das nicht nur bis zum Bauchnabel aufgeknöpft ist. Nein, es steht völlig offen. Das ist schon wieder so eine Angeberei mit der in der Tat bemerkenswerten Behaarung, nicht nur auf der Brust. Sondern noch über den Bauchnabel weg bis auf den Schlangenledergürtel. Der ist genauso Protzerei. Ich meine, der Mann ist auch schon nicht mehr richtig jung. So dass mir dämmerte, das ist ein Heide. Damit meine ich jemanden, der an gar nichts glaubt außer an sein Geltungsbedürfnis. Denn für die Heiligkeit von Doktor Samirs Nähe hat er nicht den mindesten Sinn. Was für unsensible Menschen es gibt! Natürlich kann auch er die Mantas nicht sehen. Von denen mir jetzt dämmerte, weswegen sie hier sind.

Sie haben Doktor Samir hergetragen. Sie sind das Gespann vor seiner Kalesche gewesen. Das war eine einzige, nun, nachdem er ausgestiegen ist, ins Meer versunkene Muschel. – »*Ins* Meer versinken« ist richtig, »*im* Meer« wäre, Lastotschka, falsch.

Umso unangenehmer empfinde ich es, dass sein Blick mich nicht loslässt. Das ist noch schlimmer, wie wenn der Besuch meine Hand hält. Aber *es dämmert mir* beschreibt es ziemlich gut, jedenfalls besser, als wenn mir etwas bewusst wird oder als wenn ich etwas begreife. Als wenn ich es sogar nur ahne.

Früher ist mir nie aufgefallen, wie genau sich Wörter setzen lassen. Man muss sie deshalb äußerst bedachtsam aussuchen. Vor dem Bewusstsein wäre mir das egal gewesen, und war mir auch egal. So dass ich denke, auch mein Schweigen hat sich verändert. Erst hat das Bewusstsein mich verändert, dann hat sich in mir mein Schweigen verändert. Längst ist es nicht nur noch Widerstand, dient nicht mehr alleine dazu, dass ich mich wehre. Auch wenn die Strategie, um einmal gleichfalls ein bisschen zu prahlen, genial ist. Sondern die Qualität, dass ich nicht spreche, hat sich verwandelt, nicht nur verfeinert. Und strebt jetzt ihrer Vervollkommnung zu.

Natürlich strebt sie nicht. Das wäre viel zuviel Wille. Sie tut es auch nicht einmal selbst, ich meine aktiv. Sondern sie treibt ihr zu, wird ihr zugetreidelt, zugeweht.

Deshalb habe ich in meinem Gespräch mit dem Clochard, so intensiv es auch war, nicht ein einziges Wort verloren. Ich wollte auch keines verlieren, um nicht wieder insgesamt die Wörter zu verlieren. Das hat der Clochard sofort verstanden und darum ebenfalls nicht gesprochen. Und zwar noch lange Zeit nicht, nachdem Doktor Samir aufgestanden war, um mit Patrick ins Hospital hinabzugehen. Auch Senhora Gailint und Mister Gilburn hatten sich erhoben. Sie spazierten aber noch ein bisschen auf dem Sonnendeck den Joggingpfad entlang, der wechselweise mit Tartanquadraten belegt ist. Mir ist aufgefallen, dass sie genau die gleiche Farbe wie oben die Rettungsboote haben. Von deren Farbe wiederum Senhora Gailints Haar ist.

Lady Porto, hat Mister Gilburn gefragt, mögen Sie noch ein bisschen mit mir flanieren? Woraufhin sie sich in die Beuge seines linken Armes hakte. Er reichte ihn ihr durchaus nicht ohne etwas Spott. Zumal er ausrief, tasten wir die Berge an, dass sie rauchen!

Nur der Clochard und ich blieben zurück.

Wenn man zu zweit, Lastivka, in diesem Zustand ist, muss man nur denken, und der andere versteht es. Man kann ihn sogar im eigenen Träumen herumführen. Spricht man indessen, geht das nicht. Dann kann man nicht wahrnehmen, wie farbig das Schweigen und wie von der ganzen Welt es durchweht ist.

Dafür spielt es keinerlei Rolle, ob es zum Beispiel Winter ist. Oder ob Frühherbst, und ob die Wellen aufgepeitscht werden. Ob eine Flaute vom Atlantik den Dunst trinkt. Es ist auch gleichgültig, wenn Tatiana unbedingt will, dass man sich hinlegt. Man kann das dann einfach machen. Nichts tut einem innerlich noch Abbruch.

Aber vielleicht ist mir Signor Bastini auch deshalb wieder eingefallen, weil er einmal behauptet hat, auch ein Hospitalbett sei nicht weiter schlimm, wenn man zu sprechen aufhört. Nur habe ich ihn damals nicht verstanden.

Ich hätte ihm auch gar nicht geglaubt. Vielmehr dachte ich, dass er aus denselben Gründen schweigt wie ich. Und nun stellt sich heraus, dass sein Schweigen schon viel weiter war als meines. Während Monsieur Bayoun allerdings vom Schweigen wenig gehalten hat. Darin ähnelte er Mister Gilburn.

Doktor Samir ist aber auch ein Schweiger. Denn zwar spricht er sogar sehr viel. Aber was er spricht, ist nur das Außen um das Schweigen herum. Ich würde sogar sagen, dass sein Sprechen das Futter ist, das seine innere ozeanische Stille genau so einhüllt wie der nachtblaue Samt die Spatzen in dem feenseeschwalbenfedernen Holz ihrer Kiste.

5° 55′ N / 24° 5′ W

Weil ich meine Kladde nicht verschandeln wollte, habe ich auf das Datum verzichtet. Meine Kabinentür eignet sich viel besser. Erstens ist es nachdrücklicher. Zweitens habe ich, wenn ich hinausgehe, die Daten dann immer direkt vor den Augen. Natürlich muss ich die Ziffern dazu in Kopfhöhe anbringen. Innen selbstverständlich.

Deshalb habe ich mir das Schweizermesser von Mister Gilburn geliehen. Mit meiner Nagelschere aus dem Etui ist die erste Zahl viel zu krakelig geworden. Aber jetzt vergesse ich nie mehr den Tag, wenn man mich fragt.

Zum Beispiel will ihn Tatiana manchmal von mir wissen. Sogar Doktor Björnson hat vorhin nach dem Wievielten gefragt. Das hat er natürlich nicht getan, weil er vergesslich ist. Er wollte vielmehr ein Gespräch beginnen. Nur wusste er nicht, wie. Dazu ist er sogar in meine Kabine gekommen. Vielleicht war ihm mein Schweigen unangenehm geworden. Allerdings wäre das für einen Hotelchef verwunderlich.

Kann aber sein, dass sich hinter seinem Gesprächsversuch ein Anliegen versteckt hat. Denn als Tatiana saubermachen wollte, bekam ich aufzustehen einfach nicht hin. Immer noch wehrt sich, seit der Stutenacht, mein rechtes Bein gegen mich. Mit dem linken zusammen.

Es ist schwer, nichts davon zu schreiben oder nur so viel, wie eben nötig. Vor allem, wenn man begriffen hat, was Stolz ist. Nur dass das mit der Uhrzeit tatsächlich zu viel wäre, ich meine zu dem Datum dazu. Tatiana wird schon jetzt schimpfen, weil ich die Tür, wie sie es bestimmt nennen wird, verschandele. Deshalb hatte ich mir anfangs eine ganz andere Stelle überlegt, wo man es nicht gleich sieht. Dann hätte ich es aber selbst nicht gesehen, obwohl mein Unternehmen genau das Gegenteil will.

Also entschloss ich mich zu dem Kompromiss, es bei dem Datum zu belassen.

Es ist so klein eingeritzt, wie ich nur konnte. Wer nichts davon weiß, dem fällt es nicht auf. Nicht in den ersten Tagen. Schwierig wird es erst werden, wenn sich nach Ablauf einiger Wochen so etwas wie eine Tabelle ergibt. Dann wird Tatiana sie bemerken, sowie sie wieder das Holz wichst. Das tut sie jede Woche mindestens einmal, damit es vom Klarlack sein rötliches Schimmern behält.

Jedenfalls bringt mich jetzt immer Patrick auf das Bootsdeck. Es ist selbst mit Frau Seiferts Gehstock für mich schwierig geworden, ohne fremde Hilfe zu gehen. Trotzdem versuche ich es. Ich lehne es ab, ständig auf andere Menschen angewiesen zu sein. Vor allem muss ich immer an Tolstoi denken. Der hat sich in meinen Aufzeichnungen schon viel zu sehr ausgebreitet. Und seit gestern ist er mir zu einer Bedrohung geworden. Vielleicht ist es ganz gut, bringt ihn seine Frau um die Ecke. Sonst füllt er am Ende noch die Kladde allein. Darum habe ich von dem Zettel Abstand genommen, den ich zur Warnung schreiben wollte. Sollen sie sein Weib nur machen lassen.

Wozu mir der wirkliche Grund wieder einfällt, der Doktor Björnson zu mir geführt hat. Er wolle sich verabschieden, sagte er. Sein Vertrag laufe aus. In Santa Cruz werde er uns verlassen. Das ist auf Teneriffa, wo er sich sogar zur Ruhe, sagte er, setzen will. Meinen Nachfolger haben Sie ja schon kennengelernt.

Daran konnte und kann ich mich überhaupt nicht erinnern. Wann ist mir ein neuer Hoteldirektor vorgestellt worden? Aber weil ich auch mit Doktor Björnson nicht spreche, erwiderte ich nichts. Schon, weil ihm die Fähigkeit abgeht, sich die prächtigen Farben meines Schweigens auszumalen. Wie durchglüht sie sind. Weshalb ich eben selbst erst verstand, was es ist.

Eine Kathedrale ist es, eine Kathedrale das Schweigens. Zum Beispiel. Weil gegen seine glühenden Fenster die Fenster von Chartres, wo ich mit Gisela war, allenfalls schwelen. Zumal braucht mein Schweigen, damit es zu leuchten beginnt, nicht einmal das Sonnenlicht.

Trotzdem machte ich mir meine Gedanken. Denn Doktor Björnson ist noch gar nicht so alt, vielleicht fünfundfünfzig. Da setzt sich doch ein Mensch nicht zur Ruhe. Verdient ein Hotelchef derart gut? Das wäre den Zimmermädchen und Kellnern und vor allem Patrick gegenüber ausgesprochen ungerecht. Da muss man meutern, dachte ich, ihn aussetzen wie Ben Gunn. Und zum Beispiel alle zusammenrufen, die in der Kombüse arbeiten und das Tageslicht nicht sehen oder das übriggebliebene Essen vom Vortag bekommen. Damit er Zeit zum Nachdenken hat.

Also während Doktor Björnson richtiggehend scheinfreundlich war, schwieg ich diesmal nicht nur. Sondern die Farben meines Schweigens dunkelten sich ein. Trotzdem glühten sie weiter. Nur war es jetzt eine Drohung. Mit einem Mal geriet die Kathedrale in Gefahr, von innen heraus zu platzen. Fast hätte ich losgeheult wie mein Besuch. Einfach, um den Druck abzulassen.

Trotzdem beherrschte ich mich. Es war entsetzlich, mich derart, hat meine Großmutter immer gefordert, *zusammenzureißen*. Doch man muss warten auf den Moment. Andernfalls wäre der Hotelchef gewarnt gewesen. Was für ein feister Buddhabauch unter dem falschen Buddhalächeln! Selbst auf einem Flohmarkt kauft sowas keiner. Also wenn er klug ist.

Weil er ihn nämlich danach nicht mehr loskriegt. Dann wird er von ihm in die Hölle gezerrt, wo er für alle Zeit brennt.

Natürlich kann man verstehen, dass der Kapitän nicht will, dass die Passagiere nachts herumschlurfen. Bei einem einzigen wie mir mag es noch angehen. Wobei ich es wegen der Beine eigentlich gar nicht mehr kann. Vor allem will ich nicht noch eine Stutennacht erleben. Statt dessen sitze ich einfach nur draußen mit dem Clochard. Aber auf gar keinen Fall kann der Kapitän auf dreihundert oder vierhundert Leute auf einmal aufpassen, nicht einmal aufpassen lassen. Wenn es Nacht ist. Viele sind ja ausgesprochen verwirrt.

Ich meine das ohne Herablassung. Die Gefahr von Unfällen ist objektiv groß. Womit ich nicht einmal sagen will, dass jemand über die Reling fällt. Im Meer wäre einem sowieso nicht zu helfen. Selbst bei Wärme kühlt man minutenschnell aus und darf sich deshalb zum Beispiel gar nicht bewegen. Sondern muss sich treiben lassen, bis einen jemand auffischt. Da kann man dann nur hoffen, dass man genügend anhat.

Bis so ein massiges Schiff zum Stehen gekommen ist, vergehen aber schon mindestens zehn Minuten. Sofern das genügt. Dann muss noch das Rettungsboot gewassert werden. Allein den Rettungsring wirft man bei solcher Dunkelheit einfach ins Blinde. Wenn man denn überhaupt die Stimme vernimmt, von fünfzehn Meter darunter. Das ist ein Stimmchen aus der Ferne, weil das Schiff schon so weit weg ist. Selbst, sollten die Maschinen sofort gestoppt worden sein. All das ist die furchterregendste Sinnlosigkeit. Es ist bei Nacht bereits unwahrscheinlich, ein Mannüberbord überhaupt zu bemerken.

So etwas will niemand riskieren.

Darum haben fast alle die Lüge geschluckt. Denn Mister Gilburn hat recht. Die Menschen lassen sich, sagte er, halt wahnsinnig gerne betrügen.

Natürlich gilt das nicht für mich. Ich habe bereits gestern gewusst, dass wir den Äquator schon nachts überqueren. Aber das Tagesprogramm sagt, erst am kommenden Morgen.

Mister Gilburn überprüft unsere Position immer auf seinem GPS. Ich selbst sehe jeden Morgen an der Rezeption nach. Du weißt schon, wegen der Koordinaten für meine Kladden. Wenn man auf dem Promenadendeck backbords um die Ecke der Treppe biegt, gibt es an der Wand hinter Glas einen Aushang. Da ist eine große Karte mit unserer Reiseroute angepinnt. Jeden Morgen um acht wird mit einer roten Reißzwecke unsere Position markiert. Außerdem kann man sich den *weather*, heißt das hier, *forecast* ansehen. Auf unten rechts einer viel kleineren Karte, vor allem, woher der Wind kommt. Die kleine darüber verzeichnet die Höhe des Seegangs.

Die große Karte ist hauptsächlich gelb, wo nämlich Land ist. Alles andere ist weiß, aber donnerstagsschlierig. Die kleinen Karten sind weiß mit viel Blau. Wobei ich mich erinnere, dass das schon damals so war, als ich mit Petra die Kreuzfahrt gemacht habe. War es unsere Hochzeitsreise? Ich weiß gar nicht mehr, wie das Schiff hieß. Aber Sven war da noch nicht mal im Bauch.

Wir könnten ihn in der Kabine gezeugt haben. Das wäre ziemlich gut möglich. Aber er will mich ja nie wieder sehen. Alle haben sich gegen mich verschworen. Indessen hat über den Äquator Doktor Samir eine schöne Geschichte erzählt. Das tat er am Morgen, nachdem wir ihn überkreuzt hatten. Da waren die Feierlichkeiten längst schon vorüber gewesen.

Wir Abenteurer saßen wieder am Rauchertisch. Das Wort stammt von Patrick. So nennt er uns, *Abenteurer*. Da sind ja meine Abenteurer wieder, sagt er immer, wenn er uns sieht. Allerdings saß auch Doktor Samir bei uns, obwohl er, wie gesagt, nicht raucht. Statt dessen erzählte er die arabische Sage von Elkar. Ich weiß aber nicht, ob man das Wort so schreibt.

Auf jeden Fall ist es hinten betont und auf einer Rolle aus Pergament hinterlassen worden. Dass nämlich Allah, hat Doktor Samir erzählt, um die Mitte der Erde eine Schnur gezogen hat, um seine Schöpfung festzuhalten. Das eben sei der Äquator. Für den Zügel hat er Mekka und Jerusalem gegründet, seine Schlaufen. Dort war er nämlich angebunden. So dass ich sofort an die Stutennacht zurückdenken musste.

Seltsam. Die beiden Städte liegen gar nicht auf dem Äquator. Trotzdem habe ich seitdem ein völlig anderes Verhältnis zu ihm.

Da ich aber sowieso nie schlafen kann, bin ich dazu übergegangen, bei meinem Freund, dem Clochard, abends sitzen zu bleiben. Ich komme ja allein aus dem Bett kaum mehr hoch, geschweige dass ich es die drei Etagen hinauf bis zum Bootsdeck schaffe. Doch nachts den Aufzug zu nehmen, ist mir unheimlich. Tagsüber, sollte er steckenbleiben, würde sofort jemand aufmerksam werden. Indessen bieten nachts selbst die Kameras nicht wirklich eine Sicherheit, wenn an der Rezeption der Nachtdienst eingeschlafen ist. Da ist dann so wenig los. Außerdem muss ich auf dem Bootsdeck befürchten, gar nicht nach draußen die Stahltür aufzubekommen. Meine Schulter kann ich nicht mehr benutzen, um mich zum Beispiel dagegenzustemmen.

Deshalb saß ich am Äquator sowieso noch draußen.

Dummerweise hat auch der Anzugmensch ein GPS. Er braucht es für seine Wichtigtuerei. Deshalb waren wir auch nicht allein. Denn mir ist sofort klar gewesen, dass ich den absolut nicht leiden kann. Schon vom Captain's Club an, glaube ich. Da war mein sofortiges Zurückscheuen geradezu ein Reflex. So dass ich letzten Endes auch deshalb darüber froh bin, dass Du Dich für diesen ja wirklich schönen jungen Mann entschieden hast. Nicht auszudenken, wärest Du in die, so muss man das nennen, Fänge des Anzugmenschen geraten.

Übrigens habe ich ihn mit Doktor Björnson tuscheln sehen. So dass mir sofort klar war, dass sie unter einer Decke stecken. Weil man nämlich auch Dir viel zu wenig bezahlt. Das wissen die beiden genau, dass Du es Dir nicht leisten kannst, Engagements, sagt man das?, abzulehnen. Bei Dir zuhause gibt es davon zu wenige, und wenn, dann für noch viel weniger Geld. Deshalb kommen auch so viele Nutten aus dem Osten. Dann lieber Zimmermädchen werden oder für so gut wie nichts Klavier spielen.

Es kam natürlich ebenfalls von meiner Schulter und den Beinen, dass ich das begriff, und vom Rücken. Der Schmerz, über den ich aber nichts schreiben will, macht einen für die Wahrheit empfindlich. So dass sich mein Bewusstsein über Mister Gilburns tatsächlich auszudehnen begonnen hat, um von dem Bewusstsein Senhora Gailints zu schweigen. Selbst das jedoch hat mit Doktor Samir zu tun.

Zu dem aber später. Erst einmal will ich Dir jetzt weiter vom Äquator erzählen.

Hast auch Du ihn überfahren, ohne es zu wissen?

Denn bei der Feier am nächsten Vormittag hast Du nicht mitgespielt. Du hast aber auch sonst kein Konzert gegeben, den ganzen Tag lang nicht.

Warst Du auf Deiner Kabine? Bist gar nicht rausgekommen, als Jack, der Obersänger vom Showteam, neben seiner Frau auf diesem Holzding Platz genommen hat. Das war halb ein Strandkorb, aber eben aus Holz. Halb ein weißer Lehnstuhl, der mit grünen Ranken und bunten Fischen bemalt ist und den Thron vorstellen sollte.

Jack trug eine lange Flitterperücke, die nicht nur kindisch war, sondern vor allem geschmacklos türkis. Dazu dröhnte wieder aus den Achterdeckboxen die wie im Krieg Fanfare.

Es war so heiß wie am Vortag. Die meisten Passagiere hatten sich um den Swimmingpool aufgebaut. Andere drückten oben auf der Sonnenterrasse gegen die Innenreling. Einige saßen sogar auf den Tischen.

Hinter Jack und seiner Frau wurde deren weiße Schleppe getragen. Guck an, spottete Mister Gilburn, eine Amphitrine. Ich bin aber nicht der einzige, der ihn nicht immer versteht. Er spielte wohl darauf an, dass der Poseidon eher wie ein Frosch aussah. Was eine Amphibie eben ja ist. Die nun zu dem Thron watschelte. Wobei sie einen schwarzen Stock hob und senkte, auf den oben ein hellgrauer Plastikdreizack gepappt war.

Lola Seifert hieß sie.

Der Frosch hatte aber Rheuma oder sowas. Denn als er saß, stützte er sich auf den Dreizack wie ich mich immer auf den Gehstock von, richtig, Frau Seifert. War die auch auf der Feier?

Noch einmal ertönte die Fanfare. Erlöse deinen Knecht David, murmelte Mister Gilburn neben mir. Worauf vom Kapitän abwärts die Offiziere aufmarschierten bis hinunter zum Soßenkoch. Die stellten sich neben dem Frosch und seiner Amphibie in einer Reihe auf. Das taten sie aber ein bisschen versetzt nach hinten, damit sie strammstehen konnten. Als ich da zusah, begriff das Bewusstsein sofort, dass ich hier nicht eine Show, sondern die furchtbarste Wirklichkeit zu sehen bekam. Denn nichts anderes ist sie. Faschingsfrösche und Militär. Sowie Leute, die das bejubeln. Dabei war ich doch, seit ich Barcelona erlebt habe, sie zu verlassen endlich im Begriff. Aber sie verfolgt einen wie mein Besuch noch in den allertiefsten Atlantik.

Natürlich hat Mister Gilburn nicht mitapplaudiert. Er schob nur schadenfroh die Schiebermütze vor. Man kann das sogar gehässig nennen, als die Nationalhymnen gesungen wurden. Beide, God save the queen und Waltzing Mathilda. Ich will dir spielen auf dem Psalter von zehn Saiten, flüsterte mir Mister Gilburn zu. Aber selbst mein Freund, der Clochard, grummelte vernehmbar mit. Bei ihm stimmte es aber. Denn das ist ja kein Walzer, sondern ein Dahinziehen über das ewige Land mit den tausend und hunderttausend Schafen. Für die ist auf dem ewigen Meer zwar kein Platz. Sie würden da ertrinken. Aber für ein Dahinziehen schon. Das passt auf einen Clochard ganz genau. Unter dem hier wie dort ewigen Himmel.

Zieh ich nicht selber dahin? Wir alle einhundertvierundvierzig? Dazu muss man das Bewusstsein noch nicht einmal haben. Nicht einmal wissen muss man von ihm. Während die normalen Passagiere es gar nicht haben wollen. Deshalb waren sie für diese Feier wie kleine Kinder dankbar. Zu denen sie schließlich auch wurden.

Wenn man nicht, wie Mister Gilburn, in so etwas die Komik sieht, macht es einen ziemlich beklommen. So dass sein Humor ein ausgesprochener Schutzpanzer ist.

Mir fehlt der. Nach meinem letzten Gespräch mit Doktor Björnson werde ich ihn auch kaum mehr bekommen. Statt dessen sinne ich auf Meuterei. Dass die Stutennacht so etwas in mir bewirken würde, hat selbst mein Bewusstsein nicht vorausahnen können. Hatte ich nicht alles schon hinter mir gelassen in dem großen Palast meines Schweigens? Vom Russenkind über die Chinesen und Petra und sogar über Sven bis zu dem bislang mir Schwersten? Dem Verlust Monsieur Bayouns.

Da erhob sich Amphitrine, weil sie nämlich die Cruise Entertainment Director ist und in den Abendshows fast immer die Hauptrollen singt. Deshalb heißt sie Mathilda. Nicht nur die Passagiere halten sie für eine Art Star. Sie selber ganz genauso. Nur dass sie jetzt nicht sang. Zeusseidank, sagte Mister Gilburn und kratzte sich unter der Mütze den Kopf. Da er sie dafür nicht abnahm, rutschte sie wieder nach hinten. Während ich schon der Hammondorgel vorauszuckte. Die aber nicht kam, weil Mathilda bloß die Anklagen vorlas.

Das ist ein Teil von dem *Crossing the Line*, dass alle Führungskräfte irgendwelcher Vergehen bezichtigt werden. Für die sie nun geradestehen sollen. Was zum Beispiel vom Housekeeping die Chefin falsch getan und wie der Zweite Offizier dreimal einen Kurs nicht korrekt angegeben hat. Oder der Küchenchef hat das Böff de Burgonje versalzen. Woraufhin sie sich nacheinander vor dem Frosch niederknien müssen, um ihr Strafmaß zu empfangen. Das immer ganz dasselbe ist.

Denn dann kommt das Kissingthefish.

Das Kissingthefish ist die Bedingung, dass der Frosch die Passage freigibt, die seit Stunden natürlich schon hinter uns lag. Seit Viertel nach eins in der Nacht.

Trotzdem war zu seiner rechten Seite ein Tischchen aufgestellt worden. Ein bisschen mehr zum Publikum hin. Darin lag in einer silberfarbenen Kasserolle ein wie ein Karpfen großer Fisch. Nur war er schmaler.

Selbstverständlich hat er nicht mehr gelebt. Sondern er kam aus dem Kühlhaus. Sonst hätte er unter der glühenden Mittagssonne zu riechen angefangen. Das wäre eklig gewesen. Weil sich vom Ersten Offizier bis zu dem Soßenkoch runter sich alle vor ihm verbeugen, ja sich hinunterbeugen müssen. Um ihn nämlich zu küssen.

So wird das gemacht auf einer Äquatorfeier. Nur der Kapitän genießt, das sagt man, glaube ich, so, *Immunität*. Ihretwegen wahrscheinlich hat damals die Staatsanwaltschaft alles eingestellt. Weil Regierungen nicht bestraft werden können, solange sie im Amt sind.

Trotzdem konnte man sehen, dass nicht jeder das gerne tat. Schon weil der Fisch wahrscheinlich so kalt war und ein bisschen schleimig. Bei einigen ließ sich direkt erkennen, wie sie sich scheuten. Dem Servicedirektor schien es allerdings Spaß zu machen. Vor allem natürlich, weil die Passagiere so johlten. Bei jedem Fischküssen applaudierten sie. Woraufhin zwar immer noch nicht die Hammondorgel losging. Aber jedesmal wurde getuscht.

Dann war das Ballett dran. So dass das Publikum animiert werden konnte, ebenfalls zu tanzen, aber erst später. Denn erstmal wurde natürlich gegessen. Weil auf der Backbordseite während der Zeremonie das BBQ aufgebaut worden war, wie wir den Koch immer genannt haben. Ich meine, als ich noch Pirat war. Nur musste vorher der Frosch die Genehmigung erteilen.

Dreimal pochte er mit dem Dreizack auf. Denn bevor er die sowieso längst getätigte Durchfahrt gewährte, musste einer vom Schiff ins Meer springen. Ob vom Entertainment oder vom Stab, war egal.

Das aber nicht wirklich gemeint war, also das Meer. Das wäre auch tagsüber viel zu gefährlich gewesen. Trotzdem hat uns Senhora Gailint erzählt, dass ein anderer Kapitän das Schiff mal wirklich angehalten hat. Sie nannte ihn *den Griechen*. Da hat man Boote auf den Äquator herabgelassen und tatsächlich sind eben paar Leute fürs *Crossing the Line* im Meer geschwommen. Seltsam, dass ich mich daran gar nicht erinnre. Aber den Griechen kenne ich. Er soll in Harwich wieder das Schiff übernehmen.

Vielmehr war mit dem Meer der Pool gemeint.

In den sprang ein Kollege Poseidons nun wirklich hinein. Er nahm sogar richtigen Anlauf. Dabei ist es verboten, vom Rand zu springen. So steht es auf dem Schild.

Weil die Reisegäste sich derart amüsierten, prustete er in dem brustflachen Wasser nun noch besonders und tauchte wie ein Walross darin herum. Dann spritzte er vom Publikum die Vordersten nass. Bis sich auch von den Reisegästen jemand willig zeigte, dem Spruch von dem Frosch zu folgen. Obwohl das ein schon wirklich alter Herr war.

Anlauf nahm er natürlich nicht. Das wäre trotz seiner weißblauen Badekappe nicht mehr gegangen. Sie war ihm eindeutig zu klein. Sondern tappend stieg er das Treppchen ins Wasser hinunter.

Aber auch er wurde beklatscht, so dass natürlich der Anzugmensch ebenfalls beklatscht werden wollte. Der hatte, was mir keineswegs entgangen war, schon seit einigen Minuten von einem Fuß auf den anderen quasi herumgezappelt.

Jetzt hielt er es nicht mehr aus und streifte sich aus seinem Leinen. Weil er aber darunter keine Badehose anhatte, sprang er, was wirklich nicht zu fassen war, einfach in seiner Unterhose hinein. Wenigstens waren es Boxershorts. Während zu bayrischer, glaube ich, Blasmusik der ganze Hofstaat abzog. Zwar in Reihe, doch in gelockerter Formation. Der Poseidonfrosch watschelnd voran. Backbords.

Womit dann das Essen begann.

Tatiana hat nichts gemerkt mit der Tür. Ich fand das nach dem Mittagsschlaf sehr beruhigend. Wieder hatte mich Patrick auf meine Kabine gebracht. Da war ich mit meinem Eindruck beschäftigt gewesen, es laufe etwas zwischen Senhora Gailint und Mister Gilburn. Noch im Aufwachen dachte ich, Monsieur Bayoun hätte das nicht gefallen. Zumal sie mich nicht länger nach ihm ausfragt. Als Tatiana sagte, aber unsere Tabletten müssen wir noch nehmen. Und nicht wieder in Hausschuhen an den Strand gehen nachher.

Schon auf dem Äquator, dem richtigen aber, hatte ich oben auf dem seitlichen Deckflügel nachts ein Paar beobachten können. Es schien, als hätte es sich erst eben gefunden. Um das zu beobachten, hatte ich über einige Zeit den Kopf in den Nacken gelegt. Wobei es nicht leicht war, in der Taille ständig gedreht zu bleiben.

Dort oben jedenfalls gehen die Sonnenterrassen in je eine Art Brücke über, laufen beide in einem quasi Freigang aus. Ein bisschen wie bei den Hecks alter Limousinen. Die Liegestühle haben dort nur einer neben dem anderen Platz, und die Reling läuft rundum, nicht nur zum Meer, sondern auch innen. Darunter ist unsere Freifläche gebreitet mit den Liegestühlen und den Tischensembles davor. An Backbord geht es zum anderen Flügel wieder hinauf. Insofern steht man da oben wie auf gegenüberliegenden Tribünen aus je nur einer Ebene. Da nun, ganz hinten, schauten die beiden in den Himmel. Steuerbords, wo das Schiff am meisten schaukelt.

Anfangs taten sie so, als würden sie nur plaudern. Doch wie nun von neben der Hansebar die Tanzmusik zu ihnen hinwehte, nahm der Mann die Frau unversehens in die Arme. Das kam aber weniger von der Hammondorgel und diesen Evergreens. Sondern aus dem Sternenhimmel, aus dem der laue Wind eigens für sie herabblies.

Dann küsste der Mann sie. Es war exakt der Moment, als über uns die Sektflasche ploppte. Ich hatte schon die ganze Zeit die Stimme des Anzugträgers den Countdown herunterzählen gehört. Die letzten zehn Zahlen rief er sogar, damit es jeder mitbekam. Also wer noch auf war. Dabei ging das Zehnneunacht nur sehr langsam zur Null. Es meinte Raumsekunden, nicht die Zeit.

Mehr als den Kuss wollte ich nicht sehen. Deshalb konnte ich in meinem Stuhl mit der unbequemen Stellung aufhören. Trotzdem durchdrang mich von diesem Kuss ein Gefühl der Erhebung.

Wie gut, dachte ich, wie gut! Denn wenn man in sich geht, erinnert man sich an eigene Küsse. Ob nun gegeben oder erhalten. Dazu eignen sich Momente, wie dieser war, ganz ausgezeichnet. Imgrunde eignet sich die ganze Meerfahrt dazu, besonders in den Nächten aus Sommer.

So dass ich mir einzugestehen nicht mehr umhinkam, wie wunderschön es mit Petra einmal war. Als noch das ganze

Leben vor einem lag. Ein paar Wochen lang hat man geglaubt, sich für alle Zeit gefunden zu haben. Und das ist auch wahr. Man hat dann gefunden. So dass mir auf dem wahren Äquator wahrhaftig, ich muss es so schreiben, wirklich wahrhaftig geworden ist.

Doch wie am Anfang ist es nicht geblieben. Auch mit Gisela nicht und auch nicht mit Conny. Denn ganz kurz später ist man schon lange zu alt.

Wie vorsichtig war dieser erste Kuss! Ich meine den mit Petra. So wenig fordernd die Zungenspitze. Dass man die Zunge überhaupt schon nahm. Dabei war sie gar nicht die erste Frau, die mich geküsst hat. Trotzdem war sie es. Das geht dann gar nicht anders, als »meine Frau« zu sagen, und sie sagt »mein Mann«. Doch klatscht plötzlich wer in die Hand, und der Zauber verfliegt. Dabei hat man das Klatschen nicht mal gehört. So kommt man sich nur noch betrogen vor.

Trotzdem passiert dieser Zauber dauernd neu. Wie gestern nacht, steuerbords auf dem Heckflügel. Anderswo aber auch. Und noch woanders. Immer ist es der gleiche Kuss. Nicht einmal das Bewusstsein ist ihm wichtig. Nicht mal das Alter spielt eine Rolle, wenn man so ausgesucht worden ist.

Ich hätte natürlich sagen können, wie lächerlich sich die beiden benehmen. Wie alte Frauen im Minirock oder fettgewordene Männer in Shorts. Imgrunde ist es dasselbe wie Sven, als er vier war. Wenn er in meinen Bergschuhen durchs Wohnzimmer stapfte. Das hat uns oft amüsiert. Oder wenn eine Omi, womit ich nicht meine Großmutter meine, unbedingt auf ein Surfbrett will. Dabei kommt sie schon aus dem Sessel kaum hoch. Wie neuerdings ich aus dem Bett.

Das macht mir angst.

Davon will ich Dir gar nichts erzählen, sondern von diesem Ausgesuchtsein.

Denn ich fand das Paar nicht lächerlich, sondern berührend

in seiner Schlichtheit. Auch das war ein Wunder. Gerade weil es sich nicht darum schert, wer wir sind. Schon gar nicht um unser Was.

Wenn ich zu Petra »Ich liebe dich« gesagt habe, habe ich es wirklich gemeint. Ich habe es gefühlt. Wenn sie dann antwortet »Ich liebe dich auch«, weiß man überhaupt nicht mehr, was man empfindet. Wenn das zum ersten Mal geschieht. Man fühlt nur und hat überhaupt keine Grenze. Womit ich Begrenzungen meine. Man hat da nicht einmal mehr einen Körper, weil man auch keinen Willen mehr hat. Imgrunde, obwohl man doch gemeint ist, hat man sogar kein Ich mehr. Dabei kann man ohne ein Ich nicht gemeint sein.

Wirklich ist etwas anderes gemeint. Etwas, von dem wir ein so kleines Teil sind, dass wir uns und das All völlig vergessen. Doch dieses Teilchen verbindet sich soeben mit einem zweiten. Und im Moment des Kusses ist man plötzlich das ganze All selbst.

So dass ich wegen des Paars auf dem Seitenflügel über den gesamten Mittagsschlaf hin gedacht habe, wie falsch es ist zu behaupten, wo eines ist, kann kein zweites sein. Denn dieser erste Kuss hat sich nicht nur diese beiden ausgesucht. Sondern Hunderte, Tausende andere empfangen ihn in demselben Moment. Und Hunderte, Tausende andere werden jede und jeder zu diesem einzigen Weltall. So dass man nur ausgesucht ist, nicht auserwählt.

Zwar bleiben wir in unserer Ausgesuchtheit völlig gewöhnlich. Doch eben diese Gewöhnlichkeit ist das Einzigartige. Ist ein immer und wieder aufeinander Folgendes. Das zugleich, weil es eben zugleich geschieht, einzigartig ist. Denn es sind immer zwei bestimmte Menschen, die sich zum ersten Mal küssen. In Gleichheit unvergleichlich, gibt es nur sie. Weil aber in derselben Sekunde unendlich viele bestimmte Menschen nur sie sind, ist es allgemein. Es ist die Allgemeinheit an sich.

Lastotschka, darin besteht das Wunder. Es i s t dieses Wunder.

Sicher hätte Mister Gilburn über die beiden gespottet. Hatte das zwischen ihm und Senhora Gailint aber nicht eine ebensolche Komik? War nicht das Wunder offenbar auch dem Spötter passiert? Genau wie den zweien da oben? Da kann er nachher, wie er nur will, von einem Schiffsschatten sprechen, weil es doch Kurschatten gibt. »Reiseschatten« würde er sagen und sich wieder das Bürstenhaar kratzen.

Natürlich liegt es auf der Hand, dass sich bei so langen Fahrten Paare finden. Nicht nur, weil sie gemeinsam aus ihrem Alltag gehoben sind. Sondern das Meer verbindet die Seelen. Und was die Besatzung angeht, je nun, da sowieso. Wenn man über Monate, wenn nicht anderthalb Jahre, auf so einem kleinen Schiff zusammen ist.

Patrick ist mir von der Stutennacht geblieben. Sicher hat das vor allem damit zu tun, dass Tatiana für so viele Kabinen zuständig ist. Obendrein findet sie mich nicht besonders leicht in der Pflege. Genau so hat sie es gegenüber Doktor Samir ausgedrückt.

Ausgerechnet.

Will sie mich bei ihm anschwärzen? Nur wegen meiner Herumgeisterei? Weil ich immer den ganzen Sand, behauptet sie, mit hereinschleppe? Wo soll der denn herkommen auf dem Meer? Besonders aber versteht sie nicht, dass ich nachts bei meinem Freund, dem Clochard, sitzen möchte. Ich will nicht ins Bett. Vielleicht hat sie einen besseren Schlaf als ich oder überhaupt einen.

Allerdings muss ich ihrer Genervtheit zugutehalten, dass mein Nachbar zum Beispiel nie spült, wenn er auf Toilette war. Statt dessen rollt er immer das Klopapier ab, und zwar aus seiner Kabine heraus und das ganze Schiff lang. Womit ich unseren Gang im Baltikdeck meine.

Mich stört das genauso. Dabei will er damit nichts Böses. Wenn sowas aber täglich dreimal vorkommt, verliert man mit den Wochen die Geduld. Man tendiert dann dazu, auch andre als ihn für schwierig zu halten.

Jedenfalls war das Wort, auf mich bezogen, ausgesprochen unangebracht. Das hat auch Doktor Samir so gesehen und entgegnet, das ganze Leben ist nicht leicht. Wäre es das, hat er hinzugesetzt, bräuchte man auf dem Traumschiff Tatiana nicht.

Natürlich sehe ich ein, dass ich ihr zum Beispiel zu schwer bin, als dass sie mich allein aus dem Bett bekäme. Auch wenn ich wegen des zuvielen Essens sehr abgenommen habe. Aber ich bin ein bisschen sperrig, das stimmt. Weil ihr nun sowieso schon Patrick zur Seite steht, habe ich wegen der »Pflege« nicht protestiert. Auch konnte ich dann weiterhin schweigen, nachdem ich sie und Doktor Samir belauscht hatte. »Belauscht« ist aber das falsche Wort.

Denn er hat mit dem Leben vollkommen recht. Ich finde es ein großes Glück, dass nun er auf dem Traumschiff der Arzt ist. Obwohl er, hat Doktor Björnson erklärt, bis Teneriffa lediglich hier ist, um sich einzuarbeiten. Er soll erst einmal mitbekommen, wie so ein Bordalltag vor sich geht. Für mich hat Doktor Samir aber den anderen Arzt längst ersetzt, den ich sowieso nie zu Gesicht bekommen habe. Sondern immer nur den Hotelchef. Während ich auch bei Senhora Gailint und Mister Gilburn das Gefühl habe, dass sie mich neuerdings meiden. Wofür ich ein gewisses Verständnis habe. Bei frisch Verliebten ist es normal, auf andere Menschen nicht mehr richtig zu achten. Das habe ich früher oft erlebt, sogar bei Freunden. Wobei ich besser »Bekannten« sage, weil ich Freunde nie wirklich gehabt habe. Trotzdem haben die sich dann immer zurückgezogen.

Allerdings ist es auch wirklich keine Freude, wenn sie mit einem ausgehen. Denn auch dann sind sie immer nur zu zweit. Ständig kichern sie über etwas, das außer ihnen keiner versteht. Außerdem kann ich mir vorstellen, dass Senhora Gailint ein schlechtes Gewissen hat. Immerhin weiß sie, wie nahe ich Monsieur Bayoun gestanden habe.

Vielleicht hat auch er mir ein bisschen nahegestanden. So dass ich mir nicht verzeihen kann, nicht bei ihm gewesen zu sein. Ich meine, als er zwischen seinen Zähnen den Cigarillo nicht mehr halten konnte. Sonst wäre ich es gewesen, der sich gebückt und ihn von den Planken aufgenommen hätte. Dann hätte ich ihn mit zweien meiner Finger wieder zwischen seine Lippen gesteckt. So dass er hätte einen letzten Zug nehmen können. Ob noch mit dem Bewusstsein oder schon ohne. Darauf wäre es so wenig mehr angekommen, wie dass ihm das dauernde Rauchen schadet. Er wäre mit diesem letzten Zug gegangen und hätte gelächelt, weil ich bei ihm war.

Aber so war es nicht. So war es leider, leider nicht.

Daran ändert auch nichts, dass ihn Senhora Gailint derart vermisst hat, dass sie jetzt mit Mister Gilburn ein Paar ist. So dass sie gar nichts mehr über ihn hören möchte.

Wahrscheinlich fürchtet sie, dass ich von ihm wieder anfange.

Das würde ich auch. Das bin ich ihm schuldig.

Denn zum ersten Mal wäre es mir möglich gewesen, mich nicht abermals schuldig zu machen. Und doch habe ich nicht mehr nach ihm gefragt. Als er sich zurückgezogen hatte.

Natürlich lag das an unserer Diskretion, auch. Das Kranksein ist einem peinlich. Man will darüber nicht sprechen. Andernfalls sind die anderen genötigt, ebenfalls über ihr Kranksein zu sprechen. Das tut man einem Freund nicht an. Es ist für einen selbst schon schlimm genug. Da darf man sich nicht täuschen, also vielleicht doch nicht ganz allein zu sein. Aber die meisten wollen sich täuschen. Und reden eben doch. Hat man indes das Bewusstsein, lässt man einen Freund in diese Falle nicht laufen. Bereits Dir zu schreiben ist eine Falle.

Andererseits bin ich mir sicher, dass ohne meine Kladden das Schweigen nie seine kathedralen Qualitäten angenommen hätte. Sie zwingen einen dazu, sich nichts vorzumachen. Was auf dem Bootsdeck natürlich besser als in der Kabine geht, wo es eigentlich gar nicht geht. Alle naselang guckt Tatiana herein und will etwas von mir. Trotzdem spricht sie dabei selten. Sie schüttelt höchstens das Kissen unter meinem Kopf auf und mustert mich streng. Manchmal komme ich mir vor wie ein Junge, der etwas ausgefressen hat. Wollte ich aber fragen, was das denn sein soll, gäbe sie zur Antwort, das wissen Sie selbst. Das weißt du ganz genau. Auch ein Satz meiner Großmutter. Wobei Tatiana natürlich Sie zu mir sagt.

Ich meine, das wäre der Gipfel, wenn sie auch mich noch duzen würde wie nebenan meinen Nachbarn. Den nennt sie Opa García. Oder wie damals Doktor Björnson mit seinem Oma Venus. Aber zu Paní Hradecka hat vorhin sogar Patrick gesagt, haben wir denn heute schon Zähne geputzt?

Dieses Wir ist weit schlimmer als das Du. Weil man dann gar nicht mehr als eigenständige Person wahrgenommen wird. Sondern man wird unbesonders. Anders aber als in der Liebe. Wo es genau so ist.

Würde ich sprechen, hätte ich es ihm vorgehalten, wenigstens deutlich gemacht. Er hat das Wir nämlich einfach so dahergesagt. Wie er damit etwas fortsetzt, das sich an Bord so eingebürgert hat, hat er gar nicht bemerkt. Während sich Doktor Samir so etwas nicht durchgehen ließe. Derart selbstverständlich ruht er in seinen immerweißen Kleidern und immer unter der Kappe in seinem Allah. Das gibt ihm dieses Durchschauen, das meinem eigenen Ansehn der Dinge überaus ähnelt. Sogar mir schaut er durch die Haut auf das, was uns zu Menschen überhaupt macht. Genau darum darf man das Wir nicht benutzen. Ein wirkliches Wir ist nicht wirklich gemeint. Das Gegenteil ist gemeint. Sonst würde man sich mitmeinen müssen. Patrick hat aber gewusst, ob er seine Zähne schon geputzt hat.

Zwar soll das Wir vielleicht Nähe vermitteln. Aber es ist das Entfernteste, das wir uns überhaupt vorstellen können.

Hast Du meinen Freund, den Clochard, vor Augen? Anders als Olga kommst Du ja nur selten zu uns heraus. Bei den Sonnenterrassen in die Raucherecke manchmal, in deren Rücken die Tür in den Fitnessraum führt. Was ich immer ein bisschen absurd finde. Dort sitzen wir am Abend bisweilen, neben mir Senhora Gailint und Mister Gilburn. Aber oft auch Patrick, ohne den ich sonst nur schwer da hinkäme. Dann geht die Tür auf, und jemand völlig Verschwitztes tritt im Sportdress in den Rauch. Und nicht nur manchmal, sondern gar nie kommst Du an den Raucheriisch unten. Da sitzt dann sowieso nur mein Freund, der Clochard. Bittet ihn allerdings jemand, steigt auch er zu uns hoch.

Genau so war es vorhin.

Wir wurden in eine Haube aus Dunst geschoben. Die warf die Sonne über das Meer. Aber nur, um ihn grauschräg in den Himmel zurückzuziehen. In dem ist er zur Wolkendecke geworden. Nun standen zwischen ihr und dem Wasser verwischte Schlieren, die aber noch weit über sie hinauflangten. Ganz oben bildeten sie ein leise drohendes Portal in die Nacht, vor der flammend der Feuerball zerfloss. So dass er sich über uns ausgießen konnte.

In dem Gesicht meines Freundes glühte das wider. Es zeigte den besonderen Stolz, den er hat. Obwohl er schon getrunken hatte. So dass auch ihm hätte geholfen werden müssen. Ich meine, damit er zu uns hochkommt.

Wenn er mich sieht, lächelt er immer. Besonders, wenn ich mich zu ihm setze. Das tun natürlich viele andere auch. Aber ich als einziger bleibe manchmal bis in den Morgen bei ihm. So dass ich schon gedacht habe, das ist von dem Gehstock von Frau ich weiß nicht mehr gekommen. Es ist durch ihre Hand auf den Griff übergegangen und von da dann auf mich. So dass ich, wenn das Portal am Himmel erscheint, erst recht nicht mehr ins Bett mag.

Unter dem freien Sternenhimmel erreicht mich der Schlaf von allein. Sogar, wenn der Himmel bedeckt ist.

Patrick ist jetzt auch Mister Gilburns Freund und hat für ihn nun immer, wie Tatiana für mich, einen zweiten Schal dabei. Weil ihn zum Beispiel Lady Porto zu sehr ablenkt. Ihr persönlicher Steward vergisst sie nämlich manchmal. Sie nennt ihn *meinen Adjutanten*. Bloß, dass der junge Bursche ganz anderes im Kopf hat als sie. Sie muss sich immer selbst an ihre Tropfen erinnern, die, sagt sie, auf ihrem Nachtschrank stehen. Weshalb sie von sich aus hinuntermuss. Und weil es schon spät ist, geht sie eben zu Bett.

Dann geht auch Mister Gilburn zu Bett. Er hält ohne sie nie lange durch. So dass ganz zum Schluss nur noch der Clochard und ich draußen sitzen. Denn Doktor Samir hat zu Patrick gesagt, wenn er sich nachts da gut fühlt, muss man ihm das lassen. Dann fragt Patrick zwar noch, ob ich mir wirklich sicher bin. Darf ich Ihnen wenigstens eine zweite Decke bringen? Woraufhin er einen kleinen Diener macht, dem Clochard freundlich zuwinkt und ebenfalls weggeht. Während wir sitzen bleiben, weit über den Schankschluss hinaus.

Bevor er die Bartür abschließt, kommt der nette Burmese zu uns. Aber er fragt uns nicht etwa, ob wir noch ein letztes Bier haben möchten. Sondern bringt ganz von sich aus zwei Gläser. Für meinen Freund, den Clochard, tatsächlich ein Bier. Dann kann seine Rotweinflasche ein bisschen länger zugekorkt bleiben. Während er vor mich stets einen, wie er tatsächlich sagt, *Gin Tonic ohne Gin* stellt. Er weiß, dass ich seit Barcelona keinen Alkohol trinke. Aber das ist zwischen uns die Verabredung. Wir wollen meinen Freund, den Clochard, nicht kränken, indem wir überheblich sind und ihn auf seine Abhängigkeit aufmerksam machen.

Aufs Haus, sagt der Burmese und lächelt dazu. Sowieso habe ich ihn noch nie ohne dieses Lächeln gesehen. Wobei ich ihn den Burmesen nur nenne, weil ich seinen Namen nicht behalten kann. Der ist auch schrecklich schwer nachzusprechen, eigentlich gar nicht. Trotzdem kann es Menschen verletzen, wenn man ihre Namen falsch ausspricht. Selbst wenn man es nicht will, verhöhnt man sie damit.

Er weiß, dass ich ihn mag. Deshalb lässt er auch mich dort sitzen, solange ich will. So dass mein Freund und ich dem gleichmäßigen Stampfen zuhören können. Wenn an den Rumpf das Meer schlägt, durch das sich das Traumschiff dahinwälzt. Doch kann man manchmal auch das Sternenlicht aufplatschen hören, leis und natürlich nur, wenn nicht in den Streben und Wimpeln der Wind heult. Und in den schaukelnden bunten Glühbirnen, von denen seit gestern nacht eine nicht mehr brennt. Das stört den Wind freilich nicht. Unermüdlich probt er für das Konzert weiter den Chor, der irgendwann wieder zu Sturm wird.

Aber dann erwachte ich doch in meiner Kabine. Früher hätten wir Kajüte gesagt. Da hatten wir nur Kojen. Während die Rezeption zumindest damit recht hat, dass sie einem Zimmer durchaus ähnelt.

Es ist halt ein schwimmendes Zimmer.

Genau so fühlte es sich an. Trotzdem war ich verwundert, nicht in den Himmel zu schauen oder auf die Unterseite der Sonnenterrassen. Sondern ich sah die runde Rauchmelderdose, die mitten an meiner Kabinendecke montiert ist.

Viel mehr als das wunderte mich etwas anderes.

Nicht nur schwamm die Kabine mit dem Schiff, sondern auch in ihm und durch es. Als hätte sie sich von dem inneren Deck befreit, weil es geflutet worden war. Wie ein kleines U-Boot mit gebrochenem Ruder trudelte sie hindurch. Daran hatte mein Kreislauf schuld.

Ich war nämlich nicht allein. Tatiana und Doktor Samir

saßen bei mir, den sie wohl informiert hatte. Wobei er leuchtete. Aber nicht nur er. Sondern etwas um ihn völlig herum. Sein Körper hatte gar keine Ränder mehr. Das faszinierte mich dermaßen, dass ich zu fragen vergaß, was denn los ist. Außerdem vertraue ich ihm. So dass ich es zuließ, dass er meinen linken Arm aus dem Bett nahm. Während er ihn auseinanderbeugte, stützte ihn Tatiana von unten.

Mit der Oberseite von zwei außerordentlich schimmernden Fingern klopfte Doktor Samir in der Beuge dreimal sanft auf die Haut. Dann noch mal, aber ein Stückchen darüber. Bis wie ein Wurm die Ader herauskam. In den führte Doktor Samir die Nadel von der Spritze ein.

Um den Wurm zu beruhigen, bat er Tatiana, ein Pad Watte draufzudrücken. Und zog die Spritze wieder heraus. Halten Sie das bitte einen Moment. – Das wird gleich wieder, mein Freund.

Er sagte wirklich mein Freund. Außerdem hatte er recht. Denn beinah sofort band sich meine Kabine in dem Schiff wieder an. Zwar schaukelte sie immer noch spürbar, aber mit ihm wieder zusammen. Außerdem braucht er frische Luft, sagte Doktor Samir. Würden Sie bitte Patrick rufen?

Hätte ich gesprochen, ich hätte ihm gesagt, ich sei die ganze Nacht an der frischen Luft gewesen. An einer fehlenden frischen Luft konnte es deshalb nicht liegen. Doktor Samir bestand trotzdem darauf. Sie gehen mir zu wenig hinaus. Das tut Ihnen nicht gut, wenn Sie sich in Ihrem Zimmer vergraben. Sie müssen unter die Leute.

Was ich überhaupt nicht mehr begriff. Das hätte ich fast auch gesagt. Nun hatte sogar er mit diesem »Zimmer« angefangen. Aber da war Patrick schon da.

Beide, er und Tatiana, halfen mir auf. Doktor Samir notierte etwas auf sein Clipboard. Dreimal drei Milligramm Soundso, sagte er zu Tatiana. Denn ich verstand das Fremdwort nicht. Darüber musste ich nachdenken. Dabei war mir wirklich flau.

Das aber nur, weil ich ein bisschen erschrocken bin. Genau das waren vor Nizza Signor Bastinis Worte gewesen, wobei er aber Monsieur Bayoun gemeint hat. Dabei hatte er selbst schon vor dieser letzten Tür gestanden. Dass ihm das gar nicht guttue, sich zu, wirklich, *vergraben*.

Natürlich hat Signor Bastini genausowenig wie ich etwas dagegen unternommen. Wir waren und sind schon genug von den Zimmermädchen und Kellnern heimgesucht. Da ist man dankbar, wenn wenigstens die Freunde einen in Ruhe lassen und nicht dauernd irgendein Besuch kommt. Der obendrein heult, bevor er endlich wieder geht.

Das war dann nämlich so, kaum dass mich Patrick an meinen angestammten Platz gebracht hatte. Damit meine ich nicht den Rauchertisch, sondern das Bootsdeck auf der Steuerbordseite.

Da saß er nämlich schon, mein Besuch. Nur dass es jetzt keine Frau mehr war.

Trotzdem nahm er, wie ich vorausgefürchtet hatte, meine Hand. Schon deswegen blieb mir weiterhin nichts, als zu schweigen. Ich dachte, denke an etwas anderes, dann ist es nicht so schlimm. Zum Beispiel darf ich nicht vergessen, gegen Doktor Björnson vorzugehen. Es muss den Zimmermädchen einfach jemand beistehen. Aber besonders, dachte ich, den dunklen Menschen, die in der Küche nie das Tageslicht sehen. Nur dass so etwas das Bewusstsein nicht interessiert.

Ich muss aufpassen, mich nicht zu weit einzulassen. Damit ich es nicht wieder verliere. Denn zum Beispiel ein, was fällt mir ein?, Anschlag auf Doktor Björnson würde dazu führen, dass man mich mit Gewalt zum Sprechen zwingt. Weil man in den Verhören wieder foltert. Das würde ich nicht aushalten. Davon würde die Kathedrale meines Schweigens in sich zusammenbrechen. Wovon man manchmal hört, wenn irgendwo restauriert wird. Dann kommt eine der Zwischendecken runter und erschlägt den Sohn von zum Beispiel dem Schreiner. Weil der das Gerüst drinnen baut.

So dass ich aufsah. Deutlich griffen die Wellen nach den dunklen Wolken. Ich konnte gar nicht mehr sagen, ob das noch Gischt oder schon Luft war. Sondern verlor die Orientierung. Deshalb blickte ich nach einem Halt und sah für den Bruchteil einer Bruchteilsekunde Sven neben mir sitzen. Dabei will der nichts mehr mit mir zu schaffen haben. Schon seit Jahren reagiert er nicht mehr. Er muss doch wissen, wie schwierig es für mich war, das zuzugeben. Wie unüberwindbar schwierig. Zuzugeben, dass er mir fehlt.

Trotzdem habe ich angerufen, nicht oft, aber jedes Jahr mindestens einmal. Einfach, weil ich erfahren hatte, dass ich ein Enkelkind habe. Ob Junge, ob Mädchen, das weiß ich nicht mehr. Doch war mir sofort wieder klar, dass ich mich irrte. Wie soll denn Sven auf ein Schiff kommen können, das mitten auf dem Atlantik schwimmt? Jetzt hatte ich schon Halluzinationen! Nicht einmal das bleibt mir erspart.

Alleine aus Notwehr erkannte ich darum die Wahrheit.

Dass mich dieser Besuch nämlich verwechselt. Er hält mich für völlig jemand anderen, als ich in Wirklichkeit bin. Darum war es beruhigend, dass es wieder die Frau war, die immer heult, bevor sie geht. Vielleicht, dachte ich, hat sie jemanden verloren, ohne den sie nicht mehr zurechtkommt. Da greift sie nach dem Allernächsten, um sich an ihm festzuhalten. Zufällig bin ich das gewesen.

Plötzlich war ich mit meinem Besuch versöhnt. Denn wenn es ihm wirklich hilft, dass er meine Hand hält, warum sie dann wegziehen? Ich musste an Doktor Samir denken und wie er leuchtet. Dass das von seiner Menschenliebe kommt. Da wäre es von einem mit dem Bewusstsein zu klein, zu seinem Besuch kleinlich zu sein. Ich würde mich über ihn nie wieder ärgern. Sondern wäre sogar glücklich, ihm auf so unkomplizierte Weise Erleichterung verschaffen zu können.

Vielleicht, Lastotschka, bekomme ich es sogar hin, dass er am Ende nicht weint.

So dass ich anfing, mich auf meinen nächsten Besuch zu freuen. Dabei war er noch gar nicht gegangen.

Immer mittags um zwölf ertönt die Glocke. Ich meine die vor dem Bugkorb. Woraufhin sich durch sämtliche Bordlautsprecher der Kapitän meldet.

Twelve o'clock sharp, sagt er und nennt uns die Koordinaten, an denen wir jetzt sind.

Fast schon sind wir bei den Kapverden.

Außerdem teilt er uns mit, wie der Himmel aussieht. Dabei sehen wir ihn selbst. Und was die Wettervoraussage für die kommenden Stunden meint. Wie weit wir von Australien schon weg sind. Wie weit es bis Harwich noch hin ist. Dann gibt er das Mikrophon an Mathilda weiter, die das heutige Unterhaltungsprogramm verkündet. Aus den täglichen Programmseiten kennt auch das jeder längst. Zum Beispiel, wann Mister Gilburns Bingo stattfindet. Da spielt er aber nur mit, weil ihm das Roulette fehlt.

Übrigens hat er das nur mir gegenüber zugegeben. Senhora Gailint hat er, soweit ich bemerkt habe, nichts von dem Roulette gesagt. Er wird schon wissen, warum. Gegenüber Patrick ist er aber fast störrisch geworden, als der ihm seine Mütze hinterhertrug. Nein, er wolle keine Mütze aufsetzen. Und erst recht keinen Hut.

Er hasst Hüte, während Patrick sie liebt, der seinen Strohhut ständig aufhat. Doch hat er natürlich keine so weite Krempe wie der von Senhora Gailint. Trotzdem sieht er ein bisschen wie Indiana Jones damit aus. Uns Abenteurer zu nennen, hat wahrscheinlich darin den Grund. Obwohl natürlich Harrison Ford nie einen Knebelbart hatte und viel weniger markant im Gesicht ist als Patrick. Von einem Milchgesicht ist der das genaue Gegenteil.

Schon deswegen bin ich froh, dass er um mich besorgt ist. Auch hat sich sein Verhältnis zu Doktor Samir entspannt. Und weil er das Bewusstsein hat, verstand er sofort, was mir mit meinem Besuch passiert ist. Dass ich nun völlig unversehens meine Nachlässigkeit gegenüber Monsieur Bayoun wiedergutmachen kann. Weil das etwas ist, um meinem verstorbenen Freund eine Freude zu bereiten. Sehen Sie, würde der sagen, jetzt ist mein Sterben sogar für etwas gut gewesen.

Selbst ich habe das vorher nicht gewusst. Wobei es aber schön gewesen wäre, wäre mein Besuch wirklich Sven gewesen.

Das sind, Lastivka, so Wünsche.

Aber ich will über meinen Egoismus hinaus, den er mir vorgehalten hat. Kinder hast du nicht so gerne, hat er gesagt, aber die Machart ist dir so sympathisch. In dem Moment war es zwischen uns spätestens aus. Das lässt sich von seinem Sohn ein Vater nicht sagen. Da bleibt einem nichts, als ihn rauszuwerfen. Auch wenn man ihn nie wieder sieht.

Und dann kommt dieser furchtbare Tag, an dem man von seinem Enkelkind erfährt. Doch nicht von seinem Sohn. Sondern von Leuten, die einem eins auswischen wollen, wogegen man sich gar nicht mehr wehren kann in dieser Situation. Man ist einfach nur sprachlos. Nein, sprachgelähmt. Ein größeres Elend gibt es nicht. Es ist so schlimm, dass selbst das Bewusstsein es sich nicht vorstellen kann.

Deshalb habe ich die Hand des Besuchs ein kleines bisschen gedrückt. Einfach, um ihm bei seinem Schmerz zu helfen. Die sonst immer nur meine gedrückt hat. Was der Besuch auch tatsächlich gemerkt hat. Sofort hat er nach Patrick gerufen, der sofort herbeieilte und meinen Besuch an den Schultern nahm. Das fand ich eigenartig. Getröstet hatte i c h ihn doch schon.

So ging das jetzt alles komplett durcheinander. Weshalb es wirklich gut war, Doktor Samir herzuholen. Noch weiter hätte ich mich auf meinen Besuch nicht einlassen können. Ich kenne doch seinen Hintergrund nicht. Deshalb muss er mir unterm Strich fremd bleiben. Egal, ob ich für ihn bereit bin und ihn annehmen will. Ob ich ihn vielleicht sogar an mein Herz drücken möchte. Denn wenn er eine Frage stellt, auf die ich nicht antworten kann, fliegt der Schwindel auf. Sowieso, da ich schweige. Da fühlt mein Besuch sich mit Recht betrogen. Woraufhin es schlimmer ist als vorher.

So dass es, Lastotschka, ein großes Glück war, dass die Mantas zurückkamen. Vollkommen logisch, also vollkommen u n d logisch, dass es im selben Moment geschah, in dem Doktor Samir auf das Bootsdeck heraustrat. Genau da erhoben sie sich jenseits der Reling. Ich war wie benommen.

Während sie vor unserer Augenhöhe schwebten, nahm Doktor Samir meinen Besuch zur Seite und flüsterte: Es geht zuende. Damit hat er natürlich die Traurigkeit meines Besuches gemeint. Ob der aber eine Frau oder doch vielleicht ein Mann war, kann ich wirklich nicht sagen.

Als Essenszeit war, ging mein Besuch. So lange hatte er bei mir gesessen, der, stellte ich mir vor, arme Junge. Die ganze Zeit, in der mich Patrick an seinem Arm in den Überseeclub führte, beschäftigte mich das. So dass ich nun doch fast etwas gesagt hätte, als wir über die beinahe ganze Länge des Bootsdecks zockelten. Da waren die Liegestühle schon leer, einer neben dem anderen.

Umso größer mein Staunen darüber, wie groß er geworden war. Sven ist, dachte ich, richtig ein erwachsener Mann geworden. In der Erinnerung habe ich ihn nur als Kind. Wie er wegen der Schaukel geweint hat zum Beispiel.

Noch mit dreizehn hatte er spindeldürre Beine. Weil er wie ich selbst immer ein bisschen zierlich war. Obwohl ich noch nie eine Spindel wirklich gesehen habe. Ich weiß nur, dass sie in Märchen vorkommt, wenn man sich an ihr sticht und alles einfach einschläft.

Einschlafen, dachte ich.

Sowieso wäre es mir lieber gewesen, hätte Patrick mich gleich zu meinem Freund, dem Clochard, gebracht. Trotz der dann schmatzenden Leute um uns herum.

Halten Sie sich hier fest, sagte er, als er die Tür aufziehen wollte. Weiter als da waren wir noch gar nicht gekommen. Trotzdem hatte ich die Mantas kurz vergessen. Jetzt fielen sie mir wieder ein, und langsam sah ich mich um.

Sie waren weg. Wohl, weil auch Doktor Samir schon fort war.

Bitte, Herr Lanmeister, sagte Patrick. Und als ich mich zurückwandte, Vorsicht. Dabei half er mir über den unteren Türsims mit meinen Beinen, also meinen Füßen hinweg. Immer einen, sagte er, nach dem anderen. So dass wir uns drinnen nur noch nach links wenden mussten. Das ging wieder leicht, weil zur Essenszeit eine Seite der Doppeltür immer aufsteht. Im Waldorf ein Deck drunter *paradiert*, hätte meine Großmutter gesagt, an jeder Tür sogar einer von der Küche und immer Heinrich, der Maître d'. Er kommt aus einem der Orte mit ›Roda‹, was man auch hört. In seiner Schneeuniform begrüßt er jeden Gast persönlich. Die Kellnerinnen und Kellner tragen hingegen schwarzweiße Livrees. Wobei er zwar ein Maître d'hôtel, aber etwas anderes als Doktor Björnson ist. Obwohl er ein bisschen aussieht wie Sven. Der auch manchmal sächselt.

Haben wir in Leipzig oder Chemnitz gewohnt, was damals

noch Karl-Marx-Stadt hieß? Ich habe da doch nicht mal Verwandte gehabt! Trotzdem gab es im Überseeclub keinen einzigen freien Platz.

Zuerst war ich erleichtert. So kam ich ums Essen herum.

Aber es sah nur so aus. Denn Patrick fragte mich trotzdem, wo ich sitzen wollte. Ich soll ihm, scherzte er, erst gar nicht widersprechen. Wir müssen jetzt wirklich was essen. Da hatte ich erst recht keinen Hunger mehr. Denn Patrick würde durchaus nicht mitessen. Sein Wir war das nackteste Isolations-Wir. Nicht einmal das Entertainment darf seine Mahlzeiten zusammen mit den Passagieren einnehmen. Oder nur selten.

Der Kapitän isst manchmal mit den Gästen, das kommt vor. Bisweilen ist sogar Doktor Björnson dabei. Heute aber nicht, und ganz bestimmt auch nicht unten im Waldorf. Aber zu besonderen Gelegenheiten, etwa nach einer Gala oder dem Empfang der neuen Passagiere. Wenn die silbernen Mädchen mit ihren silbernen Tabletts erscheinen.

Weil nun aber an Senhora Gailints und Mister Gilburns Tisch auch ausgerechnet der Anzugmensch und Madame Gellet saßen, führte mich Patrick anderswohin. Ich weiß aber gar nicht, ob sie wirklich so heißt. Weil sie aus Genf stammt, spricht man sie fast wie Gelee aus. Anders als die Keltin, ich meine Lady Porto, ist sie zierlich. Außerdem wirkt sie ein bisschen spitz unter den schwarzen kurzen Locken. Was mehr als von der Nase von ihrem immer ein bisschen vorgestülpten Mund kommt. *Kussmund*, hätte meine Großmutter gesagt.

Es ist sogar ein Näschen.

Der Anzugmensch, der wieder nur die kurze Hose und das zum Essen allerdings geschlossene Hemd trug, lachte affektiert auf. Er wiehert, dachte ich. Der ganze Mann wiehert. Sofort musste ich an die Stutennacht denken.

Da hatte mich Patrick schon vor einen Herrn plaziert, der mir so schweigsam vorkam wie ich selbst. Er war aber auffällig gut gekleidet, trug einen Anzug, aber halt mittags. Nur war seiner, anders als der des Anzugmenschen, nicht hell, sondern hatte grüne näschenkleine Karos. Es war nicht schwer, da hineinzufallen und auf einem der roten, obwohl kaum sichtbaren Nadelstreifen zu balancieren. Besser, dachte ich, ich gucke nicht runter. Sonst löst sich wieder meine Kabine vom Schiff, so dass ich abermals ruderlos hindurchtreibe. Das hätte für einen Saal wie den Überseeclub viel dramatischere Folgen gehabt, als wenn man einfach im Bett liegt. Wo man, um sich festzuklammern, an die Decke starren kann. Nur dass die runde Rauchmelderdose natürlich viel zu glatt ist, als dass sich ein Blick daran festmachen ließe.

Es war gar kein Anzug. Das sah ich aber erst, als der Herr aufstand. Vielmehr eine Kombination, von der nur das Sakko die Karos hatte. Darunter schimmerte, in deren Grün, eine Seidenweste. Ein bisschen auch donnerstag, vermeinte ich. Doch besonders beeindruckt hat mich der Krawattenknoten. Er war so prachtvoll gebunden, wie ich vorher niemals einen gesehen habe. Derart diskret waren die Schlaufen.

In meinem Staunen merkte ich nicht gleich, dass Patrick mich alleinließ. Er wollte einen Teller holen und mir am Buffet darauf auftun. Aber bestimmt beschwerte sich wieder Mister Gilburn über die Suppe, die er einmal das mörderische Schwert des Bösen genannt hat. Mit seinem ironischen Augenzwinkern.

Patrick brachte mir zuerst ein terrinenartiges Schälchen, in dem wirklich die Brühe längst kalt war. Weshalb ich sie wegschob. Bitte, Herr Lanmeister, sagte Patrick. Doch er insistierte nicht, sondern dachte wahrscheinlich, mich danach mit dem Braten umzustimmen. Dabei weiß er genau, dass das allein mit dem Dessert geht. Auch das natürlich nur vielleicht. Ich mag Schokolade einfach so gern. Kein anderes Nahrungsmittel kann einen derart von innen besonnen.

Aber er wollte, dass ich zuvor etwas, wie Tatiana es nennt, Richtiges esse. Das, wie gesagt, wollte ich aber nicht. So dass ich mich besser auf den Herrn konzentrierte, obwohl ich ihn nicht kannte. Beruhigenderweise wollte auch er kein Gespräch. Sowieso wäre keines möglich gewesen. Um uns herum war solch ein Lärm, ein derart schwirrendes Klingen von Stimmen. Aus denen brach von Zeit zu Zeit das ordinäre Kekkern der hysterischen Lachfrau heraus. Das hatte etwas von einer Trompete, die über die Hunderte Bestecke auf den Hunderten Tellern hinwegblies. Es wird auf ihnen sowieso lauter herumgekratzt als nötig. Was zu einem ungeheuren Schaben und Scharren und Scheppern anschwoll, vermischt mit Klimpern und Klicken und Prickeln. Dazu das ständige Gläseraneinanderstoßen.

Genau davor hatte sich dieser Herr in sich zurückgezogen. Auch ich zog mich in mich zurück. Weshalb ich mich nicht mehr wunderte, dass er im Gegensatz zu mir so viel aß. Er genoss es sogar. So dass mir mit ihm dasselbe wie mit meinem Freund, dem Clochard, geschah. Wir mussten nicht sprechen, um einander genau zu verstehen.

Er war noch einmal auf die Suche gegangen. Um sein Leben zu runden.

Seine Frau war gestorben, in, glaube ich, Darwin. Oder ich habe den Namen der Stadt aus dem Atlas. Denn später habe ich selbstverständlich in meiner Kabine nachgesehen. Jedenfalls, wo es in Australien sehr heiß ist. Deshalb hat er es einige Zeit mit einer Schlangenfarm versucht. Die ist aber schon deshalb pleite gegangen, weil seine Frau diese Phobie gehabt hat. Wie das, glaube ich, heißt.

Danach hat er Kühlanlagen verkauft. Das lief so gut, dass sie sich davon ein Haus bauen konnten. Da hatten die Kinder einen Garten und an einem Baumast sofort schon die Schaukel. Die hat sich damals auch Sven gewünscht. So dass Petra sie im Türrahmen zwischen Flur und Wohnzimmer angebracht hat.

Das hat mich furchtbar genervt, weil man dauernd hängenblieb. Bis ich sie in meiner Wut abgeschnitten habe, mit dem Brotmesser, weiß ich noch. Die Seile fransten regelrecht aus. Während Sven einfach nur brüllte, weil ihm das so wehtat. So weh tat dem Mann der Tod seiner Frau.

Nachdem sie beerdigt war, ist er darum sofort nach Fremantle gereist und hat das Traumschiff bestiegen. Nun will er den jungen Mann wiederfinden, der er einmal gewesen ist. So dass ich begriff, dass er von dem Bewusstsein nur noch wenig entfernt ist.

Er muss, dachte ich, nur noch aufgeben. Einfach das ganze Vorhaben aufgeben. Keiner von uns kann zurück. Solange wir es noch immer versuchen, bleiben wir auf dem Traumschiff, ja, *gefangen*, dachte ich plötzlich. Wir sind auf dem Traumschiff gefangen.

So dass auch Patrick es aufgab und mir endlich den Pudding brachte. Schokoladenpudding mit Sahne. Den ich da aber auch nicht mehr wollte.

Salz sprüht von den Wogen. Es ist überall. Körnig auf den Relings und in die Haut verschmiert. Es beißt sich in die Sonnengläser. Meine Brille ist davon manchmal ganz blind. Denn das Salz *schneit* herauf, verweht wie sehr langes Haar, wenn es keine Konsistenz mehr hat.

So rollen wir durch das Meer und schneiden die wütigen Wellen durch, die uns heben. Hart klatschen wir herunter, zu den Seiten Salzhaar und Seehaar. Der Atlantik ist Tausende Kessel und Höhen, über denen der Wind jedes lose Teil in den Arm nimmt und an der Brust zerdrückt.

In den Himmel geht es hinauf, in die Täler wieder hinunter. Manchmal kommen wir auf wie in Kissen. Dann wieder schlagen wir wie auf Beton. Das Innere der, musste ich denken, Seele ist unser Körper. Genau so spürte ich es. Gegen den Wind und sein Heulen und Sprühen an.

Wovor ich aber immer noch Angst habe, ist die Beringsee. Vor der Kälte, Lastotschka, habe ich mich schon immer gefürchtet. Deshalb möchte ich, dass es auf dieser Reise zuendegeht.

Ich weiß ja, bald kommt Europa, aber ganz bis über Norwegen hoch. Danach folgt das furchtbare Meer bei der Arktis. Obwohl sie natürlich großartig war.

Wie oft bin ich dort schon gewesen? Diese ungeheuren Eisberge! Wie sie geknackt haben. Es war ein Krachen von riesigen Spaten, die von Götterhänden in sie hineingestoßen wurden. Hineinge-, Lastotschka, -t r i e b e n! Weil schon ein einziger fast so breit ist wie das Traumschiff lang.

Immer ging dem ein Knistern voraus.

Von dem der Überseeclub bis in die Planken erzitterte. Insgesamt das Schiff bis hoch zu den Schloten. Ich spürte das Beben bereits.

In meinen Lungen gefror der Atem. Ich hustete, musste ihn heraushusten. Das sollte die Partikel spalten, bevor sie von meinen Lippen auf den Mittagstisch sprangen.

Der Herr nahm das kaum wahr. Ohne Reaktion aß er weiter. Allerdings klopfte mir Patrick auf den Rücken, wie wenn ich mich verschluckt hätte. Das war ziemlich unsinnig. Er nahm sogar die Serviette und tupfte mir die Eisspritzer aus den Mundwinkeln. Was der Herr ebenfalls nicht mitbekam. Sein Blick spazierte weiter in sich selbst rum, um diesen jungen Mann zu finden. Dabei ist der im Meer längst untergegangen.

Damit meine ich natürlich die Zeit, Lastotschka, die es in Wirklichkeit ist, und zwar ein jedes. Nicht nur der Atlantik. So dass ich an die Titanic dachte, weil Zeit und Eis da zusammenkamen. Wahrscheinlich denken wir alle, die sterben, immer mal wieder an sie.

Dass wir in die Beringsee müssen.

Das Lächeln meines Freundes, des Clochards, nickte mir zu. Dies war für mich sein Freundesempfang. Selbstverständlich hatte keiner außer mir das mitbekommen. Man hätte es als Einladung auffassen können. Wir wollten aber miteinander allein sein. Deshalb formuliere ich es auch so herum. Das ist Absicht, Lastotschka. Wer so weit gekommen ist wie ich, muss sich von den Konventionen lösen.

Dennoch ist uns, die wir das Bewusstsein haben, die Dankbarkeit anzusehen, wenn man vom Rauchertisch über das Meer schaut oder bei seinem Freund, dem Clochard, sitzt. Der hat diese Dankbarkeit auch. Derethalben ihn allewelt mag.

Jetzt hat jemand seiner Rotweinflasche sogar einen Mantel gehäkelt, wahrscheinlich eine der Damen. Er kann aber auch gestrickt worden sein. Ich meine, wegen der Spindel. Ein sonnabendvormittagsfarbenes Mäntelchen mit einem roten Kapuzchen. Das wird über das Aluhütchen gezogen, das den Korken schützt. Wonach die Flasche wie eine Puppe aussieht, wenn sie das Mäntelchen anhat. Leider hat sie keine Arme. Seine Dankbarkeit lässt ihn, meinen Freund, darüber hinwegsehen. Er liest nicht einmal das Kärtchen. Bestimmt hat jemand einen Gruß darauf geschrieben von zum Beispiel seiner Mutter, und den Kuss.

Natürlich sitzt der nicht auf seinem Fuß. Ich meine das symbolisch.

Sein Blick bleibt diskret auf das Kreuzworträtsel gerichtet.

Der meine indessen geht über ihn hin. Er geht über die Tische und Liegestühle. Die alle werden im Abendlicht rot. Dankbar schweift er über die Reling hinweg und treibt mit dem Fahrtwasser fort.

Mit jedem Tag nimmt unsere Dankbarkeit zu.

Wie sich die Welt von uns entfernt. Dann wird alles zu Meeresglut. Was aber ein Glühen der, wie ich Dir schon geschrieben habe, Zeit ist. Indem sich an ihr der Abend entzündet.

Trotzdem bemühe ich mich, meine Dankbarkeit nicht jedem zu zeigen. Uneingeweihte könnten sie als Halluzination missverstehen.

Wobei mir das mit meinem Besuch natürlich passiert ist. Anders als mein Freund muss ich schon deshalb vorsichtig sein. Sein Lächeln wird eben von allen gemocht. Ich hingegen muss mich verstellen.

Das Schweigen gibt mir auch gar keine Möglichkeit, mich zu erklären. Dennoch ist eine gewisse Ruppigkeit ganz gut. Andernfalls würde meine Dankbarkeit sofort ausgenützt werden. Dafür ist sie zu kostbar, als dass man sie nachlässig oder gar mit Herablassung behandeln lassen darf. Was leicht zu erringen, gilt den Menschen ja nichts.

So dass ich dachte, ich sitze achtern auf einem völlig falschen Platz. Weil man vom Achterdeck ja immer nur zurückguckt. Dabei geht es um das Vergangene nicht. Um noch einmal an den gut gekleideten Herrn zu denken. Es geht nicht einmal um Monsieur Bayoun, schon gar nicht um Lola. Oder noch früher um die Chinesen, Petra und Sven. Sondern um das, was nun kommt.

Wobei es nicht »kommt«, sondern wir fahren hinein. Wir bewegen uns über die Oberfläche der Zeit darauf zu. Was wir den Tod nennen, steht einfach still. Das genau ist sein Wesen. Nur wir sind unterwegs. Er bleibt, wo er ist, und das Traumschiff schiebt sich ihm Raumsekunde für Raumsekunde entgegen. Das ist es, was wir das Sterben nennen. Wenn wir an Bord gekommen sind.

Deshalb hätte ich jetzt gern Ausschau gehalten. Nur hätte

ich dafür nach vorne gemusst, ganz an den Bug. Leider weht dort der Wind so sehr, dass Patrick mich nicht hinlassen würde. Ich hörte schon, wie er sagt, und zwar im Tonfall Tatianas: Da holen Sie sich eine Lungenentzündung. Herr Lanmeister, denken Sie an die Stutennacht! Da holen Sie sich den Tod.

Jetzt war auch ihm, spürte ich, nicht mehr klarzumachen, dass es darum doch letzten Endes geht. Und nicht nur für mich. Nicht nur für uns. Nein, auch für alle, die in Lissabon, Le Havre, egal wo, das Traumschiff wieder verlassen werden, oder in Harwich. Denn sie verlassen es nicht für immer. Eines Tages kehren sie alle auf das Traumschiff zurück.

16° 59′ N / 24° 58′ W

An Backbord glitten im Abenddunst die schweren Massen Santo Antãos vorbei, an Steuerbord die weniger hohen São Vicentes.

Lange, sehr lange stand ich vorne. Es war einigermaßen windstill, und ich hatte mich nicht gegen Mütze und Schal gewehrt. Ansonsten ist meine Gesundheit momentan niemandem wichtig. Die Belegschaft hat zurzeit andere Sorgen.

Trotzdem stand ich nicht alleine, sondern mit vielen anderen da. Alle wollten wir die Ausfahrt beobachten, die Einfahrt in das freie Meer.

Ich hielt mich nicht an der Reling fest. Vorne gibt es ja keine. Sondern diese bauchhohe Eisenwehr. Von der man auf die unteren Oberdecks hinabschaut. Auf die Luxusterrassen. Auf, davor und noch tiefer gelegen, das Mooringdeck mit dem Kranarm, den Tauen, der Ankerwinde.

Nur gegen das Land ließ sich so etwas wie Dünung erkennen. Eine niedrige, nicht einmal weiße, vielmehr vollkommen traurige Gischt brach sich an der Linie der Felsen. Es scheint auf den Kapverden so wenig Grün zu geben wie Feen. Obwohl die Inseln nach ihm benannt worden sind. Mister Gilburn hätte das sicher erklären können. Aber auch er, wie seinerzeit Monsieur Bayoun, war nun schneller gewesen als ich. Auch das habe ich zu spät gemerkt.

Senhora Gailint war darauf vorbereitet gewesen. Darum hat sie nicht wirklich geweint. Sie war sogar ausgesprochen, wie es heißt, gefasst. Selbstverständlich war Doktor Samir genauso im Bilde gewesen. Sogar Patrick hat gesagt, wie man das sehen konnte, dass Mister Gilburn jeden Tag um ein weiteres Stückchen verfiel.

Woran war es zu sehen gewesen? Bin ich blind?

Außer mir sahen es überhaupt alle, habe ich den Eindruck. Das entnehme ich sogar den Gesprächen von Passagieren, die gar nicht das Bewusstsein haben. Ich hingegen habe mich wieder nicht einfühlen können. Nicht einmal, abermals, in einen Freund. Dass sich Senhora Gailint und Mister Gilburn vor mir zurückgezogen hatten, bekommt nun einen beklemmenden Sinn. Dass ich sogar bei Freunden nicht mitfühlen kann.

Jetzt höre ich ganz genau zu, was über Mister Gilburn erzählt wird. Er selbst bleibt auf den Kapverden zurück, der spöttische Mann. Zwischen Felsen und Felsen und gar keinem Grün. Dass er so gerne beim Roulette, soll er ausgerufen haben, noch einmal tüchtig verloren hätte. Da habe man schon das grüne Kap sehen können. Es ist aber braun.

Er war davon überzeugt, erzählte Senhora Gailint, dass es auf São Vicente ein Casino gibt. So ein Mist, hat er gesagt. Ich hätte so gerne meine letzten Dollars verspielt. Und dann ist, was man verspielt, bloß das Leben.

Das habe er zwar leise, aber mit glucksendem Lachen gesprochen. In seiner rechten Armbeuge eingehakt sie. Seine linke, immer noch feste Hand gleichsam voraus auf der Brustwehr. Dann sei er einfach gefallen, nach vorne gefallen, wo ihn die Brustwehr noch kurz festhielt. Langsam, aber schon tot, sei er an ihr hinuntergesunken.

Ich schwieg bei ihrer Erzählung.

Was hätte ich auch sagen können?

Wobei es mich sofort peinigte, dass mir niemand Vorwürfe machte. Weder sie noch Doktor Samir, der bei uns saß und ihre Hand hielt. Darin hielt sie Mister Gilburns Halstuch, das ihm ich weiß nicht mehr wer geschenkt hat.

Auch Patrick machte mir keine Vorwürfe. Weder der Clochard noch Frau Gellet.

Die hat sich seit zwei Tagen unserer Gruppe beigesellt, weil sie ebenfalls raucht. Aber nur ganz dünne Zigaretten, von denen ich mal gelesen habe, für Männerhände viel zu schlank. Nein, es hieß »zu *schick*«. Deshalb verstehe ich auch nicht, weshalb sie immer auf meinen Topasring starrt, der für ihre Finger viel zu massiv ist. Außerdem fürchte ich ein bisschen, dass sich auch der Anzugmensch uns noch anschließen könnte. Wenn sogar Frau Gellet das tat. Immerhin saß er im Überseeclub mit ihr am Tisch. Dass er ebenfalls raucht, erhöht die Gefahr.

Aber ich danke Ihnen, sagte Senhora Gailint, für Ihre Hilfe. Damit meinte sie Doktor Samir. Sie tupfte sich mit dem Halstuch die Augen.

Ich kann nicht trauern, Lastotschka. Wenn ich ehrlich bin, habe ich es schon bei Monsieur Bayoun nicht gekonnt. Anfangs war ich sogar ein bisschen neidisch. Was allerdings Senhora Gailints letzten Satz angeht, frage ich mich, wie man das macht, jemandem beim Sterben zu helfen. Offenbar hat Doktor Samir für Mister Gilburn genau das getan.

Durch diese Tür gehen auch wir ein jedes für sich. Dauernd höre ich diesen Satz in mir. Und nun stimmt er gar nicht? Das beschäftigt mich viel mehr als Mister Gilburns für mich komplett unerwarteter Tod. Dass ich immer noch weiter einzig und allein an mich und mein Sterben denke. Als wollte ich nichts von ihm abgeben.

So dass ich mir immer sicherer wurde, dass sich Mister Gilburn in seinen letzten Tagen genau deshalb von mir zurückgezogen hat. Mit Senhora Gailint hat er sein Sterben teilen können. Ihr hat er davon abgegeben. Ich hingegen habe um meines eine Kathedrale gebaut. Für deren hohe Eingangspforte niemand außer mir den Schlüssel besitzt. Immer und immer nur ich selbst.

Verstehst Du, Lastivka, wie ich das meine?

Das in mir so leuchtende Schweigen verrammelt sich hinter einem neunmal gesicherten Vorhängeschloss. Weshalb zum Beispiel habe ich das Mah-Jongg nicht mehr nach draußen gebracht, um es mit jemandem zu spielen? Monsieur Bayoun tat das. Er zeigte es mir, lud mich ein. Wieso war nicht auch mir der Gedanke gekommen? Gerade Mister Gilburn hat Spiele immer geliebt. Er wäre ein idealer Partner für das Mah-Jongg gewesen. Dann hätte er sich nicht mehr mit Bingo abgeben müssen. Was ja für ihn nur ein Notbehelf war. Er hat das Bingo verachtet.

Wie einen eifersüchtig gehüteten Schatz habe ich das Mah-Jongg vor den Augen der anderen geradezu versteckt. Ist es da denn ein Wunder, wenn es auf den Kapverden keine Feenschwalben gibt? Habe ich nicht genauso die Mantas verschwiegen, anstatt, wenn irgendwo Delphine springen, alle laut herbeizurufen? Das tun die Menschen so. Um den Delphinen gemeinsam zuzuwinken, und den Walen.

Tat es nicht der Anzugmensch sogar? Nämlich nicht, um zu prahlen. Sondern weil er einfach nur begeistern will. Um, muss ich jetzt denken, *mitzureißen*. War er deshalb in seinen Boxershorts in den Pool gesprungen? Es war doch nur mein Vorurteil gewesen, dass er beklatscht werden wollte. Oder er wollte es nur ein bisschen. In der Hoffnung, wir sprängen ihm nach, anstatt nur immer am Rand zu stehen. Wo man sich dann aus Feigheit pikiert. Auch so ein Wort meiner Großmutter. Darüber, wie kindisch sich gefreut wird. Wie übertrieben. Dieser ständige Vorbehalt, den man hat. Um was, Lastotschka? Für wen?

Plötzlich begriff ich, dass selbst diese Kladden Türen von Tresoren sind. Kladde für Kladde ein Sicherheitsfach unter Fächern. Da hinein sind wir gesperrt. Eine Lade neben der anderen. Wie Urnen in Gebeinhäusern stehen, Hunderte, Tausende übereinander und immer streng in der Reihe. Gnadenlos streng in der Reihe.

So dass ich Gnade dachte, Gnade. Denn was Mister Gilburn anbelangt: Wer mit einem solchen Satz geht, spürte ich, dem ist sie wahrhaftig zuteil geworden.

Monsieur Bayouns mir zugestreckte schmale Hand mit den schimmernden langen Nägeln. Mondnägel, ovale Opale. Wie ich so unter dem Himmel saß und unter mir überall Meer.

Wie ich ihm zuhör.

Wir hatten aber viel Regen, wirkliche Güsse wieder.

Einmal sah ich eine Wand auf mich zukommen, der sich sandglatte Flächen aus dem Meer entgegenhoben. Sie schwammen aber nur. Kleine gelbe Namibs, habe ich gedacht, wiewohl ich noch annahm, dass es nur Spiegelungen sind. Aber Spiegelung war nur das Gelb.

Ich stand auf dem Achterdeck an der Heckreling.

Es waren von einem vorhergegangenen Meerestoben die Pflanzen, die es abgerissen hatte. Die waren aufgestiegen, und Tang. Der trieb an uns nun vorüber.

Schon fielen drei Tropfen. Erst nur wenige, um mich zu beruhigen. Ich sollte nicht nach Patrick schauen, damit er mich reinbringt oder wenigstens unter das Vordach. Schon, in einem einzigen Moment, stürzte alles, was an dem Himmel hing, herab. Er platzte geradezu auf. Da konnte das Meer aus seinem eigenen Spiegelbild stürzen. Das Deck wurde derart gewaltig überfegt und überschwemmt, dass es selbst ein Meer war. Eine Schiffssee mit ganz eigenem Seegang.

In rasender Hast wurden die Persennings eingeholt, die Matten von den Liegen gerissen. Mich nahmen zwei Kellnerinnen an den Schultern. Ich wollte aber draußen bleiben. Es hätte völlig genügt, mir an den Rauchertisch zu helfen. Da war allerdings jeder Stuhl schon besetzt. Also watete ich zwischen den beiden durch den Strom, der von Steuer- nach Backbord klatschte.

Kaum drinnen, riss der Himmel wieder auf. Das ärgerte mich, und ich stieß mit dem Gehstock mehrmals heftig auf den Boden. Überhaupt machte ich mich so steif, wie es nur ging. Ich sah ja die Kellner schon wieder alles trockenwischen.

Richtig traute dem Frieden aber noch keiner. Wo überhaupt war Patrick? Vielleicht unten in der Krankenstation, dachte ich, womit ich das Schiffshospital meine. Schon ging es abermals los. Immer weiter bis in die Nacht. Aber obwohl Mister Gilburn noch gar nicht tot war, saß er am Rauchertisch nicht mit dabei. Zwischen Ascension und Cabo Verde waren vier ganze Tage verstrichen. Das nehme ich aber erst jetzt wahr.

Ich will mich erinnern. Manches möchte man zwar gar nicht mehr wissen. Dann indes, bei so einem Regen, steigt es aus einem herauf. Um so tief zu graben, reicht ein einfaches Regnen nicht. Es muss ein so wildes Jagen sein, dass nicht einmal »Guss« ein angemessenes Wort dafür ist. Weshalb ich immer wieder in den Wörtern versinke.

Wieder und wieder grübele ich über sie nach.

Bis man merkt, dass man auch damit etwas beiseitewischt, das einen quält. Was zum Beispiel hat Mister Gilburn immer angehabt? Und Monsieur Bayoun? Während ich mir meinen Freund, den Clochard, nur anzugucken brauche, um es zu wissen. Was nicht direkt vor den Augen ist, sickert mit dem Regen sofort wieder weg. Wenn er aufhört.

Oder hieß er Doktor Gilburn?

Sicher bin ich mir nur, dass es Doktor Björnson heißt. Gegen den ich nun unbedingt vorgehen will. Dazu reichen die zwei Seetage noch, die auf die Kapverden jetzt folgen. In den vergangenen vier war ich dazu nicht in der Lage, auch wenn ich unter ihnen nicht so leide wie die Besatzung.

Natürlich leidet unter den Seetagen auch das Entertainment, das trotzdem erbarmungslos weitergeht. Doch es behelligt mich nicht länger, auch dann nicht, wenn ich das Bootsdeck nicht für mich alleine habe. Es sitzt sowieso dauernd der Besuch bei mir rum. Mein *lieber* Besuch, aber.

Er kommt jetzt zunehmend öfter, habe ich den Eindruck. Das macht ihn mir zwar nicht wirklich vertrauter. Aber wenn ich, selbst wenn ich so gar nicht fühle, diese zwei Wörter hinschreibe, *lieber Besuch*, wird er allmählich dazu. Schließlich hat man tatsächlich den Eindruck, dass einem was fehlt, wenn er nicht da ist. Erschwerend muss ich hinzufügen, dass alles, was über den Tod gesagt werden kann, notwendigerweise diesseitig bleibt.

Natürlich gibt es einiges, was man zu Recht vergessen will. Zum Beispiel das mit dem Waschen. Zwar wäre es unrealistisch, wenn ich das jetzt nicht doch einsehen würde. So weit reicht mein Widerstand nicht, dass ich verwahrlosen will wie mein Freund, der Clochard.

Ich hingegen rieche es zwar nicht, merke aber trotzdem, wenn um mich alles verklebt ist. Dass das von mir selbst kommt. Zwar gehört es zu den Aufgaben eines Zimmermädchens nach wie vor nicht, auf die sogar intime Sauberkeit der Kabinenbewohner zu achten. Dennoch bin ich unterdessen ganz froh, dass sie, die Zimmermädchen, für solcherart Übertretung eine Neigung entwickelt haben. Nach einiger Zeit gewöhnt man sich daran, hier und da berührt zu werden. Sogar da unten lasse ich es zu, wo man sich wirklich selbst wäscht. Hat man sich sowieso schon drei Male entblößt, wird es ab dem vierten erträglich.

Dass ich trotzdem darüber nicht glücklich bin, muss ich Dir nicht schreiben.

Ich schneide das Thema auch nur deswegen an, weil mir

gestern oder vorgestern etwas beinah Unfassbares passiert ist. Das nur dann mit in den Komplex des Vergessens gehörte, wenn ich es denn vergessen hätte. Aber das habe ich nicht.

Allerdings muss ich dem Folgenden etwas vorausschicken.

Es ist mir lieber, wenn Patrick mich wäscht und nicht Tatiana. Mein Gefühl versteht es gleichsam von sich aus, wenn er dazu diese Handschuhe trägt. Als Krankenpfleger muss er das tun, damit sich seine Patienten zum Beispiel nicht aneinander anstecken noch über die eigene Krankheit hinaus. Dagegen muss ich bei Tatiana immer an den Gummieimer denken, in den sie das Aufwischtuch tunkt, bevor sie es auswringt. Ich finde es völlig nachvollziehbar, dass sie sich dabei die Hände nicht schmutzig machen will. Auch, weil zum Beispiel Scheuersand die Haut angreift. Sogar bei Geschirrspülmittel ist das so. Aber ich bin doch noch immer ein Mensch.

So dass ich mir, wenn sie mich mit diesen Handschuhen wäscht, wie ein zum Beispiel Herd vorkomme, den sie abschrubbt. Oder wie ein Becken. Sie ist ja vor allem Frau. Und ich mag zwar alt sein, doch bin ich noch immer ein Mann. Den haben Frauen auch immer gern angefasst, da unten erst recht. Hingegen geben mir Tatianas Handschuhe zu verstehen, dass sie sich vor mir ekelt. Nun weiß ich, dass das mit mir gar nichts zu tun hat. Was mich dann aber erst recht von mir trennt.

Die bloßen Hände einer Frau würden mich streicheln, selbst wenn sie nur waschen. Mit Handschuhen werde ich abgeputzt wie ein Ding. Wenn sich dieses Ding auch noch sperrt, glaubt niemand mehr an seinen freien Willen. Bei aller Sperrigkeit ist es für eine Seele zu schlaff.

Trotzdem ist mir ausgerechnet bei Tatiana diese seltsame Lust widerfahren. War das vor drei Tagen? Ist es noch länger her? Und lässt es sich Lust eigentlich nennen?

Wohl eher nicht. Sondern es war auf eine zugleich beklemmende wie unbefangene Weise erlösend.

Dabei ging alles böse los. Nicht von Tatianas Seite, nein, sondern von meiner. Von meinem eigenen Körper. Deutlicher möchte ich hier nicht hinschreiben, was passiert ist. Aber danach war es meiner Selbstachtung absolut unumgänglich, mich wieder zu, lass es mich *zivilisieren* nennen. Nur konnte ich es, meiner Beine wegen, nicht allein tun.

Um ehrlich zu sein, kam ich nicht einmal mehr aus der Hüfte hoch, so dass ich mich hätte abstützen können. Weshalb es diesmal ein Glück war, dass Tatiana zu ihrer Visite hereinkam. Stippvisite sagt sie immer, nur eben eine Stippvisite. Da sah sie mich dann liegen, wusste sofort Bescheid und hat überhaupt nicht geschimpft. Sondern hat gleich die, wie es heißt, Ärmel hochgekrempelt. Im Wortsinn.

Diesmal kam sie gar nicht auf die Idee mit den Handschuhen. Sondern sie wollte mich einfach, ich kann es nicht anders nennen, befreien. Wollte mich den Fängen dieser Demütigung so schnell wie möglich entreißen. Dafür war es ihr völlig egal, ob sie sich beschmutzen musste.

Nur einmal strich sie sich mit dem rechten Unterarm das Haar aus der Stirn und seufzte dazu. Aber dann hatte sie mich gefasst und hob mich fest an. Ich machte mich so leicht wie nur möglich. Dazu musste ich alle Geistesgegenwart aufbringen, die ich noch hatte. Eigentlich wollte ich mich liegen lassen und weinen.

Deswegen ist es richtig zu schreiben, dass wir es gemeinsam bis in das kleine Badezimmer schafften. Dort half sie mir auf den Hocker. Das bekommen wir hin, Herr Lanmeister, sagte sie, derweil sie sich umdrehte, um in das Sitzbecken Warmwasser einzulassen. Nachher tun wir einfach so, als wäre gar nichts passiert. So dass dieses Wir tatsächlich einmal gestimmt hat. Und ein zweites Mal wirklich gemeinsam schafften wir mich in die Wanne hinein. Fast gemütlich saß ich dann drin und konnte die Augen schließen. Ihre Handflächen und Finger strichen über mich überall hin.

Doch das war die Erlösung noch gar nicht.

Irgendwann ließ Tatiana das Wasser zwar wieder aus. Aber aus dem Duschkopf regnete es weiter auf mich herunter. Sogar den Stöpsel steckte sie wieder auf den runden Ausguss.

Kann ich Sie einen Moment so alleinlassen? fragte sie. Sie wolle nur schnell das Bett abziehen und eben ein neues Laken und einen neuen Bezug besorgen. Nein, sagte sie, besser, ich bringe Ihnen eine ganz neue Decke. Sie fallen mir auch bestimmt nicht um?

Aber sie sah ja, wie ich glücklich war. Und als sie weg war, hob ich die Arme hoch in den Strahl. Vor ihren Augen hätte ich mich so nicht vergessen. Da spürte ich das warme flüssige Leben von den Händen bis in meine Achselhöhlen laufen. Es lief meine Brust hinunter und hinten über den Nacken, vorne über den Bauch und hinten über den Rücken. Das war eine, Lastivka, Umfassung, ja Liebküsserei. Ich habe kein anderes Wort dafür. Überall leckte es mich. War der eine Strom von mir nass und befriedigt, sprang er in das stehende, weiter steigende Wasser. Es stand mir schon wieder bis knapp über die Hüften. Svens spindeldürre Beine ragten heraus, mit oben seinen spitzen Knien. Auch wenn es meine eigenen waren. Meine sieben kargen Jahrzehnte hatten sie sättigen müssen. Deshalb war überhaupt kein Fleisch mehr daran. Doch mir genügte vollkommen die Haut. Dass sie derart gekost wurde, vielleicht nicht so sehr an den Knien, doch überall sonst. So dass ich auch ihnen guttun wollte und eine gehöhlte Hand nach der anderen aus meinem Sitzsee das Wasser über sie schöpfte. Das tat ich wieder und wieder, bis wieder Tatiana zurück war. Aus meiner Kabine rief sie irgendwas. Ich konnte aber wegen der Dusche nichts verstehen. Es war auch ganz unwichtig. Bedeutung hatten nur Höhlung und Hand und Wasser und Schöpfen, und wie das warm ineinanderging. Wie das von den Knien wieder herablief. Dass meine Hand die Wolken war, der Sitzsee das Meer, und jedes Knie war ein Berg, den die hohe Höhlung beschöpfte. So dass ins Meer alles wieder zurücklief.

Aber auf dieses Geschehen, das ganz ich war, regnete es zudem immer weiter. Was ich aber nur spürte und in seiner Technik nicht mehr begriff. Die dafür auch völlig egal war.

Wenn ich später über etwas schreibe, als es geschieht, geht es mit allem Davor seltsam zusammen und mit vielem Danach. Dies liegt, glaube ich, an dem Meercharakter der Zeit. Sie kennt ja ebenfalls Ebben und Sturmfluten, Tiefen, Untiefen, Strömungen. So dass wir nicht nur im Wasser auflaufen und kentern können und, wenn wir Pech haben, sinken. Sondern manch einer ist wirklich schon in ihr ertrunken. Auch wenn er ein guter Schwimmer war. Zum Beispiel ist Doktor Gilburn einer gewesen. Das hatte er uns von früher erzählt. Sogar bei der olympischen Jugend war er gewesen.

Wobei ich jetzt die Zusammenhänge begreife.

Offensichtlich ist Doktor Gilburn der Schiffsarzt gewesen, ich meine, vor Doktor Samir. Der hat ihn nun früher als geplant ablösen müssen. Dabei sollte er sich doch erst einmal im Bordalltag zurechtfinden. So dass es aber ein Glück ist, dass er schon vor Doktor Gilburns Tod an Bord gekommen ist. Es ist natürlich sowieso ein Glück. Auch wenn es ein großes Unglück ist, wenn vor den Patienten ihr Arzt stirbt. So muss dies hier wirklich einmal ein Glück im Unglück genannt werden.

Weiterhin erklärt sich jetzt, wo der Schiffsarzt eigentlich war, den ich, wie ich glaubte, vorher nie gesehen hatte. Er saß einfach dauernd bei uns. Ich habe bloß nicht gewusst, dass er es ist. Denn es ist nicht üblich und quasi gar nicht gestattet, wenn jemand vom Bordpersonal mit den Passagieren privatisiert. *Privatisiert*, wo habe ich das wieder her? Außerdem wird klar, weshalb Doktor Gilburn auf mich aufgepasst hat, als ich vor Sankt Helena an der Reling stand.

Nur hat er sich an Vorschriften sowieso nie gehalten. Das genau ist sein »grenzüberschreitend interpretieren« gewesen. Auch Doktor Samir sitzt ja gerne mit uns zusammen. Sozusagen hat er das von Doktor Gilburn vererbt bekommen. Obwohl er nicht raucht.

Ich weiß nicht mehr genau, wann es war, dass er von der Gesellschaft der Sterbenden sprach. Er sprach sogar von einer Reisegesellschaft der Sterbenden. Da habe ich gemerkt, dass er über die Zeit fast dasselbe wie ich denkt. Dass wir uns durch sie hindurchbewegen, während sie selbst völlig stillsteht. Und was für ein Unfug es ist, wenn wir sagen, dass sie vergeht. Das tut sie so wenig, wie sie sich vertreiben lässt. Vielmehr ist sie immer um uns herum. Imgrunde, sagte Doktor Samir, ist sie selbst wie der Tod. Worauf ich allerdings, wenn ich denn gesprochen hätte, erwidert haben würde, dass das nicht stimmt. Sondern man muss den Satz um das »wie« darin kürzen.

Allerdings hatten die anderen schon Schwierigkeiten mit Doktor Samirs Aussage als solcher. Das machten sie auch deutlich. So wäre es wenig einfühlsam von mir gewesen, seinen Gedanken zu korrigieren.

Hinzu kam, dass ausgerechnet Madame Gellet noch einmal auf Doktor Gilburn zu sprechen kam. Sie nannte ihn aber Mister Gilburn, ohne seinen Doktor. Wohl nur deshalb, weil sie ihn zwar schon ein paarmal gesehen hatte, aber nicht wirklich gekannt hat. Dafür ist ihre gemeinsame Zeit zu kurz gewesen. Man ist nach drei Wochen Traumschiff immer schon allen begegnet. Weshalb sich das Gefühl einstellt, sich zu kennen, auch wenn man nie ein Wort miteinander gewechselt hat. Zum Beispiel auf der Galerie fängt man an, wildfremde Leute zu grüßen. Einfach nur, weil sie einem dauernd in den Blick geraten, aber spätestens immer beim Essen. Genau so hat es sich auch mit ihr selbst, Madame Gellet, ergeben, dass sie nun zu den Abenteurern gehört. Auch von ihr sind erst nur Blicke hin- und hergegangen, viele Tage über her und hin. Um sich auszuprobieren als schon lange Bekannte. Es sind dies gegenseitige Versuche einer Versicherung. Die bringen selbst einander Fremdeste zusammen.

Über uns schwankte der Mond wie ein am Kinderarm getragener Lampion. Mit ihm schwankten die Wolken. Wir aber standen auf dem Schiff und der Zeit vollkommen reglos. Schon daran hätten die anderen sehen können, und zwar eben *sehen*, wie richtig Doktor Samirs Grundgedanke ist. Statt dessen nahmen sie an, dass w i r es waren, die schwankten.

Darauf, Lastotschka, will ich aber so wenig hinaus, wie dass ich sicher sagen könnte, wer diese anderen denn überhaupt waren, außer natürlich Madame Gellet und meinem Freund, dem Clochard. Weiterhin Doktor Samir, der das Folgende ganz sicher nicht im Beisein Senhora Gailints zur Sprache gebracht hätte. Vor allem nicht so, wie er es tat. Das wäre sonst brutal gewesen. Doktor Gilburn war ja nun schon ihr zweiter Verlust nach Monsieur Bayoun.

Noch ein paar andere saßen mit dabei, die ich nicht kannte.

Madame Gellet kam also auf die, wie sie es nannte, *Affäre* Doktor Gilburns zu sprechen. Wie kann es denn angehen, fragte sie, dass so ein Sterbenskranker noch einmal derart aufblüht? Aufblüht wie ein Fant, sagte sie. Und dass Senhora Gailint einfach so mitgespielt habe. Dabei habe doch jeder gesehen, wie hilflos diese Liebelei werden würde. Sinnlos schon g e w e s e n sei, sagte sie, wenn man gleich stirbt.

Darauf erwiderte Doktor Samir mit der Gesellschaft der Sterbenden oder einer Gemeinschaft von Sterbenden, die wir seien. Wir alle, sagte er und lächelte. Auch Sie, Madame. Seit wir geboren worden sind. Bewusst werde es meist aber erst, wenn man aufs Schiff kommt. Spätestens dann, sagte er, wird es offenbar. Wobei er vielleicht sogar offenbart gesagt hat, hinten mit »t«, weil das viel besser zu ihm passt.

Madame Gellet wich mit einem knappen Winken ihrer rechten Hand aus. Sie wendete ihr Gesicht ab, als ob ihn das widerlegen würde. Doch spürte sie wohl, dass das nicht reichte. Denn sie setzte vorwurfsvoll etwas hinzu. Ich habe eine Kreuzfahrt gebucht, sagte sie und sah ihn fast empört wieder an, das ist alles. Allerdings könne sie es verstehen, wenn der Reiseleitung und selbst der Reederei solch ein Todesfall unangenehm ist, besonders gegenüber den Gästen. Und ganz besonders, sagte sie, wenn sich solche Todesfälle häufen. Egal, ob mit Schuld des Schiffs oder ohne.

Natürlich ließ sich Doktor Samir nicht im geringsten beirren.

Weiterhin lächelnd hielt er ihr entgegen, auch Sie werden es noch merken. Und zwar, sagte er, wenn Sie bereuen. Nun hörn Sie aber auf! rief daraufhin Madame Gellet. Wie kommen Sie denn auf sowas? So dass ich das Gespräch nicht weiterverfolgte, weil mir Barcelona einfiel.

Das brachte mich auf einen Gedanken.

Für das Bewusstsein kann, dass man bereut, gar keine Rolle mehr spielen. Denn das Bewusstsein sagt, von nun an, ab dieser Sekunde, ist alles, was mal gewesen ist, vorbei. Wenn das, dachte ich, stimmt, dann ist Reue sinnlos. Dagegen ist die vermeintliche Lächerlichkeit eines verliebten alten Mannes restlos ohne Belang. Außerdem konnte ich mir nicht vorstellen, dass sich Senhora Gailint gegenüber Doktor Gilburn bloß verstellt hat.

Ist sie nicht eigentlich schon auf dem Traumschiff gewesen, als Monsieur Bayoun noch gelebt hat? Das weiß ich nicht mehr genau.

Mir wurde, haben wir früher gesagt, mulmig.

Denn wenn sie damals für Monsieur Bayoun dagewesen ist und jetzt für Doktor Gilburn da war, und bis zu beider Tod, dann gibt es da einen Zusammenhang. Immerhin war außer ihr bei Doktor Gilburns Sterben kein anderer zugegen gewesen.

Im selben Moment war ich mir nicht mehr sicher, wer mir das mit dem fallenden Cigarillo überhaupt erzählt hat, damals, meine ich, bei Monsieur Bayoun. Denn ich bin mir auch Signor Bastinis nicht mehr sicher. Ich habe keine Erinnerung an sein Gesicht und glaube bloß, dass mir e r von dem Cigarillo erzählt hat. Tat das nicht aber eine Frau?

Jedenfalls hat Signor Bastini nicht mal mehr eine Stimme. So dass mir da an dem Rauchertisch vor Senhora Gailint erst richtig unheimlich wurde. Die fast im selben Moment von den Sonnenterrassen herunterkam, die wieder Mondterrassen waren. Deswegen trug sie den hellen Sonnenhut nicht.

Sie hatte ein nachtschwarzes Tuch um ihr Haar geschlungen. Dessen rechtes Ende wehte lang, sehr lang neben ihrem Körper. Wie der transparente Fangarm einer Medusa sah das aus, die aber alles, was sie berührt, nicht versteinert, sondern erblühen lässt.

Das genau hatte in diesem Moment Doktor Samir gesagt. Unmittelbar vor dem Sterben, sagte er, werde alles in uns Sterbenden noch einmal so vollkommen jugendlich wie einst, als wir in höchstem Saft gestanden.

Er hat wirklich »uns« gesagt, »uns Sterbenden«, weil er sich selbstverständlich mitmeinen wollte. Genau aber so sei das mit Mister Gilburn gewesen. Wobei er natürlich *Doktor* Gilburn meinte. Das mit dem Mister sagte er alleine Madame Gellets wegen, weil er sie mit dieser Freundlichkeit beschwichtigen wollte.

Obwohl also Senhora Gailint erst da auf dem Niedergang

erschien, kann sie aber noch mitbekommen haben, was einer der mir fremden Rauchertischgäste sagte. Es sei nämlich bei einem Auto dasselbe. Bevor der Motor für immer versagt, dreht er einmal noch irre durch. Er könne sogar auf Touren kommen, die er vorher gar nie gekannt hat. Wobei ich den Vergleich geschmacklos finde, vor allem das Wort »irre«.

Nun geht mir diese Gemeinschaft nach.

Die Wogen rauschen, und im Schiffsbauch stampft grollend der Motor. Während, vom Mond zu einer leuchtenden Asche erhellt, aus den zwei Schloten der Rauch übers Meer zieht.

Vielleicht begreifen es manche nie, dass sie dazugehören.

Ich selbst zum Beispiel habe mich mein Leben lang nirgendwo zugehörig gefühlt. Wahrscheinlich fällt es mir deshalb so schwer, mich heute darin einzufinden. Auch darum schweige ich weiter. Anders als Doktor Samir fehlen mir die verbindenden Wörter. Verbindliche Wörter meine ich, die sich auch meinen. Verbindlichkeit ist mir fremd gewesen. Und plötzlich bin ich es, verbunden. Aber nicht aus freien Stücken. Also, weil ich so etwas wollte oder gar mir herbeigesehnt habe. Sondern es ist mir einfach passiert, weil ich mit anderen auf einem Schiff mitten in mein Ende fahre. Und sie fahren in ihres.

Eine Reisegesellschaft der Sterbenden. Das geht mir nicht aus dem Kopf.

So dass ich an das Darunter zurückdenken muss. Dass zu sterben vielleicht insgesamt heißt, wieder kollektiv zu werden. Dass genau das der Ausdruck dafür ist. Und dass es vielleicht schön ist, einfach nur schön ist. Doch unsichtbar wie ein Tropfen im Meer.

Deshalb wäre gern ich es gewesen, der Monsieur Bayoun den Cigarillo gereicht hat. Nur dass ich jetzt, wo ich ein bisschen hilflos bin, aufpassen muss, dass man mir meine Zigarren nicht wegnimmt. Längst dringt der Besuch bis in meine

Kabine vor. Damit rächt sich die Freundlichkeit, die man aufbringt. Wie wenn man den kleinen Finger reicht und hat die Hand aber gar nicht gemeint. Da kann die schaukelnde See einen zu beruhigen versuchen, wie sie nur will. Denn das schlimmste ist, Lastotschka, dass ich Dich nicht mehr sehen darf. Will ich es nämlich, soll ich diesen Stuhl akzeptieren.

Ich weiß gar nicht, wo sie den so schnell hergekriegt haben. Oder hat es Tolstois Frau schon geschafft, so dass er frei geworden ist? Davon hätte ich gehört. Dergleichen bleibt an Bord nicht verborgen. Deshalb sitze ich nun auch dann, wenn Ihr spielt, immer noch auf dem Achterdeck draußen.

Es ist die reinste Erpressung. Wenn ich mich da reinsetzen würde, brächte man mich gerne zu Dir. Sie hätten nicht genug Personal, um mich dauernd herumzuführen. Nur Patrick reicht ja unterdessen nicht mehr.

Mit Personal sind die Kellnerinnen und Zimmermädchen gemeint.

Mit dem Stuhl wäre das anders. Für den muss man, schon klar, kein Holzfäller gewesen sein, um ihn von hier nach dort zu schieben. Das würde, sagt Madame Gellet, sogar sie übernehmen. Senhora Gailint steht dabei und sieht mich dunkel an. Obwohl sie so helle Haut hat. Ihr Haar aber flammt, habe ich den Eindruck. Soeben bringt der Adjutant ihr ein Wasser. Das passt zu ihr, einen Adjutanten zu haben.

Wirklich mit Freuden, bekräftigt Madame Gellet, wenn sie mir so helfen könne. Sie liebe die klassische Musik ja auch.

Überhaupt ist sie eine falsche Person. Denn sie sagt das mit erschreckend kleinem Mund. Wahrscheinlich hat Doktor Björnson sie beeinflusst.

Deshalb habe ich, wie ich aus dem Mittagsschlaf schrecke, solch eine Wut. Vor allem, weil ich es schon wieder nicht aus dem Bett schaffe. Zwar will ich um Hilfe rufen, bekomme aber keinen Ton heraus. Das Bettzeug ist zu heiß. Es kocht beinahe, verbrüht mich. So dass ich nur noch strampeln und um mich schlagen kann.

Diesmal geht bestimmt mehr kaputt als damals nur das Glas.

Das kommt alles von diesem teuflischen Stuhl, in den ich auf keinen Fall will. Egal, ob ich das unterschrieben habe. Patientenverfügung, hat Tatiana gesagt. Ich bin kein Patient, sondern Fahrtgast. Schon gar nicht bin ich meiner Sinne nicht mächtig, weil ich nicht mehr spreche. Sondern ich habe das Bewusstsein.

Das ist jetzt aber alles egal. Dann krepierst du halt hier auf dem Boden. Auf den lass ich mich fallen. Runterknallen. Hart runterknallen, dass es kracht. Damit mein Kopf kaputtgeht. Und mitnehmen, was du nur kannst.

Damit auch das kaputtgeht.

Es ist so anstrengend, so furchtbar anstrengend, nichts als ein Reisender zu sein, der gegen das Dunkel anfährt. Er will aber ins Licht. Es ist, Lastivka, als wollte ich Tag und Nacht zusammenbringen. Genau dies möchte ich eben auch.

Die anderen verstehen das nicht. Nicht nur die nicht, die selber nichts zu bestimmen haben. Die versuchen vielleicht ganz dasselbe und sind genauso in den Nachttag auf der Reise.

Natürlich kann der nicht dazu dienen, irgendeinen Kurs zu bestimmen oder auch nur ein Essen zu kochen. Geschweige dass sich ein Kind mit ihm durchbringen lässt. Kinder brauchen den Tag und die Nacht geschieden.

Ich verstehe das alles und sogar diesen Stuhl. Aber er behindert mich, auch wenn er es mir und den anderen wirklich etwas leichter macht. Denn ich komme nun wieder alleine auf mein Bootsdeck, wo man mir nur bei der Tür helfen muss.

Die Türen sind insgesamt das Problem. Das habe ich vor dem Traumschiff nicht gewusst, dass Türen zum allerschlimmsten werden, wenn man sie bewältigen muss. Bevor man sein Meer wieder sieht. Aber dann wird es leicht, und die Reise geht weiter, sofern man für sich alleine ist.

Zum Beispiel habe ich Dir noch gar nicht von der Nixe erzählt. Sagt man das, Nixe, auch für Feen im Meer?

Also ich saß, Du weißt schon wo. Der Himmel war ein einziger Regenbogen. Wirklich ein einziger Regenbogen. Wie eine Milchstraße, die aber den Tag braucht, damit man sie sieht. Andere Regenbogen, winzige, begleiteten ihn, standen auf den Wellen und wechselten die Orte erst, wenn der Wind die Gischt zerstäubte und zum Bug des Traumschiffs wehte. Wenn sich die Sonnenstrahlen in ihr brachen.

Zwischen diesen Wogenbergen strudelten Kessel. Sie hatten in ihrer Rundheit eine fast, fiel mir ein, mathematische Reinheit. Dazu spannte das durchsichtigste Montagmittagsblau die von Krönchen aus Scheinschnee geschmückten Seiden.

Als etwas zu mir herauprief, ein Stimmchen, wahrhaftiges Stimmchen. Ich konnte aber ohne Hilfe nicht aufstehen, nur mich ein wenig recken. Aber doch! erinnerte ich mich. Doch, du kannst es jetzt! Du hast doch nun diesen Stuhl.

So dass ich mich bis ganz an die Reling rollte und die kleine Reiterin wirklich sah. Immer wieder gab sie einer der Wogen die Sporen, um sich herauftragen zu lassen. Dabei winkte sie mir zu.

Mir war sofort klar, dass nur ich sie sehen konnte. Denn sie wollte, dass ich zu ihr komme.

Momentlang meinte ich, es vielleicht auch zu schaffen. Ich müsste mich nur an der Reling festhalten und an ihr hochziehen. Dazu bräuchte ich gar nicht die Beine. Wäre ich erst einmal oben, müsste ich nur noch die Brust ein kleines bisschen nach vorne schieben. Den Rest besorgt schon das Meer.

Die Reiterin winkte und winkte. Sie hatte rotes, wie Algen leuchtendes Haar.

Aber damit man es hinbekommt, so einfach von sich aus zu gehen, muss man vollständig sein. Man braucht, dachte ich, eine Art Weisheit, die den Schmerz, den Verlust, die Getrenntheit und auch jedes unerreichte Wollen auflöst. Einfach in einer in sich ruhenden Zuversicht auflöst. Wobei man aber den Schmerz und Verlust nicht verleugnen darf und auch die Erfüllungen nicht, die uns zuteil geworden sind. Petras und meinen ersten Kuss zum Beispiel, und wenn ich, Lastotschka, Dich spielen höre.

Weil ich nun aber sitzen blieb und schon wieder nur nachdachte, anstelle es wirklich zu versuchen, also dem Meer von mir aus entgegenzukommen, ward es die kleine Meerjungfrau leid. Meines Zögerns ward sie leid, auch meines Jammers, so dass sie einfach nicht weiterwinkte. Schon war sie nicht mehr zu sehen, nur noch die hohe Dünung. Die Wellen sah ich, die Sprühgischt. Und immer weiter die Regenbogen, die nichts als hellichte Irrlichter waren.

Schwierig geworden ist meine Vorausschau. Womit ich mein Hinausschauen nach vorne meine. Das geht nun nicht mehr.

Ich hatte mir doch vorgenommen, nicht mehr nur immer auf dem Bootsdeck zu sitzen und am Rauchertisch bei meinem Freund, dem Clochard. Oder im Rauchereck ein Deck höher, also vor den Sonnenterrassen seitlich der Hansebar. Sondern der Vorausschau wegen vorne am Bug zu stehen. Dort würde ich, hatte ich mir vorgestellt, vorausschauen im vollen Sinne des Wortes. In den Zeitraum, die Raumzeit vorausschauen. Zwar einerseits sähe ich nur auf die Terrassen der drei Luxussuiten. Von da hinunter auf das Mooringdeck mit dem Kran und der Winde und vorn vor dem Korb der bronzenen Glocke. Aber andererseits, dahinter hinweg, erstreckt sich die wogende Oberfläche der ganzen Linie zur Zukunft. In die wir hineinstechen.

Dass wir uns hindurchschneiden, trifft es aber besser. Dass wir die Zukunft auseinanderschneiden, die zu beiden Seiten des Schiffsleibs auflappt.

Wogegen sie sich wehrt.

Manchmal nur milde, in anderen Zeiten heftig. Was wir den Seegang nennen, wirft uns sogar hinaus aus der Zeit. Der ganze Horizont tanzt. Für Momente verschwindet er, kommt neuerlich hoch. Abermals tauchen wir in der Zeit kopfüber unter.

Unaufhaltsam schieben wir uns weiter.

Jetzt ballt sich erst recht ihr Zorn, dunkler und dunkler der Himmel. Erst, wenn sie es gar nicht mehr aushalten kann, zerkracht sie wie ich neulich morgen. Als ich aus dem Bett auf den Kabinenboden knallte.

Daraufhin schüttet es und schüttet.

Aber das reicht nicht. Auch damit kriegt die Zeit das Schiff nicht zum Stillstehn.

Also wird sie zu Sturm. Weil ihr Zorn einem jede Besinnung nimmt.

Da ist es völlig falsch zu sagen, man habe um sich geschlagen, um sich getreten. Es war nicht man selbst, der es tat, sondern in einem etwas und etwas durch einen hindurch. Ich hätte, sagte Tatiana, Schaum vor dem Mund gehabt.

Mein Schaum ist über das Deck gegangen.

Ich sei völlig ohne Bewusstsein gewesen.

Das ist wegen des Bewusstseins absolut falsch.

Noch nie in ihrem Leben habe sie ein solches Schreien gehört.

Wenn er doch nur spräche, rief sie aus, endlich einmal spräche! Wenn man bloß wüsste, was in ihm vorgeht!

Sofern da noch etwas, sagte Doktor Björnson, in ihm vorgeht. Er stand bei Doktor Samir.

Irgendwie war ich ins Schiffshospital hinuntergekommen.

Ich lag ausgestreckt auf einer Liege. Aber weil das noch vor den Kapverden gewesen ist, hätte Doktor Gilburn dabeisein müssen.

Das Surren und Blinken um mich herum machte mich halb wahnsinnig.

Patrick war genauso besorgt.

Aufgelöst rang neben ihm Tatiana die Hände.

Hilflos ruhte ich. Die Situation war von ausgesprochener Komik. Zumal Doktor Björnson diese Vorstellung hatte, dass in mir nichts mehr drin ist.

Das passte zu ihm. Da wollte ich mich erst recht nicht bemerkbar machen, sondern nur zugucken, und zuhören auch. Denn ich begriff, wie spannend das ist. Nicht jeder Mensch hat die Gelegenheit, so etwas mitzubekommen. Man braucht dafür das Bewusstsein. Aber auch das reicht manchmal nicht hin. Sondern um eine solche Hellsicht zu erlangen, muss man sie bis in die tiefsten Meeresgründe verloren haben.

Dass Doktor Samir so lächelte, war allerdings ein ungeheurer Trost.

Medizinisch gesehen, sagte er, könnte er sprechen. Ich glaube nur, er will es nicht. Ich halte es wirklich für eine Entscheidung. Ihre Ursache werden wir kaum erfahren. Es sei denn, er nimmt sie zurück. Weiß vielleicht einer von Ihnen, was er in sein Heft schreibt?

Koordinaten, sagte Patrick. Ich glaube, er notiert dauernd unsere Koordinaten.

Wobei ich davon überzeugt bin, dass Doktor Samir von meinen Kladden ganz ohne böse Absicht anfing. Schon gar nicht hatte er Hintergedanken. Er wollte die anderen nur beruhigen. Vielleicht war er an meinen Aufzeichnungen auch wirklich interessiert.

Zweierlei war aber nun klar.

Erstens, welch ein Glück ich hatte, auf der Krankenstation gelandet zu sein. Sonst hätte ich niemals mitbekommen, welch eine Gefahr sich hinter mir zusammenbraute. Zweitens überhaupt, dass ich beobachtet wurde. Ich bin mir doch völlig sicher gewesen, es wisse überhaupt niemand von den Kladden. Selbst Du, Lastotschka, weißt von ihnen nichts. Dabei sind sie Dir gewidmet.

Umso weniger durfte ich zu sprechen beginnen. Nun erst recht nicht.

Doktor Samir zuliebe hätte ich es trotzdem gerne getan. Ihm hätte ich mich zu erklären vermocht. Vielleicht noch dem markigen Patrick. Aber niemandem sonst.

Jedenfalls das war nun deutlich, dass man mich insgesamt für krank hielt und geistig für verwirrt. Was derart an jeglicher Realität vorbeigeht, dass ich meine Kladden von heute an verstecken werde.

Sowie ich zurück auf meine Kabine komme.

Sozusagen entmündigte Leute haben mit nachvollziehbarem Recht kein Recht auf Privatheit. Was könnte an einem Ich ohne Ich wohl privat sein? Genau deshalb spucke ich auch immer wieder meine Tabletten aus, jedenfalls meistens.

Aber ich beklage mich nicht.

Ich meine, hier liegt ein Missverständnis vor. Letztlich. Ein Missverständnis über mein Schweigen. Bei Doktor Björnson steckt aber Missgunst dahinter.

Er neidet mir das Bewusstsein, weil es ihm vorenthalten wurde. Jetzt will er dafür entschädigt werden. Er verlangt Wiedergutmachung.

Mein Bewusstsein verletzt die nach seiner Meinung richtige Hierarchie.

Er fühlt sich gedemütigt. Das soll ich ihm ausgleichen, der ich nichts dafür kann.

Das haben auch die anderen verstanden. Doktor Samir sowieso, aber auch Tatiana. Zusammen mit Patrick schweigen sie gegen den Hotelchef.

Als sich Doktor Björnsons Walkie-talkie meldet, das alle Offiziere hinten am Gürtel tragen.

Verrauschte Stimmen voller Knackser.

Ratschen und Reißen.

Nun muss sich Doktor Björnson wieder um seine eigentlichen Pflichten kümmern. Er hat ein Hotel für Passagiere zu führen. Auch wenn es ein Schiff ist.

Nachdem dann auch Tatiana, so wirkte die Geste auf mich, entlassen worden war, fragte mich Doktor Samir direkt.

Patrick war dageblieben.

Weshalb, Herr Lanmeister, sprechen Sie nicht?

Ich hätte es ihm erklärt, hätte es auch Patrick erklärt. Ich hätte mein Schweigen gebrochen. Aber wir waren auf der Station nicht allein. Hinter dem Vorhang lag ein zweiter Patient. Dahinter bestimmt noch ein weiterer. Nahm ich mich als Maßstab, ließ sich nicht davon ausgehen, dass die alle weghören würden. Außerdem ist Patrick nicht der einzige Pfleger. Wahrscheinlich kommen noch zwei, vielleicht sogar drei Krankenschwestern hinzu. Oder Arzthelferinnen. Und weil ich bestimmt nicht die Ausnahme bin, sondern auch andere Besuch bekommen, war mit noch mehr Lauschern zu rechnen. Auch Hospitäler an Land zeichnen Besuche ja aus. Weil sie für Kranke das allerbedeutendste überhaupt sind.

Mich belästigt es aber, wenn einen dauernd wer anfasst. Und dann auch noch weint, als wenn er einen kennen würde. Als hätte man ihm was Schlimmes getan. Dabei hat man den Besuch in seinem Leben nie gesehen. Wird aber trotzdem gelassen am Ende.

Darum geht es auch irgendwie. Es schadet nichts, da mitzumachen. Zwar muss man nicht gleich sprechen. Aber die Hand in der Hand lässt man drin. Man muss vor allem deshalb schweigen, damit man nicht gefragt wird, ob es vor drei Jahren nicht schön war auf Kreta. Da müsste man lügen. Auf Kreta bin ich niemals gewesen.

So etwas möchte man vermeiden und schaut an dem Gesicht vorbei und über die Reling. Und man erinnert sich.

Es kehren die Bilder auch wirklich zurück. Nur waren sie damals noch rätselhaft. Als man noch gehen konnte und stehen. Wohin man heut nicht mehr kommt.

Als auch dieser Morgen mit einem Regenbogen begann, einem geteilten jedoch. Er zeigte sich wirklich nur vorne am Bug. Und am Nachmittag, erneut, wanderten winzige Regenbogen über die Wellen, so dass vielleicht da schon die Reiterin winkte, der ich da schon nicht folgte.

Nimmt man den Blick dann zurück, ist der Besuch tatsächlich fort. Dabei stand man gar nicht am Bug, über den zu allen Seiten die Wolkenformationen schwebten. Da kam man eben gar nicht mehr hin. Hell und lichtblau aber zur Seite wirkliche Schlösser. Von visionären Phantasten konstruierte Luftschiffe. Unter ihnen vibrieren dunkle Lifts, die bis auf die teils ultramarine, teils mittwochssilberne Meeresoberfläche hinunterreichen.

Vielleicht, dass diese Luftschiffe Trinkwasser nehmen. Das wird in den Lifts entsalzt. Doch sind zwischen den Sphären Verstimmungen zu spüren, und man kann sie auch sehen. Immer mal wieder schiebt sich eine Ballung vor die Sonne, um die Verärgerung auszudrücken, die oben vielleicht ein Engel hat oder unten ein mächtiger Neck.

Dann klärt sich das wieder.

Woraufhin Millionen silberner Pailletten über das Wasser hingeworfen werden.

Aber die Musi. Immer wieder ab nachmittags. Von der Hansebar bis in die Nacht hinein.

Doch ich flüchte nicht länger. Das wäre mit dem Stuhl auch nicht einfach.

Man muss sich abfinden.

Ich bin die Kathedrale, die von quasselnden Leuten entweiht wird. Statt dass sie Ehrfurcht vor meinem Schweigen haben, knipsen sie drin mit Blitzlicht herum und drehen das Kofferradio auf. Das haben sie mit hineingenommen. Aber sogar durch die Wände schafft es die Musi hindurch. Obwohl sie so hoch sind und kühl. Obwohl sie zur Einkehr gemahnen. Obwohl das Schweigen für die Besinnung erbaut ist.

Ich meine nicht Musik. Die kann das Schweigen berühren.

Das neuerdings aus seinen Glasfenstern schaut. Auch wenn das bei Fülle und Dichte der prachtvollen Farben schwierig ist. Immerhin gibt es Lücken und Ritzen. Ich muss nur nah genug an den Glasstein heran. Anders nämlich als Donnerstag oder Freitag, was luzide Farben sind, sind selbst die Fenster der Kathedrale wie aus Stein. Es ist ja wahr, dass ich in ihr die Menschen vergesse, ob auf dem Boots-, ob auf dem Achterdeck, am Rauchertisch unten oder in der Raucherecke oben. Ich sitze auf der Bank vor dem Schweigen, wenn ich die Sonne im Gesicht haben möchte.

Die Bank steht vor der Kathedrale. Doktor Samirs Wunsch, dass ich unter Leute soll, hat sie mir da hingestellt. Obwohl ich von drinnen nur immer durch die Farbspalte gucke.

Denn natürlich bin ich hinter dem riesigen Vorhängeschloss des Portals weiterhin allein in meiner riesigen Halle, die sich nicht richtig heizen lässt. Darum ist es in Kirchen immer so kalt. Wogegen auch Farbpracht nicht ankommt.

Auch darum habe ich vor der Beringsee Angst. Da kann man nicht mehr draußen sitzen, jedenfalls nicht stundenlang. Sondern muss immer gleich wieder rein. Wenn man sich dann nicht mit der Musi abgehärtet hat, vergräbt man sich in seiner Kabine. Wie Monsieur Bayoun es getan hat, obwohl er doch draußen gestorben ist. Da fiel ihm der Cigarillo aus dem Mund. Nicht ich habe ihn ihm aufgehoben, sondern Senhora Gailint ist es gewesen. Der macht die Musi nichts aus. In das eine Ohr geht sie ihr rein, schon wieder raus aus dem andren.

Hingegen ist Musik auf ihrem Meeresgrund allein wie mein Schweigen. Wer nicht von sich aus Wärme hat, kühlt daran ab. Musi aber lässt den Fuß wippen, so dass man tanzt. Das geht bei Musik nur dann, wenn man wochenlang geübt und davon blutige Zehen hat.

Trotzdem ist es sinnvoll, bei den Partys mitzusitzen. Nur dort und nicht auf dem Bootsdeck erfährt man, was wir verlassen. Wie sehr zu einfach alles ist. Dass die Musi eine sehr viel größere Verzweiflung ausdrückt als die Musik. Weil die Menschen sie brauchen, um die Zeit nicht zu merken, über die wir dahinfahren. Damit sie das Meer nicht merken, für das wir hergekommen sind. Sie vertreiben es sich mit der Musi. Nun, denken sie, könnten sie über das Meer verfügen. Aber das Zeitmeer, Lastotschka, verfügt über uns.

Nirgends ist das so sehr zu spüren wie nachmittags auf dem Achterdeck. Und dass jedes Wunder für sich ist.

Wunder brauchen es nicht, dass man sie ansieht. Wunder wie heute wieder die Wellen. Da schaute ich nach ihrer kleinen Reiterin aus, ob sie nicht doch nochmal winkte. Aber wahrscheinlich drückte sie die Wolkenwand nieder, die uns folgte und uns auch ziemlich schnell eingeholt hat. So dass es kurz zu spruhen anfing. Schnell wurde die Hammondorgel mit einer Plane abgedeckt.

Mit einem Mal wurde es nachtschwarz, mitten am Tag. Doch aus dem Rund der Horizonte gleißten Hunderte Lichtinseln her. Wie da meine Lippen nach Salz geschmeckt haben! Und auch meine Haut.

Ich habe tatsächlich an meinem Handgelenk geleckt und oben auf der rechten Hand. Dass sich die Handflächen taub anfühlten, kam ebenfalls vom Salz. Streicht man über die Reling, haftet es wie Staub an den Fingern. Wobei wieder B l a u wurde. Derart hoch war in die Luft das Meer gestiegen.

Anstatt darin zu versinken, wurde die Plane, kaum dass das Wunder vorbei war, wieder von der Hammondorgel heruntergezogen. Damit uns die Musi übergangslos über das Wunder hinwegunterhält. Auf dem Bootsdeck wäre mir diese Komik entgangen.

Deshalb hat Doktor Samir gewollt, dass ich unter den Leuten sitze. Nicht, um mich ebenfalls abzulenken. Sondern um ganz genau hinzusehen. Und hinzuhören. Da geht es gar nicht, dass man spricht.

Außerdem ist es praktisch, wenn immer jemand in der Nähe ist, um mich irgendwo anders hinzuschieben. Weil ich zum Beispiel die Sonne nicht merke oder eingeschlafen bin. Was momentan ziemlich oft vorkommt. Es sind einfach zu viele Gedanken gleichzeitig.

In der Tat ist es riskant, die Kraft der Sonne zu unterschätzen. Dazu ist man bei bedecktem Himmel geneigt. So dass es sogar mit der Mütze stimmt, die ich mir ständig aufsetzen soll. Auch meine Schuhe trage ich nun immer. Barfuß bin ich nur noch im Bett. Nie wieder werde ich mit nackten Sohlen durch einen Wald gehen, um die Erde unter den Füßen zu fühlen und jedes Steinchen, das da liegt. Schuhe mochte ich sowieso nur beim Joggen, wenn der Bussard über mir kreiste, die ganze Strecke mit. War das in Möser? Nein, da wurde ich geboren. Denn wenn ich mich heute hinstellen möchte, brauche ich einen richtigen Halt. Dann bin ich froh, wenn ich es bis zur Reling schaffe. Mit Patrick an der einen und zum Beispiel Madame Gellet auf der anderen Seite, weil sie mich stützen.

Doch dann kann ich blicken und blicken und mich an Sachen erinnern, die mein halbes Leben her sind. Dafür ist die Musi dann wieder gut. Denn sie nimmt es nicht so genau und geht so glatt über alles hinweg, dass man einverstanden ist. Dieser Frieden in einem könnte, überhaupt, dass man ihn erlangt, allen Fahrtgästen, nicht nur mir, der Reisegrund sein. Nur in der Ferne lässt er sich erreichen.

Genau das drückt die Musi aus, die so unbetroffen durch einen hindurchzieht. Wie mein Blicken unbetroffen über das Meer zieht. So dass Madame Gellet schon recht gehabt hat, gegen Doktor Samirs Sterbegesellschaft zu protestieren. Trotzdem hatte auch er recht.

Wieder ist Nacht. Dieser Tag war entsetzlich. Und wurde plötzlich wundervoll.

Ich habe Dich wiedergesehen.

Vor allem aber habe ich Dich gehört. –

Entsetzlich war der Tag auch nur wegen Tolstoi. Denn trotz des Rollstuhls lebt er noch. Unterschätzen also darf man ihn nicht. Seither ist er sogar für mich eine Art Vorbild geworden. Was ich abermals im Wortsinn meine.

Wenn ich es bedenke, ist er es schon lange gewesen. Als ein Bild aber, dem man sich entziehen will. Man sieht die eigene Zukunft darin. Nur darum war ich auf die Idee gekommen, dass seine Frau ihn umbringen will. Seit ich selbst in dieser Zukunft angelegt habe, spielt das keine Rolle mehr. Sozusagen liege ich vor Tolstois Hafen an der Kette meines Rollstuhls vor Anker. Immerhin hat das den Vorteil, dass ich nicht wegtreiben kann.

Außerdem habe ich ihm die Frau geneidet, weil sie bei ihm geblieben ist. Das wäre Petra nicht in den Sinn gekommen. Es stimmt zwar, dass ich es lächerlich finde, wenn sie sich benimmt wie ein Mädchen von achtzehn. Da schäkert man nicht mehr mit allen herum, zum Beispiel auf den Partys. Aber dass sie es in seinem Beisein tut, heißt vielleicht gar nicht, dass sie ihn quält. Sondern ihm gefällt sie noch derart lebendig. Er will nicht, dass sie es aufgibt oder verliert. Darum genießt er es sogar, wenn andere Männer mit ihr flirten und vielleicht sogar noch mehr. Das ist alles nebensächlich. Wichtig ist allein, dass sie ihn weiter liebt. Das tut sie ganz offenbar und steht zu ihm, auch wenn er sich nicht mehr bewegen kann.

So vieles, was wir bewerten, also wie wir es tun, hängt davon ab, wo wir stehen. Ist es denn wirklich so unfassbar, dass er will, dass sie auch kriegt, was sie möchte und braucht? Und ist es nicht besser, sie bekommt das zumindest von anderen? Weil er es, selbst wenn er wollte, gar nicht mehr könnte? So, in dieser Freiheit, wird er irgendwann gehen. Mir hingegen, in meinem Alleinsein, versagt sie sich.

Weil Tolstois Frau nach seinem Tod ebenfalls allein sein wird, ist letzten Endes nicht sie, sondern er gesegnet. Darum kann er ihre scheinbar unangemessene Lebendigkeit nun vollkommen ausschöpfen. Nicht aus Gehässigkeit schiebt sie ihn mitten in ihre Flirts hinein. Sondern weil er's so will. Er will es bewundern, noch immer solch eine umschwärmte Person an seiner Seite zu haben. Hinwiederum sie macht keinen Hehl daraus, dass sie da auch hingehört. Darum kommt es in ihrer beider Kabine nicht vor, dass Zimmermädchen übergriffig werden. Sondern die Kleidung wählt für ihn sie aus. Deshalb trägt er immer eine Krawatte und eine Blume am Revers, fast so magnolienhaft wie die in ihrem Haar.

Dass meine Seite leer ist, hat mir den ganzen Tag über zugesetzt. Es ist, als wäre man von der rechten oder linken Schulter abwärts bis zu den Schenkeln aufgeschnitten worden. Dann klafft der Körper ungeschützt auf. Das ganze Leben läuft da, Lastotschka, hinaus.

Außerdem war draußen wieder das Wetter nicht gut und der Wind derart kühl, wie wenn wir schon in der Beringsee wären. So dass man zwar immer noch die Mütze auf dem Kopf haben musste. Aber nicht mehr der brennenden Sonne wegen, sondern um sich vor Kälte zu schützen. Madame Gellet trug heute früh sogar Wollhandschuhe, die sie wegen Norwegen eingesteckt hat. Da werden wir, hat sie am Rauchertisch verkündet, in Europa hochfahren. Während mein Freund, der Clochard, nun insgesamt recht hat mit seinem dicken Schal und der Pudelmütze, vor sich die ewigen Kreuzworträtsel.

Ich habe Angst vor Europa, dem Nachtland, in dessen Abend uns das Schiff trägt. An Doktor Samirs Glaube ist schon was dran, wenn er immer nach Osten betet, bevor er seine Rundgänge macht und gegen die Kälte den Buckel wölbt. Dann ist sein Bauch wie Allah geschützt. Der hat diesen Mann so gewappnet, dass es Zuversicht auch uns gibt.

Dafür habe ich ihn sogar mit Tolstoi sprechen sehen, auf der Galerie bei den Panoramaplätzen. Direkt gegenüber dem Captain's Club. Wobei Tolstoi so wenig, glaube ich, spricht wie ich selbst. Doch seine Frau war zum Schwätzchen bereit und hat auch mit Doktor Samir ein bisschen geschäkert. Das ärgerte mich aber nicht länger. Ich habe Tolstoi verstanden.

Ob er es merkte, weiß ich nicht. Sein Gesicht blieb derart vollkommen regungslos, wie ich ihn sowieso noch nie wenigstens lächeln gesehen habe. Der ganze dürre Mann ist ein zerbröselnder Rigips. Deshalb ist es wirklich besser, ihn herumzufahren, statt ihn der Gehhilfe anzuvertrauen. Obwohl er doch die Frau dafür hat, sehe ich ihn aber nur selten draußen. Schon gar nicht betrachtet er das Meer.

Während ich selbst nun dauernd herumgefahren werde, was ich manchmal fast nicht mehr merke. Zum Beispiel stehe ich eben noch mit Blick auf das Fahrtwasser und denke an die Schwalben zurück, immer wieder die Feen. Dann öffne ich die Augen am Bootsdeck, um vielleicht doch noch einmal das Meermädchen zu erspähen. Hebe ich ein drittes Mal die Lider, bin ich in der Raucherecke gelandet.

So geht das quer durch den Tag. Abgesehen natürlich von den Zeiten, zu denen mich Patrick abholt, weil Doktor Samir mich sehen will. Von dem wiederum holt mich zunehmend häufig Madame Gellet ab. So dass ich über sie meine Meinung ebenfalls geändert habe. Ich weiß auch gar nicht mehr, warum ich sie anfangs nicht mochte. Das hing sicher, wie bei Tolstoi, mit meiner falschen Perspektive zusammen.

Sowieso war ich in meinem Leben oft voreingenommen. Das hat mich Tolstoi gelehrt. Zum Beispiel weiß ich nicht mehr, woher meine Wut auf Doktor Björnson stammt, der uns morgen verlassen wird. Oder übermorgen, wenn ich mich richtig erinnere.

Frau Seifert lässt sich aber auch nicht mehr sehen. Dabei bin ich mir sicher, dass wir keinen Streit hatten. Ich sollte mal an der Rezeption nach ihr fragen. Mir fehlt ihre dralle, optimistische Art. Außerdem ist es wirklich nicht gut, wenn sich jemand zurückzieht. Nicht nur Doktor Samir hat das gesagt, sondern auch Signor Bastini. So dass ich Monsieur Bayoun habe völlig allein sterben lassen. Nur Senhora Gailint war bei ihm. Sie hat ihm den Cigarillo zurück in den Mundwinkel gesteckt. Weswegen ich wiederum ganz froh darüber war, dass nicht sie, sondern Madame Gellet mich auf den Captain's Club angesprochen hat. Ob ich mich heute abend einmal nicht zu schwach fühlen würde, sie in das Konzert zu begleiten.

Offenbar hatte sie Angst, dass ich auch Dich vergesse, wenn sie so tut, als hätte sie mich schon einmal gefragt. Dabei weiß sie gar nichts von uns. Außerdem hätte ich so oder so ja gesagt, in jedem Fall. Wenn ich sprechen würde. Denn Du musst nur anwesend sein, damit ich glücklich bin. Nur zu Deiner Freundin den Aufblick tun. Mich würdest Du sicher nicht wiedererkennen. Obwohl Du mir vielleicht doch zulächeln würdest, wenn mich Madame Gellet in den Captain's Club rollt. Aber nur, um einen neuen Zuhörer zu begrüßen. Weil es immer so wenige sind.

Darüber dachte ich nach. Das stellte ich mir vor. Deshalb antwortete ich Madame Gellet nicht. Sie schien sich sowieso schon entschieden zu haben. So dass sie mich um zehn, da war es bereits dunkel, von meinem Freund abholen kam, dem Clochard. Das wissen mittlerweile alle, dass ich nur noch dann in meine Kabine gehe, wenn ich es unbedingt muss. Wobei »gehen« hier leider falsch ist.

Trotzdem hätte ich es in das Konzert auch alleine geschafft. Denn der Rauchertisch befindet sich auf derselben Höhe wie das Klavier, nur die Raucherecke ist ein Deck darüber. Freilich hätte mir jemand über die kleine Rampe zum Überseeclub hinweghelfen müssen. Drinnen die Türen kriege ich noch selbst auf. Wenn sie nicht sowieso offenstehen.

Wir kamen eine Minute zu spät. Du hattest bereits die Noten ausgepackt und die Klaviatur aufgeklappt. Warst im Begriff, Dich zu setzen. Während Olga so schwarzhaarig dastand, dass ich »Puszta« denken musste. Weil sie genau so aussah und man Zigeuner nicht mehr sagen soll. Meine Großmutter hat es aber immer gesagt, weil sie geglaubt hat, man stiehlt ihr die Wäsche von der Leine. Dabei hatte Olga doch nur mit Dir musizieren wollen und schon den rechten Arm gehoben, und den Geigenbogen. Mit Entschiedenheit, die immer sie von Euch beiden hat, wollte sie ihn auf die Saiten setzen. Weil ich aber grad hereingerollt wurde, blieb ihr Arm eine Minute lang in der Luft stehen. Die würde es brauchen, um mich wo hinzuschieben, wo auch für Madame Gellet noch Platz war.

Da bemerktest Du mich und sahst her. Und lächeltest tatsächlich. Ich versuchte zurückzulächeln, konnte es aber nicht einmal, als ich an Doktor Samirs Zuversicht dachte. Wie geht das, mit der Mimik zu sprechen? Was muss man tun, um des eigenen Gesichtes Herr zu sein, es wieder zu werden? Woher stammt das Wort Antlitz? Ich habe es noch niemals vorher, glaube ich, verwendet. Auch dafür, dachte ich, muss ich nachgucken.

Und Ihr fingt an. Der verspiegelte und zur Galerie verglaste, sonst lederbraune kleine Saal wurde zur weiten Puszta selbst. Ich musste nicht einmal die Pforte der Kathedrale öffnen. Sondern die Steppe drang endlos wie das Meer in sie ein. Und im Wind wogt das Gras. Denn das Große an der Musik ist, dass sie ein Vorhängeschloss nicht einmal wahrnimmt. Ihr reicht ein Schlüsselloch, reichen die Türspalten, was alles riesig ist bei Kathedralenpforten. Dann fangen die prachtvollen Fenster an zu schwingen, mein Schweigen. Einfach nur Musi prallt daran ab. Die würde in den Flammen ihres Lichtes verschwelen. Während Musik sie schürt und in das jubelnde Erglühen des Horizontes versetzt, den ich über die Reling hinweg betrachte. Da störte mich selbst das scharfe Dazwischenzischen der Maschine nicht mehr, hinter der Bar. Immer wieder bestellt jemand einen Espresso während des Konzerts. Oder das Schippen kruschelt im Eis, bevor es von der Handschaufel in den Crusher fällt. Der wird dann angestellt und lärmt. Soll er doch tun, wie er will.

Afrika ist wieder nahe, aber die Wüste. Sie kann zu uns nicht herüber, weil wir weiterhin Westwinde haben. Die sind zu frisch dafür. Vor ihnen nimmt sich die Wüste in acht. Dauernd entladen sie ihren Regen.

Deshalb ist es draußen nicht immer angenehm nachts. Mein Freund, der Clochard, ist daran natürlich gewöhnt. An ihm nehme ich mir ein Beispiel.

Dazu gehört, dass er mir niemals hilft, auch nicht mit dem Rollstuhl. Das ist die Bedingung unserer Freundschaft. Wir behelligen einander nicht. Denn deshalb ist er Clochard geworden, damit er sich um nichts mehr kümmern muss, außer um seine Kreuzworträtsel. Das mag uns, Lastotschka, seltsam dünken. Was auch schon wieder ein eigentümliches Wort ist. Aber ich glaube, dass es genau das ist, was ihn bei allen Passagieren beliebt macht. Dass er ihre Sehnsucht verkörpert. Normalerweise rümpfen sie über einen wie ihn ihre Nasen. Auf einem Schiff ist aber alles besonders. So gibt es niemanden Freieres als ihn. Er hat Mut und innere Gewissheit genug, für sie auf jeden Komfort zu verzichten. Eher würde er Hunger leiden, als seine Freiheit für ein Haus oder eine Wohnung aufzugeben. Oder für ein Auto.

Wer hat gesagt, was ich habe, habe ich bei mir? Darum käme ich nie auf die Idee, ihn um etwas zu bitten, auch nicht, mir über die Rampe zu helfen. Eher würde ich selbst ihm gelegentlich eine Flasche Rotwein hinstellen wollen. Doch sogar das wäre ein Freundschaftsbruch. Denn damit erhöbe ich mich über ihn, sozusagen als ein Gönner. Den anderen Passagieren ist es gestattet, weil sie ihm nicht nahestehen. Schon gar nicht steht er ihnen nahe.

Er muss das nicht aussprechen, damit ich es weiß. Umso inniger sitzen wir beisammen. Wörter würden nur stören. Aber neulich nach dem Konzert, als schon fast alle gegangen waren, ist mir etwas geschehen. Das macht es nunmehr notwendig, schon ganz früh am Morgen aufzusein. Wegen der plötzlichen Unruhe gehe ich da normalerweise schlafen. Wegen dieser Emsigkeit, mit der das Deck geschrubbt wird. Wenn die Tische und Stühle geputzt werden. Und dann schon die ersten Passagiere herauskommen, die Frühaufsteher. Sie alle holen sich an dem vorm Swimmingpool aufgestellten Servierboy ihren ersten Kaffee oder Tee. So dass die Stille sowieso gestört ist.

Jetzt gehe ich aber danach nicht mehr schlafen, oder werde zum Schlafen gerollt, sondern an Dein Klavier. Du hattest Dich bereits erhoben und vorgebeugt, um die Noten zusammenzunehmen. Wonach Du Dich zu dem wenigen Publikum drehtest. Immer bist Du es, die sich für Euch beide bei ihm bedankt. Es sind belanglose, aber so lächelnde Worte, dass jeder ganz bezaubert ist. Von Deinen Füßen zum Beispiel, wie sie in den hohen offenen Pumps stehn, die Zehennägel blassrot lackiert. Dabei scheinen sich Deine sehnigen Waden in eine unentwegte Folge von Küssen zu strecken. Nachher wird sie Dein Freund mit ihnen bedecken. Wir tun ihm das durch die Augen zuvor. Mehr kann uns nicht gewährt werden. Ebenso tun wir es mit der Schlankheit Deines Leibs. Wir ahnen seine ranke Göttlichkeit nur. Dein wie eine Liebkosung über die Knie fallendes Kleid bewahrt uns davor, sie zu entweihen. Wir bewundern vielmehr Schnitt und Stoff dieses Kleides, und wie nachtdienstagsfarben es glitzert. Nur wer verderbt ist wie ich, wagt es, durch das feine Gewebe den Verschluss und die Litze des BHs erahnen zu wollen. Er wird aber nur des rech-

ten Trägerchens Zeuge, wenn die Seide über einer Schulter verrutscht. Das lockt den Blick tiefer an dem Stoffband entlang.
Man will mehr als nur ahnen. Anstatt vor Deinem Blick den
eigenen zu senken. So schrittst Du, die Aktentasche rechts unterm Arm, hinaus. Deine nun Dienerin folgte mit ihrer Geige.

Aber Du hattest vergessen, die Klaviatur zu schließen. So
dass ich mich, als Madame Gellet noch im Gespräch mit Buffalo Bill stand, hingerollt habe. Ein Verlangen zog mich, und
ich streckte eine Hand aus, die rechte. Nur sie. Dann krümmte
ich den Mittelfinger. Ich schwöre Dir, dass ich vorsichtig war,
als ich die Taste anschlug, eine nur und wirklich zaghaft. Sin-
nend in diesen einfachen einzelnen Ton. Ich weiß aber nicht,
wie oft ich ihn anschlug und wie lange ich ihn jedesmal aus-
klingen ließ. Weil ich mich an einen zweiten Ton nicht wagte,
sah ich endlich auf.

Da standen alle um mich herum. Madame Gellet, Buffalo
Bill, Doktor Björnson sogar und Doktor Samir, den man we-
gen dieses Vorfalls wohl eigens gerufen hatte. Außerdem Tol-
stois Frau, während er selbst im Rollstuhl auf der Galerie saß.
Das nehme ich jedenfalls an. Patrick war auch da, und drei
Passagiere, die in den Konzerten sowieso immer sitzen. Die
alle starrten mich an, als wäre ich eine Erscheinung oder ein
Wunder, das doch alleine Du bist.

Was sahen sie in mir? Oder missinterpretierte ich das, und
ihr Blicken sollte mich zurechtweisen? Das darf man eben
nicht, sich an ein fremdes Klavier setzen, wenn man es gar
nicht gelernt hat. Aber auch Mirko hinter dem Tresen sah her,
und sogar Sugar war gekommen, der wahrscheinlich oben die
Hansebar zugemacht hatte. Vermutlich wollte er seinen Kollegen abholen, bevor der den Captain's Club ebenfalls schloss.
Vielleicht wollte er ihm auch nur zur Hand gehen.

Alle aber lächelten, nur nicht die in der hinteren Tür in ihren Adjutanten eingehakte Senhora Gailint, heute sonnabend-

morgendämmerungsfarben gewandet. Sowie Tolstois Frau, die an ihre Lippen die linke Handoberseite hielt, als hätte sie eine Vision.

Ich begriff erst recht nicht, was Doktor Samir nun sagte. Weiß und schwarz wie niemals zuvor, hob er seine Hände vor die Brust und streckte sie flach zu mir aus. Herr Lanmeister hat, sagte er, zu reden begonnen. Und fing an zu applaudieren. Alle andern, außer, glaube ich, Senhora Gailint, klatschten nun auch. Sie applaudierten, wie Dir, wie Dir, nun mir.

Verstehst Du das, Schwalbe?

Ich hatte ein Wort doch gar nicht gesprochen. Unbegreiflich war es vor allem, als Doktor Samir seine Fingerspitzen aufrichtete und vorsichtig aneinanderlegte. Wozu er etwas auf, ich glaube, dass es Arabisch war, sagte, von dem ich nur Allah verstand. Indessen Senhora Gailint bereits von der Tür wieder weg war. Doch vernahm ich ihre sich entfernende Stimme dunkel etwas singen, das meinem einzigen Ton auf das verwirrendste glich.

Aber es stimmt. Auch Buffalo Bill ist an Bord, Buffalo Bill Cody. Nur dass er, obwohl er deutlich so aussieht, zu uns Abenteurern nicht gehört. Jedenfalls kommt er nie an den Rauchertisch, während er oben schon manchmal sitzt. Ich meine, in den Rauchereckesesseln. Da spricht er aber meistens mit ganz anderen Passagieren. Man müsste ihn freundlich bitten. Aber er trägt genau diesen Cowboyhut und hat denselben Schnurr- und Kinnbart.

Noch interessanter kommt mir die Dichterin vor. Ich sehe sie manchmal, wenn ich nach dem Klavier vom Captain's Club wieder durch die Galerie hinausgerollt werde. Dank meines Gehstocks komme ich zwar auch allein in meinen Rollstuhl. Falls ich nicht sowieso über Nacht dringeblieben bin. Aber dann brauche ich wen für die Rampe.

Den Gehstock lasse ich mir nicht nehmen, obwohl Patrick mir gerne hilft, sogar am allerfrühesten Morgen. Wofür er viel zeitiger aufstehen muss, als eigentlich sein Dienst ist.

Mitreisende entdecke ich ständig neue. Zum Beispiel den alten Wikinger, der morgens gern im Pool schwimmt. Egal, wie kalt es ist. Sonst steht der schwere Mann meist hinten an der Reling. Oft trägt er eine Weste aus Seehundfell. Dazu stützt er sich auf einen massiven Knotenstock. Ständig hat er eine fast ebenso massive Sonnenbrille auf. Wegen des hartgeschnittenen Vollbarts sieht man dann gar nichts von seinem Gesicht. Und da war im Konzert eine alte Dame. Ihr Mann trägt seinen Buckel, als wäre er das Gegengewicht zu seinem Bauch. Über dem Hemdkragen war seine Fliege so lackrot wie das Kleid seiner Frau. Ebenso rot das Einstecktücherl. Eine Locke rutschte ihm ins Gesicht, das sehe ich noch. Wie er sie zurückstrich. Sie fiel abermals vor. In einer unvermittelten Regung legte seine Frau ihre linke Hand auf sein rechtes Handgelenk. Dort ließ sie sie liegen, während beide weiterlauschten. So schütter war, dachte ich, sein graues, nach hinten gestrichenes Haar.

Dass ich die alle erst jetzt im Blick habe! Und die Dichterin. Dass sie mir nicht schon früher aufgefallen ist. Denn zwischen uns herrscht ein geradezu unmittelbares Vertrauen, seit sie die Kladde gesehen hat und dass ich da hineinschreibe.

Wo waren eigentlich die vorigen Hefte? In meiner Kabine selbstverständlich, aber wo da? Vielleicht in einer der Laden des Nachtschränkchens. Vielleicht habe ich sie aber versteckt, seit man mich beobachtet. Woran ich mich in diesem Moment wieder erinnerte. Es müssen ganze Stapel sein mittlerweile, wie bei meinem Freund, dem Clochard, die Kreuzworträtselhefte.

Jedenfalls berückt mich an dieser schweren, ja massigen Frau, dass ihr Lächeln fast so leicht wie das von Doktor Samir ist. Allerdings wirkt sie ein bisschen ungepflegt. Ihr halbkurzes, längst ergrautes Haar liegt auf dem bulligen Hinterkopf immer in dicken Strähnen auf. Der Nacken ist eine einzige Wulst. Dafür ist ihre Sprache filigran.

Sie ist hier, hat sie erzählt, um einen Roman zu überarbeiten, den sie geschrieben hat. Schreiben auch Sie ein Buch? Ob ich gut damit vorankomme.

Weil ich ihr das natürlich nicht erklären konnte, schwieg ich. Erst recht hätte ich Dich nicht erklären können. Wegen der Diskretion besteht bei der Dichterin allerdings keine Gefahr. Denn sie geht niemals hinaus. Wirklich niemals. Wahrscheinlich habe ich sie deshalb früher nicht wahrgenommen, weil meinerseits ich fast ständig draußen bin. Nie sitzt sie in der Sonne, bleibt einfach unter Deck. Ihre Haut wird fahler und fahler. Dass Eitelkeit für sie keine Kategorie mehr ist, verstehe ich. Trotzdem beklemmt es mich ein bisschen. Denn ich weiß, dass das Bewusstsein das Meer braucht. Wenn man vor ihm zurückscheut, kann es nicht wirklich gedeihen.

Jedenfalls morgens befindet sich ihr Lieblingsschreibplatz backbords direkt vor den großen Fenstern der Galerie. Dort sitzt sie nie länger als, glaube ich, bis gegen zehn. Um sechs, wenn Patrick mich ans Klavier rollt, ist sie immer schon da. Meistens hat sie den einen gelben Korbsessel zu den dreigeteilten Scheiben der Aussicht gedreht. Jeweils daneben die gerafften gelben Gardinen. Das dicke Schreibheft auf den Oberschenkeln. Später am Tag sehe ich sie nicht mehr, nur gelegentlich beim Essen. Vielleicht belästigt das Entertainment auch sie.

Nicht selten, übrigens, macht auch der Anzugträger Notizen. Nur schreibt er die in ein kleines, matt glänzendes Lederbändchen. Aber wegen der anderen Kladden muss ich unbedingt nachsehen.

Wobei ich mich, wenn ich darüber nachdenke, gar nicht erinnern kann, wie ich sie bekommen habe. Vielleicht ist es wie bei meinem Freund, dem Clochard, mit dem Rotwein. Vielleicht kaufen mir Fahrtgäste die Kladden, wenn eine wieder voll ist. Dann legen sie die neue vor mich auf den Tisch. Natürlich warten sie ab, bis ich mal wegschaue oder eingedöst bin.

Es kann natürlich sein, dass mir der Eichhörnchenfehler passiert ist, so dass es sein Essen nicht wiederfindet. Bei der Dichterin habe ich aber Vertrauen. Sie wird niemandem etwas sagen, weder von den Kladden noch vom Klavier. Denn ich darf es gar nicht spielen. So dass Patrick und ich uns verbündet haben. Außer ihm, dessen Idee es auch war, soll niemand etwas mitbekommen. Nun gut, die Dichterin.

Denn am Morgen nach dem Konzert hatte mich Doktor Samir mit seinen eigenen schwarzen Händen erneut an das Klavier geschoben. Dabei sind sie überhaupt nicht schwarz. Sondern von einem schimmernden, in Mittwochnachmittage getauchten Meerestangsbraun. Wie mit Giselas Glitzer-Make-up eingecremt.

Ich habe überhaupt nicht gewusst, was das sollte. Ich meine, Lastotschka, das mit dem Klavier. Trotzdem öffnete Doktor Samir vorsichtig den Manualdeckel, nahm den langen grünen Schutzsamtstreifen von den Tasten und legte ihn zweimal gefaltet auf den umgeklappten Notenhalter. Dann wuchtete er einen der Sessel herum, setzte sich hinein und legte die Fingerspitzen aneinander. Schweigend sah er zu, ob ich was machte. So dass ich merkte, jetzt darf ich das tun. Doktor Samir vertraut mir. Und ich schlug den Ton wieder an.

Abermals leise und achtsam.

Lauschte seinem Verklingen.

Dann schlug ich ihn neuerlich an, aber weiter immer denselben.

Einen zweiten habe ich erst gestern probiert, weil schon der erste so über alles Begreifen hinausging. Es immer noch ist.

Denn er ist nicht nur er, sondern vieles andere gleichzeitig, das aber ebenfalls Klang ist. Das ganze Meer enthält er.

Bestimmt eine halbe Stunde lang ließ Doktor Samir mich gewähren. Dann stand er auf und schlug ebenfalls eine Taste, genau so vorsichtig, an. Aber eine andere. Daraufhin ließ er wieder mich anschlagen und schlug seinerseits neu an. So dass sich ein Zueinander ergab, worin der Nachhall des einen zu dem Nachhall des anderen wurde.

Ich habe auf dem Bootsdeck darüber nachsinnen müssen. Dort hat sich der Klang mit dem Wind verbunden. Noch immer ist er in mir drin.

Doch ich habe kein Recht, auf diesem Klavier zu spielen. Wobei »spielen« viel zu viel gesagt, aber genau das Problem ist. Es gebe, hat Patrick gesagt, Schwierigkeiten mit der Versicherung. Er hatte mit Doktor Björnson gesprochen, war in der Schiffshoteldirektion hinter der Rezeption gewesen.

Weil ein Klavier so teuer sei. Darum ist es für Passagiere tabu, wenn sie nicht einmal eine Ausbildung haben. Man will deshalb nicht, dass ich an dem Klavier weiter *herummache*. So sei das ausgedrückt worden. Wobei Patrick dieses »man« nicht näher bestimmte.

Ich fragte schon vor Enttäuschung nicht nach.

Da ging ein Ruck durch sein Gesicht und er sagte, wissen Sie was? Das interessiert uns einfach nicht. Man kann Ihnen das nicht wegnehmen, selbst, wenn die mich feuern.

So dass er mich frühmorgens immer heimlich hinrollt für manchmal eine halbe, manchmal eine ganze Stunde. Aber sagen Sie es keinem, sagt er jedesmal. Wir wollen doch keinen Ärger bekommen. So dass auch dieses Wir recht hatte. Wozu mir einfiel, dass die kleine Nixe, die ich gesehen habe, das Gesicht von Senhora Gailint gehabt hat. Aber als noch junges Mädchen, womit ich meine: junge Frau.

Wieso bemerkte ich das jetzt erst? Mache ich mir etwas vor?

Man kann es üben, in den Gesichtern alter Menschen die jungen zu sehen, die sie mal waren. Umgekehrt geht es auch, ist aber etwas schwieriger. Wahrscheinlich bin ich bei der Nixe noch nicht genügend aufmerksam gewesen. Das hat sich offenbar geändert. Was vielleicht an diesem einzigen Ton liegt.

Senhora Gailint ist fast sechzig. Die Nixe war keine siebzehn. Obwohl alle Seemädchen alt, sogar uralt sind. Aber man sieht es ihnen nicht an.

Dieses algenrote Haar!

Außerdem kann eine so junge Frau keine so tiefe Stimme haben wie die von Senhora Gailint, als sie sich die Galerie entlang entfernt hat. In ihren Adjutanten eingehakt. Während die anderen, die im Halbkreis vor mir am Klavier standen, immer noch weiter applaudierten.

Und als sie den Niedergang von den Sonnenterrassen herunterkam. Wie unheimlich das ausgesehen hat! Da waren sie bereits für den Mond die Terrassen gewesen. Wie ihm das lange Ende des Kopftuchs hatte zuflattern wollen! Als wäre alles in Senhora Gailints Nähe erblüht.

Darum führte ein Weg nicht herum, dass ich suchte. Zum Frühstück wollte ich sowieso nicht. So dass mich Patrick vor zwei oder vier Tagen, vielleicht auch vor dreien oder heute morgen, sofort nach dem Klavier in meine Kabine gebracht hat. Vielleicht wollte er mir beim Waschen helfen, damit Tatiana entlastet war. Weshalb sie auch gar nicht erst hereinkam.

Er hat mir auch noch beim Umziehen geholfen. Dann ließ er mich allein. Auf nachher, sagte er. Ruhen Sie sich etwas aus.

Es war da, glaube ich, kaum halb sieben Uhr, eher noch früher. Trotzdem musste ich mich beeilen. Denn irgendwann käme Tatiana dennoch herein, weil sie ja putzen muss. Stets macht sie das Bett neu, egal, ob ich dringelegen habe oder nicht. Auf keinen Fall sollte sie mich beim Suchen überraschen. Es ist in meinem Alter demütigend, vor andrer Augen am Boden zu kriechen.

Zwar guckte ich erst, was schon mühsam genug war, in den Schubladen nach. Das geht vom Bett aus. Da waren meine Kladden aber nicht. Nur lag natürlich das letzte Heft auf meinem Nachtschränkchen oben, in dem die frischen Socken und meine Unterhosen aufbewahrt sind und in der Schublade darunter der Krimskrams. Der häuft sich auf so langen Fahrten wie von allein an. Obwohl ich das Schiff nicht verlasse. Wahrscheinlich hat mir Tatiana von ihren Landgängen immer mal was mitgebracht. Dabei schaffen es die Zimmermädchen nicht einmal in die Hafengeschäfte. Sie sollen allgegenwärtig sein. Denn das ist irgendwie klar, dass man uns einhundertvierundvierzig nicht unbeaufsichtigt lassen will. Immerhin sind wir ein Viertel aller Passagiere.

Momentan sogar ein Drittel, seit Fremantle, meine ich.

Wie komme ich an die obere Ablage?

Es sind, Lastotschka, zwei Ablagen. Um an sie hochzulangen, muss man die Arme ausstrecken. Eine über meinem Bett, die andere drüben über dem zweiten, das seit Mauritius leer geblieben ist. Wer hat darin früher gelegen?

Bali, dass ich an Bali denken musste!

Nein, das kann nicht sein. Monsieur Bayoun hatte eine eigene Kabine. Aber leer seit Mauritius. Und immer noch leer unter Madagaskar hindurch und an Südafrika herunter. Ganz leer um die beiden Kaps mit den Walen. Ich habe Einsameres niemals gehört als den Nebel.

Auch bringt mir bestimmt mein Besuch oft etwas mit.

Jedenfalls steht auf der Ablage das Mah-Jongg. Einhundertvierundvierzig Töne, was aber nur die Ziegel sind, wie man die Spielsteine nennt. Spatzen hat Monsieur Bayoun sie genannt. Und auf der anderen Seite wieder an Südafrika hoch. Dann in den Atlantik hinaus zu den Feen. Erst Feen, dann Mantas, und Du dann, Lastotschka. Ich werde diesen Ton nicht mehr los, und den Blick von Senhora Gailint.

Auf dem Bootsdeck hüllt er mich ein, bis ich glücklich werde. Doch selbst auf dem Achterdeck stört ihn allenfalls ein bisschen die Musi. Als ich nun aber suchte und suchte, schaute und schaute, trennte sich der Ton von mir ab. Ich spürte, wie mich das Suchen von ihm wegschnitt. Weil ich mich erniedrigen musste. Es reichte dafür, an Tatiana nur zu denken. Sie musste gar nicht wirklich hier sein.

Manchmal ist von etwas die Vorstellung schlimmer, als wenn es eintritt.

Das liegt an der Angst. Wenn wir frei werden wollen, müssen wir sie überwinden. So dass ich mich wirklich herunterließ. »*Hin*unter« muss das heißen, wie wenn das Bett der Tafelberg wäre. Unten sah ich, das beklomm mich, die Stadt. Kapstadt war mein Kabinenboden.

Wo war der Gehstock abgeblieben? Ich habe ihn doch immer greifbar! Auch verstand ich nicht, weshalb ich überhaupt im Bett lag. Ich hatte geduscht, und Patrick hatte mich angezogen! Da legt man sich doch nicht wieder hin.

Bis ich merkte, dass etwas mich ablenken wollte. Damit ich auf keinen Fall daran dachte. Es steckte eine Absicht dahinter. Die musste ich durchstoßen, indem ich irgendwie bis zu dem Rollstuhl kam. Über dessen Unterarmlehnen lag er, der Gehstock, natürlich. Denn ich sollte nicht merken, dass sie gar nicht mehr da sind. Die Kladden, Lastotschka!

Fast geriet ich erneut in Panik. Denn gerade mein Wille ließ diesen Ton mächtiger werden. Jedoch stieß derselbe Wille ihn aus mir heraus.

Ich biss mir auf die Unterlippe, um nicht zu ächzen. Auch stöhnen wollte ich nicht. Sondern wirklich leise bleiben. So leise wie früher, wenn ich auf Zehenspitzen schlich, um nicht Großmutter zu wecken. Russenkind, Russenkind, was schleichst du da rum? Willste was klauen? Wie einer geht, so ist sein Charakter. Und sie nahm mich am Ohr. An dem führte sie mich in mein Zimmer zurück, damit es auch wehtat. Hör auf zu jammern! Nimm endlich Haltung an, du kleines Scheusal, nein, Schicksal! Wie Mutter, weil ich weinte, in ihrem Bademantel dazukam. Ihr Haar völlig schlafwirr, aber sie lachte über mein Elend. Ihr ganzes Gesicht war ein Lachen, wie Großmutter mich disziplinierte. So dass ich erneut auf die Zehenspitzen musste. Doch nicht, um zu schleichen. Sondern weil Mutters Elend in der Gestalt meines Ohres so langgezogen wurde. Damit ich die Haltung auch lernte.

Hör auf zu flennen, sonst latsch ich dir eine. Und prügle dich, bis du still bist.

Mutter sah zu in der Tür, und als ich wirklich verstummte, ging sie für den Frühstückskaffee das Wasser aufsetzen. Sie hätte auch nichts weiter zur Freude gehabt. Denn meine Großmutter ließ endlich ab und streichelte mir übers Haar. Sie tupfte mir die Tränen von den Wangen. Zeige nie deinen Schmerz. Dass du mir das rechtzeitig lernst. Und aufrecht gehen! Russenkind, aufrecht muss man gehen! Merke dir das! Damit küsste sie mich auf die Stirn und ließ mich schließlich allein. Wovon ich zurück in mein Bettzeug sank.

Selbst das wollte mich von meinen Kladden abhalten, dieses unentwegte plötzlich Erinnern.

Es hat für das Bewusstsein keine Bedeutung. Alles das ist niemals geschehen. Es waren nur Steinchen, die du ins Meer wirfst. Man kann ihnen nicht länger nachsehen, so schnell gehen sie unter. Nur dass jetzt die Zweifel kamen. Gab es die Kladden überhaupt? Die vorigen, meine ich.

Ich nahm, wie um mich zu versichern, das bisher letzte Heft vom Nachtschränkchen, blätterte es durch. Das hier auf jeden Fall gibt es. Es ist schon fast ebenfalls voll. Also muss es die anderen geben. »Würdigkeit«, musste ich, Lastotschka, denken und wie wir sie halten könnten in unsrem Verlieren, und in dem Gewinnen aber doch auch.

Was mich allein als Gedanke ein wenig ruhiger machte. Deshalb legte sich meine Panik wieder. Wie wenn man außer Atem den Atem langsam zurückerlangt. Dann spürst du dein Herz wie das eines Vogels, als damals der Inder mich reintrug.

So lag ich jetzt da, von der Bordwand, an die ich mich drückte, in seiner Hand unterm Tuch. War es nicht eine Serviette gewesen? Im Stoff zu Tode getragen. Und hatte damit solch ein Glück!

Denn sieh mal, wie wär das gewesen, wenn ich nun wirklich über den Boden gekrochen wäre? Wahrscheinlich hätte ich dazu gelallt. Auch wenn ich schwieg. Solchen Schaum, riefe Tatiana, auf seinen Lippen! Als die Tür aufging und sie mich sah so entwürdigt.

Nein, ich wollte nicht abermals auf die Krankenstation, nicht in den tiefsten Schiffsbauch hinunter. Wollte ins Freie, damit ich meine Flügel ausbreiten könnte. Freigelassen werden, um an das nahe Land zu fliegen. Über das letzte Stück Meer unter mir.

Darum lag ich, als Tatiana dann wirklich hereinkam, einfach nur ruhig im Bett. Und sie fragte, wollen wir nicht langsam mal aufstehen, Herr Lanmeister? Die anderen warten doch alle auf Sie.

Vielleicht müsste ich mich lediglich erklären. Sind Doktor Björnson und ich nicht fast einmal Freunde gewesen? Denn natürlich hat ein Hotelchef über das Klavier zu bestimmen. Er muss dafür einstehen, wenn etwas kaputtgeht.

Ich könnte ihm versichern, dass ich damit aufhören werde, immer nur die eine Taste anzuschlagen. Damit sie zum Beispiel nicht ausleiert, so dass Deine Finger sie nicht mehr richtig spüren können. Weshalb Du Dich dauernd verspielst. Ich will nicht, könnte ich sagen, dass Lastotschka meinetwegen Probleme bekommt. Von heute an werde ich sogar alle Tasten ausprobieren, alle Tasten gleichmäßig. Würden Sie mich dann bitte lassen? Außerdem könnte ich sagen, falls nun doch etwas passiert, dass Sven das bezahlt. Denn seit ich an Bord gegangen bin, verwaltet meine Konten ganz sicher er. Vielleicht kriegt man sogar Petra dazu, etwas beizusteuern. Ich werde sie dafür in meinem Testament bedenken. Wenn Ihnen das hilft, Doktor Björnson, will ich das sofort tun, hier vor Ihren Augen. Wenn Sie mir eben ein Blatt geben würden.

Es geht doch nur um ein Klavier und dass die Reederei keinen Schaden davonträgt. Dann dürfte ich auch bei Tag etwas spielen, wenigstens bis nachmittags, bevor die Konzerte anfangen. Doch braucht man, fiel mir ein, immer einen Klavierstimmer nachher, der alles wieder wohl-, stimmt das Wort?, »temperiert«? Woher habe ich das, *wohltemperiert*? Komisch, wie von der Klimaanlage. Dabei rauscht ein Klavier nicht, oder doch? Und ich vernehme es nur nicht?

Wie man sich bei alten Platten an das Knacksen gewöhnt und schließlich hört man es nicht mehr. Wie die Kathedralenfenster hat die Musik auch die Knackser durchdrungen.

So durchdrang mich der Ton, während Tatiana mich zurechtmachte und in den Stuhl setzte. Bevor sie wieder Patrick rief, um mich zum Frühstück zu rollen. Als mein Blick auf den Kabinenschrank fiel. Aber natürlich! Da unten waren sie drin! So dass ich ihn gar nicht öffnen musste, um alles wieder zu wissen. Wie man das Licht sieht. Das Bewusstsein war viel zu klar, als dass ich hätte nachprüfen müssen. Vielmehr begriff ich, es geht gerade darum, die Zweifel zu verlieren. Vertrauen zu haben. Eine Gewissheit, die so vollkommen Selbst ist wie Doktor Samir. Dass er sie Allah nennt, ist nebensächlich. Man kann sie auch Jehova nennen oder Muttergottes. Oder einfach Meer.

Man kann sie sogar Lastotschka nennen. Um sie zum Beispiel im Brot zu sehen, einer einzigen Scheibe auf einem Teller.

Denn selbst, hätte man sie mir weggenommen, die Kladden,
wäre das belanglos gewesen. Sie selbst schert so etwas nicht.
Sie werden auch nicht entweiht, wenn irgendein Banause sie
liest. Abermals war es wie mit dem Schweigen gewesen. Dass
ich die Kathedrale für mich haben wollte, sie immer noch
nicht teilen wollte. Weder die Farbpracht noch ihre Gewölbe-
höhe.

Deshalb war es kein Zufall, dass Senhora Gailint sich neben mich setzte.

Patrick hatte mich schon wieder aufs Achterdeck gerollt.

Darf ich? fragte sie und nahm am Rauchertisch Platz. Und
als hätten wir darüber schon gesprochen, sagte sie: Übrigens
habe ich bei der Direktion ein Wort für Sie eingelegt. Sie wissen schon, wegen des Klaviers. Wozu sie mir, vorgebeugt und
meine Pupillen betrachtend, ihre rechten Finger auf meine
rechte Handwurzel legte. Was mich, dass jemand das tat,
diesmal nicht störte oder nur ein bisschen. Das lag natürlich
auch daran, dass der Wind so abgeflaut war. Dadurch hatte
unsere kleine Gesellschaft etwas von einem Frühsommer-
abend bekommen. Es war zwar gerade nach dem Frühstück.
Aber in Wahrheit saßen wir in einem Nachmittagsgarten unter Kirschblüten.

Wie wundersam! dachte ich und musste an die silbernen
Mädchen denken. Ein Garten, der über das Meer fuhr. Jeder
Gegenstand bekam etwas Transparentes. Zum Beispiel die
Tassen und die hellen Servietten und ganz besonders die Kleider der Frauen. Die nicht die Körperformen betonten, sondern sie verhüllten, aber eben auch jedes Gesicht. Sogar das
meines Freundes, des Clochards, schimmerte, als wäre Feder-
staub drübergestreut. Gygis alba, dachte ich, Gygis alba. Während jenseits der Reling, achtern also, ein geradezu unend-

liches Blau war, das Tupfer von Dienstag in sich trug. Ein ruhiges Blau mit wenigem Weiß. Dieses aber gesprüht. Backbords hingegen leuchteten Flecken von Ultramarin.

Und, was soll ich sagen, sagte Senhora Gailint, man hat es genehmigt.

Gelobt sei der Herr, der, rief Buffalo Bill Cody, ihre Hände streiten lehrte und ihre Fäuste kriegen! Er war, was ich aber erst jetzt registrierte, mit ihr zusammen an den Rauchertisch gekommen. So war er nun doch zu uns Abenteurern gebeten worden, offenbar von ihr. Die jetzt auflachte. Meine Güte, sagte sie, übertreiben Sie nicht so.

Sie trug wieder ihren breiten Sonnenhut, aber ohne den Schleier. Ansonsten war sie weiß gekleidet, *silbern*, dachte ich. Darum sah es so aus, als wäre sie von Buffalo Bill Cody die Braut. Denn in den Western, die ich kenne, wenn da der Sheriff heiratet, trägt er ganz dasselbe wie Mister Cody. Also unter dem Kragen statt einer Fliege die Schnur mit den zwei losen Enden unter der Brosche, quasi als Krawattenknoten. Der glomm jedesmal zwischen den Kragenschenkeln auf, wenn Mister Cody sich ins Sonnenlicht drehte. Es prallte heute morgen beinahe unmäßig und drang durch jede feste Kontur. Deshalb sah es so aus, wie wenn die Körper und Gegenstände verdunsteten.

Selbstverständlich zeigte die Brosche einen Büffel, der grün ich weiß nicht woraus geschnitten war, vielleicht aus einem Smaragd. So dass Mister Cody vielleicht sein Geld mit Erdöl gemacht hat. Jedenfalls nicht mehr mit den Indianern. Aber woher er von dem Klavier wusste und überhaupt von mir, war schon von daher eigenartig.

Und noch jemand klatschte erfreut in die Hände. Ich kannte den nicht, der obendrein Bravo! ausrief. Derweil sich überhaupt jetzt erst Madame Gellet zu uns gesellte.

Die anderen Passagiere lagen längst auf ihren Liegestühlen.

Das Schiff fuhr fast ohne Schaukeln dahin, wiegte sich nur, wiegte uns alle.

Natürlich waren auch die kleinen Tischensembles nicht unbesetzt. Unter der querüber gespannten Persenning zogen die Leute, die keinen Sonnenbrand bekommen wollten, ihren Drink mit Strohhalmen aus bunten, hohen Gläsern. Weswegen ich erst recht nicht verstand, was so ein Cowboy von der See wollte. Dennoch wirkte Mister Cody alles andere als verloren. Schade, dachte ich, dass Doktor Gilburn nicht mehr lebt. In Mister Cody hätte er einen Partner für zum Beispiel das Poker gefunden. Das hat er, ich erinnerte mich, am zweitliebsten gleich nach Roulette gespielt.

Aber, sagte Senhora Gailint, da gibt es eine Bedingung. Sie sollen sich ein bisschen einweisen lassen, was man mit so einem Instrument nicht unbedingt tut. Ist das für Sie in Ordnung?

Wozu ich natürlich schwieg, schon weil ich noch weiter über Mister Cody nachdenken musste. So dass mir meine eigene Hochzeit einfiel, die völlig weißlos gewesen war. Standesamt und sozusagen Schluss. Wollen Sie? Und Sie wollen auch? Dann bitte hier unterschreiben. Im Restaurant was essen gehen, abends Petra über die Schwelle vom Kempinski getragen. Ganz gut gevögelt, aber das weiß ich nicht mehr. Am nächsten Morgen noch Frühstück, dann ab ins Büro.

Wahrscheinlich wird es die kleine Ukrainerin machen, sagte Senhora Gailint, also Ihnen das zeigen. Ich habe sie zwar noch nicht gefragt. Aber sicher mag sie sich eine Kleinigkeit dazuverdienen.

Ich nahm den Blick vom Meer, weil ich, Lastotschka, nicht richtig verstand.

Was für eine kleine Ukrainerin? Und was soll sie machen? So verdutzt muss ich ausgesehen haben, dass alles lachte. Woraufhin Senhora Gailint meine Hand jetzt sogar hochnahm und mit ihren gleich beiden Händen umschloss. Verstehen Sie, Herr Lanmeister, was ich Ihnen sage? Hören Sie mich? Wir fragen sie einfach nach einer Stunde, zu der sie sowieso freihat. Wenn sie nicht üben muss, nicht wahr? – Patrick? Sie bringen Herrn Lanmeister doch sicher dann hin? Wolln doch mal sehen, ob wir nicht, das sagte sie offenbar wieder zu mir, noch einmal Leben in Sie hineinbekommen! Und wegen der Bezahlung machen Sie sich bitte keinen Kopf. Das bisschen übernehme ich selbst. Nein nein, es ist mir eine Freude, um nicht zu sagen, ein Glück. Wie gut, dass mich Doktor Samir angesprochen hat. Manchmal ist es ganz gut, ein paar Beziehungen spielen zu lassen. Es war nicht einmal schwer.

Wobei ich immer noch nicht wusste, wovon die Rede war. Nur dass ich bald vor dem Klavier würde nicht mehr heimlich sitzen müssen. Schon das war überwältigend. Selbst wenn ich es gewollt hätte, ich hätte auch *Papp* nicht herausbekommen. Aber hörte wieder den Ton.

Die Sterne schwingen. Das ganze Universum schwingt und neigt seine Himmel. Zwei Meter hoch, zwei Meter wieder hinunter. Und abermals zwei Meter aus dem tintigen Nachtschwarz heraus.

Ich weiß nicht, was ich befürchtete. Aber in meinem Schrank rutschten die Gläser. Etwas polterte sogar runter.

So dass ich, aber diesmal ohne Panik, mich auf den Rollstuhl hangelte, was diesmal ganz gut funktionierte. Das bisschen Schmerz war egal. Er war sogar wichtig. – So spürte ich mich.

Ich wollte unbedingt hinaus. Egal, dass ich nur den Schlafanzug anhatte, weil das mit dem Bademantel dann doch nicht geklappt hätte. Da indes der ganze Tag so warm geblieben war, würde es auch die Nacht sein. Man merkte es drinnen nur nicht, wegen der leidigen Klimaanlage.

Aber ich wollte gern auf dem Bootsdeck allein sein, nur für mich. Nur wäre ich dort nicht über die Schwelle zur Promenade gekommen. Um diese Zeit war sicher niemand mehr auf. Vor allem wollte und will ich nicht sprechen. Deshalb konnte ich auch an der Rezeption den Nachtdienst nicht fragen. Außerdem musste ich befürchten, dass er mich in meine Kabine wieder zurückschieben würde. Herr Lanmeister, Sie sollen doch schlafen!

Deshalb blieb nur das Achterdeck, wo mein Freund, der Clochard, sitzt. Wahrscheinlich schlief er längst, weil seine Rotweinflasche leer war.

So ist es jetzt auch.

Aber über die Rampe hinaus, war das ein Zufall? Ich kann es nicht glauben. Andererseits ist es auch wieder gleichgültig unter den Sternen. Trotzdem. Ausgerechnet Senhora Gailint. Wieso lag sie nicht, wie nur der Clochard nicht und ich nicht, im Bett? Wieso sprach sie ebenfalls nicht? So ungehindert hoch hatte ich es mit meinem Stuhl durch den Lift geschafft. Die Galerie entlang. Links die Fensterreihe zur See. Rechts erst die eine Boutique. Dann der Captain's Club mit meinem Klavier. Dann die zweite Boutique. Und wieder der Lift. Durch den Überseeclub bis vor die Tür. Das ganze schweigende Schiff. Aber das Stampfen und Stampfen. Jeden Gang erfüllt es, jede Wand vibrierte. Und das Bumpern der Motoren. Ihr Raunen. Als ob das Traumschiff schon selbst die Ewigkeit wäre, Unendlichkeit wäre.

Imgrunde musste ich gar nicht mehr weiter. Es reichte völlig aus, mit meinem Rollstuhl an der Rampe vor der für mich uneinnehmbaren Tür zu stehen. Als aber wie aus dem Schweigen selbst Senhora Gailint zu mir heraustrat. Sie kam links durch die kleine Tür, hinter der sonst immer die nette Offizierin vor ihren schmalen Apparaturen sitzt. Meist spricht sie dabei durch ihr Walkie-talkie. Oder es knistert und rauscht nur.

Ohne irgendein Wort drückte Senhora Gailint die Tür zum Achterdeck auf und verkantete sie. Dann schob sie mich in die Nacht über die kleine Rampe hinauf und die kurze Steigung wieder hinunter. Da saß er denn auch, mein Freund, der Clochard. Aber sein Kopf hing seitlich hinab, weil er eingeschlummert war. Direkt über ihm die schummernde Leuchte.

Weiterhin wortlos schob mich Senhora Gailint bis ganz an die hintere Reling. Vielleicht wollte sie mir zeigen, wie tief sie mein Schweigen nicht nur verstand. Sondern dass sie es teilte. Wovon ich aber nichts als die kleinen Rucke verspürte, als sie für die Räder die Feststeller hinunterdrückte. Das tat sie offenbar mit den Schuhspitzen. Denn sie beugte sich nicht, sondern schaute nur hinab. Sehen konnte ich das natürlich nicht. Doch spürte es. Nicht einmal unruhig musste ich werden, weil sie sich, die Feststeller, auch über die Unterarmlehnen vermittels der Hebelchen lösen lassen.

Wenigstens jetzt erwartete ich von Senhora Gailint ein Wort. Ein Gutenacht zum Beispiel oder Sitzen Sie gut? Zumindest hätte sie den Ton summen können. Statt dessen verwehte sie. Ich bekam wirklich nicht mit, wie sie fortging, ja gegangen schon war, berauscht von der Nacht, wie ich war. Ich war berauscht von dem Nichtrauschen des Meeres. Nur unten vom Schiffsrumpf gluckste es ein bisschen wie aus Tümpeln voll Schlamm zu mir herauf. Wenn seine Blasen platzen.

Links stand die Waage zwischen Horizont und Zenit. In dem schimmerte das Haar der Berenice. Rechts schlängelte sich bis fast in den Osten die Hydra. Wiederum Saturn leuchtete beinah so hell wie der Arcturus. Für den ich meinen Kopf in den Nacken legte. Ich konnte meinem Anschaun kaum glauben. Heller sogar als der Mars in der Jungfrau, die über dem Kentauren wachte. Der stieg direkt aus der Kimm.

Während rechts über Afrika, wohin ich es dachte, eine Ahnung von Dämmerung lag. Vielleicht war in dem gelben Saharasand ein bisschen Tagessonne liegengeblieben. Das übernachtete dort, aber glomm im Schlafen nach.

All das schwankte, zusammen mit dem Meer. Zwei Meter hoch, zwei Meter herunter, zwei Meter hoch, zwei Meter runter, langsam, fast ohne ein Geräusch außer dem unseres Schiffs. Immer schon, fühlte ich nun, sind wir auf ihm gewesen. Ich *dachte* das nicht mehr nur noch. Weil es wie die Erde ist, nein, ohne »wie«, in dem schaukelnden Universum. Und dass, wenn man so etwas wahrnehmen möchte wie eben ich jetzt, die Schrecken vielleicht die Voraussetzung sind. Die Schrecken und die Schmerzen sowie auch die Angst. Ohne die wären wir vielleicht alle blind und taub sowieso. Dass ein Moment kommt, um einig zu werden mit alledem. Eines zu sein. Das Russenkind mit Petra und sie mit Gisela und diese wieder mit einer Welle, die gleich ist mit Sven, der gleich mit dem Schiff ist. Das ist das Bewusstsein selbst. Sogar mit meinem Rollstuhl ist es ein Selbst.

Dass ich gewaschen wurde. Dass ich mich allein nicht mehr anziehen kann. Dass ich nicht mehr esse, auch, übrigens, weil ich gar nicht mehr richtig was schmecke. Dass ich, was hier Stippvisite heißt, überwacht werde und mich bald ohne fremde Hilfe überhaupt nicht mehr bewegen kann. Dass man mir meine Kladden vielleicht nun doch, dachte ich, weggenommen hat außer der letzten. So dass eine Spur von neuem Ärger, wirklich nur eine Spur, in mir aufstieg.

Dass ich auf dem Meer bin, weil ich es will. Dass ich den Ton gehört habe und es nicht mehr drauf ankommt. Weil es nicht mehr lange hin ist, bis ich nicht mehr bin. Und aber alles bin.

Weil ich nicht mehr getrennt bin.

So dass das Unfassbarste geschah, das es gibt.

Wobei ich vorher noch richtig erheitert war. Denn mein Freund, der Clochard, hat nach dem Frühstück behauptet, er habe den Klabautermann gesehen. Dabei wussten wir alle, dass es so einen nicht gibt. Aber die Nixe.

Er wusste das natürlich genauso.

Die habe ich schließlich gesehen.

Und wie hat er ausgeschaut? fragte Mister Cody.

Auch Doktor Björnson und Doktor Samir saßen dabei.

Da machte er den Klabautermann vor.

Selbst Doktor Samir lachte. Ich meine, lachte laut, geradezu unheilig.

Denn der Clochard war vom Rauchertisch aufgestanden, hatte sich halb vor-, halb aber auch hochgeklappt. Nun sah er wie ein Haken aus, der hakig Faxen machte. In unserer Gleichgültigkeit haben wir das früher spastisch genannt.

Trotzdem hopste er weiter herum. Hoppelte und hüpfte und machte dabei Fressgeräusche. Das störte ein paar Passagiere. Ob wir wohl ruhiger sein könnten, riefen sie herüber. Schließlich sei man hier, um sich zu erholen. Womit sie vor allem das Essen meinten, von dem sie seit Wochen schon satt sind. Essen tun sie trotzdem weiter.

Und was macht Ihr Klabautermann sonst? fragte Mister Cody. Woraufhin ihm Madame Gellet zuwisperte, nun ja, er trinkt Rotwein. Und seit nicht mehr kalfatert werden muss, ergänzte Doktor Björnson, der sich mit der Seefahrt auch auskennt, hat er die Kreuzworträtsel entdeckt. Woraufhin uns mein Freund, der Klabautermann, die Zunge herausstreckte, bevor er seine unbequeme Körperhaltung wieder aufgab.

Er setzte sich zurück vor sein Morgenbier.

Die heitere Laune tat mir gut, die sich ausgebreitet hat, seit es nicht dauernd mehr regnet. Da bedauerte ich es fast ein bisschen, dass Patrick erschien, um mich abzuholen. Ich hatte am frühen Morgen sowieso meinen Ton schon gespielt, noch einmal heimlich. Was jetzt, wie ich fand, einen besonderen Reiz hatte. Um den es vielleicht schade sein würde, wenn ich offiziell am Klavier spielen durfte. Zugegebenermaßen hatte ich aber ein bisschen Angst vor dem, was Madame Gellet den Unterricht genannt hatte. Ihre Bemerkung war noch im Überseeclub gefallen, also drinnen beim Frühstück.

Auf keinen Fall hatte ich gefüttert werden wollen, auch nicht von Patrick. Das hatte ich sehr deutlich durch das Zusammenpressen meiner Lippen signalisiert. Wenn man aus Not zu schweigen begonnen hat, darf man keinesfalls aus Not wieder sprechen. Das wäre sonst, wie wenn man beim Tauchen, wovon der Anzugmensch erzählt hat, plötzlich die Atmung vom Mund nimmt. Soweit ich verstanden habe, wird Sauerstoff in der Tiefe zu einer Art Droge. Deshalb fängt man zu lachen an, nimmt nichts mehr ernst und ertrinkt. Ein bisschen ist das, dachte ich, wie bei mir und dem Meer. Weil man dann denkt, dass man die Atmung gar nicht mehr braucht.

Es ist aber nicht *mein* Meer, Lastotschka. Ich bin dem Meer so egal wie dem Weltall die Erde. Wusstest Du, dass im Haar der Berenice der, wie hieß er noch mal?, *Coma-*, glaube ich, -Sternenhaufen, also dass der mit siebentausend Kilometern in der Sekunde von uns davonrast? Oder wir von ihm? Weil wir doch auseinanderfliegen, das ganze Universum, immer noch, nach dem Großen Knall. Siebentausend Kilometer in der Sekunde! Halte Dir das mal vor Augen. Das können wir uns, was so etwas heißt, gar nicht vorstellen. Es geht über unsere Vorstellung noch weiter als die Unendlichkeit hinaus. Vor diesem Knall gab es nicht einmal Zeit.

Das hat mich als Junge interessiert. Deshalb habe ich all die Bücher gelesen, bis ich erwachsen geworden war, und war doch immer noch grün, hat Großmutter gesagt, hinter den Ohren. Trotzdem hätte ich wahrmachen müssen, was ich mir damals so wahnsinnig gewünscht habe. Astronomie zu studieren.

Aber ein Russenkind damals und studieren? Das kam nicht infrage. Sogar eine, wie es noch hieß, höhere Schule. Lern was Ordentliches, Junge, das einen Mann auch, sagte Großmutter, ernährt. Während Mutter sowieso keinen Pfennig mehr, als sie unbedingt musste, für mich ausgegeben hätte. Was sie auch dauernd sagte. Drei Kreuze, sagte sie immer, dass sie die macht, wenn ihr die Schande endlich aus den Augen ist. Wäre Großmutter nicht gewesen, hätte sie mich weggegeben gleich nach der Geburt. Dass ich ihr, also Großmutter, auf ewig dankbar sein müsse. Du solltest ihr die Füße küssen, statt uns das Leben mit deiner Rumtreiberei zur Hölle zu machen. Was kann man von einem Russenkind aber schon andres erwarten? Und meine Großmutter knallte mir eine, obwohl ich schon fast fünfzehn war, als ich, wie hieß sie noch?, Gerda? Elisabeth?, unter den Rock gegangen bin. Dort roch es wie im Löwenhaus. Aber im Zoo war ich zuletzt als Kind. Mit der 6, glaube ich, b. Corinna Salier, die im Nachbarhaus wohnte. Für Sven nahm ich mir nie die Zeit.

Als Senhora Gailint sagte, es ist soweit, Herr Lanmeister. Sind Sie bereit?

So dass eben Patrick erschien, um mich zum Klavier zu schieben, vormittags und geradezu öffentlich. Das hätte ein kleiner Triumphzug sein können. Madame Gellet und Senhora Gailint mit, ihren Arm in den seinen gehakt, Buffalo Bill. Ich meine Mister Cody. Wie die alle hinter mir und Patrick herschritten und der Adjutant hinterdrein. Wie eine Eskorte.

Wirklich hatte ich den Eindruck, die Passagiere, an denen wir vorbeimussten, sähen uns nach, nachdem sie zur Seite getreten waren. Möglich, dass sich das Klavier insgesamt herumgesprochen hatte. So ein Schiff ist ein Dorf. Deshalb habe ich selbst an eine höhere Schule und Studieren von Anfang an nicht gedacht. Das war nur ein Gedankenspiel gewesen, aber ein schönes. So dass ich die Bücher über die Halbleiter hinaus alle aufgehoben habe, selbst über die Triaden hinaus. Wahrscheinlich stehen sie heute bei Sven, wenn er sie nicht fortgegeben hat. Das einzige, worum es mir damals gehen musste, war, aus diesem Dorf wegzukommen. Von diesen bösen Frauen.

Kassiopeia, Andromeda, Berenice. Dass ich sie alle behalten habe!

Als Sven noch klein war, hat er es geliebt, wenn wir in den Nachthimmel guckten. Das habe ich viel zu selten mit ihm gemacht. Aber ihm gezeigt, was am Nachthimmel was ist. Vielleicht hat er das von seinem Vater behalten. Diese paar Male, dass ich mir Zeit nahm. Doch auch da ging es mir nur um mich selbst. Denn ich wurde davon selbst wieder klein. Weil ich mich als Junge angesichts dieser wahnsinnig riesigen Kühle aufgehoben gefühlt habe. Als Russenkind, sozusagen.

Und dann saß diese Russin da, wirklich, an dem Klavier und wartete schon. Obwohl Du natürlich Ukrainerin bist. Das hast Du auch immer gesagt, wenn man Dich fragte.

Wobei ich Dich erst nicht erkannte. So anders sahst Du als in meiner Sehnsucht aus. Sie ist ja lächerlich genug. Senhora Gailint hat alles eingefädelt, damit ich das endlich begreife. Auch Dich soll ich loslassen wollen.

Natürlich konnte ich direkt in der Situation an sowas nicht denken. Denn kaum hatte mich Patrick in den Captain's Club gerollt, standest Du in Deinen Turnschuhen auf, Deinen Jeans, Deinem Pulli. Alles an Dir wirkte unvertrauter, als wenn Du vor Publikum spielst. Zum Beispiel entdeckte ich zum ersten Mal die kleine Warze auf Deiner rechten Wange. Du hattest sie mit etwas Make-up abgedeckt. Man sollte ihre leichte Erhebung übersehen, wenn sie die gleiche matte Färbung bekommt wie die umgebende Haut. Nun weiß ich, dass man auch in eine Warze verliebt sein kann. Wäre man jünger, wollte man sie andauernd küssen.

Aber dass die anderen den Captain's Club jetzt ebenfalls betreten hatten, was vor ihnen nur Patrick getan hatte, ich war ja gerollt worden, das sagt, was Dich und mich betrifft, schon alles

– Lass mich bitte zu Atem kommen –

und Senhora Gailint rief: Kommt, Kinders, lassen wir die zwei mal allein!

So dass sie wirklich gingen, und Du, die Senhora Gailint eine kleine Ukrainerin genannt hat, setztest Dich zu mir. Dafür hatte Patrick meinen Stuhl rechts vor die Klaviatur gerollt. Dann war auch er gegangen. Nicht nervös sein, Herr Lanmeister, sagte er noch.

Wobei ich aber nur deswegen nervös war, weil ich noch immer nicht verstand, dass Du es warst. Du warst ein mir völlig fremdes, fast etwas freches Persönchen.

Das den schwarzen höhenverstellbaren Lederhocker neben mich schob. Dann setzte es sich so nahe zu mir, dass mir schwindlig wurde. Dabei kann ich fast nichts mehr riechen. Trotzdem war da Dein Duft. Dein eigener, Du trugst kein Parfum. Alleine ihn nahm ich wahr, viel mehr als Dich selbst. Aber es ist eben falsch, von Du zu sprechen.

Deshalb lächelte die junge Frau ein bisschen befangen. Sie könne, sagte sie, meine Sprache nicht, nur etwas Englisch. Doch auch das nicht richtig. *Please pardon me for that.* So dass ich einen völlig anderen Vorteil begriff, den es hat, wenn man schweigt. Es kann zu einem besonderen Privileg werden, nicht mehr zu reden. Denn da lenkt von der Musik gar nichts mehr ab.

Zum Beispiel war das erste, was die junge Frau tat, meinen Ton anzuspielen. Vorher hatte sie leise *Listen!* gerufen, *Lausche!* Dann war sie aufgestanden, hatte den Flügeldeckel geöffnet und ihn auf den Deckelarm gestützt. Danach war sie wieder herumgekommen und hatte abermals die Taste angeschlagen. *Do you hear?*

Sie legte ihren Kopf leicht schräg, um mir ins Gesicht zu sehen. Doch schloss sie ihre Augen dabei.

Jetzt du, sagte sie, oder jetzt Sie, weil das im Englischen gleich ist.

Ich konnte nicht reagieren. So sehr überwältigte mich die Situation. Solch ein Geschöpf von Mensch, eine derartige filigrane Weiblichkeit, zugleich so voller Haut und Geruch. Schon deshalb, Lastotschka, unterschied sie sich von Dir wie von einer wehenden, lockenden Nachtsee der warme, belichtete, vögeldurchzwitscherte Morgen. Sie war ein Häuschen im Grünen, aus dessen Küche es nach Brötchen duftet.

Derart offenbar ist selbst im nachhinein noch, dass nicht Du war, die Du ist. Wenn man so etwas empfindet, ist das nicht leicht zu bewältigen. Auch dann nicht, wenn man nicht spricht. Wörter können es sowieso nicht ausdrücken. Aber der Ton kann es, den dieses Wesen nun ein drittes Mal anschlug. Wahrscheinlich, weil ich noch immer nicht reagiert hatte.

Wieder forderte es mich auf, genau hinzuhören. *Listen!*

Dann hieß es mich, mein Ohr an die Seite des Instrumentes zu legen, direkt an den blanken spiegelnden Schellack. Und schlug ein viertes Mal die Taste an. Diesmal fast nicht hörbar. Deshalb vernahm ich innen die Mechanik mit, ein eigentümliches erst Klacken, dann langes dumpfes Rauschen. Das hatte nun doch etwas von der wehenden Nacht. Es war mir aber nicht leicht, in dieser Position zu verharren. Sozusagen kauerte ich um meinen eigenen Bauch. So hält Doktor Samir, wenn er betet, immer seinen Glauben warm.

Schließlich, ich lehnte mich langsam wieder zurück, nahm sie meine rechte Hand. Sie berührt mich, dachte ich. Sie berührt mich. Führte sie aber nur aufs Manual. *Here*, sagte sie, *g sharp*, sagte sie. Dann schlug sie die Taste links daneben an, eine weiße, während die meine schwarz war. Sie ist auch dünner und erhaben. Was zusammen falsch klang, dieses, wie sie englisch sagte, *g and g sharp*. Nun schlug sie daneben rechts die Taste an, sagte *a*, auch das natürlich auf englisch. Als ich die meine wieder anschlug, sagte sie *a flat*. Was ich insgesamt nicht verstand oder doch verstand. Weil es darauf im Leben eben ankommt, dass ein Ton zugleich ein ganz anderer sein kann. Das ist nicht nur der Name. Sondern alles klingt anders, wenn man *g-sharp*, was ist das auf deutsch?, spielt und dazu g oder ob a.

Doch damit war es dem Wesen noch immer nicht genug. Dabei ist es schon ungeheuer viel, so etwas zu empfinden. Es geht weit über die Kraft hinaus, die einem normalen Menschen für eine Stunde zugestanden wird. Trotzdem ließ mich das Geschöpf dieses *g sharp* und *a flat* immer noch weiter anschlagen. Und fing nun an, um den Ton, der doch zwei war, herum, auf noch ganz anderen Tasten zu spielen. Auf mehreren, immer noch mehreren. So dass mein Ton mit einem Mal zum Bestandteil wurde. Das war mehr als nur ein gemeinsamer Klang. Er war jetzt das Herz ihres Spiels. Ich konnte es schlagen hören, klingend schlagen, mein eigenes, eigenes, eigenes Herz. Immer heftiger schlug es und immer schneller. Woraufhin auch sie immer noch schneller spielte und ich zu lachen anfing, weil das alles so jagte. Ich konnte gar nicht anders als zu lachen. Und sie, Lastotschka, lachte mit mir.

Lausche ich dem Meer und dem Motor lange genug, geschieht das Sterben unter gewaltigem Tosen. Für gewöhnlich hört man es dennoch nicht. Das liegt an dem sanften, hohen, glaube ich, dauernden Wiegen. Gewiegt und nicht gewogen werden. Denn dieses wär das Gegenteil.

Aber nun ist mir klar, dass Teneriffa, wenn wir es morgen erreicht haben werden, mein letztes Land sein wird. Das letzte, von dem dieses Schiff noch einmal mit mir ablegt. Lissabon, auf das Patrick sich freut, werde ich vielleicht noch sehen. Nicht aber mehr erleben, wie wir den Anker lichten oder vielmehr vom Kai die Vertäuung lösen.

Ich werde Europa erst im Nordosten als einen Streifen wahrnehmen, dann das Abendland im Morgen. Es geht wohl um den Breitengrad. Nur was Patrick anbelangt, tut es mir leid. Offenbar hat er verdrängt, dass auch in Lissabon niemand, der das Bewusstsein hat, von Bord gehen kann. Imgrunde besteht es aus der Sehnsucht. Sie ist seine Haut, um es präzise auszudrücken. Durch sie kann es atmen.

Darum ist es einerlei, ob es die anderen Kladden überhaupt gibt oder nicht. Ob man sie mir fortgenommen hat. Hier diese eine reicht völlig. Selbst sie bräuchte ich imgrunde nicht mehr. Es genügt, dass ich an Dich denke. Man muss nichts festhalten. Das, von allen Gedanken, ist der befreiendste, dass jede Erinnerung Unfug ist. Zum Beispiel ist auch die Scham ein Unfug.

Ich habe deshalb einen Entschluss gefasst.

Entschluss ist wahrscheinlich zuviel gesagt. Denn ich kann nicht vorhersagen, ob sich so etwas durchhalten lässt. Ich meine, in meinem Bett einfach liegenzubleiben. Einfach nie wieder aufzustehen, nur für das Klavier vielleicht noch.

Wobei ich auch dieses schon nicht mehr brauche. Ich trage den Ton und das Meer in mir. Da muss ich wirklich nicht mehr jeden Tag hinaus. Was dennoch seltsam ist, weil es mich doch immer, immer gezogen, angezogen hat auf meiner langen Reise. Da zählte keine Mühsal, weil ich mich bewegen musste.

Es ist nicht mehr nötig, Lastotschka, sich zu bewegen. Doch wundervoll war es, als mich die kleine Ukrainerin berührt hat. Abermals berührt.

Jetzt drücke ich mich schon aus wie Senhora Gailint. Die

kleine Ukrainerin, da kannst Du mal sehen. Nur denk bitte nicht, dass unser Lachen mich erschöpft hat, dieses lange gemeinsame Lachen. Ich werde das nie mehr vergessen, wie es irgendwann in ein Kichern umschlug. Denn die kleine Pianistin fing an, auf ihren Tasten herumzuulken. Solch einen Schabernack trieb sie mit ihnen! Die Töne hatten keinen Zusammenhang mehr. Und hatten ihn, einen frechen, doch. So dass ich wirklich zu kichern anfing. Was Dich entzückte, was Dich antrieb, es mit den Tönen immer wilder zu treiben. Dazu schlug ich ebenfalls eine andere Taste an, auf die wiederum Du mit einer nächsten Keckheit reagiertest.

So alberten wir, der stumme, behinderte alte Mann, und sie, die quickefreche junge Frau. Dass sie albern kann, die Musik! Dass sie selbst d a s kann! Ich habe zuvor nicht gewusst, dass das geht. Schon gar nicht, welch höherer Sinn sich da zeigt. Nur sie, diese Erkenntnis, ließ mich ein bisschen ermüden. Sie hat mich, Lastotschka, in dieser einen einzigen halben Stunde mehr verausgabt, als irgend etwas sonst in meinem Leben. Sogar die furchtbare Stutennacht hat mich so viel Kraft nicht gekostet.

Erschöpfung war es aber nicht. Sondern tatsächlich Verausgabung. Wie wenn man mit allem, was man hat, um sich wirft. Um es zu verschenken. Einen Vorrat nach dem andern. Dass ich zu so etwas fähig war!

Selbst Senhora Gailint musste lachen, als sie mit ihrem Adjutanten und Patrick zurückkam, weil sie mich abholen wollte. Natürlich lachte auch er. Wunderbar! rief Senhora Gailint. Das haben Sie absolut wunderbar gemacht! Dabei streckte sie dem Geschöpfchen einen einmal gefalzten Geldschein zu. Das Mädchen genierte sich aber, ihn anzunehmen. Denn Mädchen ist diese Pianistin noch fast.

Sie habe, sagte es, so etwas Schönes seit zuhause nicht mehr erlebt. Dafür wolle sie kein Geld. Indes Senhora Gailint beharrte. Womit sie recht hatte. Auch ich hatte selbstverständlich gespürt, dass die kleine Ukrainerin schon ein bisschen geschwindelt hat. Ihr halbes Englisch war auch gar nicht richtig zu verstehen. Doch musste ich nur an ihren Freund denken, Will. So heißt er, wie ich jetzt weiß.

Will kommt von William, wozu man aber auch Bill wie bei Mister Cody sagen kann. Der mit Deinem Freund freilich nichts gemein hat. Schon, weil er am Abend mindestens eine dicke Zigarre raucht. Oft raucht er mehr, vielleicht drei. So dass Namen wie die Töne sind. Auch sie verwandeln sich, je nach ihrer Kombination mit den andern.

Will und Kateryna. Falls Ihr zusammenbleibt, wird man bald Cathy zu Dir sagen. Dann werdet Ihr Kinder bekommen, zwei, so schön, wie Ihr selbst seid. Dafür lohnt sich ein Aufstehen, wenn man Euch noch ein bisschen zugucken kann. Wie Ihr Euch manchmal heimlich anfasst, wenn Du nach dem Konzert eben doch einmal zu den Rauchern herauskommst. Selten genug tust Du das. Und nur, wenn Du weißt, dass Will bei uns sitzt.

Für das, dieses Uns, lohnt sich das Aufstehen gleichfalls. Denn spätestens, seit wir am Klavier so gealbert haben, weiß ich, ich gehöre dazu. Zu Madame Gellet und Patrick. Zu meinem Freund, dem Klabautermann, und zu Doktor Samir. Das ja nun sowieso. Sowie zu Buffalo Bill Cody und dem anderen Gast, den ich nicht kenne. Zu Patrick und Senhora Gailint. Es sind so viele Menschen geworden, dass ich sie gar nicht aufzählen kann. Auch Lola Seifert gehört dazu, und Doktor Gilburn gehörte dazu, besonders aber Monsieur Bayoun.

Trotzdem hat liegenzubleiben und sich nicht mehr zu regen einiges für sich. Weil man sich dann den Unfug erspart, die dauernde Musi zum Beispiel. Sie fällt von einem ebenso ab wie die Scham. So dass man nicht nur erfährt, sondern direkt am Leib spürt, wie gut es ist, gewaschen zu werden. Wie gut es ist, versorgt zu werden, selbst wenn man auf die Toilette muss und nachher das für einen Menschen Erniedrigendste notwendigerweise erträgt. Dann versteht man, dass es natürlich ist. Es reicht an die Würdigkeit gar nicht heran. Die bleibt in uns unangestastet erhalten. Wir sind sowieso, Lastotschka, längst dreiviertel drüben. Nur ist dieses Drüben ein Teil dieser Welt. Jede ihrer Fasern wurzelt im Drüben. Aus dem saugt sie ihre Nahrung herauf. So dass ich an die Reisegesellschaft der Sterbenden dachte, die einen Allah gar nicht braucht. Denn das ist das Wunder, dass ihre Fasern nicht nur die Wurzel, sondern zugleich die Adern und Sehnen sind, und sämtliche Nerven. Dass das für sich ist und wird, um zu sein.

Welch ein gutes Gefühl, Erschöpfung. Erschöpftsein. Ausgeschöpft sein. *Haben*, ausgeschöpft *haben*.
　　Das zu wissen.

Aber unterm Strich war meine Entscheidung sinnvoll. Das Problem besteht nämlich schon darin, dieses Liegenbleiben begründen zu müssen. Und zwar noch besonders, wenn einer nicht spricht. Dann muss man es mimisch begründen.

Hat man jedoch über Wochen trainiert, keine Regung im Gesicht zu zeigen, weiß man am Ende nicht mehr, wie das überhaupt geht. Und ich habe es über Monate trainiert – schon weil mir mein Besuch derart lästig war. Allerdings ist es unterdessen ganz schön, wenn da jemand bei mir sitzt.

Aber erst, seit ich weiß, zu wem ich wirklich gehöre.

Also stimmt es gar nicht, dass wir uns nicht erkennen, sondern nur verstehen? Habe ich das so einmal geschrieben? Wahr ist aber, dass nur ich nicht die anderen erkannte. Sie hingegen erkannten mich gleich, sogar der Klabauterclochard. So dass es mit den einhundertvierundvierzig vielleicht nur von Monsieur Bayoun eine Idee war, die mich bereit machen sollte.

Ich erinnere mich, wie er mir sagte, nun sei es soweit für ihn selbst. Fast genau hier, nur noch etwas weiter nördlich. Ich höre ihn noch an der Reling des Achterdecks sprechen. Er hat nach Nordafrika geguckt und gesagt: Ich rieche die Heimat. Mein Leben hat sich gerundet. Dann zündete er sich, der alte Freund, seinen Cigarillo an. Der hatte schon einige Zeit zwischen seinen schiefen Zähnen gesteckt, aber kalt. So dass ich dachte – frei. Und ihn ein bisschen beneidet habe.

Tatsächlich sind wir bereits auf der Höhe von Marokko. Wir müssten nur unser Ruder etwas weiter nach Osten einschlagen. Dann könnten wir statt in Lissabon in Tangers hübschem Hafen ankern. Wie wir das vor zwei Jahren getan haben. Vor dreien, vieren. Oder vor nur einem? Ich weiß es nicht mehr.

Doch blieb er einfach am Leben.

Deshalb verstehe ich endlich, weshalb er sich zurückgezogen hat und nur noch Senhora Gailint an sich heranließ. Sie durfte sogar in seine Kabine.

Es brauchte das halbe Mittelmeer noch, bevor man bereit war, ihn gehen zu lassen. Vielleicht hat auch er einfach nicht mehr essen wollen. Doch Doktor Björnson ist nicht der Typ, so etwas durchgehn zu lassen, auch wenn Doktor Gilburn Monsieur Bayoun zur Seite gestanden hat. Denn es gibt Gesetze. Auf die hat sich Doktor Björnson berufen und die Zimmermädchen angewiesen, dass sie aufpassen sollen. Selbst wenn sie einmal anderer Meinung waren als der Hotelchef, an seine Anweisungen müssen alle sich halten. Ansonsten wird ihnen gekündigt. Dann hat in Moldawien oder der Ukraine ihre Familie nichts mehr zu essen.

Erst heute erkenne ich die Hintergründe und kann alles zu einem schlüssigen Bild zusammensetzen. Besonders verstehe ich Tatiana.

Allerdings ist neuerdings Senhora Gailint ein Problem. Obwohl sie doch weiß, wie glücklich Du mich machst, rückt sie mir immer näher. Womit ich meine, dass sie es versucht. Mal legt sie einen Schal um mich, so dass ich ihren sinneentrükkenden Atem riechen muss. Mal sogar einen Arm. Und neulich hat sie mich geküsst. Nicht auf den Mund, nein, aber ganz dicht daneben. Außerdem hat sie mich im Nacken gekrault. Ich wusste überhaupt nicht, was tun.

Wie kann sie mich gegen Dich zu verführen versuchen? Mich versuchen, Lastotschka? Denn das, was uns beide möglich macht, würde allein von Senhora Gailints rotem Haar unterlaufen. Von ihrem, um das deutlich zu sagen, Saft. Zwischen uns, Lastivka, ist sowieso alles ausgeschlossen, sozusagen natürlicherweise, was über das Klavierspiel hinausgeht. Deshalb kann ich Dich von Herzen gern mit Deinem Freund zusammen sehen. Das, damit Du es richtig verstehst, gibt mir eine Sicherheit. Denn ich muss nicht befürchten, dass Du etwas erwartest, das ich schon lange nicht mehr geben kann. Zum Beispiel, wie sollte denn ich noch einmal Vater werden, worauf Du aber Anspruch hast, also Mutter zu werden? Während eine Elternschaft zwischen Senhora Gailint und mir gar nicht infrage kommt, weil auch sie über das Alter schon hinaus ist. Deshalb interessiert sie mein Ausgeschöpftsein nicht. Wenn sie sich mir nähert, muss sie sich nicht im entferntesten fragen, ob wir sowas noch hinkriegen würden. Ich meine, noch einmal so ein kleines Geschöpf. Es dann aufzuziehen, durch die Schulzeit zu begleiten und alle Zeit zu versorgen. Ihr, anders als Dir, geht es einfach um mich.

Wobei ihr eben anzusehen ist, dass sie durchaus noch Bedürfnisse hat, umschwärmt, wie sie ist, und bewundert. Schau Dir nur, verzeih mir, diese Brüste an! Walkürenbrüste, warum fällt mir das ein? Wie soll ich denen denn standhalten können? Trotzdem wirbt sie um mich. Nicht nur ich bekomme das mit.

Alleine deshalb hat sie für mein Klavierspiel gesorgt. Sie will mich ihr verpflichten. Natürlich hat sie sofort gemerkt, dass es von ihr ein Fehler war. Darum hat sie sich nur verstellt, als sie Wunderbar! rief. Klug verstellt, wie Frauen eben sind, wenn sie etwas wollen. Darum durfte sie auf keinen Fall ihre Eifersucht zeigen. Denn das weiß sie so gut wie ich, wie nervtötend so etwas ist. Schließlich flammt sie wie Senhora Gailints Haar, bis die ganze Person in ihrer Eifersucht wegbrennt. Der ganze Charakter und alles, was nur irgend liebenswert ist. Außer Schlacke bleibt davon nichts.

Darum ist Senhora Gailint auch immer gefasst. Sie tut so lustig, weil sie meint, wenn sie die Maske aufbehält, hat sie noch eine Chance bei mir. Ich muss nur dran denken, dass sie in seinen letzten Tagen auch Doktor Gilburn verführt hat. Obwohl der natürlich noch gut genug beieinander war, um das mit den Frauen durchaus noch zu können. Monsieur Bayoun konnte es sowieso noch, wenn Senhora Gailint ihn in der Kabine besuchte. Ich aber nicht. Ich bekäme das nicht mehr hin. Denk doch allein an meine Beine, denk an meine Schulter. Einen dritten Infarkt überleben Sie nicht. Das ist ihr alles egal.

Natürlich hat man, Lastotschka, auch als alter Mann Fantasien. Das ist wohl wahr. Aber letzten Endes ist man Realist. So dass man es besser nicht drauf ankommen lässt. Das möchte ich nicht auch noch erleben, dass Senhora Gailint vor mir steht, und ich liege, um wenigstens nicht im Rollstuhl zu sitzen, im Bett. Aber nichts tut sich bei mir. Wenn sie sich deshalb wieder anziehen muss, verhöhnt sie mich vielleicht nicht gerade. Aber Verachtung ist in ihrer Stimme schon drin, wenn sie sagt, das macht doch nichts, Herr Lanmeister. Natürlich würde sie Gregor zu mir sagen. Das macht doch nichts, Gregor. Jedem passiert sowas mal.

Das sagen Frauen dann immer. Trotzdem beziehen sie es auf sich. Dass sie nicht genügen, weil sie einem, glauben sie, nicht ausreichend gefallen, in Senhora Gailints Alter zumal. Da ist eine Frau ganz besonders empfindlich, so dass die Verachtung aus ihrer Bitterkeit rührt. Schließlich hätte man es als Mann auch ignorieren können, dass sie ein bisschen was angesetzt hat auf den Hüften und ohnehin schon nicht mehr gern die Oberschenkel zeigt. Und dann genügen sie wirklich nicht.

In meinem Leben bin ich immer gehässig gewesen. Ich wollte es nie wieder sein. Aber in der Situation müsste Senhora Gailint annehmen, dass ich mich nicht geändert habe. Denn das Gegenteil könnte ich nicht mehr beweisen.

Was, wenn ich ehrlich bin, auch ein Grund dafür war, dass

ich liegenbleiben wollte. Ich wäre ihr auf diese Weise aus dem Weg gegangen, ohne sie abweisen zu müssen. Verletzen will ich sie ja nicht. Dafür hätte ich sogar auf das Klavier verzichtet, und die kleine Ukrainerin. Womit ich nur Deine Gegenwart meine, nichts darüber hinaus. Das finde ich bemerkenswert, wie der Mensch, den man bewundert, in der Ferne zu einem völlig anderen wird. Ist man ihm nämlich nahegekommen und sitzt er direkt neben einem, dann ist es ein Fremder. Während der Mensch in der Ferne vollständig erhalten bleibt. Das ist, als wärt Ihr jetzt zwei, die aber miteinander nicht einmal verwandt sind. Oder doch, aber höchstens Cousinen.

Deshalb ist es mit der Liebe immer sehr schwer. Man liebt den anderen Menschen nur in der Ferne. Zieht man ihn an sich heran, ist dieser Mensch nicht mehr da. Was zu sein er aber behauptet. Ja, er will durchsetzen, dass er da ist. Davon wird dann alles blass, auch der Mensch in der Ferne. Sehnsucht ist so viel stärker als die Realität. Wird sie zu ihr, geht sie zugrunde. Dann will man diesen Menschen nur schnell wieder loswerden, an den der Mensch in der Ferne einen aber erinnert. Also will man auch den loswerden.

Tatiana wollte tatsächlich nicht, dass ich liegenbleibe. Nun machen Sie es mir nicht so schwer! Seien Sie bitte nicht so sperrig! Ich will Ihnen doch nur etwas anziehn. Sie war wirklich ein bisschen verzweifelt, woran ich früher meinen Spaß gehabt hätte. Als ein nur schweigender Mensch kann man seine Umgebung in geradezu Rage versetzen, weil es dagegen kein Hilfsmittel gibt.

Nur ging es darum jetzt nicht mehr. Sondern mein einziges Bestreben war, liegenzubleiben. Das konnte ich aber eben nicht erklären. Andererseits wollte ich unter keinen Umständen im Bett sterben. Nicht, weil es mir Tatiana nicht erlauben würde, sondern weil das Bewusstsein es nicht zuließ. Ein einfaches Verdämmern ist tatsächlich keine angemessene

Sterbeart, wenn einen wie mich solch eine innere Klarheit erfüllt. Während Tatiana dann doch wütend wurde und in ihrer Verzweiflung nach Patrick rief. Aber nicht meines Liegenbleibens wegen. Sondern sie hatte die Tür entdeckt.

Ich hatte mich sowieso schon gewundert, dass meine Ritzungen völlig unbemerkt geblieben waren. Wobei es wirklich nur drei oder vier sind, höchstens fünf. Ich muss nachher mal nachsehen. Aber ich hatte sie einfach vergessen, und später verloren sie ihre Bedeutung.

Für Tatianas Wut genügten die paar Zahlen jedoch. Was haben Sie denn da schon wieder gemacht?! Und so weiter. Da war mir mein Liegenbleiben richtig unangenehm geworden, aber bloß wegen der Daten in der Tür. Außerdem hatte ich vergessen, schoss mir durch den Kopf, Doktor Gilburn sein Schweizermesser zurückzugeben.

Dafür war es nun zu spät. Obwohl, es wäre ein guter Vorwand gewesen. Weil zugleich ein richtiger Grund, nun doch aufzustehen. Selbst wenn ich mich dann, sowie wieder draußen, Senhora Gailints Lüsternheiten stellen musste.

Unterdessen war mir außerdem ein wichtiger Gedanke gekommen. Dass nämlich die einhundertvierundvierzig Spatzen doch keine Erfindung Monsieur Bayouns sind. Sondern sie finden sich, dem Charakter von Spatzen völlig gemäß, in Gruppen zusammen. Die sind es, die sich erkennen. Das war zum Beispiel die Erklärung für den Rauchertisch oder die Raucherecke ein Deck höher. Es erkennen sich nicht alle untereinander, sondern immer nur einige. Die eben zueinander passen. Deswegen gibt es die Bilder im Mah-Jongg. Winde, Blumen, Drachen, Kreise. Das wollte ich mir unbedingt durch eine Anschauung bestätigen, die nunmehr bewusst war.

Tatiana tobte aber natürlich noch weiter. Das stand ihr nicht. Sie bekommt davon immer ein rotes Gesicht. Jedesmal muss ich denken, gleich passiert ihr das gleiche wie mir. Dann muss auch sie ins Schiffshospital. Deshalb fürchte ich manchmal, dass ihre Fürsorglichkeit ihr schadet. Ich weiß aus eigener Erfahrung zu gut, wie das Hospital schließlich ausgeht. Nämlich schlecht. Dafür kann ich die Verantwortung nicht auch noch übernehmen. Ich habe schon genug zu tragen.

Während Patrick, der nun tatsächlich erschien, die Tür gelassen hinnahm. Oje, sagte er zwar, aber dann, dass sich Tatiana beruhigen möge. Das ist doch nicht so schlimm. Und weil es für einen ehemaligen Holzfäller ein naheliegender Einfall ist, dass sie für so etwas die Zimmerleute haben. Schiffszimmerleute, sagte er. Die bessern das aus in Nullkommanix.

Dann wandte er sich an mich. Und Sie, Herr Lanmeister, wobei er mir das Kissen hinter meinen Rücken stopfte, und ein zweites, setzen sich jetzt bitte mal hin. Was ich nun nicht nur widerspruchslos, sondern sogar sehr gerne tat. Aber nicht, oder das auch, weil ich so besser das Meer sehen konnte. Strahlendblau schien es in meine Kabine. Vielmehr war es irrsinnig komisch, wie hoch sich der Rücken meines Betts stellen ließ. Das hatte ich vorher nicht gewusst, und schon gar nicht, wie sich diese Bewegung in das ewige Motorbumpern surrte. Ein surrendes Bett, ich meine, das hätte Doktor Gilburn mit vollem Recht für komisch genommen. So dass ich nur noch kichern konnte und es fast wie mit Dir am Klavier war. Was ich aber natürlich nicht zeigte. Denn mein Gesicht blieb unbewegt.

Monsieur Bayoun. Wer war Monsieur Bayoun?

Ich komme auf den Namen, weil die kleine Ukrainerin mir etwas vorgespielt hat. Schelsi, hat sie gesagt, aber ich weiß nicht, ob das so richtig geschrieben ist. Richtig kompliziert ist aber der Vorname. Doch tut der ebensowenig zur Sache. Denn sie hat mir erklärt, dass Schelsi selbst in seiner Musik gar nichts wollte. Dass sie jenseits von ihm ist.

Viel mehr habe ich wegen ihres Englischs nicht wirklich verstanden. Woraufhin sie es auf russisch oder ukrainisch versuchte. Das ging dann besser. Sowieso musste ich der Musik ja nur zuhören, die irgendwie dasselbe gemacht hat wie mein einer Ton. Zwar besteht von Schelsi die Musik aus vielen Tönen, doch w e r d e n sie alle zu einem. Das ganze Universum ist in dem drin. Aber meine Großmutter hätte es Katzenmusik genannt, so dass sie es mir ausgetrieben hätte. Daran erkennt man, wie wenig ich vor dem Traumschiff wusste.

Vor allem habe ich viel weniger gefühlt. Ich habe, um es korrekt auszudrücken, eingeschränkt gefühlt. Wie jemand hört, ist immer ein Zeichen dafür, wie nahe man der Welt ist.

Jetzt hätte ich der kleinen Ukrainerin stundenlang zuhören können. Danach, auf dem Achterdeck, kam mir die Hammondorgel wie eine Sünde vor, und was die Sängerin sang. Ich dachte wirklich »Sünde«, als wir auf dem Atlantik dahinschaukelten, in den die Winddschinn bliesen. Die klarste Sonne darüber. Von den Dschinn hat mir Doktor Samir erzählt.

So dass ich versuchte, mir Monsieur Bayoun vorzustellen, und wer er gewesen ist. Konnte denn alles verschwunden sein, was er einmal gewesen war? *Versunken*, dachte ich. Dabei sah ich weiter und weiter über das Meer. Es war seine wogende Oberfläche, die dieses Wunder vollbrachte. Dass selbst ein Erinnern nicht hindurchsehen kann.

Vielleicht weiß Senhora Gailint weiter? Sie ist ja überhaupt besser über Monsieur Bayoun informiert. Aber natürlich will ich sie nicht ausfragen. Sonst lässt sie sich mir gegenüber abermals gehen. Was mir umso peinlicher ist, als ich mich nicht wehren kann.

Immerhin bin ich, was die Gruppen anbelangt, nun bestätigt. Da musste ich mich auf dem Achterdeck bloß einmal umsehen. Freilich war eine wirkliche Sicherheit vor Santa

Cruz nicht zu gewinnen. Erst mussten die normalen Fahrtgäste von Bord, damit sie sich die Stadt ansehen. Dann blieben die einhundertvierundvierzig zurück und bildeten ebenfalls Gruppen.

Wir Abenteurer taten das schon jetzt. Und tun es weiterhin.

Plötzlich hatte ich so viel Klarheit, dass ich mich ohne Hilfe zur Reling rollte, um mir die Stadt einzuprägen. Wo wir plötzlich nämlich waren. Offenbar hatte ich die gesamte Einfahrt verschlafen. Mit einem Mal lag das Traumschiff im Hafen.

Von unserer langen Seitenpier aus sah ich die fernen braunen Berge in donnerstagsgrauem Dunst verschwimmen. Gleich rechts von uns hatte an der Nachbarpier eine Passagierfähre angelegt. Zum Meer hin, mir im Rücken, lag ein riesiger Kreuzfahrer. Wie eine Mole sah dort der Kai aus. Tatsächlich begrenzt er den Hafen.

Ich wandte den Kopf erneut Richtung Stadt.

Vor uns war in der Form eines Kutters ein genau so knallorangenes Schiff vertäut wie über dem Rumpf unsere Tenderboote. Dahinter Hafengewerk, Parkplatz und noch mal ein Becken. Dann Santa Cruz, in dessen Südwest ich ungefähr das erhobene Krummschwert eines leuchtend weißen Gebäudes ausmachen konnte. »Futuristisch« fiel mir ein. Die Stadt selbst wirkte eckig auf mich. Das lag an den gereckten Hochhäusern. Später erfuhr ich, dass sie sich über einem Altstadtkern erhoben, der wunderschön sein soll. Zu sehen war das von hier aus nicht. Doch hatte ich den unbedingten Eindruck, bereits zurück in Europa zu sein.

Als ich ein Trippeln und Kinder lachen hörte. Die stürmten auch wirklich aufs Deck.

Alles war Sonne. Wir ruhten vor Blau.

Und dann auch noch Kinder.

Wann zuletzt hatte ich Kinder gesehen? Gehört, ja gehört, das schon. Als die Feen geflogen waren. Wo ist das gewesen?

Wo bin ich zum Himmel gestiegen? Genau da hatte es ebenfalls Kinder gegeben, doch nur als Rufe aus einem, glaube ich, Schwimmbad. Es muss ein Schwimmbad gewesen sein. Auch da hatten die Kinder mich glücklich gemacht. Obwohl ich sie nicht sah.

Deshalb war das überhaupt kein Vergleich. Jetzt tollten sie leibhaftig herum. Bis ihre Mutter sie rief, dass sie vorsichtig sein sollen. Zwei Jungen und ein Mädchen. Das trug ein helles Kleid voll bunter Papageien.

Dass ich noch einmal Kinder sehen durfte! Dass alles einfach weiterging, ganz egal, ob es Monsieur Bayoun nun gab. Ob es mich gibt. Dass man schon deshalb loslassen kann, einfach loslassen. Denn nichts hört auf, wenn man verschwindet. So viel Schönheit ist in der Welt, und dass man Kinder braucht, um sie zu sehen, endlich nämlich als schön zu erkennen. So war ich von Dankbarkeit geflutet, wieder einmal von der Dankbarkeit, als die Kinder, alle drei zugleich, Papa! Papa! riefen und zu ihm stürmten und ihrer Mama. Und dann war das Doktor Björnson. Den waren sie abholen gekommen, weil er sich auf Teneriffa zur Ruhe setzen will. Was mir in diesem Moment wieder einfiel, und dass er überhaupt kein schlechter Mensch war wie ich. Sondern er ist ein Vater von drei Kindern, der sie auch liebt.

Denn das konnte ich deutlich erkennen. Vor allem aber: Sie liebten ihn. So dass ich dachte, wie gut! Während die drei backbords den schmalen Niedergang zu den Sonnenterrassen hochpesten. Bitte passt auf, rief Doktor Björnson ihnen nach, dass ihr nicht hinfallt! Haltet euch fest, bitte, man kann sich furchtbar wehtun auf so einem Schiff. Wie gut es ist, wenn wir Alten davongehn, dachte ich. Denn dann geht die Bitterkeit mit und kommt mit den Kindern erst gar nicht in Berührung. So sind sie vor Beschattung bewahrt. Da muss die Zuversicht nicht aus Vorsicht erkühlen.

Zugleich war mir das peinlich. Denn ich konnte gar nicht anders, als mich für meine falschen Ansichten über Doktor Björnson zu schämen. Wie verrannt ich mich hatte! Und wie furchtbar es gewesen wäre, wäre es zu meiner Rache gekommen. Wie gut, dachte ich, dass ich immer vergesslicher werde. Denn so ist es. Wozu sich etwas vormachen?

Ich dachte sogar, und es erleichterte mich, dass ich senil bin. Ich dachte genau dieses Wort, »senil«. Und weil ich mich so schämte, dachte ich sogar »debil«, weil dazu auch alles andere passte, nur nicht, natürlich, das Bewusstsein. Umso unabweisbarer führte sich mir vor Augen, was ich den Kindern mit meiner Rache an Doktor Björnson angetan hätte. Die mir überhaupt nichts Böses wollten. Sie kannten mich nicht einmal.

Das war nun eine so bedrückende Scham unter der prallen Sonne. Mitten in dem Gläserklingeln, den Arbeitsgeräuschen vom Hafen und hin und wieder einem Hupen aus der Stadt. Umweht von den Gerüchen nach Sonnenmilch und Kaffee. Eine doppelte, dreifache, vierfache Scham und aber zugleich solch ein fünffaches, sechsfaches, einfach nur riesiges Erfülltsein von Glück. Weil ich das mit den Kindern gar nicht verdient habe.

Ich bekam es trotzdem geschenkt. Dass ich ein Zeuge bin und hoch hinausgehoben über alles. Weil, wie ich um mich sah auf die Stadt und mir im Rücken hinter der Mole das meerblaue Meer spürte, weil ich da erst merkte, dass mich jemand an die Schulter stipste.

Er klopfte mir sogar darauf.

Es brauchte aber ein bisschen, bis ich mich aus meiner Erfüllung wieder zurechtgefunden hatte. Bestimmt eine halbe Minute. Bis ich an dem rechten hohen Rad genug gedreht hatte, um mich dem Stipser in meinem Rollstuhl zuzuwenden.

Da war es tatsächlich Doktor Björnson. Neben ihm stand

seine ein bisschen kurzgewachsene und ein bisschen pummelige, aber ungeheuer erscheinungshafte Frau. Sie hielt den kleineren der beiden Jungs an der Hand. An aber seinen Händen zappelten, weil sie weiter rumlaufen wollten, links der andere Junge, rechts das Mädchen. Jener mochte zehn sein wie heute Sven, dieses war um die acht oder neun.

Ich möchte mich gerne von Ihnen verabschieden, sagte Doktor Björnson. Sehen Sie, das ist meine Familie. Das da ist Carla, der hier ist Julian, und da der freche Bursche heißt Neville. Kinder, das ist Herr Lanmeister. Er meint es nicht böse, wenn er nicht spricht. Papa und er haben eine wirklich lange Reise hinter sich und ganz viel zusammen erlebt. Ach, verzeihen Sie, dies ist María, meine Frau. Bitte, Kinder, er mag es nicht, wenn man ihn anfasst. Er lebt in einer Welt, die uns verschlossen ist oder in die uns nur manchmal unsere Liebe ein bisschen hineinsehen lässt. Dann bekommen wir eine Ahnung davon, weshalb er manchmal Sachen macht, die wir nicht verstehen.

Während ich jetzt aber ein Krampfen hatte, das durch meinen ganzen Körper ging. Es presste mir nicht nur die Seele zusammen, sondern schnitt mitten das Bewusstsein durch. Denn in diesem Moment wünschte ich mir nichts sehnlicher, als dass diese Kinder mich anfassen würden. Dass sie sich auf meinen Schoß setzen dürften. Vielleicht, dass ich sie spürte und ihr Kichern und ihre Verwunderung spürte über einen so fernen alten Menschen wie mich. Sie hätte mein Äußeres nicht abgehalten. Sie waren so unvoreingenommen, wie nur Kinder sein können. Und nun durften sie nicht, weil ihr Vater nicht wollte, dass sie mich belästigten. Woran ich selber schuld war. Woran mein starres Gesicht schuld war und vor allem, vor allem mein Schweigen. Weil Doktor Björnson gar nicht ahnen konnte, wie gerne ich das Vorhängeschloss von der Kathedralentür genommen, ja dass ich es weggerissen hätte für eine einzige Berührung von nur einer dieser Hände. Dieser kleinen, kleinen Hände.

Scharf erhob sich das Dreieck der Rückenflosse. Darunter ließ sich ein gewölbter, glänzend grauer Rücken sehen, der sich für einen Delphin zu langsam bewegte, aber für einen Hai viel zu scharf gebogen war. So dass dies eine Tierart war, ob Fisch oder Wal, die ich noch nie gesehen hatte und schon gar nicht kenne.

Über bestimmt eine Minute lang ließ sich dieser Botschafter dahintreiben. Botschafter, dachte ich, eines Etwas hinter dem Bewusstsein oder tief darunter. Dann tauchte er in dieses Darunter ab. Doch auch das wirkte nicht nach Wille und Absicht, sondern wie der windergebene Sinkflug eines riesigen Vogels.

Natürlich hatte ich nur das Gefühl dieses Sinkens vor Augen. Es war ein bisschen wie mit den Tagesfarben. Worin sich, wie erklär ich Dir das?, Fähigkeiten zeigen, die eben erst beginnen. Sie entwickeln sich fast unmerklich, ganz ohne unser Zutun. So dass ich wieder an die Farben der Töne denke und sie, anders als damals, nun sogar aufzählen kann. Der Reihe nach, Lastotschka, sind es Cis oder Des, D, Dis oder Es, E, F, Fis oder Ges, G, Gis oder As, A, Violett, Ais oder B, Blau, H, Blaugrün, Grün, C, Gelbgrün, Sonntag, Gelb, Montag, Orange, Dienstag, Hellrot, Mittwoch, Donnerstag, Dunkelrot, Freitag und Sonnabend. Allerdings verunsichert es mich, dass ich zum Beispiel das Donnerstagsgrau nicht richtig zuordnen kann. Außerdem kommen die Mischfarben aus zum Beispiel Cis und Blau hinzu. Ebenso F und Donnerstag. Die Mischklänge aber genauso. Wobei es überdies das Phänomen gibt, dass auch das Warm und das Heiß klingt und ebenso zu einer Farbe werden kann wie das Glücklich oder das Müde.

Hätte ich noch Hunger, ergäbe dies gleichfalls ein Licht.

Es fällt mir zusätzlich furchtbar schwer, Hellrot und Lachen-müssen zu mischen, vor allem wenn man ein bisschen Ais mit hineintun möchte. Imgrunde, dachte ich, besteht die ganze Welt aus Frequenzen. Schwingungen, Lastotschka. So dass wir letzten Endes mit dem Weltall ziemlich viel zu tun haben, weil der Große Knall, Du weißt schon, *Big Bang*, ein Knall gar nicht gewesen ist. Sondern er war eine zum allerersten Mal angeschlagene Klaviertaste. Allerdings ist sie, das will ich gar nicht bestreiten, ziemlich stark angeschlagen worden. Oder alle Tasten sind zugleich angeschlagen worden. Das geht, wenn man beide Unterarme auf die Klaviatur legt. Aber mit Kraft.

Ich habe das ausprobiert und war benommen von der Klangfülle, die dabei herauskam. Doch auch diese Töne, wie die Galaxien und Sterne, fliegen auseinander. Natürlich nicht mit siebentausend Kilometern in der Sekunde, sondern nur ungefähr, aber pro Stunde, eintausendzweihundert. Was an der Luft liegt, die ein Ton eben braucht. Deshalb kann man zum Beispiel Ges und Grün nur dort mischen, wo es eine Atmosphäre gibt. Das heißt, da muss Leben möglich sein. Und gestorben werden können.

Es ist fast wie Petras Yoga, über das ich mich immer lustig gemacht habe. Ihre Verrenkungen waren einfach nur albern. Wie zum Beispiel Chanas und Chakras und wie das alles hieß, Pflug, Fisch, Sonnengebet.

Warum fiel mir das ein? Und wie, zum Beispiel, hat Petra überhaupt ausgesehen? Wie sieht Sven aus?

Wenn ich an ihn denke, sehe ich uns zwei auf dem Franz-schen Feld in den Nachthimmel gucken. Großer Bär, Kleiner Bär, siehst du? Wenn du den Feldstecher nimmst, kannst du sogar richtig den Jupiter erkennen. Das weiß ich noch aus der Astronomie, dass d e r und nicht etwa die Sonne für die Rö-mer Allah war.

Nur dass das seltsam ist, wenn Sven erst zehn ist. Das liegt doch furchtbar lange zurück. Es geht also gar nicht anders. So, wie ein Ton ein anderer sein kann, ist es auch mit den Menschen. Imgrunde sind wir eins. Deshalb ist der Große Knall eigentlich ein großer Akkord gewesen. Da ist ebenfalls alles Eines gewesen.

Der Große Akkord. Das klingt viel weniger albern als Bang, bei dem man sofort an Tschingderassabumm denkt. Denn es gibt Theorien, auch daran erinner ich mich, dass die Sterne und Universen nur bis zu einer bestimmten Entfernung auseinanderfliegen. Dabei ist »fliegen« natürlich ganz falsch. Zum Fliegen braucht man Luft, derethalben die Lastotschkis so unfassbar geleuchtet haben. Sie hingen, die Sterne, quasi an Gummibändern, die sich nur bis zu einem gewissen Grad ausdehnen lassen. Endlich würden die Universen immer langsamer werden. Dann kämen sie kurz zum Stillstand. Und flögen immer schneller werdend zurück. Bis sie wieder verschmölzen für einen neuen Großen Akkord.

Könnte nicht auch Chakra eine Farbe sein, nicht nur das Sonnengebet? Ich war ja nicht nur nicht fähig, so etwas zu verstehen. Sondern ich lehnte es willentlich ab. So vieles wollte ich einfach nicht wahrnehmen! Es hätte mich zu sehr von den Halbleitern abgelenkt. Und dann kann man kein Geld verdienen.

Zum Beispiel den Fakiren ist es egal. Aber die ernähren auch keine Kinder.

So dass ich diesmal nicht an der Reling stand, um mir die Passagiere anzusehen, wenn sie von ihrem Ausflug zurück sind. Das mit den Einhundertvierundvierzigergruppen hatte ich über den Kindern sowieso vergessen.

Die sind natürlich nicht lange bei mir geblieben. Sie wollten auch noch die Kabine sehen, die so ein Hotelchef bewohnt. Vor allem, wenn er ihr Vater ist. Sie wollten es ganz unbedingt.

Der kleine Junge wurde komplett hüpfrig. Immer auf und ab am Arm von Doktor Björnson.

Ein bisschen später sah ich sie in dem Sonnenschein noch Kuchen essen und mit sehr roten Strohhalmen Limonade trinken. Dann gab es ein bisschen Ärger. Misis Björnson musste ihrem Töchterchen das Kleid saubertupfen, weil Neville aus dem Kaffeelöffel ein kleines Katapult für die Sahne gemacht und Carla damit vollgespritzt hatte. Doktor Björnson kann ziemlich sauer werden. Das habe ich bei ihm sonst nie erlebt.

Außerdem füllte sich das Schiff allmählich wieder. Ich saß da längst bei meinem Freund, dem Clochard. Auch Madame Gellet war bei uns. Sogar Doktor Samir schaute vorbei. Ist das nicht ein herrliches Wetter, Herr Lanmeister?

Er nahm meine rechte Hand, um den Puls zu messen, wonach er zufrieden, schien es mir, lächelte. Es irritierte mich nur, dass er bei Madame Gellet dasselbe tat. Wie ein junges Mädchen, sagte er. Ach Sie, rief sie, Schäker! und hob den rechten Zeigefinger. Worauf er lachte, wie er das immer tut: tief aus seiner Brust herauf. Man kann gar nicht anders, als sich davon anstecken zu lassen. So blitzen seine Zähne. Bei dunkelhäutigen Menschen hat das etwas Unwiderstehliches. Der ganze Kosmos lacht da mit. Jeder Sonnenschirm lacht. Die Persenning und auch der kleine Pool lachen. Und, etwas entfernt, die Kinder Doktor Björnsons.

Trotzdem tat ich so, als wenn ich wieder eingeschlummert wäre. Ich wollte mich von meinen Gedanken nicht ablenken lassen. Es sind, dachte ich, Auflösegedanken von Frühsommermenschen, wenn sie die erste Krähe sehen.

Wovon an diesem Nachmittag natürlich gar keine Rede sein konnte, nicht auf Teneriffa. Aber von Spatzen konnte sie sein und musste es auch. Denn zweidrei hatten über den strahlenden Hafen hinweg zu uns hergefunden. Nun huschten sie auf

Teller, wenn die alleinestanden. Ebenso schnell huschten sie wieder hinunter, kam jemand an den Tisch zurück.

Mir gefiel dieses spitzbübisch flatternde und hüpfende Huschen so außerordentlich, dass ich meine Augen von ihm fast so wenig wie von den Kindern abwenden konnte. Natürlich blinzelte ich nur durch die Lider. Außerdem spitzten die Spatzen ganz woanders als an Doktor Björnsons Tisch. Sonst hätte Neville auch sie mit Sahne vollgespritzt.

So dass meine Augen schon wegen ihres ständigen Hin- und-Hers ein wenig müde wurden. Schließlich fiel mein Markieren mir gar nicht mehr schwer. Es verhält sich doch so: Wenn eine Verstellung zur Gewohnheit wird, dann wird sie schließlich zur Wirklichkeit. Deshalb eben schweigt man und schläft tatsächlich ein.

Genau das schien mir abermals passiert zu sein. Ganz so, wie ich morgens die Einfahrt verschlief. Aber nicht, wie mich Madame Gellet zur hinteren Reling rollte, ließ mich aufschrecken. Sondern dass natürlich auch nach Santa Cruz wieder eine Goodbye-Party losging.

Wir waren bereits auf See. Aber den Hafen konnte ich noch sehen. Wieder schossen kleine, unterarmlange Delphine durchs Wasser. Zwanzig, dreißig Torpedos vielleicht, die das Schiff eskortierten, als hätten auch sie ihren Spaß an der Party.

Nämlich stellen sich die Sänger und Tänzer zu diesem Zweck vor dem Überseeclub auf, eine neben dem anderen. Dann kommt die Hammondorgel wieder oder ein Playback oder beides zugleich. Schon fangen alle zu singen an und schwingen ihre Beine. Sie klatschen gemeinsam den Takt, wozu die Passagiere ihn ebenfalls klatschen.

Genau dazu animiert man sie. So dass, obwohl ich von allen Seiten hörte, was für eine großartige, bildschöne Stadt Santa Cruz sei, man ihren Abschied feierte. Anstelle ein bisschen in der Traurigkeit zu bleiben, die so einer immer bedeutet.

Kateryna. Katinka.

Und Nacht.

Wir haben, Lastotschka, die Zikaden gehört.

Nur wir zwei. Du, Katinka, und ich. So wird nämlich die kleine Ukrainerin von ihren Freunden genannt. Aber das weißt Du wohl längst.

Tsykady nannte sie sie. Stell Dir vor, Zikaden auf dem Meer!

Wir müssen sie uns, denke ich mir, schon auf Mauritius eingefangen haben. Kann man das sagen? Er setzte doch aber voraus, dass man auf einer, zum Beispiel, Safari war, einer Tsykadysafari. Sich etwas eingefangen zu haben meint eigentlich, dass man selbst gefangen wurde, oder besetzt.

Die Tsykady haben das Traumschiff besetzt, und niemand hat es bemerkt. Ich selbst habe sie vor gestern nacht nicht gehört. Und auch da nur, weil allein der Schiffsmotor stampfte und ein bisschen vor sich hingerollt hat. Es ging keine See und genausowenig der Wind.

Da zirpte es, zirpte durch das Dunkel.

Ich dachte, dass ich mich täuschte. Hätte ich gesprochen, ich hätte sogar meinen Freund geweckt, den Clochard. Aber sein Schnarchen wogte wie Meerklang. In dessen Wellentälern schwieg es und sägte umso mehr auf den Kämmen. Da, in einem der Täler, vernahm ich die Zikaden.

Schon brach sich der nächste Schnarchkamm darüber. Als er sich verschäumt und wieder ins Wellental abgesenkt hatte, vernahm ich die Zikaden erneut.

Ihr Gezirp kam nicht von unten, das ließ sich jetzt orten. Sondern sang weit über uns. Nicht von dem Brückendeck drang es zu mir her, sondern von noch höher, vom Sonnendeck herunter. So dass ich gar nicht wusste, wie ich durch das schwarze Nachtblau dort hinaufkommen sollte. Es war ja nur noch mein Freund, überdies schlafend, mit mir im Freien. Und drinnen die Lifts reichen nicht bis ganz nach oben.

Dass da aber Zikaden lebten, kam mir wie ein Zeichen vor, wie eine Aufforderung, auf keinen Fall hockenzubleiben. So blieb mir nichts übrig, als es irgendwie hinaufzuversuchen.

Dazu musste ich in jedem Fall meinen Stuhl verlassen, musste aufstehen, wirklich wieder auf den Beinen stehen. Und sogar gehen. Gehen, dachte ich, wie soll ich denn noch gehen? Ich wusste genau, welch Risiko das war. Was, wenn ich stürzte und nicht mehr hochkäme? Dann wäre nicht mehr nur meine Schulter beeinträchtigt. Wovon ich aber hier nichts erzählen will. Sondern auch beide Arme. Dass ich schließlich komplett gelähmt sein würde und dann für meine letzten Stunden in das Sterbebett müsste.

Das alles stand mir deutlich vor Augen. Doch die Lockung war zu groß. Die Zikaden sangen für mich, spürte ich, zwar nicht alleine für mich, aber gestern nacht meinten sie nur mich. Ich bin der einzige, dachte ich, der sie hört.

Worin ich mich irrte.

Denn zwar schaffte ich es in den Überseeclub, ohne dass irgend jemand mir bei der Rampe half. Ohne meinen Gehstock wäre mir das kaum geglückt. Dabei ist natürlich »Glück« ein völlig falsches Wort für die Anstrengung, die so etwas kostet. Um von den Schmerzen zu schweigen, die hier, wie gesagt, nicht hingehören.

Mit dem Lift bis auf das Brückendeck zu gelangen war leicht. Aber Sugar hatte, oder der Burmese, die Hansebar schon zugemacht. Sogar abgeschlossen war, verrammelt geradezu. Normalerweise ist das der direkte Übergang zu wenigstens erstmal den Sonnenterrassen. Doch back- und steuerbords gibt es je eine kleine hinaufführende Innentreppe. Eine von denen musste ich nehmen, ob ich dazu imstande war oder nicht. Wozu ich im Rollstuhl nicht bleiben konnte.

Ich entschied mich für die linke, von mir aus gesehen. Steuerbord wieder.

Und wenn ich, dachte ich, auf allen vieren hinaufkrieche, ich will das schaffen. So dass ich mich sozusagen heraushob. Wie ein Münchhausen an seinem Schopf. Der Stuhl saugte tatsächlich an mir wie ein Sumpf.

Das hatte ich immer vorausgespürt, wenn ich in Begleitung seiner plietschen, lebenshungrigen Frau den matten Tolstoi sah. Genau davor hatte ich solche Angst gehabt, ja Panik. Und dann war es doch erlösend gewesen, dass ich in den Stuhl kam.

Hingegen jetzt konnte von einer Erlösung die Rede nicht sein. Der Stuhl war wieder, der er war, Beschwernis.

Wenn es sich irgend vermeiden ließ, wollte ich vor allem nicht auf die Knie fallen. Nicht symbolisch vor dem Stuhl, nicht konkret auf den Boden. Ich musste mich unbedingt aufrecht halten. Dazu war allerdings die linke Wand ganz gut, wo es auch hier den Handlauf gab. Doch wäre die See nicht so ruhig gewesen, nie und nimmer wäre es mir gelungen, auch nur sekundenlang aufrecht zu stehen.

Das Traumschiff lag wirklich vollständig still. Wie wenn es etwas geahnt hätte. Mehr noch! Wie wenn es mir eigenhändig, was ein Schiff natürlich nicht hat, unter die Arme griff, eigenbugig und eigenheckig und insgesamt mit seinem Rumpf. So dass ich wirklich stand.

Natürlich hörte ich drinnen die Zikaden nicht. Doch ich vernahm sie in meinem Innen. Das Bewusstsein hörte sie. Sie riefen es, riefen mein Bewusstsein zu sich. So dass ich das Geländer des Niedergangs fasste, mit der Linken, weil sich meine Rechte auf den Gehstock stützte. Der bewies überhaupt jetzt erst, was er konnte. Denn das war schon die erste Stufe.

Stehenbleiben, Luft holen gegen den Schmerz.

Weiter. Zweite Stufe.

Stehenbleiben, Luft holen gegen den Schmerz.

Dritte Stufe, vierte.

Wie gut, dass ich keinen Alkohol trank, nicht mal mehr

Wein. Und wie gut, dass ich nicht mehr rauchte. Obwohl ich es manchmal noch immer vermisse, während der Alkohol mir völlig egal ist.

Fünfte Stufe.

Wenn du jetzt stürzt, ist es vorbei, für immer vorbei. Wobei dann das Schlimmste gewesen wäre, dass dieses Vorbei nicht das allerletzte Vorbei ist. Das werde ich dem Bewusstsein nicht antun. Sondern werde es bis ganz hinauf schaffen. Und kam oben an.

Die kleine Tür stand offen, eine seitliche, die mir neu war. Dabei war ich einst, wenn ich nicht schlafen konnte, so viel durchs Schiff gegeistert. Wie Tatiana immer sagt.

Die Nacht wehte hindurch. Tiefschwarz sah ich das Meer glänzen.

Wo am Sonnendeck ich herauskommen würde, wusste ich freilich. Um den obersten Aufbau läuft der Joggingpfad herum. Den bin ich damals oft gegangen, manchmal mit anderen, die sich aber, wie das heißt, *fit* halten wollten. Sowas hat mich nie interessiert, schon gar nicht, als Petra mit dem Yoga anfing. Asanas hat sie immer gesagt, meine Asanas. Und ich, wenn sie mich nervte, habe gesagt, zieh Leine und geh deine Ananas machen. Und dann will sie einen glauben lassen, dass sie der Besuch ist, der einem dauernd die Hand hält. Als wär nicht das Weinen sowas von verlogen am Schluss.

So dass ich es mir eingebildet habe, wenn ich meinen Besuch vielleicht doch mal angesehen habe. Also dass er eine Frau war. Wahrscheinlich habe ich gehofft, vielleicht alles doch noch ins reine zu kriegen, schon wegen Sven. Woran ich oben auf der schmalen, aber eben sehr steilen Treppe wirklich jetzt nicht denken durfte.

Ich musste mich konzentrieren, wollte ich nicht schlappmachen. Wenn ich schon so weit gekommen war.

Vor allem ging es jetzt wieder um diesen Sims in der unteren Öffnung der immerhin offenstehenden Tür. Doch ist sie nicht eigentlich Tür, sondern eine schulterhohe rechteckige, bauchig massive Klappe aus Stahl. In den Angeln kann man sie aber drehen.

Ich fand an den Seitenkanten Halt. Nun ließ sich schon mal mein einer Fuß über den Sims hinüberheben.

Ich drehte mich, den Rücken voran und in die Seitenkanten verkeilt. Bückte mich und zog den zweiten Fuß nach. Nur ging da ein solches Weh durch meine rechte Schulter, dass der Gehstock hinunterfiel. Den hatte ich mir unter die Achsel geklemmt. Das Schlimmste daran war, dass er nach drinnen fiel. Er klackerte direkt vor dem Treppenabschluss auf. Nur zwei Zentimeter weiter und er wäre wieder alle die Stufen hinuntergeklackt. Das wäre vielleicht nicht für mich das Ende gewesen, das Ende aber für die Zikaden.

Trotzdem wusste ich nicht weiter. Stand nur da und zog, mich an die Seitenkanten klammernd, die Luft zwischen die Zähne. Erst einmal musste sich der Schmerz beruhigen. So verkrampft hätte ich, auch nicht auf allen vieren, den Gehstock nie und nimmer wieder heranziehen können.

Da vernahm ich helle, weiche Schritte, gleichmäßig laufende Schritte. Und dann war es ausgerechnet die kleine Ukrainerin. Du wirst es so wenig glauben, wie ich es glauben konnte. Sie joggt da immer, erzählte sie nachher, so spät in der Nacht. Nachts zu laufen sei am schönsten. Sofern ich ihr Englisch richtig verstand. Das erzählte sie bei den Zikaden aber erst.

What are you doing here? rief sie aus und blieb hechelnd stehen. So aus der Puste ist sie gewesen.

Sie sah mich unschlüssig prüfend an. You are okay? Sah, wie ich mich festhielt. Natürlich gab ich keine Antwort.

Sie nahm mich am Arm. Ich schüttelte aber den Kopf, wollte sie auf die Zikaden aufmerksam machen. Egal, dass mein Leib wie eine einzige Wunde.

Sie verstand nicht. Deshalb, als sie mich stützen wollte, schüttelte ich den Kopf erneut, legte ihn sehr weit zurück. Wobei ich meine Augen schloss. Legte den Kopf in die Schräge, damit oben mein Ohr war. Das verstand sie natürlich.

Nun lauschte sie wie ich. Schloss ebenfalls die Augen. Dann sagte sie leise: Tsykady. Schüttelte den Kopf, schloss abermals die Augen, lauschte aufs neue. Und noch erstaunter: Tsykady, Tsykady.

Da war ihr Atmen schon wieder ruhig.

Ich bekam ein bisschen von ihrem spitzen Schweiß in die Nase. Der hatte ihren Kapuzenpulli hinten ganz durchweicht. Das bemerkte ich, als sie nun doch einen meiner Arme um sich legte. Und Tsykady ein drittes Mal sagte. Von denen sie genau so berückt war wie ich.

Deshalb kam sie auf gar nicht mehr die Idee, Hilfe zu holen oder mich in meine Kabine zurückzubringen. Allerdings angelte sie durch die Türöffnung meinen Gehstock und gab ihn mir in die Hand. Legte aber trotzdem um sich meinen Arm, knapp über ihrer Taille. So dass ich den nassen Pulli fühlte.

Let us have a look. Do you want?

Selbst als Frage war das eine Feststellung. Sicher merkte sie, dass ich mich nicht sperrte. Weil man mich doch für schwierig hält und wirklich allen Grund dafür hat. Vielmehr machte ich mich so leicht wie nur möglich. Wozu ich an die Feenseeschwalben dachte. Für diese Sekunden war ich zu einer geworden. Oder zu einem neben der Bordwand notgelandeten Spatz, den jemand in einer Serviette in Sicherheit bringt. Man muss dafür nur Liebe haben. Außerdem war es für sie ganz natürlich, dass jemand zu den Tsykady will. Sie zog es doch ebenso hin.

Sie führte mich halb um den rückseitigen Aufbau herum. Auf unserm Weg blieben wir immer wieder mal stehen, um nach der richtigen Richtung zu lauschen. Nicht den Jogging-pfad weiter zum Bug, sondern zum Heck. Wo backbords Doktor Gilburn immer das Bingo gespielt hat. Erst hinter dieser Fläche fängt wieder der Joggingpfad an.

Und da zirpten sie, in einer geschützten Ecke. Dahinter, tief unten, das Meer.

Es war keine Täuschung. Vor allem, weil sie aufhörten, als wir uns näherten. Standen wir still, begannen sie wieder. Bei jeder neuen Bewegung hörten sie auf. Hielten wir inne, fingen sie an. So dass die kleine Ukrainerin einen der beiseitege-klappten Liegestühle herzog, die Rückenlehne aufrecht stellte und die Fußstütze aufklappte. Dann half sie mir hinein. Sie selbst setzte sich mir schräg gegenüber auf das nackte Stahl-deck. Hier oben gibt es nämlich keine Planken.

Wir schwiegen.

Hörten den Tsykady zu. Die über dem ruhigsten Atlantik sangen, den man sich überhaupt denken kann. Ja, er war, der Ozean, fast schon luzidestes Mittelmeer, wenn auch tief-schwarz und ohne ein anderes Licht als uns selbst. Damit meine ich das Traumschiff über seine ganze Länge und mit all den bunten Glühbirnen. Die hingen stille, als hörten sie den Tsykady ebenfalls zu. Darüber lauschte die Wasserschlange. Matter allerdings Waage und Löwe. Dafür Arcturus fast im Zenit. Direkt unter ihm wir. Ewigkeiten darunter. Bis die Ukrainerin sagte, you never say my name.

Ich verstand sie erst nicht.

Katinka, sagte sie. That is my name for my friends.

Dass ich weiterschwieg, störte sie nicht. Das kannte sie schon vom Klavier. So dass sie anfing, russisch zu sprechen, womit ich natürlich ukrainisch meine. Nur war es jetzt noch einmal anders. Denn sie erzählte von ihrem Zuhause und ein bisschen von Will, weil der in Harwich von Bord gehen wird. Sein Vertrag läuft dort aus. Sie hingegen bleibt auf dem

Traumschiff noch lange. Da hat sie Angst vor der Trennung und fürchtet sich vor dem Wiederallein.

Das war nun traurig. Denn selbst hätte ich gesprochen, hätte ich ihr nicht helfen können. Das wusste ich. So dass ich ihr ein bisschen kühl vorgekommen sein mag, vielleicht als zu abweisend dann eben doch. Denn irgendwann, nach einem matten Seufzer, erhob sie sich und sagte in ihrem gerollten eigenwilligen Englisch: Mr. Lanmeister, I think we should go bed now. Tomorrow it will be a very very long day for me. And I can see you very tired, too.

Womit sie mir aus dem Liegestuhl half, der ich mich auch diesmal nicht sperrte. So gern ließ ich mich führen. Langsam und sanft selbst die enge Treppe hinunter. Backbords aber diesmal.

Da stand noch, steuerbords aber, der Rollstuhl.

Wahrscheinlich bin ich gleich eingeschlafen, als ich drinsaß. So dass Katinka mich wecken musste, bevor wir bei meiner Kabine waren. Von den Fahrstühlen und Gängen habe ich nichts mitbekommen. Dann wurde ich aber gerüttelt. Doch von der Frau an der Rezeption. Woher sollte Katinka meine Kabine denn kennen? Das hätte sie niemals getan, mir in die Hosentasche zu fassen, um auf dem ovalen Hänger nachzusehen, der an dem Schlüssel befestigt ist.

Es gab ein bisschen Hin-und-Her zwischen den Frauen. Worum es ging, habe ich nicht mitbekommen, schon weil sie auf ukrainisch stritten. Aber »Streit« ist erstens zuviel gesagt. Zweitens können zwar wir, die das Bewusstsein haben, jede Sprache der Welt verstehen. Aber nicht immer auf Anhieb. Vor allem dann nicht, wenn sie so schnell gesprochen wird. Sowieso wollte mich die Rezeptionsfrau endlich in die Kabine bringen. Die unsinnige Meinungsverschiedenheit zögerte das nur hinaus.

Bis in die Kabine kam Katinka noch mit. Ich weiß aber

nicht und möchte auch nicht wissen, ob sie dabei geholfen hat, mich zu entkleiden. Ob sie mir den Schlafanzug mit anzog oder gar mich ins Bett zu legen half. Denn bei alledem war das Schlafen größer als ich. In ihm hörte ich die Zikaden wieder. Das mochte ich nicht unterbrechen.

An eines erinnere ich mich allerdings deutlich. Dass Katinka mir einen Kuss gab, aber so, wie eine Mutter ihrem Kind. Wenn das halt eben kein Russenkind ist. Denn das war nun komisch, da ich doch älter bin als sie. Jahrhunderte älter, denke ich heute. Aber nicht nur das, nicht nur komisch ist es gewesen, sondern vor allem war es gütig. Da wäre es gar nicht mehr schlimm gewesen, wär ich nun doch in einem Bett hinübergegangen. Ohne den Blick auf das Meer.

38° 42′ N / 9° 7′ W

Ich war gut gelaunt, als Tatiana klopfte. Das tut sie immer, bevor sie mir beim Michfrischmachen und Michankleiden hilft. Sogar ein wenig wachgelegen hatte ich schon. Denn heute würde der Tag sein, mein Tag. Für den hatten in der Nacht die Zikaden gesungen. Für ihn und natürlich Katinka. Ohne sie hätte ich es zu ihnen nicht mehr geschafft. Vor allem nicht, nachdem mir das Missgeschick mit dem Gehstock passiert war.

Ich möchte mir nicht ausmalen, wie furchtbar es ohne meine kleine Ukrainerin ausgegangen wäre. Da wäre ich nun nicht so ausgelassen gewesen. Im wahren Wortsinn. Als ich frühmorgens das Meer sah.

Selbstverständlich liege ich ihm mit dem Gesicht zugewendet. Dann ist, wenn ich die Augen öffne, immer nur das Meer zu sehen. So auch nun, selbst wenn Europa schon in Sicht war.

Wir fuhren Richtung Norden. Das Land musste an Steuerbord liegen. Nur da aus den Kabinen, vielleicht, sah man Portugal schon.

Am liebsten hätte ich das gleich überprüft. Doch war ich noch etwas schwach von der Nacht. Außerdem würde es Tatiana guttun, mich einmal nicht widerspenstig zu finden. Vielmehr, dass ich, wie sie das manchmal ausdrückt, brav auf sie warte, um mir helfen zu lassen.

Es wird mir zunehmend deutlich, dass sie nicht nur ein manchmal übergriffiges Zimmermädchen ist. Sondern ganz offensichtlich hat sie ein Helfersyndrom wie Gisela. Keinen Hund konnte die auf der Straße herumirren lassen. Sie musste ihm wenigstens Futter geben. Das ging noch an. Aber nicht, dass sie jedes solche Tier in die von alleine mir bezahlte Wohnung mitnahm. Bis ich aus meiner Erbosung gar nicht mehr rauskam. Einfach alles roch nach Hund. Jedes Kissen, jeder Sessel. An Bergamotte war da nicht einmal mehr zu denken gewesen.

So dass ich es aufgab und sie mitsamt ihrem Viehzeug auch deshalb auf die Straße warf. Wonach dieser Prozess begann, sie und Petra gemeinsam, auf deren Seite sich ganz genauso Sven gegen mich gestellt hat. Und hat sich seitdem geweigert, mit mir auch nur ein einziges weiteres Wort zu sprechen. Nach wie vor tut das weh. Aber erst seit Barcelona. Weil ich da plötzlich verstand.

Als neben mir ein Spatz flog, ein Flattern, huschendes Flappen. Es hopste auf meinen Nachttisch. Ich konnte seine kleinen Krallen auf dem Furnier klackerchen hören. Kann man das schreiben, klackerchen? Das war bereits das nächste Wunder, völlig unfassbar. Wie kam hier der Vogel herein? Meine Kabinentür war zu, und die Fenster auf einem Schiff gehen nicht auf.

So dass mir nur das Mah-Jongg einfiel, das Sperlingsspiel, drüben auf der Ablage über dem zweiten Bett. Vielleicht hatte es jemand geöffnet und eine der Laden herausgezogen, in der die Ziegel liegen. Das wäre die einzige Erklärung gewesen, dass einer von ihnen nun wirklich ein Spatz geworden ist. Und konnte sogar fliegen, jedenfalls mit den Flügeln schlagen. Was er überaus aufgeregt tat.

Nein, das Mah-Jongg war verschlossen. Soweit ich von unten erkennen konnte. Vielleicht waren die Türen nur angelehnt.

Der Vogel plusterte das Brüstchen und tschilpte. Er tschilpte, wie wenn er mir etwas mitteilen wollte. Die Krallen klackerchenten, die Flügel waren das Sausen eines kurz und kurz raschelnden Rauschelns. Sie tuschelten und flappten mit der Luft. Dazu das wirklich höchst, für also so ein Tierchen, aufgeregte dauernde Tschilpen. Als aber Tatiana hereinkam, flatterte der Spatz sofort durch die Tür in die Freiheit. Womit ich die Gänge des Baltikdecks meine.

Ja, was ist d a s denn? rief sie. Sie konnte gar nicht anders, als dem Vögelchen hinterherzusehen. Angewurzelt in der Tür. So dass ich mich nicht getäuscht hatte. Außerdem erzählte sie es Patrick, kaum dass er gekommen war, um mich abzuholen.

Er lachte nur und nahm sie nicht ernst. Sie konnte beteuern, wie sie wollte. Was sie auch unentwegt tat. Wahrscheinlich hat sie über den ganzen Tag von nichts andrem mehr gesprochen. Und würde morgen und übermorgen von immer noch nichts anderem sprechen.

Als mich Patrick die Galerie entlangschob, dachte ich deshalb, ein Glück, dass sie die Zikaden nicht gehört hat. Die lassen sich auf einem Schiff erst recht nicht glauben, wo es gar keinen Baum gibt, von dem sie sich ernähren können. Hingegen so ein Spatz kommt vor. Ich musste nur an damals den kleinen Notlander denken und bekam schon deshalb nicht richtig mit, was mir Patrick derweil erzählte. Dabei tat er es in fast sohnhafter Vertrautheit, ein bisschen entschuldigend.

Nun liegt es völlig auf der Hand, dass sich die kleine Ukrainerin mit ihrem schönen Will Lissabon ansehen möchte. Vielleicht wird Olga, heißt sie, glaube ich, die beiden begleiten. Also dass ich heute auf meinen Klavierunterricht verzichten müsse. Mir war das sowieso klar gewesen. Wenn man stirbt, möchte man ohnedies allein sein, für diesen allerintimsten Schritt.

Keinen Gehstock braucht der mehr, geschweige einen Rollstuhl. Vor allem ist es auch völlig egal, ob und was man anhat. Aber dass sich Patrick allen Ernstes anschickte, gleichfalls das Traumschiff zu verlassen, machte mich sprach-, ja ratlos.

So wenig begriff er immer noch, dass für uns, die das Bewusstsein haben, so etwas ausgeschlossen ist. Wie furchtbar würde es für ihn werden, wenn ihm diese Erkenntnis plötzlich in den Nacken schoss!

So dass er mir einfach nur leid tat, als wir über die Rampe vom Überseeclub auf das Achterdeck rollten. Dort konnte ich tatsächlich schon Konturen von Land erkennen. Die Berge, Häuser und Straßen lagen bereits in strahlendstem Frühsommerdienstag. Nur deshalb beherrschte ich mich, Patrick nicht zu sagen, Junge, versteh doch. So nahe war ich wieder daran zu sprechen. Näher noch als in den vergangenen Tagen. Doch eines auszusprechen wäre mir immer noch zu schwergefallen. Es wäre schön, wärest du bei mir. Wenn mein, hätte ich gesagt, Junge bei mir ist. In dieser Stunde oder auch nur der letzten Minute. So dass ich Patrick Sven genannt hätte, aber nur vielleicht und überdies ganz zart.

Ich verstehe das nicht.

Sie steht neben mir, Senhora Gailint, während ich natürlich sitze. Wobei ich mir das noch erklären kann, wir beide steuerbords an der Reling des Bootsdecks. Denn bevor wir anlegen konnten, musste das Traumschiff *auf dem*, so der korrekte Begriff, *Teller drehen*. Um am Kai zwischen den beiden Riesenkreuzfahrern rückwärts quasi einzuparken.

Darin bin ich immer meisterhaft gewesen. Die Lücke zwischen zwei Autos oder einem Mülleimer und einer Hauswand konnte noch so klein sein. Manchmal bekam man gar nicht mehr die Tür auf. Wie ich dann fluchte, während ich wieder rausfahren musste, was mir Petra schon vorhergesagt hatte. So dass sie in den nächsten zehn Minuten ständig darauf herumreiten würde. – Egal.

Nun liegt die ganze Stadt rechts. Nach vorne, am Bahnhof vorbei, streckt sie sich in den von Hunderten Dächern fahlrot leuchtenden Hang des Burgbergs. Das umgrünte Castelo, hat mir vorher Patrick erklärt, de São Jorge, und mit dem Finger hingezeigt. Da ist Senhora Gailint noch nicht dabeigewesen. Sie saß wohl noch beim Frühstück. Aber in Lissabon kennt sie sich genauso gut wie Patrick aus.

Richtig feingemacht hat er sich und hat nun fast etwas von dem Anzugträger. Aber er trägt einen dunklen Anzug, keinen hellen.

Sogar eine Krawatte hat er sich umgebunden. Und auf dem Kopf sieht sein Strohhut ausgesprochen verwegen aus. Patrick wirkt heute insgesamt verwegen. Als gehörte er ganz zu uns Abenteurern und wäre nicht nur von unten ein Pfleger.

Des Bewusstseins wegen stimmt das natürlich. Doch seine Verwegenheit will es nicht wahrhaben. Weil Lissabon wiederzusehen ein solches Glück für ihn ist. Da stimmt das schon mit der Liebe. Dass sie einen blind macht.

Ich habe solche Redensarten immer gehasst, weil sie von meiner Großmutter ein Charakterzug waren. Ohne sie wäre die ganze Frau nicht gewesen. Und nun aber waren sie plötzlich wahr.

Das nahm mir von meinem Gutaufgelegtsein ein bisschen was weg.

Als wir in die breite Mündung des Tejos einfuhren, konnte ich deshalb nicht richtig zuhören, wie Patrick fast die ganze Küste entlang die Stadt erklärt hat. Das da ist der Padrão dos Descobrimentos. Da kann man die großen Seefahrer sehen. Aus Stein auf einer Gangway, ebenfalls aus Stein, die zu einem unsichtbaren Schiff hinaufführt. Heinrich der Seefahrer, Pêro Escobar und Pêro de Alenquer, Vasco da Gama, Fernando Magellan. Und dort der Torre Belém! Gucken Sie nur! Das klang wie Staunen Sie!, weil er selbst derart staunte. So vor Aufregung außer sich. Fast wie heute morgen auf meinem Nachttisch der Spatz.

Und das da ist, Glauben Sie nur!, die zweitlängste Hängebrücke der Welt.

Hinter dem riesigen Einfluss des Tejos ins Meer gibt es eine Mündungsenge. Über die führt diese Brücke hinweg. Wohinter der Fluss wiederum zu einem riesigen See wird. An dem liegt Lissabon wie an einem eigenen Meer. Wie ein Stadtmeer kommt es einem vor, mindestens wie der Bodensee. Aber die Küsten sind rundherum sichtbar. Was natürlich der beste natürliche Meerhafen ist, den man sich vorstellen kann. Er braucht weder Molen noch Deiche.

So schauen Sie doch!

Doch nach dem, erklärte er, Paradeplatz und als wir zu den schönen Bauten der Praça do Comércio kamen, verkündete er, sich aber nun beeilen zu müssen. Ich muss doch zu meiner Nummer kommen. Denn die Passagiere werden für ihre Landgänge in Gruppen eingeteilt, um sich durch die Bordtür nicht alle auf einmal zu quetschen. So dass stets eine nach dem anderen die Gangway betritt. Wir sehen uns heute abend, sagte Patrick. Dann war er fort.

Das ist es, was ich nicht verstehe.

Ich blieb allerdings nicht allein an der Reling, denn schon stand mir Senhora Gailint zur Seite. Würde ich sprechen, hätte ich sie seinetwegen gefragt. Ich war so irritiert, dass mich ihre linke Hand auf meiner rechten Schulter nicht störte. Wo sie immer noch liegt.

So sehen wir denen zu, die nicht zu uns einhundertvierundvierzig gehören. Einhundertdreiundvierzig. Falls Patrick es schafft. Was ich weiterhin nicht glauben kann. Sonst hätte er das Bewusstsein gar nicht.

Noch stakten Frauen und Männer die für solche Kais an den Schiffsrumpf geschmiegte Gangway hinab. Andere humpelten, humpeln. Manchen muss geholfen werden, um auf die Pier zu gelangen. Indessen Senhora Gailint etwas zu summen begann. Das merkte sie aber nicht. Ich liebe Lissabon, sagte sie und lachte kurz auf. Früher habe ich Fado gesungen. Sogar aufgetreten bin ich, da drüben gleich, ziemlich oft sogar. Anfangs war das *vadio*. Sie lachte erneut, sagte, ich war auch wirklich eine Streunerin damals. Dazu streckte sie den rechten Arm aus. Ihre linke Hand blieb auf meiner Schulter liegen.

Sehen Sie? In einem Hinterhof der Calçada André. Man würde das heute eine Kleinkunstbühne nennen, aber unter freiem Himmel. Und ich hatte Erfolg. Fast wäre ich eine, sagte sie, Fadista professional geworden. Sogar im A Severa sollte ich auftreten. Aber dann –

– worauf sie, statt ihren Satz zuendezuführen, abermals summte, abermals auflachte. Dabei warf sie den Kopf in den Nacken. Das konnte sie wegen des breiten Sonnenhutes natürlich nur andeuten. Ihre Stimme aber tat es mit Kraft. Ihr Flammenhaar tat es. Dann winkte sie ab. Sentimentalitäten, mein Lieber! Ich werde auf meine alten Tage ein bisschen wunderlich. – Neinnein, es war, wie es war, schon richtig.

Hat sie »*letzten* Tage« gesagt? Warum sprechen wir über so etwas nie?

Da ruft sie aus: Gucken Sie nur! Patrick! Da ist Patrick!

Offenbar ist sie ebenso verwundert wie ich. Allerdings bin ich eher irritiert. Zudem erfüllt mich eine Art Angst. Wie kann man Angst haben, wenn man an seinem letzten Tag Lissabon schauen darf? Wenn um einen alles derart leuchtet? Das eigene Meer vor der Stadt. Die blauen, schimmernden Häuser. Das kommt, hat Patrick erklärt, vor allem von den Kacheln. Die würde natürlich auch ich mir gerne ansehen. Ein bisschen Wehmut ist, wenn man stirbt, schon dabei.

In dem Moment tritt Doktor Samir zu uns und legt mir ebenfalls eine Hand, seine rechte, auf die Schulter. Auf meine linke. So dass wir minutenlang wie drei Verschworene dastehen, wobei ich selbst freilich sitze.

Senhora Gailint summt abermals und intoniert sogar ein bisschen, wozu sie die Lippen öffnet. Auch sie hat nach dieser Stadt eine Sehnsucht.

Aber sie weiß.

Patrick weiß nicht.

Forsch, richtiggehend forsch überquert er den Parkplatz und verschwindet im Gebäude des Terminals. Schon sehen wir ihn wieder herauskommen, unseren von hier aus kleinen Abenteurer. Wie er weiterhin forsch, einfach nur forsch an dem beigen Kopf des Bahnhofsgebäudes vorbeigeht. Das flache blassrote Dach glänzt zum Himmel.

Patrick läuft über den kaum mittelgroßen Platz und taucht drüben in die Häuserchen ein. Dennoch verliere ich ihn nicht aus den Augen. Sondern sehe durch seine Augen meine eigenen Füße schreiten, ausschreiten hoch durch die Gassen. Über Treppen und Stiegen an bunten Türen aus Holz vorbei, in Brusthöhe Fenster. Die ausgehauenen Erker und dauernd Plätzchen, kleiner als Höfe. Beinahe jedes mit einem alten Caféchen, Gusseisenstühle davor und solche aus Holz mit wackligen Beinen vor wackligen Tischchen. Sittiche rufen aus ihrem Käfig am Fenster. Und immer weiter, immer die Gassenschraube höher. Bis zum Kastell.

Senhora Gailint, da, seufzt. Sieht sie, was i c h sehe?

Während Doktor Samir, ohne die Haltung zu ändern, leise zu ihr sagt: Wer, gnädige Frau, eine Stadt seiner Sehnsucht erreicht, dem ist sie erlaubt. Wobei er das »erreicht« betont und wirklich »gnädige Frau« gesagt hat.

Senhora Gailint weint. Es ist ein Schlucken, das aufseufzt. So dass sie ihr Taschentuch aus dem Brokatärmel zieht und sich die Wangen abtupft. Ich glaube, dass es Brokat ist. Dann schüttelt sie den Kopf und lacht.

Wie albern von mir! Verzeihen Sie, bin ich verschmiert?

Alles das verstehe ich nicht.

Was ich sehe. Noch einmal alles sehen und halten. Überhaupt einmal etwas halten.

Es wirklich wollen. Dass die Kammern voll sind.

Ich kann mich nicht erinnern, schon einmal etwas, außer dem Meer, so tief angesehen zu haben wie diese Stadt. Deren Gassen ich immer weiter vor meinen Augen habe, die Treppchen und Stiegen, von denen Patrick erzählt hat. Und unten die Paläste. Als wäre ich es, nicht er, der über all das hinwegsteigt, an all dem vorbeischreitet. Hier und dort betritt er ein Lädchen, um sich zum Beispiel die dreivier Pastéis de Nata zu kaufen. Man kann auch Pastéis de Belém zu ihnen sagen.

Sie wurden von den Mönchen gebacken, nachdem sie ihr Kloster nicht halten konnten, hat er mir erzählt. Der zimtige Teig krümelt ein bisschen, weshalb man mit vorgeschobenem Kinn hineinbeißt. Es soll nichts runterfallen, wenn man den Pudding im ganzen in den Mund zieht. Was ich unbedingt tun will und nicht, weil Tatiana will, dass ich was esse. Madredeus! Ich selbst möchte nicht, nein, will, will, will sie mir auf der Zunge zergehen lassen. Gar nicht genug kann ich von ihnen kriegen. So dass ich nachher Bauchschmerzen habe, was aber völlig egal ist. Sowieso, wenn man stirbt. Genug ist nicht genug, wer hat das gesagt? Nein, gesungen. Es ist ein Lied. Aber bestimmt kein Fado. Sondern es ist sein Gegenteil.

Wer eine Stadt seiner Sehnsucht erreicht. Wie hat Doktor Samir das gemeint?

Wobei ich nach Lissabon überhaupt nie gewollt habe. Zwar war ich schon mal hier, glaube ich. Aber erst durch Patrick ist dieser Ort bedeutsam geworden. So dass ich die Neigung habe, von Lissabon als meiner Sterbestadt zu sprechen.

Während aber der Fado, sagt Senhora Gailint, vom Tod gar nicht handelt. Sondern hauptsächlich von der Liebe. Il n'y a pas d'amour heureux, erklärt sie auf französisch. Wahrscheinlich hat sie an Monsieur Bayoun gedacht.

Schon wieder dieser Name.

Monsieur Bayoun, woher kenne ich ihn?

Von der *Saudade*, sagt sie. Damit sei eine unerfüllbare Sehnsucht gemeint.

Abermals muss ich denken, wer eine Stadt seiner Sehnsucht erreicht –

Dauernd sehe ich Patrick vor mir. Dass er seine Sehnsucht einfach wahrmacht. Das Bewusstsein ist ihm überhaupt nicht mehr wichtig. Sondern er hat, und zwar forsch, einen Strich durch das Bewusstsein gezogen. Will er den Fadosängern, die Senhora Gailint Fadista nennt, beweisen, dass sie sich irren? Dass sie sich eben doch erfüllt?

Dazu braucht er genau diesen Strohhut. Damit schüchtert er die Saudade ein. Nicht nur mit dem Knebelbart und seinen kernigen Holzfällerzügen. Sie soll es nicht wagen, es mit seiner Verwegenheit aufzunehmen. Sein Strohhut scharrt mit den Hufen und schnaubt durch die Nüstern. So stolz schreitet er über den Parkplatz und taucht in die Häuschen stolz ein. »Forsch« ist ein ganz falsches Wort. So dass ich ihm dankbar bin, weil das auf mich so übergeht. Ich muss nur denken, ich bin jetzt er.

Ich ziehe durch die Stadt. Ich kaufe mir einen Schlangenledergürtel. Ich nehme einen Vinho verde, bevor ich mich zurück zum Traumschiff begebe. Wozu ich, nicht er, diese lange Treppe hinunterschreite, stolz, ungebeugt in der Sonne. Mein Hemd ist bis fast unter die Brust aufgeknöpft, damit sie die Mädchen ansehen können. Ich bin es, der auf dem Plätzchen zwischen den Treppen vor dem kleinen Café sitzt. Aus dem plärrt eine blecherne Kofferradiostimme. Das Gerät steht irgendwo hinter der Theke, die derart zerkratzt ist, dass man sie spaltig nennen muss. Ebenfalls dahinter reibt der zerhutzelte Donodobar die Gläser trocken und reibt mit demselben Geschirrtuch einmal kurz seinen Schweiß von der Stirn.

Ölig schwarz steht der Espresso in dem weißen Tässchen. Die Crema habe ich schon mit aus zwei Papierheftchen dem Zucker verrührt. Nicht vor Patrick, sondern vor mir steht es, das Tässchen, das silbrig blitzende Löffelchen daneben auf dem Untertässchen. Und ich bin es, der dessen mondhaft halben Schatten auf dem Plastikmarmor betrachtet. Denn die Sonne scheint von direkt über mir. Hinter dem Tässchen und Untertässchen steht als Aschenbecher die Hälfte einer leeren durchgeschnittenen Erbsendose, die innen schon verrostet ist.

Deshalb stecke ich mir eine von Patricks Zigaretten an, ohne Filter. Den er von ihnen immer abbricht. Ganz genauso bin ich es, der später in die Alfama eintritt. Ich muss mich etwas vorbeugen, um in eine der beiden Türen zu tauchen. Rechteckig sind sie ins Portalholz geschnitten. Dahinter das Dämmern. Kühle, mit Weihrauch gesättigte Dunkelheit. Voll von Höhe und Hallen. Bis ins Unendliche gedehnt.

Ich stecke eine Kerze an und stehe, ich weiß nicht wessen gedenkend, davor, Svens gedenkend vielleicht. Doch lässt sich die Saudade nicht beugen, egal, wie forsch und verwegen. Aber das will ich nicht wissen. Reiß dich zusammen! Großmutter, lass mich infrieden Frieden schließen. Gnade, dachte ich, wieder einmal Gnade. Es tut mir nicht gut, in dem Dunkel zu sein.

Weswegen ich die Alfama schleppend verlasse, aber schleppend nur deshalb, um meine Hast zu verbergen. Sie wird von dem Licht nach draußen gezogen. Halos aureolen um die eckigen Türen des Portals. Was ist das für ein Wort, »aureolen«? Wie kann das ein Holzfäller kennen, wenn er sogar das Bewusstsein vergisst?

Er hat es einfach vergessen, damit er durch Lissabon gehen kann. Schon wieder steigt er eine Treppe hinab. Sie windet sich an bröckelnden Mauern vorüber, an schartigem Türholz und unter den Kindern hindurch, die dort Ball spielen.

Sie rufen mir irgendwas nach. Vielleicht sehen sie mir die Anstrengung an, die mein Gehen trotz allem bedeutet. Übermütig verspotten sie mich. Weil die Sonne so hoch steht und weil es so heiß ist. So dass ich manchmal aus der Puste komme und stehenbleibe auf einem kurzen Plateau. Zwischen den bunten Häusern, von denen die Farbe blättert, aber die Kacheln sind blitzblank. Ich schaue zwischen den Dächern, über die Hunderte Dächer zum Meer. Dem Stadtmeer natürlich. An dessen nördlichem Ufer zieht sich der Kai entlang, an dem das Traumschiff liegt. Ich kann es aber von hier aus nicht sehen. Doch sitze ich mitten darauf. Senhora Gailint hat mich auf das Achterdeck geschoben, schließlich. An den Rauchertisch heran.

Alle die Freunde sind dort beisammen, auch mein Besuch und diese andere Person, die ich immer noch nicht kenne. Außerdem mein Freund, der Clochard. Buffalo Bill Cody raucht eine seiner dicken Zigarren. So dass nur Patrick unter uns fehlt. Der müsste um diese Zeit im Schiffshospital sein, wäre er nicht nach Lissabon spaziert. Was ich nach wie vor nicht verstehe. Derart verwegen. Vor allem aber stolz. Er, der von uns einzige, während wir nur so heißen, Abenteurer. Der er ist.

Spatzen. Auch hier wieder überall Spatzen.

Ich werfe ihnen Kuchenkrümel zu. Es ist schon Nachmittag.

Wobei diese Vögel hier natürlich sind. Man kann ihre Anwesenheit erklären.

Mir kommt es auf Erklärung allerdings nicht weiter an. Es wäre im Beisein der Freunde leicht gewesen, unter der Sonne zu sterben, mit ihrem warmen Licht auf den Augen. Man schließt sie vor Helligkeit sowieso. Dabei stört es auch nicht, dass der Besuch meine Hand hält. Es ist sogar sehr angenehm.

Man ist locker daran festgemacht wie ein Boot auf einem so stillen See, dass man ihn für verwunschen hält. Am Ufer, mit einer Schnur. Da muss keiner fürchten, davonzutreiben, oder nur kaum. Bei geschlossenen Lidern habe ich außerdem den Eindruck, dass es eine Männerhand ist, die mich hält. Eine, möchte ich fast sagen, Vaterhand. Es gibt Illusionen, um die ist es schade, wenn man sie stört.

Unter den Augen glimmt das wieder mit As-Dur angereicherte Rosa der Mittwochsmorgenröte. Dazu das Schwirren der Stimmen mitten im Tschilpen. Die klingelnden Gläser und auf den Tellern scharrenden Kuchengabeln. Von den Sonnenterrassen herunter die Musi. Wie angenehm alles!

Sogar die Hammondorgel ist angenehm, sogar der Verkehr von der breiten, vielbefahrenen Hafenstraße. Die führt um die in einem konvexen, erklärt Senhora Gailint, Bogen sich ans Wasser schmiegende Stadt herum. So dass es, denke ich mir, eher heißen müsste, nicht sie führt herum, sondern das Wasser um sie. Aber das sind Kleinigkeiten, weil wir ja wissen, was gemeint ist. Dem Tod kommt es auf sprachliche Präzision nicht mehr an.

Wobei man nicht einmal sagen kann, dass etwas von einem abfällt. Es hätte sonst noch immer Bedeutung, dieses »von einem«. Das »einem« meine ich darin. Dabei spürt das Boot gar nicht seinen Rumpf, spürt nicht mal die Schnur, weil die nichts will. Zufällig ist eine Hand an eine zweite geraten. Wie sich zum Beispiel zwei Äste berühren oder zwei Blätter, wenn sie der Wind ein bisschen bewegt. So fühlt das eine Blatt immer nur das andere, sich selbst aber nicht. Deshalb kann ich jetzt sogar von meinen Schmerzen schreiben. Zum Beispiel von der wehen, ziehenden, reißenden Schulter. Es zieht und reißt nicht an mir. Zumal ich auch in den Beinen nichts mehr spüre. Weil zu sterben insgesamt heißt, dass man zunehmend weniger spürt. Selbst das Bewusstsein spürt man nicht länger. Patrick hat wohl recht. Sogar das verliert die Bedeutung.

Nein, man sieht kein Licht. Da ist auch kein Tunnel. Geschweige, dass uns jemand in Empfang nimmt. Das geht schon deshalb nicht, weil es das Uns nicht mehr gibt. Es bräuchte nämlich ein Du und dieses noch immer ein Ich. Es gibt auch keine Ewigkeit, nicht einmal Unendlichkeit. Denn die Zeit, die der Raum ist, wird unscharf wie sich entfernende Inseln. Bald schon erinnert man sich fast nicht mehr an sie. Aber die Feen sieht man noch. Wie sie einander im Himmel jagen. Sie jagen um sich herum, um einander zu necken. Um das Weibchen das Männchen, um das Männchen das Weibchen. Bevor das Ei in die Astgabel gelegt wird. Ohne irgendein Nest.

Haben Sie eine Ahnung, wo Patrick ist?

Ich schreckte hoch.

Das Achterdeck hatte sich wieder gefüllt. Es war Abendbrotzeit.

So lange hatte ich geschlafen. Einfach nur, anstatt zu sterben, geschlafen.

Die Ausflügler waren zurück. Einige wie gewöhnlich schon lange vor der Zeit. Andere schlags Boardingtime und mit Tüten behängt. Manche wahrscheinlich aufgeregt über den Parkplatz winkend. Hin und wieder rannte jemand.

So ist es gewesen. So wird es bleiben.

Liegezeiten müssen eingehalten werden. Wer sie verpasst, hat Pech. Deshalb kommt so etwas nur selten vor. Wobei es in Lissabon keine Katastrophe wäre. Nach Le Havre ließe sich schnell ein Flugzeug nehmen.

Nur dass es diesmal Patrick war, der zu spät kam. Dabei hätte er als Crewmitglied mindestens eine Stunde vor den Passagieren zurück sein müssen. Vielleicht war bisher niemand nervös geworden, weil er in seinem tiefsten Herzen gar kein

Krankenpfleger ist. Auch Holzfäller ist er nie wirklich gewesen. Sondern ist, was wahrscheinlich alle wussten, nichts als ein Abenteurer, der es sogar mit der Saudade aufnimmt.

Langsam wurde man allerdings ärgerlich. Es galt abzulegen. Immer noch war von ihm nicht mal Nachricht gekommen.

Hat jemand die Nummer seines Handys? Anzurufen war aber längst versucht worden. Der Erste Offizier kam herunter. Wo ist Doktor Samir? Haben Sie Doktor Samir gesehen? Ich hätte ihm sagen können, dass er droben auf dem achteren Flügel für die Liegestühle stand. Genau dort, wo sich nachts auf dem Äquator das Paar geküsst hat. Genau im Moment des springenden Korkens.

Es zu sagen hätte überhaupt nichts gebracht. Sowieso schaute Doktor Samir schon zu uns her. Lächelnd wie immer. Er als einziger war ruhig. Schon gar nicht war er ärgerlich. Wozu er allen Grund gehabt hätte. Sogar mehr als alle übrigen. Ihm würde für seine Patienten eine wichtige Arbeitskraft fehlen. Indessen das Schiff sich sehr wohl auch ohne Patrick wieder auf das Meer steuern ließ.

Doktor Samir schaute nicht nur, sondern er kam auch herunter. Ich hatte den Eindruck, dass sein Lächeln noch tiefer geworden war. Das ließ den Offizier ein bisschen unsicher wirken. So kam er an Doktor Samir nicht heran. Sichtlich beherrschte er sich, nicht wütend zu werden. Schließlich, als wäre das für Doktor Samir eine Strafe, zischte er: Dann legen wir halt ohne ihn ab! Ich selbst hätte früher wahrscheinlich gesagt, das wird Konsequenzen haben. Nur dass Konsequenzen für Doktor Samir das Allerunbedeutendste sind, was es gibt.

Sofort entsann ich mich Doktor Gilburns, weil er an der Komik der Situation eine große Freude gehabt hätte. Die nun Senhora Gailint hatte und auch Madame Gellet sowie

Mister Cody. Einfach alle an unserem Tisch hatten sie. Außer mir.

Weil ich nicht spreche, konnte ich nicht fragen. Was um alles in der Welt erheiterte, ja beglückte meine Freunde so? Mister Cody ließ sogar eine Flasche Champagner springen. Und alle stießen auf Patrick an. Wozu mir abermals Doktor Samirs Satz vom Morgen einfiel. Wer eine Stadt seiner Sehnsucht erreicht. – So dass ich langsam zu ahnen begann.

Ich wollte aber nicht ahnen.

Warum war es »ein guter Tag«? So formulierte es Mister Cody. Wohl dem, sagte er sogar, dem der Herr ein Gott ist. Während mich plötzlich solch ein Gefühl von Ungerechtigkeit durchdrang, dass es an Empörung reichte. Es war schwierig, sie niederzuhalten. Dabei ließ sich Konkretes gar nicht vernehmen. Vielleicht hatte Patrick beschlossen, in Lissabon einfach zu bleiben. Auch dort gibt es sicherlich Krankenhäuser. Pfleger sind, wenn sie Erfahrung haben, in aller Welt gesucht. Er konnte natürlich auch wieder Holzfäller werden. Nicht in der Stadt direkt vielleicht, doch immerhin in Portugal. In einem Wald, von dem es bis Lissabon nicht weit war. Vielleicht gab es dort einen Arbeitskräftemangel.

Den einzig richtigen Schluss, dass Patrick nämlich gestorben war, konnte ich nicht ziehen. Dass es das war, worauf die Freunde anstießen.

Mister Cody ging eine zweite Flasche besorgen. Er kam mit Doktor Samir zurück. Lob sei Allah, dem, grüßte er lächelnd, Herrn der Welten. Er sagte wirklich Welten, nicht nur einfach Welt. Worüber ich noch lange nachdenken musste. Dann setzte er sich zu uns.

Diesen einzig richtigen Schluss wollte ich nicht ziehen. Dies war doch mein und nicht Patricks Sterbetag gewesen. Wie bitter! Aber wie eigensüchtig von mir!

Denn ich sah ihn in der Sonne sitzen. Da schlief ich bereits, ließ mich vom Achterdeck schaukeln. Er kniff im Jardim den Filter von seiner Zigarette. Auf einer der Bänke mit dem Rükken zu der weißen brusthohen Wand. Dort steckte er sie zwischen die Lippen und zündete sie an. Vorher nahm er sich den Verwegenheitshut vom Kopf und legte ihn links neben sich auf die braunen Sitzlatten. Dann rauchte er. Schaute einen Moment lang in die Sonne. Senkte den markanten Kopf und ließ seine Blicke noch einmal durch den Park schweifen. Sah zu, wie Mütter ihre Kinderwagen schoben, zuweilen in Begleitung der Väter. Er schaute sich die alten Leutchen an und die hohe Kuppel des Panteão Nacional. Vor diesem und um ihn selbst lag die ganze Stadt seiner Sehnsucht gebreitet. Dann starb er, einfach so, von einer Sekunde auf die andere. Das rührte vom Glück, das ihn, den Angekommenen, füllte. Weil schon das Herz eines gesunden Menschen für so etwas eigentlich zu klein ist. Patrick ist vor Glück gestorben, dachte ich, und es war so groß, dass sein Herz, weil es doch krank war, es nicht aushalten konnte. Denn wer eine Stadt seiner Sehnsucht erreicht, dem ist sie erlaubt.

Gibt es nicht, Lastotschka, Legenden von Menschen, die verdammt dazu sind, ihre Leben über ihr Leben hinaus und über
das aller anderen Menschen immer weiterzuleben? Nicht, weil
es für sie um Erfüllung geht, sondern um sie auszuschließen?
Weil dieses unsere Strafe ist? Weil wir zum Beispiel nur gegafft
haben, als Jesus starb? Wir müssen ihn nicht einmal verhöhnt
haben. Sondern es genügt, dass wir einfach aus Neugierde zu-
sahn? Weil wir ohne Mitgefühl waren? Hat sich nicht, wie
hieß er noch, aufgehängt deswegen? Weil er wusste, dass genau das auf ihn zukommen würde?

Oder wenn einer nur Unrecht und immer nur Unrecht in
seinem Leben begangen hat. Dann muss er auf so einem Schiff
herumfahren und darf nur alle sieben Jahre an Land. Weil er
dann vielleicht jemanden findet, der für ihn spricht? Für ihn
*ein*spricht, muss ich denken. Wer täte es für mich?

Ich sitze in meiner Kathedrale allein. Es gibt in ihr keinen
Beichtstuhl wie in katholischen Kirchen. Wo wenigstens ein
Pfarrer für einen einspricht. Der einzige an Bord, der es vielleicht täte, ist Doktor Samir. Ich liebe Doktor Samir beinah,
will ich sagen, mehr als Dich. Doch sprechen kann ich auch
mit ihm nicht. Er hat eine Religion. Ich habe keine, hatte nie
eine. Da kann ich nicht plötzlich an Mohammed glauben.
Dass der Allahs Sohn ist. Es gibt keine höhere Macht. Nichts
zeigt sie an. Noch jetzt nicht, da ich fast schon vor ihr stehe.
Nur die Freiheit gibt es von allem, auch von der Schuld. So
dass ich allenfalls an Feenseeschwalben glaube.

Die können aber fliegen. Ich hingegen liege von mir selbst

schwer im Bett. Schwer von der Scham, dass ich mich nicht mitfreuen konnte. Dass ich statt dessen empört war. Und Angst bekam, mir das mit meinem Tod nur eingebildet zu haben. Jetzt kommt sie, dachte ich, die Rache. Gerade jetzt, wo ich schon losgelassen habe und sogar mit Petra fast schon versöhnt bin. Sogar mit Mutter bin ich versöhnt, die noch weiter von mir als meine Großmutter entfernt ist. Und dann lässt man mich nicht durch, lässt mich nicht gehen.

Es lässt mich nicht gehen.

Dieser Abschied von Lissabon war der für mich furchtbarste von allen Abschieden sonst. Von sogar irgendeiner der Reisen zuvor. An die ich mich gar nicht mehr wirklich erinnre. – Was, wenn dies meine letzte Reise gar nicht ist? Muss ich nun weiter- und immer weiterreisen? Bald vielleicht nur noch in meiner Kabine? Unbewegbar abgeschlossen? Und kann auf das Meer nur mehr durch das Fenster schauen und höre es nicht, sondern bloß das Rauschen der Klimaanlage? Monate-, möglicherweise jahrzehntelang? Bis jemand kommt, der die Gardinen vorzieht? Denn auch sehen soll ich es nicht mehr. Dann umgibt mich nur noch das dauernde Surren. Immer brennt die Deckenlampe. Sogar die Seitenlampen brennen gedimmt. Und draußen auf dem Gang piept elektrisch das Signal, wann immer Zimmermädchen gerufen werden.

Niemand mehr spricht zu mir. Selbst Tatiana ist verstummt, seit es keinen Patrick mehr gibt. Stumm zieht sie die Decke weg und rollt mich stumm zur Seite. Wenn sie mich wäscht, zieht sie wieder die Gummihandschuhe an. Ich werde nicht mehr ins Badezimmer gebracht und auch nicht auf die Toilette.

Draußen die Freunde vergessen mich. Ich habe sowieso nur schweigend dagesessen mit meinem starren Gesicht. Meinerseits vergesse ich sie auch, zum Beispiel Monsieur Bayoun. Der ist vielleicht ein Freund gewesen. Nichts außer seinem

Cigarillo weiß ich von ihm. Und dass es einen Doktor Gilburn gab, dessen Gesicht fast noch mehr verblasst ist.

Wo ist der Gehstock? Es gab eine Frau, von der ich ihn habe. Ich sehe ihn nicht. Bestimmt steht er irgendwo in der Ecke. Sonst liegt er immer auf dem Rollstuhl. Den kann ich aber auch nicht entdecken.

Von Zeit zu Zeit kommt Senhora Gailint herein. Doch auch sie schweigt. Steht stumm neben dem Bett und sieht bis ins Mark auf mich herunter. Wenn Doktor Samir hinter sie tritt und sagt, er kann Sie nicht hören. Ist es denn sinnvoll, fragt sie, ihn sich noch weiterquälen zu lassen? Woraufhin er die Schultern zuckt. Darüber muss die Familie entscheiden. Dass er nicht mehr lächelt, ist das Grausamste dabei. Auf dem Achterdeck soll der Clochard noch einmal den Klabautermann geben. Dir hat man natürlich gesagt, dass ich zum Klavier nicht mehr komme. Da hast Du momentlang geschluckt und warst ein bisschen traurig. Aber hast für Deinen nächsten Auftritt schon wieder geübt.

Das Leben geht ohne mich weiter. Doch ohne, dass ich weg bin. Ich bin nur aus der Welt. Versiegelt im Kabinengrab. Nicht einmal Erde hat es um sich herum. Ich soll nicht vermodern, das wäre zu leicht. Auch auf den Meeresgrund darf es nicht, wo es sich mit mir auflösen könnte, von dem Salz allmählich zerfressen. Sondern wird untot durch die Raumzeit getragen. Die für mich nicht aufhört. Auch das Bewusstsein hört nicht auf, sondern wird seelenlos Pflanze.

Verschimmelnd rankt es im Unterholz. Ungeziefer hat sich auf ihm angesiedelt, das selbst nichts als Reflex ist. Da wünscht es sich nur noch, verbraucht zu werden. Spurlos aufgebraucht. Man hat nicht die Kraft noch den Willen, sich wenigstens die Spatzen vorzustellen. Wenn sie ein bisschen etwas von dir abpicken. Schon flattern sie wieder davon, das Faserchen Du in den Schnäbeln. Vielleicht wollen sie es für ihr Nest verwenden. Doch selbst dafür hat man nicht mehr die Hoffnung. So taub ist man vor lauter Entsetzen. Wenn man sich sieht.

In dieser Nacht hörte ich das Schreien. Es klang so nah, dass seine Quelle irgendwo an meinen Gang grenzen musste. Aus einer benachbarten Kabine des Baltikdecks. Ich konnte weder weiterschlafen noch auch nur dämmern. Das war völlig unmöglich als Mensch. Wenn man so etwas hört.

Es war weniger ein Schreien als ein tierhaftes Jaulen, das italienisch um Hilfe schrie, sogar nach den Carabinieri. *Aiuto! Aiuto!* Dabei ließ sich nicht bestimmen, ob es eine Frau oder ein Mann war. Sondern die Menschheit war es, die schrie. Kein Arzt konnte ihr helfen, erst recht kein Polizist. Auch die, wenn es Carabinieri an Bord gegeben hätte, stünden nur hilflos vor der Kabine. Vielleicht beschlossen sie gerade, sie aufzubrechen, um die Frau hinunter ins Hospital zu bringen. Denn es war eine Frau, jetzt hörte man es. Selbst aber Doktor Samir könnte nichts anderes tun, als ihr eine Spritze zu geben. Davon schliefe sie zwar ein. Aber wenn sie am nächsten Morgen aufwacht und verschwommen um sich sieht, schreit sie von neuem. Als sie gewahrt, dass sie noch lebt.

Sie schreit imgrunde einen einzigen Ton, schreit ihn und schreit ihn. Er ist, Lastotschka, die Antimaterie von unsrem. Drang als Antichrist ein in sie, diese Frau. Vielleicht ist jemand ihr Nahes gestorben. Nun kann sie ohne den nicht leben. *Sto tanto male!* rief sie: *Ich halte es nicht mehr aus!* Annähernd sechzig Ehejahre. Sie hat aber solch eine Angst vor dem Tod, oder der Glaube verbietet es ihr, ihrem Mann von sich aus zu folgen. Deshalb hat sie sich anfangs zusammengerissen. Bis es in ihr riss. Bis sie selbst riss. Seither entweicht sie sich selbst als dieser Ton. Entweicht als ein einziges Stotantomale. So, wie es a-moll gibt, aber von einem Flutlicht direkt in die Augen zusammengrepresst.

Es wäre, begriff ich, aus mir ganz genauso entwichen, hätte ich nicht meine Kladden begonnen. Wäre mir nicht ihr, musste ich denken, Segen zuteil geworden.

Schon das *Aiuto!* wieder.

Wieder das Stotantomale.

So dass nun ich mich zusammenriss, wirklich zusammenriss. Weil ich das aber wollte.

Sehr mühsam stand ich auf. Ich konnte mich kaum halten, weil ich auch einfach den Gehstock nicht sah. Und den Rollstuhl genausowenig. Das hatte jetzt egal zu sein.

Denn es kam draußen niemand. Ich hörte weder Schritte noch Stimmen, nur dieses Schreien und Jaulen, das zugleich ein Heulen von ganz tief aus diesem Frauenbauch war. So unfassbar leer war er schon. Davon hätte auch jeder andre geschrien. Weil man davon angesteckt würde. Man bekäme die eigene Leere zu hören. So dass man es selbst nicht mehr aushalten kann.

Die Passagiere hörten darum weg. Auch die Zimmermädchen hörten weg, die Stewards, Kellner, Offiziere. *Sto tanto male!* Der Nachtdienst an der Rezeption hörte weg. *Carabinieri! Sto tanto male, sto tanto male!*

Dabei ging das gar nicht, dieses *Aiuto!* nicht zu hören. Vielleicht musste man die Frau einfach nur in den Arm nehmen, dachte ich und dachte weiter, dass das jetzt wirklich ein Grund dafür ist, zu sprechen. Ich werde ihr zusprechen, dachte ich. Es ist ein tieferer Grund, von der Kathedralenpforte das Vorhängeschloss zu sprengen, als es die Kinder gewesen sind.

Von wem waren das die Kinder? Sie hätten mich berührt, wenn ich da gesprochen hätte. – Jetzt wollte ich sie aufreißen, meine Kathedrale. Um einfach nur zu sagen, komm, alte Frau, ti aiuterò. Schrei nur weiter, schreie es raus, aber tu es in meinen Armen. So lange, bis alles wirklich hinaus ist.

So dass ich sogar singen würde, sie in die Ruhe und den

Schlaf singen. Weil es auf meine Angst nicht mehr ankommt und überhaupt noch nie angekommen ist. Wenn du ihn so sehr vermisst, würde ich sagen, deinen Mann oder wen immer du verloren hast, dann lass mich dir die Angst abnehmen. Dass ich sie in mich selbst aufnehme. Wenn es so furchtbar ist, dass dieser Ton sich in dir einnisten konnte. Gib ihn nur her, ich komme schon klar. So dass du sterben gehen kannst. Ich trete zurück und mache dir Platz. Egal, ob ich ein Anrecht habe und eigentlich selbst an der Reihe bin. Fahr ich halt noch ein paar Jahre herum.

So dass ich das Bewusstsein wiederhatte, unversehens, und vollkommen klar war. Sogar meine Kabinentür bekam ich auf. Ich wollte mir von der Rezeption, wenn schon kein anderer handelte, den Schlüssel geben lassen. Dann würde ich, befugt oder nicht, nach der Frau schauen. Wozu ich, das stimmt, mich hätte an der Wand entlangtasten müssen. Vielleicht hätte ich kriechen müssen. Was alles sehr lange gedauert hätte. Es wäre entsetzlich gewesen. Denn das furchtbare Jaulen aus diesem leeren Bauch wäre immer lauter geworden, je näher ich ihm gekommen wäre. Aber dagegen hätte ich meinen eigenen Ton angedacht, den einzelnen einzigen Ton. Ich hätte ihn sogar da schon gesungen, laut, mit Stimme. Egal, wie es klang. Das wäre für das Jaulen das Zeichen gewesen, sich vorzusehen vor mir. Der ich aber gar nicht verwegen und erst recht nicht stolz, sondern bloß entschieden gewesen wäre und es in dieser Nacht auch war.

Doch als ich die Tür geöffnet hatte und mich hindurchziehen wollte, hörte das Jaulen schlagartig auf. Da war es wie niemals gewesen. Den ganzen langen Gang hinunter und den ganzen schmalen Gang hinauf lag ein allein von dem Stampfen des Motors durchwuchtetes, unausdrückbar lastendes Schweigen. Schwerer als meine Kathedrale. So dass ich den Eindruck hatte, es lebe auf diesem Schiff niemand mehr. Nicht nur Patrick sei gegangen, sondern ganz insgesamt fahre das Schiff nur für mich. Bloß machte mir das überhaupt keine Angst mehr. Denn ich wusste, ich hatte das Jaulen besiegt. Nicht mein eigenes, wogegen die Kathedrale erbaut war. Nein, ein anderes. Das eines Menschen, den ich nicht einmal kannte. Das wäre, dachte ich, meine Verfluchung schon wert. Das höbe sie auf. Sogar dann, wenn sie noch Jahre wirken sollte. Denn es geht nicht darum, da haben die Legenden unrecht, dass man nach sieben Jahren jemanden findet, der einen liebt, oder die. Sondern an Land darf man gehen, um jemand anderen zu erlösen. Dafür hatte ich dem Jaulen die Stirn geboten. Es hatte sich darauf verlassen, dass solch einen Mut niemand hat. Es hatte sich auf mein Ich verlassen und hatte sich geirrt. So dass es vollkommen ausgereicht hat, gegen meinen eigenen Schmerz und meine eigene Behinderung es durch mein eigenes Dunkles bis an die Kabinentür zu schaffen und sie dann auch zu öffnen.

Guten Morgen, sagte Tatiana, wie geht es uns denn heute? Was witzig war, wie sich dieses Wir auch in ein Uns verwandeln lässt. All ihre Mühe in Ehren, aber vom Wir verstand ich nach dieser Nacht nun doch ein bisschen mehr als sie. Ich war ihr also nicht böse.

Schauen Sie nur dieses herrliche Wetter! Sie glauben nicht, wie ich mich freue, Sie wieder auf den Beinen zu sehen. Na ja, fast. Wissen Sie eigentlich, wie lange Sie geschlafen haben? Fast einen ganzen Tag, Herr Lanmeister! Da müssen Sie doch einen furchtbaren Hunger haben. Was meinen Sie, kriegen wir das hin, Sie in den Frühstücksraum zu bringen?

Womit sie einerseits recht hatte. In der Tat hatte ich nicht nur Hunger, sondern wirklich Appetit. Ich fand es selber seltsam. Seltsamer war freilich das mit dem Frühstücksraum. Sie meinte bestimmt den Überseeclub. – Natürlich wunderte ich mich darüber nicht, dass diesmal sie mich hinschob. Ich wusste ja wegen Patrick Bescheid.

Den Rollstuhl holte sie aus dem Badezimmer. Wie hätte ich ihn da vermuten können? Vielleicht war er ihr beim Saubermachen im Weg gewesen. Das konnte sein. Indessen sprach sie ein bisschen wirr. Nur bemerkte ich den ganzen Umfang nicht gleich. Ich glaube, sagte sie, dass Ihnen ein bisschen Gesellschaft guttun würde. Und dann nämlich sagte sie, fast Ihre ganze Familie ist da.

Was ein deutliches Zeichen war.

Sogar im Lift plapperte sie so weiter und noch den ganzen Weg über. Ich meinerseits behielt das mit Patrick für mich, um sie nicht traurig zu stimmen. Denn wer das Bewusstsein nicht hat, kann dem Tod nicht offen ins Gesicht sehn. Vor allem, wenn es um Menschen geht, die man gemocht hat. Es hängt natürlich vom Typ ab, der man ist.

Ohne Zweifel gehört Tatiana zu denen, die mit einer Art Übersprung reagieren. Wenn sie etwas ganz tief trifft, brechen sie zum Beispiel in Lachen aus. Es ist aber kein gelöstes Übersprudeln, das wirklich aus der Freude kommt. Vielmehr ein Über-, hätte meine Großmutter gesagt, -kandideln. Was offenbar so weit gehen kann, dass die komplette Wahrnehmung überkandidelt. In Tatianas Fall passierte es, weil sie Patrick sogar ganz besonders gemocht hat. Das übertrug sie auf meinen Besuch.

Und alle zusammen, rief sie aus, sind gekommen! Stellen Sie sich vor! Solche Sorgen hat sich Ihr Sohn um Sie gemacht. Aber das muss ich Ihnen wirklich einmal sagen, wie unheimlich elegant ich ihn finde.

Sie verrannte sich immer weiter in ihre Halluzinationen. Dass sie jemanden elegant findet, kann in die Ukraine gar nicht gehören, oder nach Russland. Selbst das merkte sie nicht mehr.

Vor allem Ihre Schwiegertochter! Und dann noch dieser süße Fratz! Darauf, Herr Lanmeister, können Sie wirklich stolz sein, auf Ihre Familie.

Wahrscheinlich wünscht sie sich so sehr, ihren kleinen Jungen wiederzusehen und sicher auch ihren Mann. Da braucht sie nach Patricks Tod ein, will ich einmal sagen, Familienmodell, an dem sie sich festhalten kann. Obwohl ich momentan nicht mehr wusste, ob sie einen Sohn überhaupt hat.

Mit der Eleganz musste sie Mister Cody gemeint haben. Auf ihn trifft das Wort deutlich zu. In der Tat saß er im Überseeclub elegant neben der allerdings noch viel eleganteren Senhora Gailint an dem Tisch. Tatiana schob mich da hin. Dass ihr Mister Cody deutlich zuzwinkerte, fand ich dabei unbehaglich. Es war wie ein Klaps auf den Po, auf den er ihr obendrein hinterherstarrte. Dabei störte ihn Senhora Gailints Gegenwart kein bisschen. Obwohl man sie unterdessen mit einigem Recht seine Freundin nennen kann.

Ich gestehe ihm allerdings zu, dass auch sie in Sachen Beziehung nicht zuverlässig ist. Das hatte ich am eigenen Leib zu spüren bekommen.

Ah, unser Herr Lanmeister! rief mir Mister Cody entgegen.

Das irritierte mich weniger als meine Besucher. Besser, ich sah sie in ihrer so plötzlichen Häufung gar nicht erst an. Gottseidank, dachte ich, hat Tatiana mich vorgewarnt. Aber natürlich war es von ihr als Warnung gar nicht gemeint gewesen.

Nun ist es zwar zu ertragen, wenn einem ein einzelner zu nahe tritt, den man nicht kennt. Auch mein Besucher, also ihrerzeit die Frau, war schließlich zu ertragen gewesen. Die aber nicht mehr wiederkam. Sie hat wohl gemerkt, mich verwechselt zu haben. Vielleicht war sie zwischenzeitlich in Therapie, so dass sie mit ihrem Unglück dann ohne mich zurande kam. Andererseits hatte ich diesen Besuch unterdessen ein bisschen ins Herz geschlossen. Da ist es wieder typisch, dass er dann wegbleibt.

Aber bei gleich dreien auf einmal bin ich überfordert.

Ich war es in solch einer Weise, dass es mir schon ganz wie Tatiana erging. Denn ihre Einbildungen sprangen auf mich über. So groß war meine Irritation nämlich nicht, um nicht genau zu wissen, dass nicht mitten in der Biskaya ein Kind aus dem Mirnichtsdirnichts auf ein Schiff hüpft. Zumal im Alter von Sven, als ich ihm die Sterne zeigte. Sondern das war die Sehnsucht. So dass ich abermals an Patrick dachte, und an die Saudade.

Während Mister Cody im Buffetsaal natürlich nicht raucht. Er roch auch nicht nach Rauch, keine Spur. Denn in den Kabinen darf man selbstverständlich ebensowenig rauchen, sondern immer nur draußen. Genau das hat Petra so rasend gemacht, wenn die Wohnung voller Rauchschwaden stand. »Rasend« stimmt nicht, sie war nur verzweifelt. Ich hole etwas aus der Reinigung und will es am nächsten Tag anziehen. Aber schon stinkt alles wieder! Dabei hat es nur im Schrank gehangen! – Es hat mich damals nicht gestört, wenn sie dann weinte. Der Prozess hat wirklich recht gehabt. Ich habe ihn zu Recht verloren.

Trotzdem sprang, muss man sagen, Mister Cody meinetwegen auf, nachdem mich sein Ruf begrüßt hatte. Und rückte seinen Stuhl zur Seite, um Platz für meinen Rollstuhl zu machen. Seltsam bemüht wirkte er um mich.

Auch die anderen guckten mich sorgenvoll an.

Das war mir ziemlich unangenehm. Außerdem nahm einer der Besucher meine Hand. Ich habe die Zigarren vergessen, dachte ich, meine drei Zigarren. Von denen hatte ich doch eine rauchen wollen vor meinem Tod. Vorher würde ich, dachte ich, sterben gar nicht können. Eine Zigarre rauchen und noch ein einziges Mal einen Whisky trinken, Johnnie Walker, aber

Black Label. Von den Bourbons habe ich am liebsten Jack Daniel's gemocht.

Ich durfte die Zigarre nicht abermals vergessen. Vorher allerdings waren die beiden anderen Zigarren sorgfältig einzupacken. Ich würde sie Mister Cody schenken, sie ihm sozusagen nachlassen. Er wüsste die Gabe wertzuschätzen. Denn Doktor Samir raucht nicht, und Senhora Gailint verstünde alleine die Geste, aber nicht den Genuss. Statt dessen wäre für sie das Mah-Jongg. Madame Gellet wiederum hinterlasse ich meinen Ring. Zwar ist er für ihre Hände wirklich zu grob. Aber sie kann den Topas herauslösen und das Gold einschmelzen lassen. Dann lässt sie etwas anderes daraus machen. Jedenfalls entsann ich mich, dass sie immer auf ihn geguckt hat. Wohingegen mein Freund, der Clochard, meinen Gehstock bekommt. Selbstverständlich saß er nicht mit uns drinnen. Nur zu gut, dachte ich, was zu schlecht heißt, konnte ich mir vorstellen, dass er den bald brauchen würde. Wenn er weiter so trank.

Wer war Frau Seifert? Sollte ich auch der was vererben?

Meine Besucher sprachen kein Wort. Aber Madame Gellet sagte, Gottseidank. Sie sehen wieder gut aus heute morgen, Herr Lanmeister. Wir hätten das wirklich nicht machen sollen mit dem Champagner. Das haben wir einfach nicht gewusst, dass Sie so wenig, verzeihen Sie bitte, vertragen. Wir haben nur einfach auch mit Ihnen anstoßen wollen, Sie wissen schon, auf Patrick. Weil Sie doch der nächste sind.

Nicht aber Mitleid oder Schuldgefühl, sondern das Bewusstsein sprach aus ihr. Denn im selben Moment hatte ich den Abend wieder vor Augen, überbordend und, wie soll ich es ausdrücken?, *durchweichend*. So elend war mir gewesen. Denn als auf Patrick die zweite Champagnerflasche geöffnet worden war, hatte sich Doktor Samir mit zu uns gesetzt. Und Madame Gellet hatte ihn gefragt, ob man mir nicht ebenfalls ein Glas geben dürfe. Nur ein Schlückchen, hatte sie gesagt und ihrer Frage hinzugefügt, aus medizinischer Sicht. Ich weiß nicht, was Doktor Samir geantwortet hat. Jedenfalls scheint er nicht dagegengesprochen oder sonstwie eingegriffen zu haben. Darum hat Madame Gellet mir das Glas in die linke Hand gegeben. Mit den Fingern ihrer rechten schloss sie meine Finger um den Stiel. Dann hob sie meine Hand mit ihrer ebenfalls linken und führte sie mit dem Champagner an meine Lippen.

Wenn einer gar nicht mehr trinkt, schon seit Monaten, Jahren nicht, hat solch ein Schluck eine Wirkung. Vielleicht sind es auch drei Schlucke gewesen. Vielleicht war es schließlich das ganze Glas. Kann auch sein, die Freunde haben gemeint, dass ich auf diese Weise nicht länger schweigen würde. Weil, wie man sagt, Alkohol die Zunge löst.

Aber er löste nur die Angst, löste den Neid, löste die Enttäuschung. Dass einer aus Glück sterben darf, ich aber weiterleben musste. Denn gestern abend hatte ich noch nicht verstanden, dass es nicht einmal beim Sterben um einen selbst geht. Obwohl durch diese, wer hat das gesagt?, Tür, ist da wirklich »Tür« gesagt worden?, ein jedes für sich selbst geht. Da war dieses Totenauto in Nizza. Es ist ein strahlendes, geradezu lissabonstrahlendes Nizza gewesen, in das man die Bahre hineintrug, bevor das Auto davonfuhr. So strahlte es plötzlich in mich. Ich bin ein Frühsommermensch, dachte ich. Das stimmt. Ich möchte deshalb auf dem Mittelmeer sterben. Aber, dachte ich, wenn es die Nord- oder Beringsee sein soll, ist es auch gut. Sto tanto bene, dachte ich nämlich. Sto tanto bene.

Den Rest dieses Vormittags habe ich vergessen. Wahrscheinlich war ich unter der Decke halb schon wieder eingeschlafen, als mich Senhora Gailint hinausschob. Mister Cody entschuldigte sich zum Schiffsfriseur. Dazu muss man in die Oase hinunter, die Wellness-, heißt das, -oase. Er tat es in Begleitung Madame Gellets.

Mein Freund, der Clochard, erwartete uns, den Mantelkragen hochgeschlagen. Dermaßen kalt war es wieder. Man muss nur einige Meilen vom warmen besonnten Land weg. Ohne Jacke und Mütze geht es dann wirklich nicht mehr. Ich hatte sogar den Eindruck, dass wir ziemlich heftig ins Rollen kamen. Sehr ziemlich heftig sogar. So dass in seiner Seehundfelljacke der alte Wikinger kurz bei uns stehenblieb. Auf seinen Knotenstock gestützt, war er schon selbst ein Seehundleder. Nun wechselte er mit seiner für einen Seebären absonderlich hohen Stimme ein paar Worte mit Senhora Gailint. Ich verstand davon aber nur die Drohung. Die und der Himmel hatten fast dieselbe Tönung. Spätherbstdienstag, dachte ich. Doch da kam schon eine der Kellnerinnen mit der Wolldecke. *Biskaya*, verstand ich, während sie mich einpackte. Ich war sowieso beinah weggedämmert und freute mich aufs Träumen. Von den Lastivkis wollte ich träumen, zwanzig, dreißig Lastotschkis.

Tung sjø, sagte der Wikinger, aber wohl mehr für sich selbst. Deshalb sprach er Norwegisch. Und guckte weiter über das graue Meer. Guckte zum Horizont. In seinem Rücken liefen in blauen Hosen und dunklen Regenjacken zwei von der Mannschaft herbei, um aus dem Swimmingpool das Wasser zu lassen. Da, erneut zu Senhora Gailint gewandt, sagte der Wikinger fest, wenn auch leise: *Heavy seas, heavy seas.* So dass ich sie noch ausrufen hörte, Na Kinders, das kann was werden! Und gab ihrem Adjutanten einen Wink. Im selben Moment schreckte ich vor meiner Kabinentür hoch. Sie wurde von einem jungen Mann aufgeschlossen, den ich noch nie gesehen hatte.

Offenbar war er für Patrick als Pfleger eingesprungen. Es

ist besser, sagte er, Sie bleiben jetzt drinnen. Dabei lag das Schiff wieder ruhig. Das Schaukeln hatte sich deutlich gelegt. Die Ruhe vor dem Sturm, dachte ich und protestierte darum nicht.

Als er mich hineingeschoben hatte, sah er sich um. Wenn Sie mir bitte erlauben, sagte er und nahm die Wasserflasche vom Schrankabsatz. Er legte sie in das freie Bett unter die Dekken. Dann sah er im Badezimmer nach, kam auch von dort mit losen Gegenständen. Die bettete er ebenfalls unter die Decken.

Dann bemerkte er das Mah-Jongg. Also das, sagte er, ist nun wirklich gefährlich. Wenn das runterkommt. So dass er sich zur Ablage hochstreckte und den tatsächlich nicht leichten Kasten herunternahm. Auf dem Boden sicherte er ihn zwischen dem Nachtschränkchen und dem zweiten Bett. Nun konnte er nicht mehr verrutschen, oder nicht schlimm. Weil er den Kasten vielleicht ein wenig zu schräg gehalten hatte, waren aber die Türen aufgegangen und zwei der Laden herausgerutscht.

Was ist das? fragte er, aber schien eine Antwort nicht zu erwarten. Er nahm einen der Spatzen heraus, drehte ihn vor seinen Augen und passte ihn an seinem Platz neu ein. Wunderschön, sagte er, bevor er die Lade, und die andere auch, wieder hineinschob. Feenseeschwalbenfederholz, dachte ich, als er insgesamt das Mah-Jongg schloss. Doch ließ er noch einmal vier Finger über die polierte Oberfläche gleiten. Was ich so einfühlsam fand, dass ich unmittelbar begriff, nicht Senhora Gailint, sondern er müsse das Sperlingsspiel bekommen. So sehr hat er es auf Anhieb geliebt.

Senhora Gailint wird das verstehen. Nur dass ich natürlich seinen Namen nicht weiß. Aber wenn ich Glück habe, kommt er von selbst auf die Idee, sich mir noch vorzustellen. Das war denn doch ein bisschen unhöflich von ihm, es unterlassen zu haben. Andererseits kann ich mir nicht sicher sein, ob er es nicht doch getan hat. Vielleicht bin ich wieder in meinen Gedanken gewesen. Denn immer noch ist die Kathedrale zu. Weil sie nachts, als ich die Kraft gehabt hätte, schließlich hatte doch nicht geöffnet werden müssen. Denn das *Aiuto!* war vorher verstummt. Weil dem Schreien schon eine Geste zuviel ist. Dass man ihm zeigt, die anderen sind nicht allein. Indem man ihnen das zeigt, zieht es sich sofort zurück.

Dazu diese Scham. Wie peinlich einem alles ist! Wenn man doch sterben wollte. Und dann benimmt man sich s o. Nicht nur, dass man unverhältnismäßig gehandelt hat. Man hat überhaupt nicht gehandelt, sondern nur reagiert. Nicht einmal das. Dieses hilflose Kauern lässt ein Reagieren sich gar nicht mehr nennen. Sondern die ganze Lächerlichkeit schmettert einen ein zweites Mal nieder. Wenn auch nur noch seelisch. Doch was heißt das schon, »nur noch« und »seelisch«?
Wobei es noch ziemlich lange ruhig geblieben war. Ein einfacher Sturm wäre in meiner Kabine sowieso kaum zu vernehmen gewesen. Nicht, solange er nicht zum Orkan wird. Selbst dann hört man noch das Rauschen der Klimaanlage. Hört durch die Decklautsprecher die Ansagen. Hört das dauernde Piepen. Hört die Schiffssirenen oder meint, sie zu hören. Hört, wie vorne in einem fort die Glocke schlägt. Da ist der Klöppel losgerissen worden. Mit solcher Gewalt ging die See übern Bug. Biskaya, dachte ich zu Anfang. Ich soll die Biskaya verstehen.
Dennoch dachte ich bald an einen Sturm gar nicht mehr. So dass er mich unvorbereitet gegen die Wand knallte und schon aus dem Bett warf. Weil sich das Schiff auf die andere Seite gelegt hatte. Dann ging das Knacken los, ein Ächzen, Aufstöhnen, Krachen. Als würde es brechen. Jedenfalls hörte es sich so an, wenn ich jetzt, nachmittags, daran zurückdenke. Da wir wieder beisammensitzen und uns nicht ansehen mö-

gen am Rauchertisch. Denn alle, die wir das Bewusstsein haben, hatten genau die gleiche Angst wie irgendein Passagier. Doch bin ich mir sicher, dass auch die Offiziere sie hatten. Das durften sie natürlich niemandem zeigen, schon gar nicht den Fahrtgästen, vor allem aber sich selbst nicht eingestehen. Denn Angst macht unfähig zu handeln. Oder man handelt vollkommen falsch. Und dann geht das Schiff unter. Woraufhin unsere Angst eine Angst nicht mehr ist. Denn wir ertrinken tatsächlich.

Deshalb wartete mein Zittern, das vor dem Sperlingsspiel am Boden kauerte, wimmernd, ja wimmernd darauf, dass das Notsignal losging. Sieben kurze Töne und ein langer. Gleich gibt jemand über die Decklautsprecher bekannt, wir möchten die Ruhe bewahren. Das sei jetzt das wichtigste. Bitte versammeln Sie sich in der Lounge. Vergessen Sie die Schwimmwesten nicht. Wie wir es geprobt hatten.

Habe ich auch alles behalten? Die Übung ist so lange her!

Man wolle sichergehen, dass auch jeder hier sei. Bevor wir uns zu den Rettungsbooten begäben. Die Nummer des Ihren entnehmen Sie bitte dem Bordausweis.

Falls wir sie vergessen haben.

Wo habe ich den?

Nur wäre es mir sowieso bei diesem Schwanken und Wanken unmöglich gewesen, an die Weste auch nur ranzukommen. Sie lag unten, das wusste ich, im Schrank. Wahrscheinlich hatte ich genau da drunter die anderen Kladden geschoben. Die würden nun mit mir untergehen, für immer verloren, selbst wenn jemand gekommen wäre, um mich zu holen.

So schlecht war mir geworden, dass es sich Schlechtsein gar nicht mehr nennen ließ. Sie ging, diese Übelkeit, über jede Übelkeit hinaus, war das zweite Stadium der Krankheit. In dem ersten hat man Angst, dass man stirbt, im zweiten, dass man nicht stirbt. Es ist die pure, entblößte Angst. Nichts stimmt mehr, was man über das Sterben gedacht hat. Wie sehr man auch immer bereit war. Alles wird ein einziges, nein, nicht Sich-Übergeben, sondern Sich-selber-Herauswürgen. Bis man im eigenen Erbrochenen liegt, an dem man halb erstickt, verstopft mit nichts als Säure. Und kann den Harn nicht mehr halten, will nur noch, mit allem, aus sich hinaus. Aber kauert doch immer nur weiter zusammen, die Arme klammernd um die angezogenen Knie.

Während der Boden vibriert. Der ganze Schiffsleib vibriert und ächzt. »Sto tanto male! Sto tanto male!« heult es in jeder Winde, jeder Wand. Weil sich das Jaulen zwar aus der Frau zurückgezogen hat, aus ihrem furchtbar leeren Bauch, um meiner Entschiedenheit zu weichen. Aber es ist in den Schiffsleib gedrungen, hat sich ausgebreitet in ihm. Es hält ihn bis in die letzte Schweißnaht besetzt und hat auf den Sturm nur gelauert. Herbeigelauert hat es ihn, um sich endgültig freizuschreien. Kein Ton mehr, geschweige As-Dur, wird es jemals wieder bändigen können, geschweige ein Gelb, geschweige eine Tagesfarbe, und ganz besonders kein Stolz.

Trotzdem bekam ich über die Ganglautsprecher alles mit. Dass es verboten war, noch eines der Außendecks zu betreten. Da wird plötzlich die Flasche auf dich draufgeschleudert, obwohl doch der nette Pfleger sie und alles andere Zeug unter den Decken gesichert hatte. Aber die Decken waren verrutscht. Und noch etwas krachte. So dass heute morgen ein scharfer, hässlicher Riss durch das Feenseeschwalbenfedernholz geht, quer über den Deckel.

Wenigstens waren die Türen der Kiste nicht aufgesprungen und die Spatzen in den Laden geblieben. Wie konnte das sein? Welcher Schutzgeist hielt sie verschlossen?

Dann wurde die Übelkeit so groß, dass sie sich mit dem Schmerz vereinte, der sich mit dem Wimmern vereinte.

Das war aber kein Weinen. So dass ich nach wie vielen Monaten, oder waren es Jahre?, zum ersten Mal wieder gesprochen habe. Denn Wimmern ist Sprechen, *Sto tanto male*. Doktor Samir hat sich geirrt. Man spricht nicht durch ein Klavier, sondern nur mit der eigenen Stimme. Doch war es eine fremde, mir fremd gewordene Stimme.

Zitternd lauschte ich ihr. Was sprach da, was spricht da? Weil dieses Wimmern sogar ein Gesang war, nicht mehr mein Ton, nein, auch kein anderer. Überhaupt nichts, das mit Musik noch zu tun hat. Sondern ein Stotantomale, das sich an keinen mehr wendet. Ein Schreien glaubt noch an Carabinieri. An Allah oder den Heiligen Geist. Während das Wimmern nicht einmal Schwalben mehr glaubt. Erst recht nicht glaubt es noch an ein Ich. Geschweige, dass es ihm gilt.

Was ich alles aber erst später gedacht habe. Sondern da ist nur dieses Zerkrachen und das reine Zerplatzen von egal, was immer es war. Das Achterdeck reißt auf und klappt dich in zwei Hälften auseinander. Aus denen quillt das Waldorf hinauf. Von noch tiefer quillen die Mannschaftsquartiere, Kombüsen und Messen. Aus aber darunter der Tiefe kommt der zerschnittene, zerfließende Darm des Maschinenraums hoch, mitsamt seinen riesigen Kolben und Kesseln und der riesigen Schraubenwelle. Alles schwillt an und heraus, was organisch in dir wütet, Magen, Leber, Nieren, die Galle. Es ergießt sich in das über dem Schiff Brecher für Brecher hauswandhoch zusammenklatschende, hochhaushoch schäumende, schluchttief niedergehende Meer. Und alles das in dem Wimmern, über dem es siebenmal kurz und einmal lang gellt.

Wovon aber äußerlich nichts blieb. Keine Narbe. Sondern meine Scham, wie ich den Freunden gegenübersaß, nachmittags, als alles längst vorbei war. Weil mich Tatiana endlich gefunden hatte. Sie hatte mir Zitterndem aufgeholfen, der ich da immer noch gewimmert habe und die Krümmung um meinen Bauch einfach nicht mehr lösen konnte.

Erst das warme Wasser, mit dem sie mich noch am Boden wusch, brachte mich zu mir. Das erst löste den Krampf. So dass ich auch den jungen Pfleger erkannte, wie er das Bett in Ordnung brachte. Wie er die Scherben der Gläser vom Boden aufsammelte. Die Wasserflasche war aber heil geblieben und lag unter dem zweiten Bett.

Sie hoben mich in mein Bett und brachten mir Tee. Ich weiß nicht mehr, ob Kamille. Aber wahrscheinlich Kamille. Den habe ich als Kind bei Bauschmerzen immer bekommen. Später besuchte mich Doktor Samir, der längst wieder lächelte. Er sah mir in die Augen, in jedes einzeln, zog die Unterlider herunter. Dann nahm er mein Handgelenk, um meinen Puls zu messen. Meine Güte, sagte er, was für eine Nacht! Glauben Sie mir, Herr Lanmeister, ich hatte genauso Angst wie Sie. Nur dass ich die Zeit nicht hatte, *Al Hamdu*, sagte er ungefähr, *Lila'a*, um mich zu fürchten. Es war einfach zu viel zu tun. Ruhen Sie sich jetzt etwas aus. Wenn Sie aufs Meer sehen wollen, lasse ich Ihnen die Rückenlehne hochstellen. – Peter, womit er den jungen Pfleger meinte, würden Sie bitte …?

So dass ich schon mal den Vornamen hatte, der für ein Testament vielleicht auch genügt. Denn das sah ich trotz meiner Erschöpfung, wie seine Blicke immer wieder auf den Sperlingskasten fielen. Nicht nur das, sondern er nahm ihn hoch und stellte ihn neben mich auf das Nachtschränkchen. Er polierte sogar über den Riss auf dem Deckel. So dass ich, wieder allein, zwar erst lange durchs Fenster auf das bleigraue Meer sah. Aber dann wurde mir ein bisschen langweilig.

Auch wollte ich mich von der Scham ablenken, die an mir zu nagen anfing. So dass ich den Kasten öffnete. Das ging wegen der hochgestellten Rückenlehne gut. Dann nahm ich vorsichtig erst die eine, dann die andere Lade heraus und schob sie jeweils später wieder hinein. Aber davor zählte ich die Spatzen. Ich zählte alle tatsächlich durch. So dass die Bambusse, Zahlen und Kreise, die vier Winde und die drei Drachen und alle Blumen und Jahreszeiten wirklich einhundertvierundvierzig ergaben. Was mich ein bisschen erleichterte.

Auch Peter sah ziemlich blass aus. Er habe sich gleichfalls die Nacht hindurch übergeben müssen. Und nicht nur er sei auf der Station seekrank gewesen. Doktor Samir sei völlig alleingelassen worden. Aber wissen Sie, was das schlimmste ist? fragte Peter, als er mich auf das Achterdeck rollte. Dass er nicht schimpft, ja diese Nacht nicht mal erwähnt. – So dass er mir wahnsinnig sympathisch wurde. Das ist mir bei Menschen fast nur mit Doktor Samir passiert. Und früher einmal, wirklich nur einmal. Aber mit wem? Mit Mister, Monsieur, ich komme nicht auf den Namen. Oder Señor? Nein, es war bestimmt ein Monsieur.

Allerdings ist nun beschlossene Sache, dass Peter das Mah-Jongg bekommt.

Diesmal schwieg nicht nur ich. Wir saßen beieinander wie, hätte meine Großmutter gesagt, *bedröppelt*. Wozu noch die Schlechtwetterkleidung hinzukam. Zu der hatte Madame Gellet wieder ihre Wollhandschuhe an. Während Mister Cody in einem braunen Ledermantel dasaß, der bis auf die Planken reichte. Er lappte sogar über sie ein bisschen hinweg, setzte der Mann sich zurecht oder beugte sich vor. Senhora Gailint wiederum trug einen fuchsfarbnen Pelz, passend zu ihrem Haar. Aber mit weißem flauschigen Kragen.

Eigentlich fehlte nur Doktor Samir. Was aber klar war, weil er im Hospital alle Hände voll zu tun hatte. Doch es fehlte eben auch mein Freund, der Clochard. Das verstand ich nicht. Es war das erste Mal, dass er tags nicht am Rauchertisch saß.

Räuspern, Hüsteln, einander nicht ansehen. An den Jakkettärmeln zupfen.

Erst nach mindestens einer Stunde solchen Schweigesitzens

erfuhr ich, dass auch er, mein Freund, der Clochard, die Nacht nicht draußen verbringen konnte. Nicht hatte dürfen, um korrekt zu sein.

Aber er habe seinen Platz nicht freiwillig geräumt, sondern sich gewehrt. Richtiggehend Gewalt habe man anwenden müssen. Drei von der Mannschaft seien nötig gewesen, um ihn fortzutragen. Vielleicht, stellte ich mir vor, hatte ihm ein vierter die Rotweinflasche hinterhergetragen.

Ich wusste auch, weshalb er sich wehrte. Es ging nicht um seine Gewohnheit. Sondern ihm hatte das Bewusstsein gezeigt, dass er trotz des Sturms draußen bleiben musste. Um sich in ihm zu erfüllen. Eben nicht, um ihm zu trotzen. Ihm war der Tod im Sturm bestimmt wie mir in Lissabon. Darauf hatte er sich, seit er an Bord kam, vorbereitet. Allein deswegen war er bei Nacht niemals auf seine Kabine gegangen. Egal, wie unwirtlich es draußen war. Nur während der frühen Vormittage verließ er seinen Rauchertisch. Weil seine Sterbezeit die Nacht war, irgendeine der Nächte unserer Reise. Welche, das konnte er nicht wissen.

Unmittelbar nachdem man ihn, erzählte Mister Cody, in den Überseeclub verfrachtet habe, seien sämtliche Außentüren nicht nur geschlossen worden. Nein, man habe sie regelrecht zugebunden. Nicht nur im Überseeclub, sondern überall auf dem Schiff, wohin die Passagiere Zugang haben. Jeweils von links unten nach rechts oben und von links oben nach rechts unten habe man vermittels eines gelbschwarz warnenden Flatterbandes ein Sperrkreuz angebracht.

Das immerhin hatte ich selbst noch von den Ganglautsprechern gehört. Also, dass niemand hinausdurfte. Aber er, Mister Cody, habe erst einmal Senhora Gailint auf ihr Zimmer gebracht. Auch sie habe vor Übelkeit nicht mehr gerade stehen können. Den Adjutanten habe es nämlich noch schlimmer erwischt. Während er selbst, natürlich, verschont geblieben sei.

Doch habe er sofort gewusst, dass er wieder nach oben zu den anderen musste. Wenn er schon nicht nach draußen durfte. Zumindest zurück in den Überseeclub. Seekranke, sagte er, meiden nichts so sehr wie das Essen. Nach dem es im Überseeclub aber riecht.

Dort eben habe er meinen Freund angetroffen, den Clochard. In sich zusammengesunken. Sowie dreivier andere Leute, die aber nicht zu uns gehörten. Und von der Mannschaft drei, die auf den Clochard aufpassen sollten. Gemeinsam habe man hinausgestarrt, wie die Brecher übers Achterdeck schlugen. Wie sie aufklatschten. Mit welcher Naturgewalt, sagte Mister Cody. Vor Schwärze sei aber eigentlich nichts zu sehen gewesen.

Nur der Clochard habe nicht mitgestarrt. Sondern habe halb über den Tisch geworfen geweint. Dann sei er aufgesprungen und so außer Rand und Band gewesen, sagte Mister Cody, dass er sogar zweimal gegen die Scheiben geschlagen hat. Jedesmal mit beiden Fäusten. So dass man ihn schließlich sogar aus dem Überseeclub habe herauszerren müssen. Natürlich sei bei der ganzen Fuchtelei, und wegen des Schwankens sowieso, die Flasche umgekippt und der Rotwein auf den Boden gelaufen. Regelrecht sei der Clochard auf seine Kabine, dieses Wort werde ich nie mehr vergessen, *zwangsgezerrt* worden. Darin sei er, Mister Cody weiter, wahrscheinlich eingesperrt worden. So dass ich dachte, in der Back. Und außerdem dachte ich, nun war von uns der Freieste zum Eingesperrtesten geworden.

Er habe sich das, sagte Mister Cody, kaum mit ansehen können. Doch es sei wirklich nicht anders gegangen. Natürlich hätte er dem schreienden Clochard wenigstens seelisch beistehen müssen. Zumindest begleiten hätte er ihn können. Vielleicht hätte seine Zusprache etwas bewirkt. Aber er habe gewusst, dass es ihn unten im Schiff ebenfalls erwischen würde.

Da ziehe der Geruch von Erbrochenem überhaupt nicht mehr raus.

Es erwischte ihn auch nicht. Trotzdem habe er immerzu gedacht, errette mich vor großen Wassern. Damit hätte er niemals gerechnet. Ich möchte darüber, sagte er, aber nicht sprechen. Wobei er tatsächlich nicht die Blässe hatte, die mir als erstes bei Peter aufgefallen war. Sie überzog die Gesichter aller Freunde, außer eben Mister Codys. Eine graue Blässe, in der immer noch gelbgrüne Spuren lagen.

In mir aber bebte es gleichfalls. Allerdings aus einem jetzt anderen Grund. Zwar hatte der Sturm die Kathedrale tatsächlich aufgerissen. Doch konnte ich trotzdem nicht sprechen. Wegen der drei Besuche nämlich, die da schon wieder bei uns saßen. Wobei ich die zwei älteren grad noch hinnehmen konnte. Nicht aber meine väterliche, um nicht zu sagen kindliche Wunschvorstellung. Die letztlich doch dahintersteckte.

Das hatte ich aber bereits begriffen, als am Rauchertisch noch allgemein geschwiegen wurde. Dass es diesen Sturm gebraucht hatte. *Ich* hatte ihn gebraucht. Um das Metall eben zu sprengen, das vor der Kathedralenpforte die Kette hält. Denn das Vorhängeschloss ist selbst schon ein Schweigen, nur eben draußen, nicht drinnen im Schiff. Damit meine ich selbstverständlich das Kirchenschiff. In ihm wird das Schweigen zu Farbe und Klang. Außen b l e i b t es Schweigen. Das allenfalls, um noch einmal mit Mister Cody zu sprechen, die Naturgewalt sprengt.

49° 33′ N / 4° 5′ W

Wenn ich mich richtig entsinne, hat einer meiner Freunde einmal gesagt, dass hinter allen Begebnissen des Menschenlebens eine Komik steht. Erkennt man sie, sei sie unwiderstehlich. Ich habe aber nicht mehr im Kopf, ob Buffalo Bill Cody oder Doktor Samir es gesagt hat. Zu dem würde es schon seines Lächelns wegen passen. Aber ich weiß noch, damit nicht unbedingt einverstanden gewesen zu sein. Vielleicht habe ich sogar innerlich opponiert. Zum Beispiel das Stotantomale für komisch zu nehmen, wäre schlichtweg unmenschlich. Dennoch habe ich ein bisschen am eigenen Leib zu fühlen bekommen, was Doktor Samir mit der Komik hinter allem gemeint hat.

Denn von der ganzen furchtbaren Sturmnacht blieb nichts als ein stinkenormaler Muskelkater zurück. »Stinkenormal« ist genau der Begriff. Denn es wäre übertrieben zu sagen, dass er mich quält. Er lässt mich nur immer wieder zusammenzucken und manchmal sogar *Aua!* denken. Wovon ich zugleich auflachen muss. So bizarr ist dieses Gefühl.

Eigentlich bekommt man so etwas nur, treibt man nach langer Pause wieder Sport. Was meine Sache nie war. Oder wenn ich umgezogen bin und habe Kisten geschleppt. Zum Beispiel, als ich bei meiner Großmutter endlich ausziehen konnte, weil ich volljährig geworden war. Wobei ich da schon vorher nicht mehr richtig gewohnt habe. Wie hieß der Saufkumpel noch, bei dem ich hatte unterkommen können? An das Zimmer erinnere ich mich. Eine graublaue Matratze auf dem Boden und mit Tesa das Poster von den Kinks an der

Wand. Aber mitten im Zimmer gab es einen echten Antiquitätentisch. Der hat fast den Glanz meiner Kabinentür gehabt. Auf dem nun stand ein Vintage-Phonokoffer, ein wirklich edles Teil mit eingebautem Röhrenverstärker und was wir damals Breitband nannten. Deshalb konnte man die Musik direkt aus dem, glaube ich, montagimfrühwinterfarbenen Gerät hören. *I'm a Believer* und *Dandy*. Das gab es noch alles als Single, weil der Vintage 78 Umdrehungen hatte. Während nun von meiner Verzweiflung am Kabinenboden des vielleicht doch mehr, als der Kapitän zugeben ließ, bedrohten Traumschiffs nichts als dieses absurde Ziehen zurückblieb. Vor allem im Bauch ist es ein so schmerzhaftes wie eben tiefkomisches Reißen oder auch Zerren. Sogar zu lachen tut weh, und bereits das Luftholen. Was die Komik noch unterstreicht. Auch, wie ich versuche, immer möglichst flach zu atmen, damit sich die Muskeln erholen können.

Unsere Scham hatte aber eine noch einmal besondere Komik. Sie trifft freilich alleine die, die das Bewusstsein haben. So dass sie sogar auf das Bewusstsein selber zutrifft. Denn wie kann allen Ernstes jemand, der zu sterben längst bereit ist, es mit der Angst zu tun bekommen, nur weil das Sterben einen anderen Weg nimmt? Dafür kann es gar keinen anderen Begriff als den der Komik geben.

Zum mindesten wäre es uns angemessen gewesen, hätten wir, statt stundenlang zu schweigen, bei unserer Wiederbegegnung aufgelacht. Schon unsere Blässe war ganz bestimmt komisch.

Der Clochard allerdings, als er endlich wieder draußen saß, war so ungeheuer ernst, dass er nicht mal mehr Kreuzworträtsel löste. Als ihm am Abend die übliche Rotweinflasche gebracht wurde, nahm er sie wütend am Hals. Und mit einem gewaltigen Ausholen schleuderte er sie über die Reling in den Kanal. In den wir da schon eingefahren waren. Vielleicht war es auch noch die Keltische See. – Fuck you! zischte er. Was aber ein Brüllen war. Nur dass er die Zähne nicht auseinanderbekam.

Seitdem hält er sich von uns entfernt. Wenn wir zum Rauchertisch kommen, steht er auf und sucht sich einen anderen Platz. Wo er für sich dann weitergrübelt. Oder er steigt, wegen der Kälte bis zu den Ohren eingepackt, zu den Sonnenterrassen hoch. Dort wuchtet er sich wahrscheinlich in die Raucherecke. Mit keinem spricht er mehr.

Ich kann es nur beobachten und finde unterdessen auch das nicht ohne Komik. Schließlich waren es nicht wir, die ihn eingesperrt hatten. Trotzdem behandelt er uns wie mindestens Mitschuldige.

Im übrigen haben sich alle wieder gefasst. Wir, die das Bewusstsein haben, sowieso. Aber besonders die normalen Passagiere. So zog schon direkt am Tag nach dem Sturm wieder der gewöhnliche Bordalltag ein. Mit allen Beschäftigungen und Servierungen und der ständigen Musi und ganz besonders mit dem ständigen Essen. So dass, was von allen derart als Bedrohung erlebt worden war, nun ebenso schnell der Vergessenheit anheimfällt wie zum Beispiel die Stadt Santa Cruz. Von deren Schönheit ein jeder geschwärmt hat. Wobei es sich an das strahlende Teneriffa tatsächlich schwer erinnern lässt, wenn die See so bleiern ist wie im Moment. Die Wolken liegen als eine dunkel durchzogene, unten schmutzighelle Decke fast direkt auf dem Wasser. Da kann man meinen, dass wir Glück haben, mit dem Radarmast und hinten den Schloten überhaupt noch durchzupassen. Immerhin regnet es nicht.

Zwar kann selbst ich nicht behaupten, es sei auf dem Bootsdeck angenehm. Trotzdem sitze ich, fest in zwei Decken gewickelt, dort und notiere, was mir zur Komik sonst noch einfällt. Aber zum Beispiel an die Feenseeschwalben zu denken, womit ich meine, sie im Himmel einander jagen zu sehen, ist erst recht unmöglich geworden. Andererseits sitzt bei dieser Witterung kaum jemand sonst auf dem Bootsdeck. Deshalb habe ich es meistens alleine für mich, und den unentwegten, manchmal pfeifenden Wind. Sowie das Schlagen der Wogen, durch die sich das Schiff unerbittlich hindurchwühlt. Denn mit den Elementen den Kampf hat es letztlich bestanden.

Mein Freund, der Clochard, macht mir Sorgen. Auch wenn er offensichtlich mein Freund nicht mehr sein will. Dabei sind wir in einer ganz ähnlichen Situation, weil ja auch ich mich zwar nicht mit dem Sturm, aber mit Lissabon nicht vereinigen konnte. Vielleicht spürt er, dass ich ein Frühsommermensch bin. Er indessen ist ein, was ich aber nicht weiß, zum Beispiel Spätherbstmensch. Zu Frühsommermenschen passen keine Stürme, und Orkane schon gar nicht. Während es für einen, sagen wir, Tiefwintermenschen zum Sterben überhaupt noch nicht kalt genug ist.

Weil ich so fröstle, überlege ich, ob ich mich nicht in mein Bett zurückziehen soll. Also in meine Kabine. Ich habe zwar nicht wirklich Angst vor einer Lungenentzündung. Die hatte ich, glaube ich, nie. Außerdem sagt man, dass alte Menschen schnell an ihr sterben. Aber ich möchte auf keinen Fall Fieber bekommen, weil ich dann alles nur undeutlich sähe. Vielmehr verlangt mich nach Klarheit. Unvergänglich. Wie man früher gesagt hat, *für und für*: Ich sehne mich in einen Zustand aus Wesen und Wahrheit. Nach dem Wesenland verlangt es mich. Damit, Lastotschka, ist Zeit gemeint, weil sie ja Raum ist. Etwas, das rein aus Bewusstsein besteht.

Wenn da das Traumschiff ankommt, werde ich, glaube ich, von Bord gehen. Nur kann bei diesem Wetter von Klarheit nicht gesprochen werden. Im Mittelmeer wäre es anders. Von dem wir uns leider entfernen. Das passt natürlich zu dem Clochard. Spätestens im Nordmeer wird er so viele Gelegenheiten für Stürme bekommen, wie sein Bewusstsein sich nur wünschen kann. Dafür würde ich ihm gerne die Zuversicht geben.

Nicht nur ich möchte ihm helfen. Senhora Gailint ganz genauso. Und Mister Cody, Madame Gellet und der Rauchertischmensch, den ich nach wie vor nicht kenne.

Außerdem ist eine greise Elbin zu uns gestoßen. Das habe ich gleich gedacht, als ich sie sah: Elbin. Dennoch ist sie sehr viel mehr eine Dame als Senhora Gailint. Als Madame Gellet sowieso. Weshalb Mister Cody angemerkt hat, wir hätten, seit der Clochard nicht mehr bei uns sitze, einen deutlichen, sagte er, Frauenüberschuss. Und seit es Patrick nicht mehr gibt.

Er vermisst einen Freund, dachte ich. Also dass er jemanden hat, um zum Beispiel Poker zu spielen oder Männergespräche mit ihm führen zu können. Die sind ja immer ein bisschen grob, wenn es zum Beispiel um Frauen geht.

Immerhin scheint Senhora Gailint mittlerweile Abstand davon genommen zu haben, mich verführen zu wollen. Statt dessen sieht sie mich fast so stumm an wie früher mein Besuch. Als der noch Frau gewesen ist und nicht nur aus meinen Halluzinationen bestand.

Das sind sie nicht, Halluzinationen. Nur finde ich das eigentlich zutreffende Wort, »Erscheinungen«, zu hoch. Zu, sozusagen, religiös. Dafür sind sie viel zu konkret. Sogar ein bisschen banal kommen sie mir vor, wenn dieser kleine Junge dauernd an mir rumzupft. Woraufhin seine Mutter sagt, dass er den Opa nicht piesacken soll. Der habe es so schon schwer genug. Wie soll man da nicht lachen müssen? Das geht doch gar nicht anders.

Denn ich habe mir meine Erscheinungen nun doch ein bisschen angesehen. Und ich muss zugeben, Tatiana hat mit der Eleganz recht. Nur ist sie bei den beiden, na gut, Halluzinationen nichts als ein Ausdruck. Zum Beispiel, wenn die

Frau aufsteht. Während die alte Dame sogar in ihren Augenbrauen Eleganz hat und besonders in den Händen. Man muss sich nur genau ansehen, wie sie die rechte an die Wange führt. Nicht, um dort etwas wegzuwischen. Sondern sie streift nur leicht darüber. So dass man den Eindruck gewinnt, dass ihre Haut ein Luftschleier ist. Ihre Durchsichtigkeit hat genau das Warme und Innige, das ich im Wesenland suche.

Dann entschuldigte sie sich kurz. Ich weiß nicht, weshalb. Sicher nicht, um sich ein Törtchen zu holen. Das hätte für sie sofort jemand andres gemacht. Sondern für vielleicht die Toilette. So dass Mister Cody sagte, sie ist eine Gräfin. Er wolle verdammt sein, wenn er sie so nicht auch nennt. Egal, ob sie einfach nur, womit sie sich vorgestellt hatte, aus der Schweiz die Frau Brennsteiner war. Verdammt, sagte er, zu ewigem Leben. Wenigstens in der Ansprache sei solch eine Verunglimpfung richtigzustellen.

Da dachte ich sofort an Doktor Gilburns Lady Porto. Indessen ging durch Senhora Gailints linke Augenbraue ein Zucken. Dabei ist die Gräfin bestimmt schon über achtzig, wahrscheinlich noch viel älter. Senhora Gailint räusperte sich auch sofort, um den kleinen Eifersuchtsanfall wegzuhüsteln. Womit ihre an die Lippen geführte Hand überzeugend bewies, ebenso die einer Dame zu sein. Schon wegen der Brokatärmel, die unter ihrem Pelzmantel wieder hervorlugten. Jedenfalls war ihre Geste nicht minder vornehm als jene von vorhin, als sie dem zweiten meiner Besucher, der wohl wirklich ein Mann war, einen Staub von der Jackettschulter strich. Das wiederum war ganz dieselbe Bewegung wie bei der Wange von der Gräfin. Für die, als sie zurückkehrte, Mister Cody sogar aufstand, um ihr das Platznehmen leichter zu machen. Er hielt die Lehne ihres Stuhls und rückte den Sitz unter sie.

Doch fehlt ihm ein männlicher Freund. Weshalb er sich, um davon abzulenken, eine seiner Zigarren anzünden wollte.

Da legte ihm die Gräfin eine Hand auf den Unterarm. Er hatte gerade das Streichholz angerissen, um es zum Zigarrenfuß zu führen. Weil das andere Ende bekanntlich »Kopf« genannt wird. Das, an dem er saugen wollte.

Nun hätte es mit dem Streichholz bei diesem Wind sowieso nicht geklappt. Zumindest hätte es mehrmals wiederholt werden müssen. Aber die Gräfin drückte seinen Arm mit ihrem Schwalbengewicht wieder hinunter. Sie wollen doch nicht rauchen, Herr Schulze! rief sie mahnend aus, aber natürlich leise. Wovon ich vor allem den Namen nicht zuordnen konnte. Trotzdem amüsierte ich mich über Mister Codys Gesicht. Man konnte es verwundert gar nicht mehr nennen. Sondern da stand ein Schock, eine Empörung darin. Zumal ihm seine Höflichkeit die Entgegnung verbot, Gräfin, das ist hier der Rauchertisch! zu sagen.

Dies nun übernahm Senhora Gailint nicht ohne eine gewisse, fand ich, Befriedigung. Worauf wiederum die alte Dame Ach so ist das sagte und, ich traute meinen Augen nicht, aus ihrem hellen Armtäschchen erst ein seidenes Taschentuch herauszog. Das stopfte sie sich in einen Ärmel. Und aber dann ein Päckchen Sobranie und aus diesem eine hauchdünne wasserblaue Zigarette. Die sie sich hochelegant ansteckte. Wozu sie kicherte.

In seiner kompletten Verdattertheit hatte Mister Cody vergessen, ihr Feuer zu geben. Sehen Sie, sagte sie keck und steckte das Päckchen in das Täschchen zurück, ich kann das schon ganz von alleine. Was eine unheimlich feine Zurechtweisung war. Gerade in ihrem Spitzsein machte sie klar, wer an dem Rauchertisch fortan das Sagen haben würde.

Er tat mir fast leid in diesem Moment. Immer hielt er sich doch für den Herrn der Situationen. Von der Todesangst in der Sturmnacht einmal abgesehen. Über die ein Buffalo Bill natürlich nicht spricht.

Nun hatte er sich auch in der Gräfin geirrt. In Wirklichkeit, dachte ich, war sie eine Elbin, die sich noch im allerhöchsten Alter ihre vornehme Luzidität erhalten hatte. Sie teilte mit Senhora Gailint sogar deren bisweilige Schnippischkeit. Schon deshalb war es nicht anders möglich, als in ihr die Gygis alba zu erkennen. Nur hatte sie für die letzten ihr verbleibenden Wochen die Gestalt eines Menschen angenommen. Eine greise weise Schwalbe, dachte ich, Feenseeschwalbe, Lastotschka, die das Bewusstsein hat wie ich. Aber in der Gestalt eines sterbenden Menschen, durch dessen sichtliche Hinfälligkeit die nach wie vor luftigste Keckheit weht.

Noch einen Tag bis Le Havre. Der Kanal bietet an Seegang auf, was er kann. Vielleicht will er zeigen, dass er trotz seiner Schmalheit ganz ein eigenes Meer ist, das man für ernst zu nehmen hat.

Gegen ihn hatte der Atlantik hinter Kapstadt allenfalls die Wildheit eines Boddens. Ich bin deshalb tief beeindruckt. Auch kommt es mir vor, als ließen er, der Kanal, und seine schweren, weil immergrauen Wogen mich mit ihren kalten böenden Winden sehr viel schneller müde werden als sonst. Körperlich, nicht etwa geistig. Da bin ich wacher als jemals zuvor. So dass ich es gerade wegen der Elbin ausgesprochen schade finde, wenn ich mal nicht am Rauchertisch sitze. Auf dem Bootsdeck jedenfalls mag ich mich kaum mehr aufhalten. Um eben keine ihrer Schlagfertigkeiten zu verpassen.

Trotzdem möchte ich mich ausstrecken und es unter einer Decke warm haben. Ich meine eine richtige, nicht nur ein Plaid aus Wolle. Außerdem ist es beschwerlich, auf die Toilette zu rollen und aus dem Stuhl irgendwie auf den Klositz zu kommen. Schon weil ich dafür fragen muss, ob jemand mir hilft. Wenn ich im Bett liege, brauche ich nur auf die Klingel zu drücken, die an ihrer Schnur von der Decke hängt.

Zu Tatiana kann ich Vertrauen haben, zu Peter sowieso. Wenn denen es nicht peinlich ist, muss es das auch nicht mir sein. Und wenn ich allein bin, guckt sogar Doktor Samir manchmal herein. Einfach nur, um zu reden. Es ist sehr schön, wenn er spricht. Auch weiß ich nicht so viele Geschichten wie er. Nun höre ich zum ersten Mal *Tausendundeine Nacht*. Natürlich kannte ich den Titel. Ich habe nur immer gedacht, das ist ein Märchenbuch für Kinder.

Vor allem erzählt mir Doktor Samir von seinem Sudan und wie er wegen Allah eingesperrt worden ist. Dass er großes Glück gehabt hat, freigekommen zu sein. Da sei er nach Südafrika gegangen, nachdem es die Apartheid dort nicht mehr gibt. Um endlich in einem Krankenhaus arbeiten zu dürfen. Und dass der Dschihad etwas ist, das in einem selbst geführt werden muss. *Mudscha hadat annafs*, sagte er, das habe ich mir gemerkt. Überhaupt darum hatte man ihn ins Gefängnis geworfen. Aber ich will Ihnen nicht zu nahe treten mit dem, was ich glaube. Allahs Haus, sagte er, hat so viele Wohnungen wie die Sterne am Himmel. In einer davon, das verspreche er mir, käme ich unter.

Dann fing er an, mir ein Lied vorzusingen, das eine seltsame Mischung war von Gospels mit wahrscheinlich Sudanischem oder, glaube ich, Arabischem. Dazu klatschte er mit seinen langen Fingern den Takt. Sogar nur mit den Spitzen dieser Finger. Abdullah Ibrahim, sagte er und hörte mit dem Klatschen auf. Dann erklärte er: *Namhanje*. Ich habe einen MP3-Player, den bring ich Ihnen hoch. Da können Sie das hören, wenn es doch mit dem Klavier nicht mehr geht. Glauben Sie mir. Nein, er sagte, haben Sie Vertrauen. Es wird eine große Entschädigung sein.

Da hörte ich aber schon nicht mehr richtig zu.

Denn meine Zigarren fielen mir ein. Dass ich die eine noch rauchen, die anderen beiden verpacken wollte. Nur in was? So dass mir das Taschentuch der Elbin in den Sinn kam. Das eignete sich besser als irgend etwas sonst, dachte ich. Und zwar auch deswegen, weil es für Mister Cody eine kleine, dachte ich, Satisfaktion für die kecke Zurechtweisung wäre, die er von seiner Gräfin hatte einstecken müssen. Das wäre für ihn ein leiser Triumph, wenn ihm meinen bescheidenen Nachlass zum Beispiel Peter ausgerechnet in ihrem Taschentuch überbrachte. So dass er spüren konnte, doch einen Männerfreund gehabt zu haben.

Diese Vorstellung begeisterte mich derart, dass ich gar nicht mehr liegenbleiben, sondern sofort wieder aufs Achterdeck wollte. Weshalb ich nach Tatiana klingelte, die erst überhaupt nicht verstand. Dabei dachte ich es ihr mit aller Kraft zu, die ich hatte. Schließlich war es Peter, der begriff. Schau doch, Tatiana, sagte er, der Mann ist völlig wach. Worauf sie erwiderte, dass er sich nichts vormachen soll. Und auch sie sagte jetzt, da ist doch gar nichts mehr drin.

Natürlich fand ich das verletzend. Andererseits ist sie halt eine einfache Frau. Mit dem Mah-Jongg zum Beispiel wüsste sie nichts anzufangen. Wenn dir das, sagte sie, ein besseres Gefühl macht. Du bist schon fast wie der Negerdoktor. Was sie ebenfalls nicht böse meinte. Sie half Peter sogar, mich in den Rollstuhl zu setzen. Als hätten wir sonst nichts zu tun! seufzte sie aber. So dass Peter das Sperlingsspiel nicht nur bekommen wird, sondern seine Blicke und Gesten zeigen mir, dass es ihm längst gehört. Unermüdlich verdient er es sich.

Das war natürlich nun schwierig. Es wäre völlig unmöglich gewesen, für das erste, was ich seit Monaten sagte, ausgerechnet »Ich hätte gern Ihr Taschentuch« zu wählen. Das hätte alle meine Freunde schockiert, aber auch mich selbst. So ein wieder erster Satz muss dem inneren Umbruch genügen, den er bedeutet. Er darf so etwas Banales nicht sein. Immerhin geht es um eine Kathedralenöffnung. Und es geht um den Ton, den ich vernommen habe. Es geht um das Stotantomale und schließlich, weil alles gut geworden ist, das Stotantobene.

Nur, wenn ich weiterhin nicht sprach, würde mir die Elbin dieses Taschentuch nicht geben. Obwohl sie natürlich sofort bereit dazu wäre. Doch wie sollte sie von meinem Wunsch etwas wissen? So dass ich überlegte, wie ich es trotz des kalten Windes hinbekäme, genügend zu schwitzen. Dann würde man mich abtupfen wollen. Das hätte aber allenfalls, wäre er noch dagewesen, Peter gemacht. Auf keinen Fall täte es eine so vornehme Greisin. Sie hatte zu Übergriffigkeiten ein wahrscheinlich noch heikleres Verhältnis als ich. Aber vielleicht rutscht ihr das Taschentuch aus dem Ärmel und sie stopft es nicht wieder richtig zurück. Dann segelt es auf die Planken. Damit die nächste Böe es nicht ganz vom Achterdeck wegweht, springt sofort Mister Cody auf und läuft hinterher. Was ein bisschen albern aussieht, wie er versucht, auf einen Zipfel von dem Taschentuch zu treten, aber immer tritt er daneben. Das ergrimmt ihn, so dass er unvorsichtig wird. Und stößt wirklich vor und im selben Moment einen Schmerzenslaut aus. So dass er nach vorne gekrümmt erstarrt, weil ihn sein Rükken nicht mehr hochkommen lässt.

Obwohl die Freunde über die ganze Aktion natürlich erst lachen mussten, ruft Madame Gellet aber sofort Der Arme! und eilt gemeinsam mit dem Rauchertischfreund, den ich noch nicht kenne, aber auch mit meinem Besuch zu Mister Cody hin. Sie stützen ihn und führen ihn gemeinsam zurück.

So ist das nämlich wirklich gewesen. Ich konnte mein Glück erst gar nicht glauben.

Natürlich war es Mister Cody wahnsinnig peinlich, als man ihn umständlich wieder in den Stuhl setzte. Dass er obendrein hatte zurückhumpeln müssen, ein Buffalo Bill Cody! Ärgerlich schlug er die Hand meines Besuchs weg. Wobei er sich anstrengte, nicht auch noch zu stöhnen. Statt dessen setzte er ein fast so wie meines unbewegtes Gesicht auf. Doch ausgerechnet dieser, mein Besuch, hatte das Taschentuch erwischt. Er hatte bei einem nächsten Wind nur in der Luft die Hand ausgestreckt. Und schnapp gemacht.

Darauf hatte aber als einziger ich geachtet. Alle anderen, sogar die Elbin, waren besorgt um Mister Cody und nur um Mister Cody. So dass Senhora Gailint meinen Besuch bat, ihm ein Glas Wasser zu holen. Das wollte der selbstverständlich sofort tun. Aber eine Sekunde lang blieb er unschlüssig stehen, und zwar gleich neben mir. Indem er, um nach einem der Kellner zu gucken, seinen Kopf reckte, war er abgelenkt. Weil wiederum das Taschentuch wirklich hauchdünn war und vielleicht auch wegen der nächsten Böe, die zwischen uns fuhr, konnte ich es wahnsinnig schnell, aber auch wahnsinnig vorsichtig am anderen Zipfel fassen. Ich war selbst überrascht von meiner plötzlichen Beweglichkeit. Zumal natürlich auch ich ganz woandershin guckte, nämlich ebenfalls zu Mister Cody. Dabei zog ich meinem Besuch das Taschentuch aus der Hand.

˙Völlig unbemerkt ließ es sich hinter die Knopfleiste meiner Jacke stecken.

Nun war ich erst einmal außer Atem. Ich hätte mir nicht einmal vorstellen können, zu solcher Gewandtheit noch fähig zu sein. Deshalb hatte ich nicht das mindeste schlechte Gewissen. Einen Diebstahl konnte man es sowieso nicht nennen. Großmutter, in ihren gütigen Momenten, hätte es *mopsen* genannt. So dass mir diese Mopsung ein außerordentliches, über ihren eigentlichen Zweck weit hinausreichendes Vergnügen bereitete. Davon musste ich mich natürlich erholen. Wozu mir neuerlich ein Wort meiner Großmutter einfällt. Denn später, als die anderen zum Essen in den Überseeclub gingen, ließ ich mich, weil ich mein Essen jetzt dort bekomme, zwar erschöpft, aber *quietschvergnügt* in meine Kabine zurückschieben.

Ich habe aus meiner Kladde eine Seite herausgerissen. Es fällt mir aber schwer, in sie hineinzuschreiben. Das ist eigentümlich, weil ich doch seit Monaten eine Kladde nach der anderen fülle. Wie kann das angehen? An dem Stift liegt es nicht. Aber hatte ich nicht damals schon Probleme damit, in meine Kabinentür Daten zu ritzen? Das habe ich übrigens nur deshalb aufgegeben, weil zwischenzeitlich die Zimmerleute gekommen sind und getan haben, was Tatiana als reparieren bezeichnet. So lässt es sich aber nicht nennen, wenn einem die Orientierung genommen wird. Damit man den heutigen Tag nicht mehr weiß. Andererseits kommt es auch darauf nicht länger an. Ich kann mit Begriffen jetzt großzügig sein. Zum Beispiel, ob Kabine oder Zimmer.

Ankommen tut es vielmehr darauf, sich auf dem Papier so auszudrücken, dass jeder es versteht. Damit zum Beispiel mein Ring an Madame Gellet geht und der Gehstock an den Clochard. Ob er mich nun noch weiter zum Freund haben will oder nicht.

Und wer bekommt die Kladden? Eigentlich habe ich an Doktor Samir gedacht. Der könnte auch etwas damit anfangen. Andererseits habe ich doch einen Sohn, und Doktor Samir hat Allah, der für sein Lächeln völlig genug ist. Vielleicht, dass sich Sven am Ende über etwas freut, das er von mir lesen kann. Wenn er eines Tages groß ist. Vielleicht tut mir Petra den Gefallen, sie für ihn aufzubewahren. Wenigstens das. Dann kann sie ihm die Kladden geben, wenn er zum Beispiel sein Abitur gemacht hat.

Deshalb sollte ich auch für sie etwas aufschreiben. Nein, nicht Geld. Davon hat sie genug und soll sie gerne haben. Aber zwei freundliche Sätze, denen sie anmerkt, dass sie so auch gemeint sind. Zum Beispiel, was wir gemeinsam haben. Das ist eben Sven. Liebe Petra schreiben, es tut mir leid, es tut mir alles leid. Aber weil ich es doch nicht ändern kann, möchte ich Dich von Herzen darum bitten, für unseren Jungen diese Kladden aufzubewahren.

Wobei ich immer noch nicht weiß, wo sie eigentlich liegen. Die anderen Kladden, meine ich. Doch. Ich habe sie ganz bestimmt unter die Rettungsweste geschoben. Das sollte ich für sie dazusetzen, wo sie zu finden sind. Obwohl nach meinem Tod sowieso alles hier rausgeräumt werden wird. Dann entdeckt man sie zum Beispiel, wenn Peter sein Sperlingsspiel holt. Da kann er gleich den Gehstock für den Clochard mitnehmen. Während Senhora Gailint wahrscheinlich ein bisschen weint, weil ich nun schon ihr dritter Verlust bin. Wenn sie sich meinen Ring ansteckt und von mir längst nichts mehr da ist.

Den sollte aber doch Madame Gellet bekommen!

Was hinterlasse ich dann Senhora Gailint?

Das habe ich schon alles gewusst und weiß es jetzt nicht mehr. Deshalb kriege ich es auch nicht aufs Papier.

Dass alles plötzlich so schwierig ist.

Weil man den Segelschein nicht mehr nachholen kann, den man immer machen wollte. In das Weltall zu reisen geht ja für einen normalen Menschen noch nicht.

So dass ich aufs Meer wollte, nur noch aufs Meer. Wohin ich eben gefahren bin. Mit dem Auto, wenn ich mich richtig entsinne. Nicht mit dem Zug, weil ich sonst diesen Unfall nicht gehabt hätte. Ich bin ein guter Autofahrer gewesen. Das vergisst man auch dann nicht, wenn alles andere um dich herum unscharf wird, weil deine Augen schlecht geworden sind. Wozu unscharf gar kein Wort ist.

Deswegen kann ich auch nicht erkennen, wer jetzt am Rauchertisch alles da ist. Das liegt auch daran, dass ich liege und nur durch mein Fenster das Meer sehe. Aber – wer ist das, der mir da im Blick sitzt? Die Kabine ist so winzig. Trotzdem ist das zweite Bett weit weg, auf dem sitzen … eins, zwei, ja, das da ist Tatiana. Wobei sich der kleine Junge wieder auf den Kabinenboden hockt und mit irgend etwas spielt. Das Sterben ist richtig langweilig für ihn, wenn es Stunde um Stunde nicht aufhört.

Und das hier ist Senhora Gailint. Ich rieche ihr Parfum. Aber neben ihr den Mann, den kenne ich nicht. Hinter ihm steht Doktor Samir, weil das so ein dunkles Gesicht ist.

Niemand tut etwas, niemand sagt etwas. Nur der Junge macht am Boden brummbrumm. Das ist wahrscheinlich ein Spielauto. Matchbox habe ich geliebt. Jaguar E, wo man die lange Kühlerhaube öffnen konnte, die lange, lange Kühlerhaube, ganz in glänzendem Rot. Aber dafür, warum es so tschilpt, habe ich keine Erklärung. Denn es tschilpt, und zwar genauso deutlich wie von den Zikaden. Tsykady, Tsykady.

Ich muss doch mal gucken, ob jemand das Sperlingsspiel geöffnet hat.

Krieg ich das hin? Nein, den Kopf nicht mehr. Aber die Augen kann ich in die Winkel drehen.

Ja, die Türen stehen offen, die obere Lade ist herausgezogen, so dass der Junge nur so tut, als ob er ein Spielzeugauto hätte. Das habe ich auch immer gemacht, ich weiß noch, mit Bauklötzen Auto gespielt. Und, damit ich das Holz auch glauben konnte, brummbrumm dazu gemacht, wenn ich das Klötzchen über den Zimmerboden schob.

Ich würde so gerne etwas sagen. Nur kann mich in dem schwirrenden Tschilpen sowieso niemand verstehen. Weil ich nämlich verstehe, was passiert ist. Weil jeder Stein, nur nicht der eine, mit dem der Junge spielt, sich tatsächlich in einen Spatz verwandelt hat. Das war jeder Stein aber vorher schon. Es ist mir nur verborgen geblieben. Jetzt ist es mir nicht mehr verborgen.

Einhundertdreiundvierzig Spatzen, denn einer ist nicht für mich. Der ist ein Auto für den Jungen geworden und tschilpt

nicht, sondern macht brumm. Feenseeschwalbenfedernholz
kann das. So dass unter dem ganzen Tschilpen hinter dem
Fenster das Meer zu leuchten anfängt, das graue Meer des
Kanals.

Gibt es für graues Leuchten einen Tag, dessen Farbe es ausdrückt?

In Nizza war alles gelb, wo das Auto gewartet hat, wie in
Le Havre jetzt für mich eines wartet, aber ein anderes, das
aber ebenso schwarz ist wie unter der prallen Sonne der Côte
d'Azur. Ich weiß das. Ich höre das alles. Da muss Senhora
Gailint die Hand gar nicht von mir wegnehmen. Sie kann sie
ruhig liegen lassen. Es ist ja nur die Schnur an diesem Boot
auf dem See, wenn ich ein bisschen schaukle. Weil doch das
Traumschiff schaukelt. Derartig gluckst es am Bug, dass
das Meer, das ganze Meer, durch das Fenster zu mir herein-
kommt. Es ist kein Hindernis, und mag es auch nicht sein.

Weil es schwingt. Weil ich unter dem Tschilpen der Spatzen,
die wirklich überall sitzen, auf dem Schrank, auf der Bett-
decke, auf dem Türrahmen zum Badezimmer, auf dem Kasten des Mah-Jonggs sogar und, was komisch ist, was wirklich wahnsinnig komisch ist, auf den Köpfen und Schultern
von Senhora Gailint und Tatiana und den beiden Besuchern,
während Doktor Samir einen direkt auf der Hand hat, die er
ausgestreckt stillhält, damit der kleine Vogel nicht erschrickt.
Weil ich unter diesem ganzen, ich kann es gar nicht anders sagen, *Lärm* den Ton hören kann.

Dass zu sterben so laut ist, wer hätte das gedacht?

Dass es klingt.

Aber weil ich wirklich nicht gehen möchte, was heißt schon
gehen?, ohne dass ich etwas gesagt habe. Und weil es jetzt
schon durch den Fensterrahmen hindurchrinnt, was ich deutlich, trotz meiner Augen, sehen kann, was ich sogar wegen
meiner Augen sehen kann. Dass gleich das ganze Meer –

Darum hebe ich jetzt, aber sanft, einen Arm und zeige wenigstens hin. Und mit der Hand neben mir ziehe ich mich ein bisschen hoch.

Dass es kaum geht, nun, das ist so, ich kann es nicht ändern.

An Senhora Gailints Hand.

Doch, ich schaffe es noch.

Mich hochziehen.

Es zu

Zeigen und ich

Sage es: Schauen

Sie, sage ich

Und tue es

Noch mal

Ich *rufe* –

schaut doch

REQ

Vor zweiundzwanzig Minuten ist Gregor Lanmeister
in unserem Beisein verschieden. Dieses Heft ließ er
bis zum Schluss nicht los. Es ist mit Koordinaten
über Koordinaten gefüllt. Darum fügen wir noch die
letzten hinzu:

54° 8′ N / 13° 37′ O

gez. Sven Lanmeister
gez. Maike Lanmeister
gez. Mischka Lanmeister
(Kinderschrift)

gez. Joana Gailint

gez. Тетяна Богданова
(Tatiana Bogdanova)
gez. مير عبدالله
(Abdullah Samir)

Die Route

April 2014 bis März 2015
Auf dem Indischen Ozean und dem Atlantik
sowie in Amelia/Umbrien, Wien und Berlin

Ein großer Dank an das gesamte Team der MS Astor
(Transocean Kreuzfahrten), auf der ich dieses Buch
skizzierte. Ferner an Helmut Schulze, in dessen um-
brischer Wohnung ich, begleitet von seiner hellen
Aufmerksamkeit, die erste Fassung schreiben durfte,
und an Phyllis Kiehl, die ihr in Facetime allabendlich
lauschte, sowie ganz besonders an Elvira M. Gross,
deren so intensives wie einfühlsames, ja inniges Lektorat meinen Roman nun zu dem ihren mitwerden ließ.

ANH
April 2015